Coordenadora editorial
Francine C. Silva

Produtora editorial
Caroline David

Tradução
Abya Yala B. Anaya

Preparação
Rafael Bisoffi

Revisão
Mariana C. Dias
Tainá Fabrin
Caroline David

Capa original
Nekro e Katie Klimowicz

Adaptação de capa
Francine C. Silva

Mapa original
Virginia Allyn

Projeto gráfico e diagramação
Bárbara Rodrigues

Impressão
PlenaPrint

Dados Internacionais de Catalogação na Publicação (CIP)
Angélica Ilacqua CRB-8/7057

RuNyx

R394e Enigma / RuNyx ; tradução de Abya Yala B. Anaya. — São Paulo : Inside Books, 2025.

384 p.

ISBN 978-65-85086-73-8

Título original: *Enigma*

1. Ficção norte-americana 2. Suspense I. Título II. Anaya, Abya Yala B.

25-2672 CDD 813

ENIGMA

RuNyx

São Paulo
2025

INSIDE BOOKS

A todos que alguma vez se sentiram rejeitados e incapazes de ser amados:
estar sozinho pode parecer uma eterna agonia.
Mas, antes do amanhecer, tudo é escuridão.
Um dia, seu sol também irá brilhar.

Em todo caos há um cosmos, em toda desordem há uma ordem secreta.
— Carl Jung

A ferida é o lugar por onde a luz entra em você.
— Rumi

NOTA DA AUTORA

Caro leitor,

Agradeço por escolher meu livro. *Enigma*, em sua essência, é uma história de solidão e amor. Tem temas sombrios, uma atmosfera turva que vai acompanhar você a cada página, e uma história de amor ardente, um tanto não tradicional, um pouco incomum e levemente desequilibrada. Ela é uma das minhas personagens femininas mais fascinantes, uma mulher casca grossa, e ele é aquele que a provoca, determinado a amolecê-la.

Gostaria de listar os temas mencionados no livro para que você decida se está confortável em continuar.

O conteúdo inclui: cenas de sexo explícitas destinadas apenas a adultos, cenas gráficas de morte, pós-morte gráfico, suicídio na narrativa (mencionado no capítulo de abertura, "A morte sorri..."), coerção, menções a ideação suicida, menções a trauma sexual, menções a aliciamento de um menor, exclusão social e o consequente estigma, depressão, estresse pós-traumático, consentimento não consensual, consentimento duvidoso, uma sociedade secreta.

Espero que você desfrute da jornada até Mortimer comigo.

Com amor,
RuNyx

UNIVERSIDADE DE MORTIMER
AUDITÓRIO MERLIN
BIBLIOTECA E REITORIA
FAROL
FACULDADE DE CIÊNCIAS
FACULDADE DE GESTÃO
FACULDADE DE ARTES
MORARIA ESTUDANTIL
BBC
ESCONDERIJO DE CAZ

Parte I
MORTE

Beleza é terror. Tudo aquilo que chamamos de belo provoca arrepios.
— Donna Tartt, *A história secreta*

A MORTE SORRI...

Garota desconhecida, Universidade de Mortimer

A garota parou na beira do penhasco.

Não havia luar para que alguém testemunhasse seu fim, nenhuma alma preocupada por perto para fazê-la se questionar, nenhum som além do mar e dos sussurros de sua própria decadência moral.

Ah, ela estava em plena posse de razão e de julgamento. Ainda assim, estava no penhasco naquela noite sem lua, caminhando em direção à sua própria destruição, uma arma invisível de sua criação apontada para sua cabeça.

Talvez as coisas fossem diferentes, poderiam ter sido diferentes, se ela tivesse coragem. O mundo a considerava corajosa. Lembrariam dela assim. Não havia nada que indicasse o contrário. Isso seria um assassinato, um suicídio ou um acidente? Ela se tornaria a garota no noticiário empurrada por mãos invisíveis, ou a garota que pulou por vontade própria? Ou talvez presumiriam a queda trágica de uma garota que se aventurou perto demais do precipício. Literal ou metaforicamente, quem saberia?

O vento assobiava ao redor, levantando seu vestido e chicoteando seus cabelos sobre o rosto. Para qualquer um que a visse, pareceria uma pintura etérea e assustadora.

Imagens. Fotos. Memórias.

Havia tantas delas.

Não queria estar naquele penhasco.

Mas tinha que estar. Não havia outra escolha, não para ela.

Não quando eles estavam observando.

E eles estavam sempre observando.

Mesmo enquanto estava ali, ponderando sua decisão, suas escolhas, sua mortalidade.

Mesmo enquanto dava um passo para mais perto do limite, seu corpo tremendo, resistindo às ordens de sua mente.

Mesmo enquanto fechava os olhos e mergulhava, o vento rugindo em seus ouvidos, o silêncio cortado por seu grito que ecoou por uma fração de segundo antes de ser interrompido abruptamente.

Eles estavam observando enquanto ela caía na areia escura, em uma noite escura, e morria.

Senti um estranho prazer ao causar minha destruição.
— Robert Browning, *Pauline: A Fragment of a Confession*

... E ELA SORRI EM RESPOSTA

Salem, 12 anos de idade

A morte era a única certeza da vida.

Na primeira vez que pensou na morte, tinha quatro anos.

Salem se lembrava disso perfeitamente, porque aquilo havia se tornado uma memória fundamental. Estava brincando quando se aventurou na floresta atrás de sua casa e caiu em um buraco. Chorou e gritou, mas estava longe demais para que alguém a encontrasse. Naquele buraco escuro, com apenas quatro anos de idade, Salem pensou que iria morrer. Estava convencida de que morreria, e a ideia da morte a assustou. Então, viu o corpo de um coelho selvagem caído no buraco com ela, seu pescoço dilacerado, as entranhas expostas. Sua mente jovem, aterrorizada pela morte, fixou-se no coelho. Foi a primeira vez que Salem percebeu que havia coisas escondidas sob a pele de todos.

Junie, o cachorro da família, foi quem a encontrou. Seus latidos altos guiaram as pessoas até ela. Mas, por algumas horas, Salem passou aquele tempo no buraco com o coelho morto, suas perspectivas e pensamentos mudando, se transformando, se organizando.

Salem acariciou o pelo de Junie, encontrando conforto no calor do corpo macio da cadela, como fazia desde aquele dia fatídico, enquanto a lembrança passava diante de seus olhos. Junie, com seu lindo pelo dourado e um coração ainda mais bonito, a única criatura nesta terra que se importava se Salem desaparecia e agia para encontrá-la.

Salem olhou para o corpo de seu avô enquanto se acomodava respeitosamente no funeral, como sua mãe a ensinara a fazer em público, com Junie ao seu lado.

A morte era uma coisa curiosa. Planejada ou não, mitigada ou não, cruel ou confortável, era a única verdade universal sobre a qual todos mentiam. A maioria dos adultos que conhecera passava a vida inteira sem pensar nisso, tentando fugir, mas caminhando em direção a ela. Salem não sabia se eles percebiam o que ela percebera tão jovem — a morte era inevitável. Perseguia a todos desde o primeiro suspiro e os alcançava no último.

Talvez fosse por isso que ela estava tão intrigada com a questão agora, com o que acontecia *depois* que a morte chegava e conquistava os mortais.

A não tão jovem Salem, com seus doze anos, achava as consequências da morte *fascinantes*.

Salem olhou para o avô e inclinou a cabeça para o lado, da maneira que sua mãe sempre lhe dizia para não fazer, porque não era adequado para jovens moças de boas famílias.

Sua mãe, que chorava tão delicadamente do outro lado do corpo imóvel dele, com um lenço delicado pressionado contra o nariz, os ombros tremendo suavemente com os braços de seu pai envolvendo-a. Não havia dúvida na mente de Salem de que sua mãe estava triste.

Salem também estava triste. Estendeu a mão, acariciando os pelos macios e cálidos de Junie. Cálidos e sempre em movimento. Lembranças atravessaram sua visão — a cachorra seguia Salem enquanto explorava o bosque atrás da sua casa grande, cobrindo-a de "lambeijos" quando voltava da escola, esfregando-se na sua mão quando queria carícias, e deitando-se ao seu lado quando Salem era deixada sozinha. Junie, embora fosse o cachorro da família, tinha sido a única a amar Salem exatamente como era, sem nunca querer que ela mudasse, apesar do que a sua mãe chamava de suas "excentricidades".

Junie esfregou-se contra Salem daquela maneira reconfortante que só ela fazia, um pouco mais devagar agora que estava mais velha, e Salem sabia que sentiria sua falta, sentiria *muita* falta, quando Junie se fosse.

Uma pergunta lhe veio à mente enquanto estava sentada na funerária.

— O que vai acontecer com o corpo dele agora? — perguntou, mordendo os lábios logo depois de falar, como se quisesse engolir as palavras, em dúvida se talvez não fosse o melhor momento para saciar sua curiosidade. Sempre fazia isso, abria a boca na hora errada, dizia todas as coisas erradas. Não queria que saíssem erradas, simplesmente acontecia, suas habilidades sociais um pouco enferrujadas. A mãe não dizia nada, mas isso a envergonhava. Salem não discordava totalmente.

— Cala a boca, esquisita — sua irmã mais velha resmungou, digitando no celular mesmo durante o funeral, embora quase todos já tivessem ido embora.

Olivia. Pura e perfeita Olivia. A preferida da mamãe? Olivia. O orgulho do papai? Olivia. A patética pedra em seu sapato? Olivia.

Salem não sabia como irmãs mais velhas deveriam ser, mas, se todas fossem como a sua, o mundo estava condenado. Não era que Olivia fosse exatamente uma má pessoa. Não, na verdade, Salem já tinha visto sua irmã brilhar e ser gentil com todos ao redor, ajudar as pessoas, espalhar sorrisos e ganhar prêmios. Todo mundo amava Olivia. Todo mundo mimava Olivia. Todo mundo cuidavam de Olivia. Todo mundo, menos ela.

Não sabia o motivo, não entendia e, para ser honesta, não se importava.

Há algum tempo, teria esperado que seus pais talvez corrigissem sua irmã mais velha e a repreendessem por tê-la chamado de esquisita. Mas não mais. Agora, ela fingia ser adulta e usava palavras como "repreender" em seus próprios pensamentos para revidar contra todos, já que os adultos em sua vida não se importavam realmente em fazer isso.

Na verdade, nem era culpa deles.

Salem agora entendia como todo mundo tinha problemas com alguém que cutucava animais mortos e os abria para ver o que havia dentro. Evidentemente, de acordo com os livros que ela lia na seção adulta da biblioteca, crianças que se comportavam dessa maneira geralmente eram um precedente do comportamento criminoso. "Precedente". Essa era sua palavra favorita da semana.

No entanto, ela não se considerava uma criminosa. Não queria matar nada. Pelo contrário, a ideia a deixava enjoada. Olivia só queria abrir o que já estava morto e ver o que havia dentro para descobrir por que e como haviam morrido. Era a razão que a fascinava, mais do que o ato em si.

— Posso ter um momento a sós com ele, Javier? — a mãe fungou, virando-se para o pai.

— Claro, querida — o pai concordou, acenando para um dos funcionários do local, sua pele de tom oliva, como a de Salem, parecendo mais brilhante sob as luzes fortes da clínica. — Leve as crianças para fora.

Olivia já caminhava em direção à porta antes que a última palavra tivesse saído de sua boca, digitando agressivamente no celular que parecia grudado em suas mãos ultimamente. Salem se perguntava com quem ela tanto falava. Seu próprio telefone era como um tijolo no bolso, basicamente o utilizava para ler, assistir a filmes e ficar de olho em fóruns dos quais era jovem demais para participar. Mas era lá que as coisas mais interessantes pareciam estar.

— Com quem você está falando?

As palavras escaparam de Salem antes que ela pudesse segurá-las. Duas vezes em questão de minutos. Precisava melhorar. Seguiu sua irmã de fora, e se virou para Junie, seu coração apertando ao ver a rara tranquilidade da velhice em sua companheira peluda, que antigamente tinha um brilho tão exuberante, antes de sair da sala.

— Não é da sua conta.

As palavras a fizeram voltar os olhos para Olivia, e observou-a com fascínio enquanto um rubor cobria o rosto bonito da irmã. Olivia raramente corava. Embora não gostasse muito dela, Salem conhecia a irmã de cabo a rabo. *Muito interessante.*

Salem pulou em uma das cadeiras enferrujadas no saguão, seus pés com tênis balançando levemente acima do chão. A irmã se sentou ao lado, seus saltos firmes no chão.

— Me conta — Salem insistiu. — Prometo não espalhar.

Olivia a olhou de lado antes de revirar os olhos.

— Ai, você é irritante.

Salem esperou pacientemente. Embora quisesse perguntar de novo, sabia que Olivia odiava o silêncio. Sentia necessidade de preenchê-lo, e foi exatamente o que a irmã fez.

— Tá bom. É um cara da Mortimer.

Salem sentiu seus olhos se arregalarem. A Universidade Mortimer era muito relevante no mundo deles. Era um lugar para aqueles de classe privilegiada, uma instituição tão seletiva e elitista que aqueles que se formavam lá eram como deuses em seus círculos sociais, tornando-se símbolos de poder e prestígio. Entrar lá era para poucos.

Era um evento ainda maior na casa dos Salazar, porque seu bisavô havia conhecido a bisavó na universidade, e todos os filhos haviam estudado lá desde então, tornando sua família parte de um círculo ainda mais exclusivo — os "herdeiros".

A reação de Salem, no entanto, foi por outra coisa.

— Mas você ainda está no ensino médio e não é legalmente adulta . — Não conseguiu esconder a surpresa em sua voz. — Por que exatamente você está conversando com um cara mais velho?

— Fala baixo — Olivia sibilou. Ela olhou ao redor para garantir que ninguém tivesse escutado, antes de se inclinar para a frente. — Não estamos ficando, sua idiota. Ele só é... legal. Já está lá faz um tempo, então está me contando sobre as coisas legais de lá para quando eu entrar.

Salem não tinha dúvidas de que sua irmã entraria na universidade mesmo sem ser uma herdeira, apenas pelas notas. Seus boletins eram quase perfeitos, e suas atividades extracurriculares brilhavam tanto no papel quanto fora dele.

— Você ainda tem dois anos pela frente — Salem apontou.

— Você não entenderia — sua irmã disse, digitando no celular novamente. — Como se você tivesse amigos ou fizesse ideia de como arranjar um.

Salem ignorou a cutucada, principalmente porque era verdade. Amigos eram superestimados, pelo que ela tinha visto. Traíam e apunhalavam pelas costas. As pessoas eram amigas só para se usarem.

Concentrou-se no mais importante.

— Você o conhece?

Olivia hesitou antes de finalmente abaixar o celular e virar-se completamente para ela. Salem foi atingida novamente pela beleza de sua irmã, com seus cabelos acobreados, olhos verdes e pele clara, uma réplica da mãe, muito diferente dela.

— Eu o conheci on-line... em um dos grupos da universidade — a irmã explicou. — Estamos conversando há algumas semanas, e vou vê-lo depois que me formar. Decidimos que não é apropriado nos encontrarmos pessoalmente antes disso.

Apropriado. Salem deveria ter imaginado que era mais uma questão de ser apropriado do que de segurança, para sua irmã. Qualquer que fosse o motivo, pelo menos não estava sendo estúpida. Até Salem sabia que não era certo que adolescentes conversassem com pessoas mais velhas e desconhecidas on-line. O livro que ela encontrou na biblioteca no mês passado falava sobre criminosos específicos assim, chamados predadores.

— De qualquer forma — Olivia continuou, quando Salem não disse nada —, não sou só eu. Há muitos adolescentes herdeiros no grupo, com alunos atuais e até alguns ex-alunos, só conversando sobre coisas, sabe? É um ótimo lugar para fazer conexões e estar no topo da cadeia antes mesmo de pisar no campus. Você deveria entrar também.

— Passo, obrigada — Salem resmungou, achando a ideia de estar em um grupo de adolescentes pretensiosos querendo se tornar adultos pretensiosos nojenta. Mas talvez não fossem todos assim. Talvez houvesse jovens como ela lá também, os esquisitos, deslocados, nascidos-na-família-errada, quadrados-em-um-mundo-de-círculos.

— Sabe qual é o seu problema? — Olivia suspirou. — Prefere passar seu tempo com coisas mortas do que com pessoas vivas e respirando. Mude isso antes que você acabe do outro lado. — A irmã balançou a cabeça e acendeu a tela do celular novamente.

Salem deu uma olhada.

Grupo da Universidade Mortimer.

A imagem do grupo carregou em preto e azul-esverdeado, antes que um fórum de mensagens abrisse. Um de seus muitos defeitos, como apontado por sua mãe, era a curiosidade.

Salem pegou seu celular e digitou o nome no navegador. Foi fácil o suficiente encontrar o grupo. Clicou no link, e um conjunto de perguntas apareceu, em vez de uma página de cadastro. Que mal poderia fazer?

Você é ou será um aluno bolsista?

Salem não achava que seria, a menos que seus pais a deserdassem, mas isso se tornaria um escândalo, e sabia que, se havia uma coisa que os Salazar detestavam, era escândalo.

Selecionou NÃO.

Você é ou será um aluno herdeiro?

Essa foi fácil. *SIM*, ela selecionou.

A página foi redirecionada, e outro link se abriu.

Uma imagem em preto e prata carregou, o logo de um grande abutre com asas metálicas retas encarando a tela intensamente. Salem nunca havia visto aquele logo antes, nem em nenhuma das coleções de Mortimer em sua casa.

Uma palavra que nunca tinha visto antes apareceu em seguida na tela, em uma fonte grotesca que parecia ter sido tirada de um dos livros mais antigos da biblioteca.

Mortemia

Aquele não era o grupo em que sua irmã estava. Estava prestes a apertar *Voltar* quando uma pergunta apareceu na tela.

De qual geração de herdeiros você é?

Salem hesitou, mas a curiosidade acabou ganhando. *Selecionou: 4.*.

Quantos anos você tem?

Digitou: 12.

Qual nome de usuário você gostaria de utilizar?

Salem pensou por alguns minutos, se perguntando o que deveria escrever. Em silêncio, digitou a resposta.

Você está a apenas um passo de se tornar parte deste grupo exclusivo da elite. Uma vez que sua inscrição for processada, você precisará completar uma tarefa. Se não for completada, não será aceita. Você concorda?

Salem hesitou novamente, dando uma olhada rápida para ver sua irmã absorta no celular e o saguão vazio. De alguma forma, havia tropeçado em um grupo exclusivo do qual Olivia não fazia parte. Era uma sensação intoxicante saber que tinha sido escolhida para algo que a irmã mais velha não tinha.

Olhou para a mensagem novamente, o botão vermelho piscando a palavra *ENTRAR* a cada batida do seu coração, enquanto o botão menor de *CANCELAR* ao lado quase desaparecia. Parecia uma armadilha. Talvez devesse esperar alguns anos. Porém, mais uma vez, sua curiosidade estava vencendo. Que mal poderia fazer?

Balbuciando consigo mesma, jogou a cautela para o alto e pressionou o botão com seu pequeno polegar.

Você está quase dentro, garotadeouro01. Aqui está o que você precisa fazer.

Que mesmo nos menores eventos não existe algo como a coincidência.

— Haruki Murakami, *Kafka à beira-mar*

CAPÍTULO 1

SALEM

Dias atuais, vinte anos de idade

Salem tinha quase certeza de que havia um corpo morto na praia.

Não podia afirmar com total convicção, não com a falta de luz em uma noite sem luar e nublada. Mas, do seu ponto de vista, no topo do penhasco, aquela massa escura com um formato estranhamente humano a fez duvidar o suficiente para ir investigar.

Não era apenas seu interesse no assunto ou sua especialização que a levava a confirmar suas suspeitas. Desde que se lembrava, sempre quis estudar criminologia, especificamente forense, e entender a morte em detalhes. Mas não, não era apenas sua curiosidade acadêmica que a guiava. Era o pensamento de que sua irmã já havia sido aquela massa escura em uma praia em algum lugar, e ninguém a tinha visto por um bom tempo. Nada mais explicava por que estava indo em direção àquilo no meio da noite, quando deveria estar na cama. Em seu lugar, qualquer outra pessoa teria chamado imediatamente a polícia. Qualquer outra pessoa teria se afastado da borda do penhasco e voltado correndo para o campus. Qualquer outra pessoa teria reconhecido o perigo da situação, em particular depois dos últimos dois anos.

Qualquer um, menos ela.

Não, não Salem Salazar, a rebelde da família, a mancha na linhagem, a cicatriz na reputação. Embora não fosse mais a que tinha maior destaque. Quem poderia imaginar? Não ela.

Sua mãe não queria que ela se matriculasse em Mortimer, e Salem havia prometido que não faria nada para gerar mais fofocas sobre o nome Salazar durante seu período na universidade. Mas lá estava ela, descendo os degraus esculpidos na lateral do penhasco, com a lanterna do celular iluminando o caminho.

O chão estava úmido sob suas botas, o solo cedendo facilmente entre as pedras enquanto descia o penhasco com cuidado. Salem havia descoberto esses degraus duas noites atrás, durante um passeio noturno pelo campus. Havia chegado a Mortimer há apenas uma semana e estava gostando de passar as noites explorando a propriedade, em vez de ir à cidade e ficar bêbada durante a semana de orientação, como a maioria dos outros alunos. A floresta de um lado do campus, o mar à frente... e os prédios silenciosos à noite pareciam mais familiares do que a multidão de alunos com sua recém-descoberta liberdade.

O som das ondas e do vento a fez parar nos degraus. Salem reparou em si mesma, percebendo que deveria ter vestido algo impermeável, pois a leve névoa no ar logo ficaria mais densa. Não gostava da chuva, nem da sensação de umidade em si mesma, o que era particularmente ruim, já que passaria os próximos anos em um campus à beira-mar. Mas teria que superar isso, principalmente dado o tipo de profissão que esperava seguir.

Olhando para trás, para o caminho que havia percorrido, percebeu que estava quase na metade da descida. Não fazia sentido voltar, ainda mais quando havia um possível corpo esperando por ela. Embora não estivesse exatamente feliz por alguém ter morrido, os insetos investigativos que infestavam seu cérebro não podiam deixar passar a oportunidade de obter informações.

Só para ter certeza de que não havia nada espreitando por perto, lançou um olhar sobre a praia escura e estreita, mal visível sob as nuvens, e não viu nada além de uma pequena massa escura.

Tudo certo, então.

Lentamente, continuou a descer, segurando o celular com uma das mãos para iluminar o caminho e apoiando-se na lateral do penhasco com a outra para manter o equilíbrio. Após alguns minutos descendo em silêncio, finalmente pisou na areia da praia e soltou um suspiro. Esforço físico era algo de que ela não gostava nem um pouco, mas fazia parte do pacote, sobretudo em um campus tão vasto.

Respirando fundo para se acalmar, virou-se e foi direto em direção à massa escura. Com certeza era um corpo. Só precisava confirmar se era animal ou humano.

Seu coração começou a acelerar a cada passo, e a massa escura foi tomando a forma de um corpo humano e euforia começou a correr em suas veias. Salem sabia que não era uma reação natural ao testemunhar algo assim. Já tinham lhe dito isso inúmeras vezes durante as duas décadas que passara nesta terra. Ainda a incomodava às vezes, o que sentia e o que deveria sentir, a dicotomia que fazia sua bússola moral girar sem controle. Mas, quanto mais se aproximava do cadáver, mais a bússola se acalmava. Naquele momento, sozinha na escuridão, longe das expectativas sociais sobre quem deveria ser ou ter sido, permitiu-se sentir exatamente o que sentia.

Empolgação.

Não apenas por um corpo morto, mas pelas informações que poderia extrair dele, pela possibilidade de encontrar mais uma peça para o quebra-cabeça no qual vinha trabalhando há dois anos, completamente sozinha.

Finalmente chegando à massa, parou a alguns passos de distância e deixou seu cérebro fazer o que mais amava fazer: observar, analisar, concluir.

Apontando a lanterna do celular para o corpo, inclinou a cabeça para o lado, um hábito instintivo que nunca conseguiu abandonar, e abriu o aplicativo de notas, deixando seus olhos percorrerem tudo de forma clínica.

- Feminino;
- Jovem, talvez no final da adolescência ou início dos vinte anos;
- Cabelos claros, cor indeterminada, comprimento até a metade das costas, talvez? Arrancado pela raiz em um ponto próximo ao couro cabeludo. Preso em algo por acidente ou puxado intencionalmente?

Parou, percebendo que o corpo não estava muito molhado ou inchado, como seria de se esperar caso alguém tivesse sido trazido pelo mar para a praia. Franzindo a testa, agachou-se e se inclinou para a frente, vendo uma pequena poça escura atrás do crânio. O que significava que...

Salem olhou para o penhasco, imponente e muito mais alto do que havia imaginado.

- Sangue ao redor do crânio indica trauma por ação contundente. Impacto de uma queda ou por um objeto?

As mãos da mulher estavam ao lado do corpo, com marcas escuras ao redor do pulso direito.

- Hematomas finos e escuros ao redor do pulso direito parecem antigos, possivelmente de uma semana. Marcas de amarração ou cativeiro?

Havia uma tatuagem pequena, quase imperceptível, atrás da orelha da mulher.

- Um símbolo atrás da orelha, não está claro. Tamanho de um grão de arroz.
- Assassinato ou suicídio?
- Este é o local do crime? O sangue é mínimo, então a areia absorveu a maior parte junto da umidade, ou teria sido transportada

da verdadeira cena do crime? Se foi transportada, por quê? Para descartar o corpo ou para encenar algo?

Caminhou lentamente ao redor do corpo, fazendo anotações, completamente absorvida em sua tarefa.

Talvez foi por isso que não percebeu antes que não estava sozinha.

Algo no ar mudou, as moléculas se movendo e se reorganizando para acomodar outra forma física. Sentiu essa mudança atrás de si. Os pelos na nuca se eriçaram, o suor se misturou à fina camada de umidade, e a consciência de outra pessoa respirando ao seu redor se concretizou, enquanto um instinto humano de sobrevivência secular soava dentro dela.

Foi então que, parada ao lado de um corpo com a lanterna do celular acesa como um farol, percebeu o que aquilo poderia parecer para alguém que visse de fora. Pareceria culpada, ou pelo menos suspeita, para qualquer um.

A menos que fosse alguém que soubesse que Salem não era, porque estaria envolvido.

A brisa levantou um fio do cabelo cacheado que escapara de seu coque desleixado habitual, e o cheiro de mar e sal ficava mais forte à medida que ela se tornava mais consciente da presença da outra pessoa.

Salem apagou a lanterna em silêncio, deixando a área em uma escuridão repentina, e piscou rapidamente para ajustar os olhos à escuridão atrás de seus óculos quadrados.

— Fique parada.

A voz masculina veio de trás dela, não de muito perto, mas também não de muito longe.

O som, forte e rouco, misturou-se com as ondas, como se o próprio mar estivesse rugindo e falando.

Mar e fumaça. Seu cérebro anotou as palavras que surgiram como reação ao estímulo auditivo.

Outro som surgiu.

Farfalhar de papel, registrou.

Então, o som de algo arranhando o papel. Conhecia muito bem aqueles sons distintos, porque gostava de ruídos de fundo para ajudá-la a se concentrar enquanto estava trabalhando em algo. Sons sempre provocavam algum tipo de reação em seu cérebro.

O que esse homem está fazendo? A menos que estivesse planejando assassiná-la com um corte de papel, não entendia por que havia pedido para ficar quieta. E por que era que estava mesmo obedecendo ao comando dele?

Salem abriu a boca, pensando nas palavras que diria, mas então as segurou. Não era muito de falar. Na verdade, até pouco tempo, havia desistido completamente de falar por alguns anos. Apenas dois anos atrás havia começado a falar de novo, embora de forma não tão frequente quanto se esperaria, e apenas depois de... espantou a lembrança, impedindo que a mente fosse para lá enquanto ainda estava naquela situação.

Fique no presente, lembrou a si mesma, como fazia com frequência, mordendo a bochecha. Um hábito que a ajudava a se manter centrada.

— Não se aproxime, ou eu chamo a polícia — ela o ameaçou, a voz firme, quase gelada, sem refletir nenhuma de suas preocupações internas.

— Eu já chamei — respondeu o homem com desdém, o som do arranhar no papel acelerando. — A questão é: por que você não chamou? Ficou curiosa, não foi?

O tom dele mudou nas últimas palavras, ficando mais suave, mais sensual, quase persuasivo. Aquele tom provocou algo no cérebro dela. Como alguém sensível a informações auditivas, conseguia entender o porquê, mas isso não explicava o pequeno calafrio que percorreu seu corpo.

Aquela voz era perigosa, uma arma embainhada até que ele decidisse revelá-la. Conseguia imaginá-lo em uma era de impérios, usando aquela voz para incitar uma multidão, incentivá-la a um motim, para influenciar plateias a se aglomerarem em uma arena, tentando-as a entrar, persuadindo-as a seu próprio prazer enquanto ele cortava suas cabeças com precisão.

— A curiosidade é uma resposta perfeitamente saudável — respondeu Salem, mantendo a voz baixa e firme, tentando não deixar que as palavras dele cutucassem as feridas de suas cicatrizes mentais.

Uma risada grave, mais rabiscos no papel e, em seguida:

— Não chamaria o que qualquer um de nós está fazendo aqui de saudável.

Talvez a metáfora estivesse errada. Literatura realmente não era seu ponto forte, afinal. A voz dele era mais um mar inexplorado do que areia ensanguentada, como as fábulas de criaturas da escuridão oceânica, atraindo marinheiros desavisados, arrastando-os para as profundezas.

Seus pensamentos poéticos a surpreenderam. Ninguém jamais a veria assim. Na verdade, viam o oposto, alguém completamente metódica e racional.

Isso, seja lá o que fossem esses pensamentos, era uma experiência nova, mas aquele não era um bom momento para se ter uma.

Era perturbador. Não gostava disso.

Fortalecendo a si mesma e a sua mente, seus olhos finalmente ajustados à escuridão, concentrou-se na silhueta dele, com o pouco que conseguia enxergar. Ele estava a alguns metros dela, uma figura alta e larga contra o fundo cinza claro, com uma das mãos segurando um caderno de algum tipo e a outra se movendo livremente por ele.

Ele estava *desenhando*?

Mas que droga!

— Você está... desenhando? — perguntou Salem, a desconfiança clara em seu tom. Se estivesse, seria um ato de indiferença a um nível que nem ela poderia alcançar. Costumava ficar distante ao encarar a morte e examinar coisas; aquela era uma resposta diferente, uma que ela não entendia, e ele sentia, mas permanecia imperturbável.

A mão dele não parou, mas ela o viu olhar para cima uma vez, o movimento revelando alguns outros detalhes sobre ele: cabelo um pouco longo e uma mandíbula de matar, um trocadilho ainda em análise.

— É arte — ele encolheu os ombros largos, como se isso explicasse seu comportamento bizarro, falando novamente naquele tom grave e suave; — Solte seu cabelo.

A audácia e a absoluta bizarrice de todo o encontro fizeram com que uma risada involuntária escapasse do peito de Salem, que quase levantou a mão para tocar o lugar de onde o som havia vindo, mas não quis revelar qualquer vulnerabilidade a ele.

— Vá se foder — respondeu ela no mesmo tom firme e frio, quase engolindo as palavras. Quase nunca xingava, pelo menos não fora de casa. Era uma mistura de não falar a maior parte do tempo com a sua criação. A maioria dos xingamentos não tinha colado, para o desespero da mãe, mas aquele, por alguma razão idiota, tinha. Entretanto, isso tudo era engraçado. Abrir cadáveres? Claro. Dizer *foda-se* em público? De forma alguma.

O cara riu de novo, o som das ondas vibrando em seu peito.

— Vou fazer isso quando chegar em casa, obrigado.

Meu Deus, ele era insuportável. E possivelmente psicótico. Quem diabos ria e desenhava em cima de um cadáver? Por mais estranha que fosse, Salem não desrespeitava os mortos, pois podiam invadir sonhos e roubar a paz de espírito. Ela sabia porque já haviam feito isso com seus sonhos e sua paz.

— Relaxe, pequena áspide — disse ele, finalmente fechando o caderno e colocando a caneta ou lápis, seja lá o que fosse, atrás da orelha, chamando sua atenção para algo brilhando nela. Um piercing?

Então as palavras a atingiram. Áspide? Por que diabos a chamou daquele nome estranho?

Salem estava apertando os olhos, tentando ver mais enquanto sua mente trabalhava, quando de repente o homem entrou em movimento, dando alguns passos para diminuir a distância entre eles. Ficou tensa, a mão apertando o celular em uma tentativa de manter a calma e não deixar que seus pensamentos erráticos a dominassem. Até onde sabia, queriam se juntar ao corpo atrás dela.

— Não se aproxime mais — ela o alertou, levantando o celular e apontando para ele, recuando devagar, para longe do corpo e em direção aos degraus do penhasco por onde havia descido.

Sons de pessoas e feixes de luz de lanternas balançando surgiram do final da praia. A polícia, provavelmente.

O homem parou de se mexer, mas ela ainda podia sentir os olhos dele sobre si, observando seu movimento quase hipnotizado.

A lógica venceu a tolice. Não conhecia aquele homem, não sabia por que ele a provocava, e as circunstâncias em que o conhecera eram mais alarmantes do que atraentes, ou pelo menos era o que ela dizia a si mesma quando finalmente chegou à base dos degraus.

— Quem é você? — As palavras escaparam dela antes que pudesse detê-las, ecoando no silêncio que se seguiu.

Salem esperou um segundo, depois outro, no aguardo de algum tipo de resposta. Era seu truque habitual com todos: fazer uma pergunta e esperar pela resposta. As pessoas geralmente preenchiam o silêncio em alguns segundos, relutantes em permanecer no silêncio desconfortável. Mas ele não falou, não se apressou em preencher o vazio. Na verdade, ele parecia estar esperando que *ela* cedesse.

A falta de uma resposta pairou entre eles, a pergunta ecoando pesadamente. Ele estava em silêncio porque não queria se explicar? Ou estava apenas brincando, com a mesma indiferença que havia mostrado nos últimos minutos?

Quem *diabos* era aquele cara?

Não conseguia explicar por que fez o que fez a seguir. Poderia ter sido o silêncio pesado a perturbando, uma ocorrência rara em sua vida, ou algum instinto profundamente enraizado de preservar evidências, ou ainda a própria curiosidade que ele havia capturado durante o encontro. Seja o que fosse, isso a fez abrir a câmera do celular e pressionar o botão.

Uma luz branca e brilhante a cegou momentaneamente, fazendo-a piscar rapidamente para limpar a visão. O som do obturador foi alarmantemente alto por uma fração de segundo antes de desaparecer sob o barulho das ondas.

— Tsc tsc tsc... — A repreensão dele cortou o ar. — Você não deveria ter feito isso.

Salem engoliu em seco, mas manteve sua posição.

Ele começou a andar casualmente para trás, em direção ao lado oposto da praia.

— Você acabou de se colocar bem no meio de um jogo sobre o qual não sabe nada.

Salem balançou a cabeça, sem entender suas palavras enigmáticas, mas não precisava, não com aquele tom sombrio. Talvez tivesse sido estúpida, mas queria a evidência, e que se dane se ele pensou que a guardaria para si.

Virando-se nos calcanhares sem dizer uma palavra, ela correu pelos degraus, de volta na direção do campus, longe do estranho misterioso, das autoridades que se aproximavam e do cadáver na praia.

Matando-me, para morrer depois de um beijo.
— William Shakespeare, *Otelo*

CAPÍTULO 2

SALEM

"E, novamente, a morte encontrou seu caminho até Mortimer."

A notícia soou alto na TV de tela plana montada na parede do café onde Salem acabara de entrar. As palavras chamaram sua atenção. Parou dois passos depois da porta, com as costas rígidas enquanto observava a repórter compartilhar a manchete da manhã.

— Estamos transmitindo ao vivo da praia de Mortimer, onde o corpo de uma mulher foi encontrado nesta madrugada — continuou a repórter, seu rosto era uma máscara séria que combinava com o tom de voz. — Embora o corpo ainda não tenha sido identificado, fontes confirmaram que se trata, de fato, de uma estudante do campus universitário. Como vocês podem ver atrás de nós… — A câmera se moveu para o lado, mostrando a área sendo isolada com fitas pela polícia e alguns moradores observando por trás da fita amarela. — ... há muita atividade acontecendo. Nenhuma declaração oficial foi divulgada até o momento.

Houve uma pausa enquanto a repórter acenava para alguém atrás da câmera.

— Este incidente nos lembra da morte no farol há dois anos, onde o corpo de um homem não identificado foi encontrado perto das rochas. Esse caso permanece sem solução.

Uma imagem do farol que Salem tinha visto do penhasco apareceu na tela antes de voltar à repórter.

— Esta morte prematura foi um trágico acidente ou algo mais macabro? O que está acontecendo na pequena cidade universitária de Mortimer? Nos acompanhe enquanto buscamos respostas e aguardamos declarações oficiais. Aqui é Sam Bailey reportando para a *Nation News*.

O logo do canal apareceu na tela com uma música alta e característica, substituindo a bela vista cinzenta do litoral pelo estúdio sóbrio em azul e branco, enquanto os repórteres passavam para outras manchetes.

Murmúrios surgiram no ambiente ao redor, trazendo sua atenção de volta para onde ela estava. O café.

Fique fora disso, se repreendeu, mordendo o interior da bochecha.

O pequeno café tinha sido sua primeira parada quando chegou ao campus e, desde então, havia se tornado seu ponto de encontro matinal diário. Localizado na rua principal, logo fora do campus, o Biblioteca Barra Café, ou BBC, como os estudantes o chamavam, fazia jus ao nome. Filas de prateleiras cheias de livros cobriam uma parede inteira à direita, enquanto uma área de bar e balcão de bebidas ocupava a parede adjacente à entrada principal. Várias janelas à esquerda proporcionavam uma vista clara dos portões principais da universidade — enormes portões de ferro forjado pintados de preto, com o brasão da universidade em prata e dourado no centro — além de iluminar em todo o espaço com luz natural. Mesas — separadas e colocadas na frente de sofás — preenchiam o resto do espaço, intercaladas com plantas e luminárias. O ambiente era aconchegante e convidativo, ao contrário do que se esperaria em uma cidade universitária superelitista.

Olivia foi quem lhe contou sobre isso.

Fique no presente.

Dirigiu-se adiante, até onde ficava o balcão de pagamento. Aditi, uma de suas colegas de classe e estudante com bolsa integral graças à sua mente incrivelmente genial, estava atrás do balcão alto com um avental preto amarrado ao redor do pescoço longo. Salem pensou brevemente se aventais já haviam sido usados como arma, talvez para estrangulamento em algum caso. Teria que pesquisar.

Aditi se virou para ela, oferecendo um sorriso caloroso que parecia mais genuíno do que todos os sorrisos com os quais tinha convivido.

— Oi, Salem — a garota a cumprimentou com um tom leve. — O de sempre?

Salem concordou, passando seu cartão de estudante na máquina para que o valor fosse adicionado à sua conta mensal. Embora a cidade inteira não funcionasse dessa forma, o BBC era um dos locais mais frequentados fora dos portões. Um dos motivos pelos quais tinha gostado de ir até lá de manhã cedo nos últimos dias era o pouco movimento naquele horário, em que a maioria dos estudantes ainda estavam na cama, exaustos das noites agitadas da semana de orientação. Desde que descobrira o lugar, podia pegar sua bebida e encontrar um bom lugar perto da janela por algumas horas para pesquisar ou apenas observar as pessoas.

— Então, você está animada para o começo das aulas amanhã? — perguntou Aditi, tirando-a de seus pensamentos enquanto esperava a bebida ficar pronta.

Salem assentiu.

— E você? — perguntou, por educação.

— Ah, sim — a outra garota respondeu com entusiasmo. — Mal posso esperar para realmente frequentar a Faculdade de Artes. Tipo, não é incrível como Mortimer nos permite escolher nossos próprios módulos? Acho que não existe outra universidade que me deixaria estudar Belas-Artes com uma opção de matérias extracurriculares tão variadas.

Isso era realmente uma das coisas incríveis sobre Mortimer, Salem tinha que admitir. Os estudantes, que geralmente vinham de famílias ricas e estudavam a vida toda com certos objetivos em mente, podiam criar seu próprio currículo com um máximo de seis disciplinas a partir de uma lista de módulos no primeiro ano de graduação. A partir do segundo ano, eles podiam se especializar.

Mortimer tinha quatro grandes faculdades dentro do vasto campus: a Faculdade de Artes, a Faculdade de Ciências, a Faculdade de Gestão para os graduandos, e a Faculdade de Direito para os pós-graduandos. Havia várias disciplinas em cada uma das faculdades, e os estudantes eram livres no primeiro ano para experimentar e descobrir quais eram os melhores módulos para eles.

— Quais você escolheu? — perguntou Aditi, apoiando os cotovelos no balcão.

— Disciplinas relacionadas à criminologia, principalmente — respondeu Salem. — E um módulo de psicologia. Quero ver se vale a pena fazer como área secundária no próximo ano.

Normalmente, não teria usado tantas palavras, mas Aditi era uma das pessoas mais gentis que já havia conhecido. Na verdade, elas se esbarraram no dia da mudança, no bloco residencial. Os pais de Aditi tinham vindo para se despedir dela, ficaram no saguão principal e viram que Salem os observava. Eles a chamaram para se juntar ao pequeno grupo, se apresentaram e partiram com palavras gentis. Tinha sido uma interação rara, muito rara, mas que a fez refletir.

Aditi sorriu com sua resposta.

— Isso é tão legal. Consigo totalmente imaginar você arrasando nisso. Já tem uma especialização em mente ou vai decidir conforme for avançando?

— Forense — Salem cruzou os braços, esperando que suas palavras não soassem estranhas, preparando-se para a reação usual que recebia quando as pessoas próximas descobriam o que havia escolhido.

A outra garota simplesmente continuou sorrindo.

— Legal!

Salem não sabia o que pensar sobre aquilo, mas, antes que pudesse refletir, sua bebida chegou. Murmurou um agradecimento e se virou para sair, sem muita vontade de ficar, já que uma multidão começava a chegar – a maior parte teve que arrastar o traseiro para fora da cama para falar sobre um corpo encontrado na praia na primeira semana de aula.

Podia ouvi-los falando, captando palavras e frases ao redor. Era mais o sensacionalismo do que a tragédia em si. As pessoas, especialmente aquelas vindas das famílias que frequentavam essa universidade, amavam fofocas como mais nada no mundo. Qualquer coisa que desviasse sua atenção das próprias vidas vazias e oferecesse distração era bem-vinda.

Dizendo adeus à paz que encontrara em seu cantinho na janela na semana anterior, pegou o café de avelã e saiu para uma manhã enevoada, com o céu nublado e cinzento. De acordo com sua pesquisa, esse era o clima na maior parte do ano na cidade costeira: moderadamente frio, com chuvas leves e neblina, exceto por alguns dias ensolarados e um mês de neve fraca no inverno.

Como as aulas para calouros começavam perto do outono, estava ficando mais frio a cada dia, e os dias ensolarados eram muito mais raros do que seriam no verão. Por isso, a bebida quente em suas mãos parecia mais reconfortante do que nunca.

Os estudantes circulavam pela rua de paralelepípedos que levava diretamente aos enormes portões de ferro forjado da universidade. Alguns estavam em grandes grupos, outros em duplas ou trios, e alguns estavam sozinhos, como ela. Estava em conflito. No fundo do coração, queria ser como eles e ter amigos. Mas as experiências passadas a deixaram desiludida o suficiente para aceitar a pontada no coração, mas permanecer sozinha. Seu único amigo havia sido outra traição, a gota d'água para sua filosofia sobre amizade. Não havia valor nisso, pelo menos não para ela. Só eram pessoas que se aproveitavam dela, alguns emocionalmente, outros financeiramente, e até socialmente. Tudo funcionava na base da troca, até que algo acontecesse e não fosse mais conveniente. A pequena pontada que seu coração sentiu ao ver todos ao redor e se lembrar de sua pseudo-amizade... Isso não significava nada.

Seu celular vibrou no bolso.

Salem olhou para baixo e viu o nome da mãe piscando na tela e hesitou. Falar com a mãe nunca fazia bem ao seu ânimo, especialmente no último ano, desde o incidente envolvendo o pai, mas ela não podia evitar a mulher, não quando ela era a única família que lhe restava.

— Bom dia, mãe — cumprimentou-a com educação, encostando-se em um cantinho ao lado do café, próximo a um prédio mais antigo. A maioria dos prédios na cidade eram antigos, mas bem conservados.

Toda a cidade foi planejada para acomodar a universidade e aqueles que a frequentavam. Havia alguns cafés, bares, restaurantes locais, um mercado chique e, para mais opções, a cidade grande mais próxima ficava a uma hora de distância.

— Como você está, Salem? — O tom da mãe era distante, quase distraído. Salem sabia o que a mulher estava fazendo: conferindo a única filha, a única pessoa que lhe restava no mundo, apenas para garantir que o que aconteceu com a filha mais velha e o marido não acontecesse com Salem. Quase poderia elogiá-la pelos esforços, se estes viessem de um lugar de amor e preocupação, em vez de medo de repercussões sociais e exclusão social.

Sabia que os últimos dois anos não haviam sido fáceis para a mãe, também não foram para ela, mas, enquanto partira em uma missão para encontrar respostas, a mãe partira em uma missão para recuperar a classe social delas.

— Estou bem, mãe — respondeu, como fazia todas as manhãs. Estava bem. E continuaria bem, mesmo que isso custasse tudo a ela. — E você?

— Bem, bem — a mãe disse. — Não é tarde demais para desistir. Tem certeza de que quer ficar aí?

Suspirou. Já haviam tido aquela discussão muitas vezes. Bem, a mãe discutia, e Salem se recusava a ceder.

A mulher mais velha, entendendo o silêncio de Salem pelo que significava, também suspirou.

— Tudo bem, não vou tocar no assunto de novo. De qualquer forma, tenho uma reunião com os advogados hoje. Estou tentando reavaliar uma das propriedades do seu pai. Vamos discutir a venda da vila em Tenebrae Hills e...

Salem ouviu a mãe falar com apenas metade da atenção, enquanto seus olhos captavam algo preto no meio de um mar de tons marrons e cinzas. Costas largas, um corpo esguio, andar confiante, quase descontraído, descendo a rua, afastando-se dos portões da universidade e indo em direção à linha de árvores que marcava uma parte da floresta que separava a cidade da próxima.

— Isso é ótimo, mãe — murmurou Salem, já distraída. — Preciso desligar.

Ouviu o adeus da mãe e desligou, abrindo rapidamente a galeria do celular em busca da imagem que havia tirado na noite anterior.

Havia olhado para a foto várias vezes ao longo da noite: o corpo da garota, o mar ao fundo e *ele*. Ele, com a voz áspera e rouca. Aquela foto, dele com uma das mãos ao lado do corpo e a outra segurando o caderno para proteger o rosto do *flash*, apenas um vislumbre de seus olhos claros visíveis, junto a uma sobrancelha escura e forte, cabelos escuros um pouco longos puxados para trás do rosto, um leve vislumbre de um osso saliente da bochecha e um esboço do que estava desenhando — algo com padrões espirais.

Mas foi a mão segurando o caderno que ela olhou para confirmar. Tatuagens, uma tinta escura que não conseguia distinguir na imagem embaçada, cobriam desde o dorso da mão até os nós dos dedos.

A mesma mão da pessoa que caminhava casualmente pela rua.

Era *ele*.

Guardando o celular no bolso, rapidamente começou a segui-lo, mantendo-se distante o suficiente para que não a notasse na multidão, mas perto o bastante para mantê-lo à vista. Sem ideia de por que estava fazendo aquilo, havia apenas algum instinto profundamente enraizado a dizendo para investigar.

Ele entrou na floresta, e a multidão de estudantes diminuía conforme se aproximavam das árvores. Salem o seguiu, escondendo-se atrás de árvores altas para se cobrir, tentando fazer o mínimo de barulho possível, o que era difícil com as folhas e galhos caídos no chão da floresta.

Salem tentou entender por que segui-lo era importante. Estar na cena do possível crime na noite anterior, agindo de forma estranha, então avistá-lo naquela manhã, vê-lo duas vezes em dois dias, quando nunca o havia visto antes, apesar de estar no campus a semana toda... Tudo isso fez soar alertas em sua cabeça. Talvez ele soubesse de algo ou pudesse levá-la a alguma pista que lhe desse respostas sobre sua irmã.

Sua irmã, amada-por-todos e... um pé no saco.

Fique no presente, repetiu para si mesma, como fazia ao se preparar para vir à universidade. Levou dois anos, um tempo sabático depois do ensino médio, para conseguir ingressar em Mortimer. A universidade raramente permitia alunos com anos sabáticos, mas seu histórico e o legado da família pesaram a seu favor. Tinha quase certeza de que a pena do conselho também teve parte nisso, mas não se importava. O que fosse necessário.

Enquanto se aventurava mais fundo na floresta, percebeu que não havia exatamente uma trilha, apenas um pequeno caminho — provavelmente usado por estudantes, presumiu.

O cara caminhava pela trilha, um lápis em uma das mãos, girando-o entre os dedos enquanto assobiava uma melodia sem sentido. Por fora, parecia inocente o suficiente para enganar alguém. Mas conseguia sentir que havia algo ali, algo mais sombrio, mais profundo, mais mortal, sob a superfície. Salem havia assistido a documentários criminais suficientes na vida para identificar por que poderia ser um daqueles prodígios. Não se surpreenderia se o homem se virasse e a perfurasse com o lápis. Era uma ferramenta surpreendentemente eficaz, ainda mais quando usada no lugar certo.

Teria considerado seu julgamento rápido demais se a noite anterior não tivesse acontecido, se não tivesse sentido um certo caos dentro dele enquanto seus dedos voavam sobre o papel, o comportamento deixando uma coisa clara: aquela não era a primeira morte que ele testemunhava, nem seria a última.

Depois de caminharem por alguns minutos, a trilha terminou, e ele virou em uma curva, seguindo em direção a um prédio antigo e aparentemente abandonado em uma pequena clareira.

Salem se escondeu atrás de uma árvore alta e espiou.

O prédio era todo de pedra, como um templo antigo ou igreja de algum tipo, não tinha certeza. Não havia símbolos externos que o identificassem como tal, mas era uma estrutura pequena de um andar, feita de pedra cinza-escura, com um tipo de altar na frente. Poderia imaginar algo assim em um documentário histórico sobre crimes, onde uma ou várias pessoas se reuniam na floresta e usavam o altar como sacrifício para qualquer entidade em que acreditavam, borrando a linha entre o sagrado e o profano. A história da humanidade estava repleta de histórias de sacrilégio como essa.

Um cara estava ao lado do altar, aparentando ter entre vinte e poucos e trinta anos, cabelo claro, calça jeans azul e camiseta branca. Era um contraste gritante com o cara que ela estava seguindo, que usava apenas cores escuras. Cabelo escuro, roupas escuras, alma sombria.

O garoto de cabelo claro começou a falar sobre algo, mas Salem estava longe demais para entender exatamente o quê. Lentamente, com cuidado, agachou-se e se aproximou, evitando galhos e folhas que poderiam estalar ou farfalhar e alertá-los sobre sua presença, agradecida pelo hábito de usar calçados resistentes.

— Você quer contar isso a eles? — a voz do loiro chegou até ela enquanto se posicionava atrás de outra árvore, a última antes da clareira.

Voz aguda, mas agradável.

— Ainda não — respondeu ele, e, que se foda se a voz dele não tivesse o mesmo efeito nela que na noite anterior. Não havia nada de *bom* nela. De alguma forma, havia se convencido de que sua reação ao estímulo auditivo tinha sido amplificada pela situação e pela adrenalina, e que, sob a luz do dia, não a afetaria da mesma forma. Estava errada.

A voz dele, aquele tom grave e áspero, desencadeou uma coceira profunda em seu cérebro. Era o que buscava ao ouvir ASMR, o que chamavam de "formigamentos" .

— Você acha que será em breve? — perguntou o loiro.

— Quem diabos saberia dizer? — Ele suspirou.

O loiro pegou um cigarro e o levou aos lábios, tragando profundamente antes de soltar uma baforada de fumaça, oferecendo-o silenciosamente a *ele*. *Ele* balançou a cabeça, girando o lápis mais rápido entre os dedos tatuados, um movimento quase hipnótico.

— Você precisa resolver essa merda antes de o ano acabar — o loiro alertou.

Ele permaneceu em silêncio.

— Você sabe que eu te dou cobertura, mas, se você não fizer isso, não é só o seu pescoço que estará em jogo, é o meu também. E aí eu estou fora.

Salem franziu a testa, tentando entender do que estavam falando, mas decidiu guardar tudo para refletir mais tarde.

— Eu vou resolver — disseele , e a confiança em seu tom a fez acreditar que realmente o faria, mesmo sem saber *do que* se tratava.

O lápis continuou girando.

— Eu espero mesmo — o loiro jogou o cigarro no chão, esmagando-o com o sapato. — Não faça eu me arrepender de ter te ajudado. Você não vai gostar disso.

O lápis parou de girar.

Salem prendeu a respiração enquanto *ele* ficava imóvel.

O corpo parecia se expandir diante dos olhos dela, as costas se endireitando, a postura ficando rígida, os músculos se contraindo sob a camiseta. Era uma mudança hipnotizante, exatamente como havia sido na escuridão da noite, como se a mudança nas moléculas ao redor dele atingisse as moléculas ao redor dela em um efeito cascata, vibrando contra sua pele.

O lápis que estivera girando, aquele que ela considerava uma arma eficaz, estava de repente contra o olho do loiro, a apenas uma polegada de distância, enquanto ambos os homens ficavam em silêncio.

— Eu usarei seu sangue como tinta com prazer se você me ameaçar de novo — advertiu ele, com um tom casual, mas afiado, e, meu Deus, nunca tinha ouvido algo mais bonito do que uma ameaça de morte com aquele tom, a imagem do sangue sendo usado como tinta era mórbida. — Farei de você parte da minha obra-prima de uma forma que você não vai gostar, entendeu?

Caramba.

O maxilar do loiro ficou tenso, mas ele assentiu.

O Pintor. Era assim que o chamaria em sua mente a partir de agora.

O Pintor se afastou do outro homem e começou a girar o lápis novamente, como se ligasse e desligasse um interruptor, como se os últimos minutos não tivessem acontecido.

— Vamos só acelerar as coisas — o loiro suspirou, passando os dedos pelos cabelos. Era interessante ver o contraste entre a inquietação de um homem e os movimentos deliberados do outro.

Quando *O Pintor* não disse nada, o de cabelo claro exalou alto.

— Certo. Essa reunião nunca aconteceu.

Com isso, ele saiu para o lado oposto do altar.

O Pintor ficou parado no mesmo lugar por alguns segundos.

O silêncio pairou, quebrado apenas pelos sons ocasionais dos pássaros na floresta.

— Curtiu o show?

Salem congelou, olhando ao redor para ver com quem ele estava falando. Não havia mais ninguém na clareira.

Ele virou o pescoço lentamente, os olhos se fixando no lugar onde estava agachada no chão, e seu coração começou a bater forte nos ouvidos. Ele sabia. Sabia que estava lá, que o havia seguido, e permitira.

Salem se endireitou, dando um passo para trás, apenas para vê-lo dar um passo à frente, seu rosto escondido nas sombras das árvores. Havia uma boa distância entre eles, e, ainda assim, era perto demais. A presença dele estava muito próxima. A forma como a observava estava muito próxima.

Antes que pudesse entender o porquê ou como, seu corpo entrou em movimento, girando e correndo de volta pelo caminho de onde viera. As folhas úmidas ficaram escorregadias sob seus pés, galhos e espinhos de pinheiro estalando sob as botas, sua respiração alta nos ouvidos, deixando-a alheia a qualquer outro som.

Provavelmente foi por isso que não percebeu o quão perto ele havia chegado atrás dela, que pisou em uma pilha de folhas na pressa e sentiu que ia cair, que o braço firme que a envolveu a surpreendeu.

Com o coração acelerado, pulsando por todo o corpo, Salem ficou congelada no lugar, curvada para a frente no meio da queda, um braço musculoso a envolvendo. Levou um momento para processar que o braço estava pressionando seus seios, que o corpo dele estava pressionando suas costas, e que a forma como estava curvada pressionava algo firme contra sua bunda.

Endireitou-se, e ele abaixou o braço, colocando-o em volta de sua cintura.

— Você está com medo?

As palavras ecoaram sobre sua cabeça.

Não, não estava com medo. Estava irritada. Levemente excitada, o que era perturbador por si só, mas não com medo.

— Você aborda garotas assim com frequência? — perguntou de forma despreocupada, como se não estivesse contando cada inspiração e expiração, processando tudo.

Ele riu baixinho.

— Só as que me seguem de forma desastrada depois de me ameaçarem na noite anterior.

Salem revirou os olhos e se debateu, tentando se soltar do braço dele.

— Você pode me soltar?

O braço dele permaneceu firme.

— Posso? Sim. Vou? Depende. Por que você estava me seguindo?

As palavras dele, naquela voz que começou a perceber que tinha algum tipo de influência sobre ela, a fizeram hesitar. Por que o seguira? Era absurdo, e não fazia coisas absurdas.

— Fiquei curiosa.

Droga de curiosidade.

A mão dele, grande e tatuada, que agora podia ver de perto, ainda sob a sombra das árvores, repousava em seu estômago. Observou enquanto a mão se movia em círculos sobre o tecido, quase hipnótica em seu movimento, enquanto a boca dele se alinhava ao lado de sua orelha, as palavras entrando direto em suas veias.

— Essa foi uma amostra grátis — murmurou elenum tom suave, sedutoramente, a voz dele fazendo suas coxas se apertarem. — Mete o nariz onde não foi chamada de novo, e da próxima vez vai custar caro.

Salem olhou sem foco para as árvores à sua frente, a linha da floresta se abrindo para revelar o campus a alguns metros de distância, a ideia de fazê-la pagar causando uma reviravolta em seu interior.

— Me custar o quê? — sussurrou ela. A curiosidade era sua fraqueza, o mistério, seu vício.

Sentiu-o ficar imóvel por um segundo, então, ouviu sua voz ofegante.

— Isso te excita, pequena áspide?

Salem abriu a boca para dizer que não, queria dizer que não, mas seria uma mentira. Seu pulso estava acelerado, seus mamilos estavam duros, seu corpo estava suado.

Balançou a cabeça.

— Droga — ele quase rosnou, e o som enviou arrepios pela coluna dela, acumulando-se deliciosamente entre suas pernas. Dentes morderam suavemente o lóbulo da orelha, enviando uma sensação aguda por todo o corpo. — Fique longe de mim, pelo seu próprio bem.

De repente, estava livre. Desorientada pela perda do apoio atrás dela, equilibrou-se e observou enquanto ele seguia em direção ao campus, assobiando a mesma melodia de antes, o lápis ainda girando entre os dedos, como se não tivesse ameaçado arrancar o olho de um homem com aquilo havia alguns minutos, como se aquela mão não estivesse ao redor dela momentos atrás, como se não acabasse de ameaçá-la sutilmente e a deixado excitada segundos atrás.

E, para seu desespero, Salem tinha sido fisgada.

"Esperança" é a coisa emplumada
que se empoleira na alma
canta a melodia sem palavras
e não para — nunca.
— Emily Dickinson, *Esperança é a coisa emplumada*

CAPÍTULO 3

SALEM

As aulas começaram no dia seguinte, e a manhã passou voando enquanto ela ia de uma aula para outra.

Salem havia passado a manhã no prédio da Faculdade de Ciências. Era uma parte bem antiga do bloco principal do castelo, um dos três originais. Mortimer era uma das poucas universidades mais antigas do mundo. Foi estabelecida como um colégio interno no início dos anos 1500, ocupando o castelo que havia sido construído centenas de anos antes, para os filhos dos ricos, com uma torre sendo um bloco acadêmico, outra residencial e ainda outra para os professores e funcionários que ficavam na propriedade. Naquela época, a cidade não existia, apenas o vasto castelo na extremidade das terras, onde só era possível chegar através da floresta e em carruagens.

Ao longo dos anos, mais edifícios com a mesma arquitetura foram construídos à medida que o colégio interno se transformou em uma universidade, primeiro para os filhos e depois para as filhas dos privilegiados.

Salem sabia de tudo isso não porque a informação estivesse disponível facilmente, mas porque ouvira histórias transmitidas em sua família desde a época de seus bisavôs. Havia escutado muitas histórias.

Saindo da Faculdade de Ciências e caminhando sob o sol preguiçoso do final da tarde, Salem seguiu para sua última aula do dia — Introdução à Psicologia. Era um dos módulos mais populares do primeiro ano, com a maioria dos alunos de todas as disciplinas inscritos. Fazia sentido. A psique humana era infinitamente fascinante e tão inexplorada que poderia se tornar viciante tentar entendê-la. O interesse de Salem pela aula, embora acadêmico, também tinha outro motivo.

O professor.

Dr. Merlin, um dos psicólogos mais renomados do mundo, com artigos revolucionários publicados em seu nome e com amigos em altos cargos além da academia, era um dos atrativos do curso.

Também era o único professor que sua irmã mencionara uma vez além das aulas.

Uma menção feita por qualquer outra pessoa poderia ser ignorada. Mas não por Olivia.

Era exatamente por isso que Salem estava caminhando pela estrada de paralelepípedos, junto com um grupo de outros alunos conversando, em direção à enorme estrutura solitária no final dela.

A assiduidade às aulas dele era tão alta que a universidade havia designado um prédio separado para ele lecionar. Mesmo sendo a menor estrutura de todo o campus, localizada bem no fundo, mais próxima da floresta, a pelo menos alguns minutos de distância de qualquer outra torre.

As nuvens estavam sempre presentes no alto, assim como o som das ondas e da água. Era um som relaxante para seus ouvidos, algo que acalmava seus nervos um pouco agitados. Salem estava um pouco desequilibrada desde a noite na praia e estava se permitindo descobrir o porquê.

— Não acredito no quanto o Dr. Merlin é gostoso — uma das garotas caminhando à sua frente disse ao grupo, e Salem ouviu escondido, como sempre fazia com as coisas ao redor. — Ele tem quantos anos, uns quarenta?

— Quarenta e oito — outra garota informou. — Viúvo, sem filhos, mas há rumores de que está namorando a professora Carlton.

— Mentira?! — A terceira do grupo suspirou. — A de Negócios? Ela tem tipo metade da idade dele. E ainda é casada!

— Você acha que o marido dela sabe? — perguntou a primeira garota.

— Quem sabe? — Todas riram.

Salem guardou todas as informações em sua gaveta mental enquanto chegavam ao Auditório Merlin. Era assim que o chamavam no campus, já que havia apenas uma sala no estilo de auditório, e o Dr. Merlin lecionava nela havia quase quinze anos. A estrutura quadrada e simples combinava com o resto do castelo, a menor da propriedade, mas com capacidade para acomodar centenas de alunos, tendo a floresta logo atrás e o penhasco inclinado à direita como pano de fundo.

Salem entrou no prédio e prendeu a respiração enquanto um fluxo de alunos passava rapidamente por um pequeno saguão estreito que se abria em poucos passos, e sentiu os ombros relaxarem ao observar o espaço. Teto alto e inclinado, assentos no estilo auditório dispostos em semicírculo, todos voltados para uma parede com um quadro branco enorme, uma grande mesa e uma cadeira. Um conjunto de mesa e cadeira menores havia sido empurrado para o canto da sala.

Salem se apressou para ocupar um dos assentos perto da janela, que por acaso ficava na segunda fileira. Sentando-se de forma desleixada, enquanto o auditório se enchia lentamente, olhou para fora e se deparou com uma vista clara do mar e do farol que a notícia havia mostrado, este se erguendo de um penhasco rochoso e muito menor, onde a praia terminava.

Uma porta ao lado do quadro branco se abriu, e um homem bonito, de quase cinquenta anos, vestindo uma camisa impecavelmente branca, bem passada, e calças azul-marinho, entrou. O auditório ficou em silêncio enquanto Salem o observava de forma clínica.

Corpulento, altura média, grisalho nas têmporas, rugas no canto dos olhos escuros e uma cicatriz na bochecha direita.

— Boa tarde a todos — começou ele, dirigindo-se aos alunos. — Como temos muitos de vocês e pouco tempo, vamos nos apresentar rapidamente. Eu sou o Dr. Merlin e serei o professor da disciplina de Introdução à Psicologia este ano.

O professor olhou ao redor da sala, certificando-se de que todos estavam prestando atenção, e continuou:

— Agora, vocês podem pensar que isso se limita a orientação ou terapia comportamental, mas, se lerem a ementa do curso, saberão que cobriremos muito mais. Vamos dar uma olhada, e tentar entender tudo, desde uma introdução básica até psicologia do desenvolvimento, social, clínica e criminal, para citar algumas. Assim, vocês poderão decidir, por si mesmos, se querem continuar me vendo no próximo ano.

Algumas garotas riram, e ele sorriu. Salem sentiu algo desagradável no fundo do estômago. Era uma garota racional, que acreditava em fatos e evidências, mas também entendia que havia informações que os humanos captavam inconsciente ou subconscientemente, que se transformavam em instintos ou sensações viscerais sem uma razão lógica.

Na maioria das vezes, tentava não ignorar os seus.

E, naquele momento, olhando para aquele homem mais velho com um sorriso aparentemente charmoso, sentiu algo pesar, algo *errado*, na parte inferior do estômago.

— Antes de começarmos, por favor, digam seus nomes um por um. Não me comprometo a lembrar de todos, mas vou tentar.

Alguém da parte de cima começou, e Salem aproveitou para observar o professor, que estava ali parado com o mesmo sorriso educado, caloroso e... *errado*.

Antes que ela pudesse refletir mais sobre aquilo, a porta principal se abriu, e o barulho alto interrompeu o garoto que estava se apresentando.

O sorriso do professor desapareceu.

— Desculpe pelo atraso — disse a voz, e o estômago dela se contraiu por um motivo completamente diferente.

Era *ele*.

Salem se virou no assento e observou enquanto ele — *O Pintor Psicopata* — descia as escadas casualmente. Percebeu que ele o fazia de propósito, vestindo um suéter preto leve e calça jeans, com um caderno preso em uma das mãos tatuadas. Isso também era algo que havia notado nas últimas horas no campus — a maioria dos alunos carregava *tablets* ou bolsas com laptops, alguns livros; muito poucos carregavam os bons e velhos cadernos. Ela mesma tinha uma bolsa de couro grande com um organizador em que guardava seu *tablet*, dois cadernos e o resto dos pertences pessoais.

A bolsa estava esquecida ao lado. O rosto que ainda não havia visto por completo ficou visível de perfil enquanto descia. A linha da mandíbula afiada que formava um perfil rude, como uma pedra preciosa serrilhada tirada de uma rocha.

Murmúrios surgiram na sala enquanto os olhos o seguiam, enquanto ele olhava diretamente para o Dr. Merlin. O homem mais velho ficou parado com a mandíbula apertada, os lábios franzidos, algo em seus olhos enquanto observava o jovem avançar. Aparentemente, o professor não gostava de atrasos. Ou talvez fosse algo mais.

Salem observou enquanto *ele* passava por todos os assentos e ia até a mesa no canto, colocava seu caderno na superfície plana e, então, se apoiava nela.

— Este é meu assistente, pessoal — disse o Dr. Merlin, com a voz dura. — Caz.

Caz.

Abreviação de algo?

Salem esperou um momento por mais informações, mas o professor fez um gesto para que as apresentações dos alunos continuasse, ignorando completamente seu assistente, que estava meio sentado na mesa com os braços cruzados no peito largo.

Sobrancelhas escuras e fortes cortavam acima de olhos profundamente encovados e maçãs do rosto altas, um nariz aparentemente reto e uma leve sombra adicionava severidade a um rosto já bem definido. Sua pele bronzeada era marcada por tatuagens, desde os antebraços expostos até os lados do pescoço. Era tudo obra de um artista, tanto as tatuagens quanto sua beleza selvagem e caótica. Até ela conseguia reconhecer: o caráter cru e emotivo de seu rosto contrastava fortemente com a frieza distante, fazendo com que alguém se perguntasse qual dos dois era real.

Ele parecia mesmo com *Caz*.

Alguém a cutucou por trás, e percebeu que era sua vez de falar. Cerrando as mãos no colo ao pensar em falar enquanto tantos ouvidos estavam atentos, adotou o tom frio e distante que era sua marca registrada.

— Salem Salazar.

Subitamente percebeu os olhos se voltando para ela: os do Dr. Merlin, os *dele* e os do resto da turma.

Sabia o motivo. O nome Salazar era de uma das raras e antigas famílias de herdeiros em Mortimer. Também era o combustível de fofocas recentes, por conta dos eventos do ano passado.

Ignorando os outros, como era boa em fazer, concentrou-se no Dr. Merlin, imaginando se ele diria algo como: "Sinto muito, ouvi falar sobre sua irmã, ela era uma garota adorável." Já ouvira aquilo várias vezes ao longo dos anos. Sabia que Olivia tinha sido aluna dele, uma das melhores e mais brilhantes, e esperou por sua resposta.

Nada.

Ele não disse nada, apenas assentiu e passou para o próximo aluno, como se o nome não lhe trouxesse nenhuma memória.

Interessante.

O peso de outro olhar fez com que ela desviasse o foco para o homem que ocupava seus pensamentos de maneira tão irritante desde que se esbarraram naquela noite na praia. Aquele que desenhava cadáveres, ameaçava pessoas com lápis e a agarrou na floresta. Parecia ridículo até em sua cabeça, teria sido ridículo, se fosse qualquer outra pessoa além dele. Havia uma aura ao seu redor, algo caótico, imprevisível, que a fazia se sentir desequilibrada.

Caz. O Pintor Psicopata.

Salem pronunciava o nome dele na cabeça, imaginando como soaria em seus ouvidos. O som forte do "c", o som suave do "z".

Perguntou-se qual seria o resto do nome enquanto ele a observava com olhos claros, cuja cor exata não conseguia distinguir, com um brilho quase louco neles, e um pequeno sorriso sarcástico puxando um canto da boca. Aquele sorriso era ofensivo. Sorria como se soubesse seu segredo, como se pudesse expô-la, como se tivesse algum tipo de poder sobre ela.

Gostaria de arrancar aquele sorriso a mordidas.

Era ofensivo, e perguntou-se, distraidamente, se ele conseguiria manter o sorriso se ela grampeasse seus lábios.

Hum.

O pensamento violento a surpreendeu. Isso era novo. Normalmente, era o resultado que a excitava, não o ato em si.

Seus sentidos ficavam confusos quando se tratava dele, deixando-a com emoções mistas.

Salem ergueu levemente o queixo, dando a ele o olhar mais frio e arrogante que conseguiu reunir, e focou no motivo pelo qual tinha vindo à aula, consciente o tempo todo dos olhos intensos que pareciam nunca se afastar dela.

A emoção mais antiga e mais profunda da humanidade é o medo, e o tipo mais antigo e mais forte de medo é o medo do desconhecido.

— H. P. Lovecraft, *O horror sobrenatural em literatura*

CAPÍTULO 4

SALEM

Os dias seguintes passaram rápido, e ela nem teve tempo de se orientar.

Com o novo semestre, vieram novas aulas por todo o campus, novas pessoas querendo se apresentar antes de conhecerem o escândalo associado ao seu nome, e novas hierarquias para seguir. Alguns já assumiam papéis de liderança e formavam panelinhas que os seguiam por aí, um reflexo sutil de como estavam se preparando para o mundo exterior em busca de poder. Havia também aqueles que ficavam colados nas paredes como flores discretas, e aqueles que passavam despercebidos sob o radar de todos, cuidando de suas vidas, sem querer participar do jogo. Muitos outros simplesmente ficavam entre esses grupos.

Salem parou em um corredor longo, aberto de um lado, que dava para um pequeno jardim, e olhou para seu reflexo no vidro. Havia janelas de vitral por todo o campus, adicionando os únicos toques de cor aos tons cinzentos e marrons soturnos. A que estava diante dela fazia seu reflexo parecer mais brilhante do que se sentia por dentro.

Sabia que tinha uma aparência marcante, embora incomum. Enxergava isso todos os dias no espelho: os cachos escuros e selvagens que caíam pelas costas. Tentava mantê-los um tanto controlados em um coque bagunçado que nunca durava mais do que algumas horas. A pele bronzeada que herdara da família paterna, o corpo baixo e curvilíneo que herdara da avó. E, acima de tudo, os olhos dourados e intensos que eram uma característica da família Salazar por gerações, uma mistura de marrom e de avelã, tão claros, que parecia ouro líquido sob o sol e topázio brilhante no escuro.

Fascinante por fora, apodrecido por dentro.

Mas não estavam todos apodrecendo, em velocidades e graus diferentes?

Continuou seu caminho.

Salem sabia por que havia sido convidada para vários grupos — porque era uma novidade ali e parecia bonita de uma forma não convencional — apenas para ser rejeitada quando descobrissem que era uma Salazar. As pessoas tinham curiosidade sobre ela, mas não o suficiente para arriscar a reputação de suas famílias ao se associarem aos escândalos que recentemente estiveram ligados ao nome de sua família. Tinha certeza de que as coisas se acalmariam com o tempo e as pessoas passariam para o próximo escândalo. Não ligava, na verdade, mas a irritava pouco a pouco.

A maioria dos estudantes que entravam em Mortimer eram academicamente excelentes, o que tornava a universidade ainda mais exclusiva. Alunos medíocres, mesmo herdeiros como ela, eram rejeitados. A reputação da universidade era baseada no mérito e nas poderosas redes construídas durante os anos de formação, que se transformavam em alianças poderosas no mundo exterior.

Essa era a razão pela qual a maioria dos estudantes já sabia seus cursos principais e optava por módulos que eram selecionados para eles pelos orientadores.

Reunir-se com o orientador também era uma parte obrigatória do processo, especialmente no primeiro ano. Foi por isso que Salem entrou no pequeno, mas luxuoso, saguão, esperando que seu supervisor designado terminasse o atendimento.

Salem olhou pela janela. A vista do segundo andar do prédio administrativo valia milhões. Mortimer era uma mina de ouro para o mercado imobiliário. Sabia disso, porque o pai havia sido um magnata do setor imobiliário em outros tempos, e o ouvira falar sobre propriedades a vida toda.

E aquilo ali? Aquilo era um castelo cujo valor era calculado em ouro.

A área começou a se expandir após as torres principais terem sido construídas em 1500. O campus da universidade cobria milhares de acres e compreendia dois blocos principais fora das faculdades: um administrativo, que também abrigava a biblioteca, e outro para moradias estudantis, destinado àqueles que estavam nos degraus mais baixos da hierarquia social, como bolsistas ou pessoas associadas a escândalos, como ela. A maioria dos estudantes de classe média e alta, junto com professores e funcionários, tinham propriedades na cidade, desde pequenas casas até mansões imponentes.

Mas nada era tão impressionante quanto o local em si. Mortimer, a cidade, ficava no topo de uma pequena montanha que descia em direção ao mar, o último pedaço de terra antes que as águas agitadas tomassem conta. Um farol que não era usado há décadas e estava fora de operação ficava solitário na praia, uma montanha menor e sem nome, que um dia abrigara um vulcão extinto.

Verdadeiramente belo de uma forma sombria.

O castelo tinha visto muita história, passando de residência aristocrática a um lugar quase abandonado, exceto por algumas áreas usadas como prisão, até finalmente se tornar uma instituição acadêmica. Nos dias atuais, a universidade inteira estava instalada no próprio castelo, feito de belas pedras marrons e cinzas, e de metais, próximo ao penhasco, oferecendo uma vista espetacular do mar infinito. Era um lugar verdadeiramente inspirador e deslumbrante, uma oportunidade concedida a poucos durante a vida.

O som de vozes e de uma porta se abrindo atrás dela a fez parar. Virou-se e viu uma estudante saindo da sala, alguém que reconheceu do prédio residencial. Já se tinham se encontrado algumas vezes na área comum e trocaram um sorriso educado de reconhecimento agora.

— Senhorita Salazar — seu orientador, o Dr. Bayne, um senhor mais velho e corpulento, que parecia um avô de uma era passada, com cabelos brancos e um bigode estilo inglês, sorrisos calorosos e olhos cinzentos que brilhavam, a chamou para entrar.

Salem entrou no pequeno escritório todo decorado em madeira e tons de marrom, com a mesma vista para o mar de um lado e uma biblioteca de livros do outro. O cheiro de papéis antigos, bergamota e velas de jasmim permeava o ambiente, velas que ela sabia que uma estudante o havia presenteado antes de partir. Era quase adorável.

O Dr. Bayne se sentou atrás da mesa cheia de papéis. Salem ouviu falar que havia sido um professor brilhante antes de perder a filha e que enlouquecera um pouco de tanto sofrer. Conseguia se identificar com isso. Talvez fosse por isso que sentia uma leve afinidade por ele. Isso e o comportamento. A universidade não quis perdê-lo completamente, então o conselho o contratou como orientador para ajudar a guiar os estudantes mais jovens, um trabalho que vinha desempenhando muito bem havia quase uma década, caso as anotações de sua irmã sobre ele fossem verdadeiras.

Sua própria experiência de uma semana tinha sido bastante agradável até então. O orientador a ouvira, fizera perguntas pertinentes e a guiara para que fizesse suas escolhas como bem entendesse, sem ser condescendente ou indiferente. Parecia genuinamente interessado em seu futuro, algo que era muito estranho para ela.

— Então, como foi a primeira semana? — perguntou o Dr. Bayne, com um tom caloroso e os olhos brilhando por trás de seus óculos redondos.

Salem forçou um sorriso.

— Tão boa quanto o esperado, eu acho.

Um pequeno franzir de testa surgiu entre as sobrancelhas dele, acentuando as rugas ao lado dos olhos.

— Você está insatisfeita com algum dos módulos?

Ela balançou a cabeça.

— Não, são ótimos. Estou gostando muito de estudar tudo isso — e ela estava. Tinha Introdução à Criminologia, Introdução à Piscologia Forense e uma aula adicional, Vitimologia, que havia escolhido. Nos anos de intervalo entre o ensino médio e a graduação, havia feito um curso on-line de um ano especificamente sobre ciência forense, o que tinha ajudado imensamente.

— Então, qual é o problema?

Não sabia como explicar. Sentia-se aflita. Poderia ser por conta dos olhares que via seus colegas lhe darem às vezes, parecendo saber cada detalhe de sua vida enquanto discutiam isso abertamente, quando não sabiam de *nada*. Poderia ser a falta de qualquer pista que ela veio aqui para encontrar. Poderia ser a falta de notícias sobre o corpo que havia encontrado, como se, após a descoberta, tivesse desaparecido. Se não houvesse tirado uma foto, teria questionado se não havia inventado tudo aquilo. Ou poderia ser o fato de que não o tinha visto novamente, *Caz*, embora admitisse que o procurara.

Após aquela primeira aula introdutória, ele esteve ausente a semana toda, a mesa no canto vazia, quase zombando dela da mesma forma que o sorriso sarcástico dele havia feito. Também não o viu no campus, embora, é verdade, não tenha se aventurado além de suas aulas, do bloco residencial e do BBC todas as manhãs.

Talvez fosse isso.

Ou talvez fosse o fantasma da irmã, com seus cabelos flutuantes e a mão estendida no topo daquele maldito farol, assombrando seus sonhos à noite e chamando por ela.

Poderia ser tudo isso ou nada disso. Não sabia.

Salem encolheu os ombros.

O homem mais velho suspirou, tirando os óculos.

— Veja, senhorita Salazar, eu sei que a dor de perder entes queridos nunca desaparece. Acredite, eu sei disso.

Salem sabia que ele sabia. Todos no campus sabiam.

— Meu conselho? — continuou. — Foque em ser excelente em sua área. Sei que você está fascinada, o que já a coloca um passo à frente da maioria dos estudantes que escolhem algo por lógica ou por um senso de propósito perdido. Defina um objetivo e trabalhe nele.

Salem assentiu. Já tinha um objetivo em mente.

— Obrigada. Eu vou. É por isso que queria falar com você sobre os Prêmios Excelência.

Dr. Bayne ficou imóvel por um segundo, então, limpou a garganta.

— A diretoria ia descontinuá-los. Não há interessados nos Prêmios desde...

— Os últimos dois anos — Salem o interrompeu. — Eu sei, Dr. Bayne. Mas eu estou interessada na inscrição.

O silêncio ecoou alto na sala.

O homem mais velho a observou atentamente por um longo momento.

— Posso perguntar por quê, Senhorita Salazar?

Salem manteve o rosto impassível, então, deu uma razão sólida que ninguém questionaria.

— Isso irá restaurar o nome da minha família. Minha inscrição pode ser ridicularizada, mas, se eu ganhar, parte da desonra que caiu sobre o nome Salazar, pelo menos na universidade, será lavada.

Soou quase convincente.

— E não tem nada a ver com o fato de que sua irmã foi a última candidata aos Prêmios? Ele foi cancelado há dois anos em memória dela.

Dr. Bayne era um homem inteligente.

— Por isso, é justo que minha família seja a que continue isso — declarou Salem. — O Prêmio ajudou estudantes por séculos, deu a eles incentivo para se destacarem e proporcionou tanto reconhecimento financeiro quanto social. Mesmo para aqueles que não ganharam, apenas ter a inscrição aceita já era um grande feito. Deveria continuar.

Os Prêmios Excelência era uma tradição iniciada séculos atrás pela diretoria da universidade para premiar um estudante de cada área de estudo. Era uma das honrarias mais prestigiadas que alguém poderia receber, mas, além disso, vinha com um fundo fiduciário aberto pela diretoria em nome do vencedor, que dava a eles a oportunidade de começar o próprio legado. Futuros filhos dos vencedores teriam as mesmas oportunidades que alguém de uma família com um legado geracional. Essa era uma das razões pelas quais era uma rota tão popular para bolsistas, novos ricos e pessoas sem legado se sentirem validadas.

Dr. Bayne considerou as palavras dela por outro longo momento, então concordou.

— Vou conversar com a diretoria sobre isso. Tem certeza de que quer se inscrever? Calouros nunca se inscrevem.

Salem assentiu.

— Você terá que preparar um dossiê muito convincente, Srta. Salazar. Tem algum projeto específico em mente?

Salem balançou a cabeça.

— Apenas uma ideia. Tenho trabalhado em algo no último ano. Precisa de mais pesquisa.

— Tudo bem — o tom dele foi especulativo. — Pode ficar muito competitivo, então eu a aconselharia a preparar um projeto. Podemos discutir isso mais tarde se a diretoria concordar.

Esperava que concordassem.

Porque, embora suas razões declaradas para querer se inscrever fossem válidas — certamente ajudariam o nome e a reputação de sua família —, havia outra razão mais oculta que não havia mencionado ao professor.

Nos últimos dez anos, um total de dez estudantes morreram na universidade ou nos arredores, sendo classificados principalmente como acidentes ou suicídios. Dez estudantes, incluindo sua irmã. E, deixando de lado a garota sem nome que havia encontrado na praia, já que ainda não tinha informações sobre ela, cada um dos dez estudantes que morreram na última década tinha uma coisa em comum.

Todos eles haviam se inscrito na premiação.

A mesma premiação, em diferentes momentos.

Era coincidência demais para que suas mortes e os Prêmios não estivessem conectados. Então, Salem pretendia fazer o que fazia de melhor — observar, investigar e concluir — e descobrir exatamente o que diabos estava acontecendo naquela universidade debaixo dos narizes de todos.

Mesmo que tivesse que se colocar bem no meio de tudo como isca.

Não era o espinho que se curvava às madressilvas, mas as madressilvas que abraçavam o espinho.

— Emily Brontë, *O morro dos ventos uivantes*

CAPÍTULO 5

SALEM

Algo deveria ser dito sobre a rotina. A calmaria de se estabelecer, o conforto da familiaridade, a apreciação profundamente enraizada pelo previsível —, uma rotina proporcionava todas essas coisas. Salem adorava rotinas. Quando criança, tinha uma rotina impressa colada na parede, com o dia todo planejado. Amava a abordagem metódica de um dia, fazendo tudo o que precisava ser feito com pouco espaço para variações. Isso a mantinha centrada e enraizada na realidade, e a fazia seguir em frente como desejava.

Encontrar e se estabelecer em sua nova rotina estava fazendo Salem relaxar aos poucos.

Era sua segunda semana em Mortimer, e, ao contrário dos primeiros dias, nada fora do comum havia acontecido. Salem acordava todas as manhãs em seu quarto, assim como todas as outras garotas em seu prédio. Se arrumava, tomava um banho rápido e enrolava o cabelo em um coque. Vestia algo de acordo com o código de vestimenta da universidade.

Sim, tinham um código de vestimenta para os alunos de graduação. Uma camisa branca era obrigatória para todos. As garotas podiam escolher entre saia ou calça, com um casaco combinando. As cores eram atribuídas de acordo com sua área de estudo.

Ciências usava tons de azul, qualquer um à escolha. Artes usava tons de verde. Direito usava tons de marrom. Negócios usava tons de cinza. Cores vermelhas não eram recomendadas. Era um auxílio visual simples, mas eficaz, para distinguir os alunos e para que qualquer um perdido encontrasse o caminho de volta para seus colegas.

Salem usava azul. Não odiava isso, especialmente porque gostava da cor. Tinha muitas variações e profundidade. Podia ser triste, vibrante, apaixonado, qualquer coisa, mas sem exigir atenção, ao contrário dos vermelhos. Azul caía no meio do espectro de comprimento de onda das cores, e gostava disso. Combinava com a forma como ela se via. Combinava com alguém que amava rotinas.

Mas esta noite estava fora da rotina.

Era uma noite de fogueira, como havia sido gentilmente informada por um panfleto debaixo de sua porta, e todos os calouros estavam convidados. Era como um ritual de passagem, Aditi havia lhe informado quando a viu no BBC. Todo ano, a turma de veteranos realizava uma fogueira na floresta para receber os calouros. Jogavam jogos bobos, ficavam bêbados, se pegavam e basicamente viviam a vida universitária.

Salem não queria ir, mas estava interessada em informações, e escutar conversas alheias era sua especialidade. Poderia se misturar aos bastidores como se tivesse sido pintada por um pincel. Por isso, sabia que precisava ir. Pessoas bêbadas podiam revelar algo de forma inocente, e isso poderia ser algo importante.

Então, lá estava ela, na floresta, seguindo uma multidão de colegas caminhando em direção ao som da música alta. Árvores grandes permitiam pequenos vislumbres do céu acima, com pequenas estrelas cintilando em uma noite surpreendentemente clara. O cheiro do mar tão próximo se misturava ao verde ao redor e à madeira queimando em algum lugar. Uma brisa suave levantava mechas de seu cabelo enquanto caminhava, como se brincando com ele.

Havia soltado o cabelo esta noite, deixando-o tão desarrumado quanto quisesse.

— Salem!

Virou-se ao ouvir o chamado e viu Aditi correndo em sua direção, acompanhada por outra garota. A mesma que havia visto saindo do escritório do Dr. Bayne.

— Ah, estou tão feliz que você decidiu vir — Aditi sorriu. — Esta é Melissa. Ela está na minha aula de História da Arte.

Melissa estendeu a mão, e Salem a apertou.

— Salem Salazar.

Viu os olhos castanhos da outra garota se arregalarem levemente.

— Salazar, como o cara que m...

— Sim — Salem retirou a mão. Perguntou-se por quanto tempo teria que conviver com o fato de que, após a morte de sua irmã, seu pai havia enlouquecido poucos meses depois e matado um homem, antes de virar a arma contra si mesmo, deixando a mãe e ela para trás com dívidas e estigmas.

— Sinto muito — Melissa se apressou em dizer. — Não deveria ter mencionado isso. Foi insensível da minha parte.

Um pouco perturbada com o pedido de desculpas genuíno, algo com que não estava acostumada a receber, Salem deixou para lá e continuou caminhando.

— Não é nada que eu já não tenha escutado antes.

Um silêncio constrangedor pairou por alguns momentos antes que Aditi, a exuberante Aditi, com uma família calorosa e amorosa, esbarrasse nela amigavelmente.

— Como eu nunca te vi com o cabelo solto? Está absolutamente lindo, garota!

Salem a olhou de esguelha, a mão tocando automaticamente seus cachos, e deu à outra garota um pequeno sorriso, a polidez inata que a mãe havia incutido nela assumindo o controle.

— Obrigada. Você também.

Aditi era bonita, como uma princesa dos contos de fadas nos quais Salem nunca acreditara.

— Adorei o que você está vestindo também — Melissa elogiou, apontando para a jaqueta de couro preta e os shorts que combinara com botas tipo coturno. Preto, porque era a cor que mais combinava, e sentia falta de usá-lo.

A garota estava se esforçando, então Salem fez o mesmo.

— Seu estilo é muito... artístico.

Melissa, vestindo um vestido *boho* longo e brincos compridos pendurados, como os que a irmã adorava, corou. Aditi sorriu.

— Combina com ela. Está se formando em Belas-Artes.

Finalmente, a floresta se abriu em uma grande clareira, uma fogueira enorme já acesa e crepitando no centro, enquanto pessoas circulavam conversando, dançando, bebendo e se divertindo em geral.

— Vamos — Aditi puxou ela e Melissa pelo braço, arrastando-as para o lado direito da clareira. — Sei exatamente onde estão as coisas boas.

— Queremos saber como você sabe disso? — Melissa fez a pergunta que Salem também queria fazer.

Aditi encolheu os ombros.

— Eu trabalho no BBC. O melhor lugar para saber das coisas, se você me perguntar.

As sobrancelhas de Salem se levantaram. Não havia pensado por aquele ângulo. Será que Aditi poderia saber algo sobre as mortes? Algo que nem sequer considerasse ser importante? Precisava conversar com ela, preferencialmente a sós em outro momento.

Pararam na frente de um cara, de pelo menos uns vinte e poucos anos, que usava um boné virado para trás e cuidava de um freezer grande que ele trouxera de algum lugar. As rodas ainda estavam presas na parte inferior.

— Manny — Aditi cumprimentou ele. — Três geladas, por favor.

O cara abriu o freezer em silêncio e tirou três copos reutilizáveis com tampas. Entregando-os igualmente em silêncio, fechou o freezer e sentou-se novamente.

Salem olhou para o copo opaco e branco, sabendo que não iria beber. De jeito nenhum. Não entendia como as pessoas podiam ser tão descuidadas aqui, quando era tão fácil colocar algumas gotas de algo e drogar ou, pior, envenenar alguém.

— Cara, eu pensei que você fosse bolsista — Melissa sussurrou para Aditi. — Como ele simplesmente te entregou essas coisas?

Aditi removeu a tampa e cheirou o líquido questionável delicadamente.

— De manhã, um dos caras estava falando sobre ligar para o "Manny" e pedir uma "gelada" como se fosse um código ou algo assim. Eu só queria ver se funcionava.

Salem também tirou a tampa do copo e cheirou. Era estranhamente sem cheiro.

— O que diabos é isso?

Melissa deu um olhar para as duas.

— Quem se importa? É uma festa, e conseguimos bebidas de graça na porra da Mortimer! Vamos láááát, *baby*! — E engoliu a bebida de uma vez.

Salem observou com curiosidade, esperando a outra garota terminar.

— É algum tipo de limonada.

Ah, claro. E porcos estavam voando em algum lugar. Não havia como mascarar o cítrico de uma limonada, a menos que algo igualmente forte fosse adicionado para neutralizá-lo. Salem não tinha intenção de testar isso com a própria boca, mas ficou curiosa o suficiente para manter a bebida com ela e talvez pedir a um dos técnicos de laboratório para testá-la no dia seguinte. Era fim de semana, e os laboratórios provavelmente estariam vazios. Observar Melissa lhe daria pistas suficientes para saber o que procurar. Se a garota ficasse doente ou desmaiasse, poderia ser algum tipo de droga para facilitar abusos. Se ela morresse, poderia ser veneno ou...

— Você tem certeza de que quer beber isso? — perguntou Salem.

Aditi lhe dirigiu um olhar curioso, enquanto Melissa balançava a cabeça. Tudo bem, não a conhecia bem o suficiente para pedir que parasse.

Curiosamente, Aditi, que havia sido a responsável por conseguir as bebidas, deu apenas um gole e manteve a dela na mão, completamente intocada. Salem quis perguntar o porquê, mas precisaria ter uma conversa com a garota de qualquer maneira, então engoliu as palavras e olhou ao redor.

Estudantes de todas as idades, desde calouros até veteranos, circulavam por ali. Um grupo de garotas, que reconheceu como as "abelhas-rainhas" autoproclamadas do primeiro ano, riam em um círculo com alguns caras bonitos e charmosos. Salem reconheceu o tipo de longe, tendo-os visto em ocasiões sociais ao longo da vida — o tipo com fundos fiduciários, amantes de golfe, sorriso fácil e alma doentia. Não tinha nada contra, eles apenas a deixavam desconfortável.

Salem tinha quatorze anos quando um deles havia se aproximado dela de forma muito agressiva em um canto escuro de uma festa luxuosa para a qual sua família a arrastara. Já odiava participar desses eventos, mas aquela noite foi a pior, estava menstruada, tentando encontrar um lugar quieto para aliviar as cólicas, e o garoto apareceu do nada, empurrando-a contra a parede e forçando um beijo nojento nela.

Lembrou-se do terror debilitante que sentiu por um instante antes de arranhar o rosto dele e morder-lhe os lábios, o sangue dele enchendo sua boca com um gosto metálico e cortante, enquanto ele fugia gritando, chamando-a de louca. Enquanto a festa lhe voltava olhares acusatórios, foi sua irmã quem ficou ao seu lado e segurou sua mão, deixando todos saberem que ele era um predador doentio e que recebera o que merecia. Ver a perfeita Olivia Salazar, com a reputação perfeita, defender algo tão grave mudou rapidamente o rumo das coisas.

Aquela tinha sido a primeira e última vez que a irmã a ajudara abertamente.

Apesar de todos os seus defeitos, Olivia havia sido uma boa irmã no final.

Foi Salem quem falhou.

Respirando fundo para aliviar a pressão no peito, Salem desviou o olhar dos garotos para observar outras pessoas e se distrair de uma vida de memórias pintadas de vermelho. O que o garoto havia feito estava errado, mas aquilo despertou algo sombrio dentro dela, porque, depois disso, começou a fantasiar sobre aquilo:ser encurralada, imobilizada e surpreendida por um beijo apaixonado. No início, sentia nojo do próprio cérebro, sem entender como poderia desejar algo assim quando era considerado errado. Mas, com o tempo e após muita pesquisa, percebeu que era a maneira de seu cérebro lidar com a situação, retomando o controle e remodelando suas inclinações sexuais. A ideia de *consentir* em ser surpreendida, com um parceiro que conhecesse seus limites em quem ela confiasse para respeitá-los enquanto a desafiava, era uma resposta às suas experiências de vida. Salem fantasiava com ser agarrada, contida e tomada, mas sabendo que queria aquilo. Era isso que fazia a diferença.

Um grupo de caras, completamente diferente do tipo "herdeiro de fundos de investimento", estava em um canto, cabeças reunidas, bebidas na mão, conversando sobre algo que parecia ser importante. Eram diferentes, seu comportamento, o ar ao redor deles, não combinava muito com o lugar.

— *Puta merda, ele está aqui.*

O sussurro agudo de Melissa, quase um guincho, fez Salem se virar para ver a garota, que estava corada até as raízes do cabelo, os olhos encarando algo. Aditi soltou um assobio baixo, e Salem seguiu seus olhares para ver o que havia causado aquela reação nas duas garotas aparentemente equilibradas.

Ele.

Caz.

Depois de quase dez dias sem nenhum sinal dele, Salem observou sua silhueta à distância. As costas estavam viradas para elas, e lamentou não conseguir ver seu rosto. Realmente queria vê-lo. Queria ver como era sob a luz, se havia apenas idealizado sua aparência na memória. Até onde tinha visto, ele poderia ser comum, a iluminação o fazendo parecer melhor.

Isso não mudaria nada, no entanto. As reações internas não haviam sido desencadeadas pela aparência dele.

— Isso que é um pedaço de homem gostoso — Aditi exclamou suavemente, sua voz cheia de apreciação feminina.

Salem também podia apreciar isso de onde estava. Ele era uma das pessoas mais altas no local, suas costas largas e musculosas sob uma jaqueta de couro desgastado, o cabelo escuro e solto, quase tocando os ombros em ondas suaves enquanto passava os dedos tatuados por eles. Caz se juntou ao grupo de caras que ela estava observando antes e, de alguma forma, ele se encaixou. Havia um ar de algo diferente, algo perturbador em todos eles. Com ele, havia uma aura adicional de perigo pairando ali, nas sombras, esperando a luz expô-lo.

— Quem é ele? — Salem ouviu Aditi fazer a pergunta que a intrigava havia dias, desde a noite na praia.

— Aquele é Cazimir van der Waal — respondeu Melissa, e Salem piscou.

Cazimir.

Esse era o nome completo.

Van der Waal.

É claro que se chamaria assim.

Seu nome representava a força no universo entre os átomos — mais forte quando estavam próximos, mais fraca quando distantes.

— Caramba, esse é o cara de quem todo mundo está falando? — Aditi perguntou, com um tom de surpresa.

Salem olhou de uma para a outra, se perguntando do que estavam falando. Teria perdido algo? Por que todo mundo estava falando dele?

— Sim — Melissa confirmou. — O próprio.

— Espera, o que eu perdi? — Salem deixou sua confusão transparecer na voz.

Aditi olhou para ela.

— Bem, ele é um pós-graduando, especializado em algum estilo de pintura especial.

Franziu a testa.

— Mas ele é o assistente do professor na minha aula de Psicologia.

— Isso que é engraçado — Melissa acrescentou. — Ele simplesmente apareceu ano passado, do nada. Virou assistente do Dr. Merlin, uma posição cobiçada por vários alunos, como você pode imaginar.

Salem fez um gesto para que ela continuasse, intrigada.

— Alguns dizem que a família dele mexeu uns pauzinhos, que têm algum relacionamento pessoal com o Dr. Merlin. Outros dizem que matou alguém e foi para a prisão, onde fez todas as tatuagens. Ainda tem quem diga que ele é algum tipo de espião com uma identidade secreta ou algo assim. Essa é a questão. Ninguém sabe nada sobre ele. Mas, de qualquer forma, ele simplesmente apareceu e conquistou a Faculdade de Artes.

Salem percebeu que estava fazendo exatamente o que as pessoas faziam — falando de alguém pelas costas, se entregando a puros boatos. Mas não conseguia parar.

Aditi jogou sua bebida na fogueira.

— Há rumores de que duas de suas pinturas foram secretamente leiloadas por milhões há alguns meses. Eu nunca vi o trabalho dele pessoalmente.

— Nem eu — Melissa acrescentou. — Ele é muito reservado em relação à arte, aparentemente. Apenas seu orientador e alguns membros do corpo docente teriam visto. E dizem que ele é extraordinariamente talentoso.

Aditi concordou.

— Todo mundo está esperando pelo projeto final dele antes de se formar, já que vai ser exposto ao público. Caz van der Waal é a próxima grande sensação, Salem.

O Pintor Psicopata.

Salem olhou para a nuca dele, sua eterna curiosidade aguçada ainda mais por tudo o que havia escutado.

Melissa suspirou sonhadora.

— Estamos aqui há alguns dias, e ele já é uma espécie de lenda na Faculdade de Artes. Os professores juram que não veem alguém com o talento dele em anos. Mas ele é um pouco... desequilibrado, para dizer de forma educada.

Salem já tinha pensado nisso, pelo pouco que havia visto dele. Ainda assim, perguntou:

— Desequilibrado?

Melissa fez uma careta.

— Bem, não posso dizer com certeza, mas há muitos rumores sobre ele. Apenas reforçados por como parece ser tão reservado. Sempre está saindo com aqueles caras, e eles são todos... um pouco estranhos, mas excelentes em suas áreas. Os rumores variam de pensamento de grupo a sociedades secretas, seitas e coisas do tipo.

— Sociedades secretas?

— Sim, um dos rumores diz que ele vendeu a alma para algum tipo de seita em troca de poder, e eles o obrigam a... fazer coisas.

Salem ficou imóvel, sua atenção totalmente focada na conversa, seu coração começando a bater mais forte no peito enquanto uma vaga memória de algo passava por sua mente.

Eles estão me obrigando a fazer isso.

— Isso é loucura — Aditi riu. — Como se existisse algum tipo de grupo secreto no campus fazendo pactos faustianos com alunos sem a gente saber. Fofoca viaja mais rápido que a luz aqui.

Melissa se juntou à risada, e Salem forçou-se a esboçar um sorriso, um calafrio percorrendo sua coluna enquanto os olhos se fixavam nas costas dele. Se o conhecesse, talvez perguntaria sobre os rumores. Não sabia o quanto de verdade havia neles, mas sabia que estava envolvido em algo suspeito.

Uma rajada de vento fez a fogueira estalar. Alguns caras bateram palmas. Uma garota à sua direita gritou antes de dar uma risadinha.

E, então, como se tivesse sido chamado pelo som, Caz se virou na direção do barulho. Com uma expressão carrancuda, seus olhos escanearam a multidão, passando por ela antes de, de repente, voltarem, e seus olhares se encontrarem.

Caz estava longe demais para que pudesse distinguir a cor de seus olhos, mas pareciam pesados. Intensos.

O fogo dançou entre eles, bloqueando um lado do rosto do homem com labaredas que subiram e depois desceram, expondo-o novamente.

E coincidia. Seu rosto combinava com a voz, sua forma, sua intensidade.

Ela não o imaginara errado. A iluminação não tinha sido a culpada.

O mesmo queixo afiado, as sobrancelhas escuras e marcantes, os olhos claros, o fogo cintilando neles, o reflexo fazendo-o parecer sinistro.

O mesmo sorriso pequeno e provocante puxando um lado da boca, as chamas entre eles cobrindo metade do rosto, fazendo-o parecer um príncipe sombrio de um certo submundo que havia vindo chamá-la, pronto para arrastá-la às suas profundezas.

Poderia reconhecê-lo apenas pelo toque, pelo cheiro; se eu fosse cego, poderia reconhecê-lo pelo modo como exalava e pela forma como seus pés batiam na terra. Poderia reconhecê-lo na morte, no fim do mundo.

— Madeline Miller, *A canção de Aquiles*

CAPÍTULO 6

CAZ

Serpentes dançavam ao vento, selvagens e indomadas, iluminadas pelo fogo, procurando a próxima presa, prontas para afundar suas presas em vítimas desavisadas que caíam sob o feitiço de olhos dourados.

O cabelo dela o havia chamado como um farol naquela noite na praia, iluminado pela lanterna do celular enquanto se curvava sobre o cadáver. Parecia uma deusa, uma criatura mística pairando sobre os mortos, ganhando vida a partir do mar atrás dela.

E, naquele instante, havia se tornado sua musa.

Uma musa que havia perdido nos últimos anos, sob o peso das aparências e das obrigações, sob o peso de coisas maiores do que ele. Havia perdido a centelha, a paixão que o impulsionava a ser o melhor que essa maldita universidade já tinha visto. Ele havia perdido muito.

Mas estava na hora de recuperá-la.

Caz não havia criado nada no último ano. Todos pensavam que ele era reservado em relação à sua arte, e tinha sido — quando estava criando. Mas achavam que estava fazendo uma obra-prima, escondendo-a em privado como um maníaco errático, quando não tinha feito nada. Tentou e destruiu telas, queimou e rasgou-as, frustrado. Por um ano, lutou para criar a obra-prima que todos pareciam estar esperando dele, uma obra-prima tão impactante que o lançaria à glória, permitindo que deixasse para trás as cinzas de quem costumava ser e voasse como era seu destino.

Só tinha que quebrar algumas gaiolas primeiro.

E ela, conscientemente ou não, havia se tornado sua primeira ferramenta.

— Estão abrindo as inscrições para os Prêmios novamente — Baron anunciou, trazendo sua atenção de volta ao grupo com o qual Caz estava, um grupo que havia infiltrado lentamente, metodicamente, impulsionado pelo fogo das respostas.

— Merda — Eric cerrou os dentes, seus cabelos loiros parecendo quase brancos à luz da fogueira. Caz tomou um gole de água, sabia que era água, porque carregava o próprio copo, mas ninguém mais era tão esperto — e olhou para o garoto mais velho, sua última interação uma semana atrás ainda recente na memória. Levou anos para controlar sua raiva, seu circuito mental estava sempre tão perto de explodir que, em um momento, deixava de ser engraçado. Houve um tempo em que uma ameaça como a que Eric fez levaria Caz a derrubá-lo no chão. Conhecia a própria força, sabia do que era capaz, sabia o que estava em jogo, e era isso que o segurava e o mantinha sob controle.

Concentrou-se nas palavras de Baron.

— Quando?

Baron lhe lançou um olhar. Apesar de toda sua atitude, o cara não era idiota. Sabia que havia algo de errado com Caz, e estava certo. Caz sempre teve cuidado ao redor dele por essa mesma razão.

— Na próxima semana.

Caz assentiu. A reabertura das inscrições significava apenas uma coisa: haveria uma reunião do grupo em breve.

O sangue correu em suas veias, uma sensação intensa percorrendo-o.

Era isso. Era o que estava esperando. Uma oportunidade, um último esforço antes que tivesse que partir e perder toda chance de encontrar respostas.

Ele *precisava* ter sucesso.

A música que tocava ao fundo de repente parou. Todos se viraram para ver Derek, um dos veteranos babacas, acenando para a multidão.

— Bem-vindos à noite da fogueira, calouros!

Todos na multidão gritaram em resposta.

Merda, sentia-se velho demais para essa merda, embora não fosse muito mais velho que eles. Tinha apenas 26 anos no papel, de acordo com a universidade. Na realidade, era dois anos mais novo. Mas, comparado à multidão, sentia-se um ancião. O único motivo pelo qual tinha vindo para a fogueira era porque Baron, outro pós-graduando da mesma idade que ele — pelo menos no papel — quis ir por algum motivo.

E uma parte dele tinha se perguntado se *ela* estaria lá. Sua pequena deusa áspide de aparência única. Aquela que, de alguma forma, acabara em uma aula na qual ele havia se infiltrado à força, pelos próprios motivos.

Salem Salazar.

Uma garota que gostava de ciência, não tinha medo de cadáveres e era muito nova e muito ingênua sobre o que estava fazendo. Não era difícil adivinhar, não com a maneira como se apresentava por aí. Nomes eram laços, e ela mantinha o dela bem próximo ao pescoço.

Tolinha. Balançou a cabeça.

Derek esperou o barulho diminuir antes de gritar novamente.

— Esta é uma tradição antiga que todo veterano faz para os calouros. Aqui em Mortimer, somos uma família.

Caz quase revirou os olhos com a pura babação de ovo que escorria de cada palavra. Sabia que o único motivo pelo qual Derek gostava de organizar festas era para passar a mão nas garotas, aquelas com brilhos nos olhos, achando que beijavam um príncipe. Derek tinha mania de poder, conquistando garotas, fazendo-as se apaixonar por ele e, depois, as descartando como lixo. Não era da conta de Caz, mas desejava que uma delas um dia lhe desse uma joelhada nas bolas e as deixasse inúteis.

— Vamos jogar um jogo para nos conhecermos melhor. Quem topa?

Caz observou a maioria das garotas levantarem as mãos. Apenas sua musa e uma garota de pele escura ao lado dela ficaram paradas. Isso, estranhamente, o agradou.

— Vamos lá, garotas, peguem um da tigela — Derek ordenou, apontando para a tigela com papéis dobrados à sua frente.

— De novo essa idiotice — Baron resmungou ao seu lado, e teve que concordar. Aquilo era infantil, mas talvez fosse de se esperar de estudantes universitários de primeira viagem, em sua maioria vindos de famílias rígidas e socialmente disciplinadas, mesmo em uma das instituições mais meritocráticas. Sabia, porque já tinha visto inúmeras vezes.

O jogo, por mais estúpido que fosse, era a maior diversão para aquele grupo de rostos novos.

— Vamos lá, não sejam tímidas — Derek e seu grupo torciam enquanto algumas garotas se aproximavam e pegavam os papéis. — Há desafios neles, nada muito louco, não se preocupem. Apenas cumpram o desafio e se divirtam. Se não o fizerem, nós escolheremos algo para vocês, mas pode ser muito pior. Todos que cumprirem o de vocês serão convidadas para uma festa exclusiva na minha casa.

Os caras ao redor dele gritaram. Caz tomou um gole de água, mantendo seu tédio para si mesmo e se concentrando nela.

— Salem Salazar — Baron disse ao lado, evidentemente seguindo seu olhar.

Já sabia o nome dela. Mas não gostou que os outros também soubessem.

Droga.

— Que nem a Olivia Salazar? — Eric perguntou ao seu lado, como se quisesse confirmar.

— Sim, mas nem pense nisso. Ela é intocável.

Droga, droga.

Ela era intocável.

Não que estivesse interessado nela, mas saber que era intocável não o deixava confortável. Nunca havia lidado bem com ordens sobre o que ou não fazer.

— Por que você acha que eles ainda não a envolveram? — Baron riu, seu tom seco. — A irmã dela fez questão de que ela permanecesse intocada.

A família dos falecidos não devia ser tocada.

Caz manteve o olhar firme, observando-a enquanto assistia às garotas realizarem vários desafios, os olhos dela pousando nele de vez em quando, encontrando-se com os de Caz brevemente antes de voltar a observar os desafios.

Ao redor, garotas estavam tirando camadas de roupa, dançando no colo de outras pessoas, entrando sozinhas na floresta ou até mesmo beijando alguém, coisas básicas de nível universitário, tudo parte do jogo. Derek normalmente escolhia uma delas para si, manipulava o jogo para que ela tivesse que beijá-lo e a levava até onde podia.

As garotas completaram seus desafios e seguiram em frente, uma por uma, os caras assobiando e batendo palmas, e uma tensão se formou na base de sua coluna quando percebeu que não restavam muitas garotas para Derek brincar. Baixou o olhar para o garoto, observando-o em silêncio, e, com um rápido olhar traidor, Caz entendeu.

O babaca ia dar em cima dela.

Sua pequena musa.

De jeito nenhum.

Caz não entendia a intensidade de sua oposição à ideia. Sequer a conhecia, nem estava interessado nela por qualquer motivo além de sua arte. Mas os sentimentos se assemelhavam ao que sentia por sua arte — um desejo de mantê-la secreta, privada e longe de olhares curiosos.

Os dedos coçavam com a necessidade de um lápis ou um pincel, algo, qualquer coisa, para se livrar da tensão que crescia dentro dele enquanto, uma por uma, o número de garotas diminuía até restarem poucas. Se fosse qualquer outra pessoa, teria deixado claro que não deveria ser tocada. Apenas se aproximar dela e envolver seu ombro com o braço já teria enviado a mensagem direta e clara. Por todo o poder e influência que tinha nesse lugar, os estudantes não mexiam com ele.

Mas não podia fazer nada, não com a corrente que o mantinha preso enquanto rosnava por dentro.

Uma por uma, o número de garotas foi diminuindo, até restarem apenas ela e sua amiga. Derek se aproximou primeiro da amiga com a tigela. O sorriso no rosto dela era um que Caz queria socar, para que o sangue respingasse em uma tela e criasse uma pintura que pudesse exibir nos corredores como um aviso.

Pela expressão de sua pequena musa, ela também não estava impressionada. Mas era assim que ela olhava para a maioria das coisas. Era difícil dizer. Pelo pouco que havia observado, ela parecia fechada, quase frígida, examinando a vida como havia examinado o cadáver que a tinha visto analisar — clínica, imparcial, indiferente. Caz se questionava se aquilo era uma fachada, ou se realmente tinha algo ali mais do que isso.

A amiga de Salem pegou um papel com relutância, abriu-o e suspirou.

— "Dance de forma sensual para um garoto por trinta segundos."

Caz observou Salem dar um tapinha nas costas dela em apoio. A garota olhou ao redor em busca do cara certo, seus olhos parando ao seu lado, onde Baron estava bebendo o que quer que fosse.

Eric assobiou baixinho enquanto a garota, que parecia uma pequena fada, se aproximava de Baron com uma postura pouco confiante. Parou na frente do cara, endireitou-se e começou a se mover. Caz observou de lado, não ela, mas ele, a mandíbula firmemente cerrada de Baron, e sentiu um pequeno sorriso se formar em seus lábios. Baron, o frio e distante Baron Nathaniel Whitmore, estava sendo afetado por aquela fadinha dançante. Uma brecha na armadura.

Interessante.

Isso poderia vir a ser útil em algum momento.

A dança terminou, e a garota quase correu de volta para suas amigas, que a observavam com leve surpresa, e todos bateram palmas.

Caz observou Baron recompor sua expressão, então voltou a focar no grupo. O rosto de Derek brilhava de triunfo quando se virou para a próxima e última garota restante.

— Obrigada, mas não vou participar — Caz a ouviu dizer calmamente. Se as temperaturas pudessem cair com vozes, todos teriam estremecido. Não havia nada de caloroso na voz dela. Lembrava o cadáver sobre o qual eles haviam se encontrado, frio, imóvel, inóspito.

Sobrenatural.

Droga, precisava desenhar.

A multidão vaiou e a pressionou. Mas foi sua amiga, a fada dançante, quem sussurrou algo em seu ouvido, fazendo-a suspirar. Salem concordou, fazendo as serpentes presas às suas raízes dançarem, e pegou o último pedaço de papel.

Salem leu o que estava escrito e olhou friamente para Derek.

— Não.

Derek sorriu, como se estivesse esperando por aquilo e ela tivesse caído direitinho em sua armadilha.

Caz calculou mentalmente quantos respingos de sangue seriam necessários para pintar metade de uma tela.

Era *ridículo*. Não conhecia aquela garota, não deveria sentir o que estava sentindo. Mas ela havia reacendido a vida em sua criatividade morta, se tornado sua inspiração sob seus dedos, a frieza alimentando cada vez mais o fogo dentro dele.

— Neste caso — Derek sorriu —, beije um cara com piercing na orelha que não seja um calouro.

Derek era o único não-calouro na clareira com um piercing na orelha e sabia exatamente o que estava fazendo.

Mas não sabia o que Salem estava prestes a fazer.

Ela nem sequer olhou ao redor, nem hesitou.

Seus olhos foram direto para Caz, atingindo-o como um raio, congelando-o no lugar, e ele a viu em sua mente, pintada em uma tela gigante: uma deusa fria com olhos de ouro derretido, trazida de volta à vida, uma que tinha serpentes como cabelo e podia transformar homens em tolos desajeitados com um olhar.

Eric assobiou ao seu lado novamente, e Baron soltou um "merda". O sorriso de Derek finalmente desapareceu do rosto quando ela caminhou ao redor da fogueira, direto para *ele*, vindo em sua direção como uma tempestade no oceano, pronta para arrastá-lo para as profundezas, com ou sem sua vontade.

Salem entrou direto em seu espaço pessoal, e ele percebeu o quão pequena ela era, o topo da cabeça chegando à altura de seu queixo enquanto ela a inclinava para trás, os cachos quase tocando seu peito. Precisou fechar a mão para controlar a vontade de levantá-la, o desejo de tocar os cachos e sentir sua maciez contra os dedos se tornando uma necessidade que o deixou com as mãos tremendo.

Mas não se moveu.

O dourado brilhante nos olhos dela, um tom que nunca havia visto em mais ninguém, um tom que queria replicar, o manteve refém.

Antes que pudesse reagir, ela se esticou na ponta dos pés e lhe deu um beijo rápido nos lábios desprevenidos. Um instante de lábios macios, um sabor de frutas e uma sensação de formigamento antes que tudo acabasse.

Seus olhos nunca se fecharam enquanto ele lambia os lábios, sentindo o sabor de frutas vermelhas que havia deixado, enquanto os pés voltavam a tocar o chão.

— Isso não foi um beijo! — alguém gritou de longe.

Ela não disse uma palavra, mas aquele olhar em seus olhos era uma promessa fria que só o revigorou, inflamou e infectou ainda mais.

Salem estava jogando jogos que não entendia, com jogadores que não podia ver e movimentos que não conhecia. Primeiro a foto na praia, então, isto.

Caz havia pedido que ficasse longe, e ela deliberadamente não o fizera.

Salem havia jogado a luva, e que se dane se ele não a pegasse.

O golpe da morte é como uma carícia de amor, que dói, mas é desejado.
— William Shakespeare, *Antônio e Cleópatra*

CAPÍTULO 7

SALEM

Que diabos?

Por que diabos?

Como diabos?

As perguntas continuavam girando em sua mente enquanto voltava para o bloco residencial, com Aditi e Melissa ao lado. Aditi, que estava tão quieta quanto ela, e Melissa, que se apoiava nas duas e falava arrastado. Ambas estavam certas em suspeitar que havia algo de errado com a bebida. Havia sido batizada, e descobriria com o que mais tarde. Por hoje, estava mentalmente exausta.

Isso não era do feitio dela.

Salem não era impulsiva ou imprudente. Era racional. Resiliente. Engenhosa. Para quem estava de fora, parecia que tinha agido daquele jeito esta noite — ao não querer beijar um cara que estava jogando o jogo, então, avaliar rapidamente e escolher outra pessoa. Mas sabia, no fundo, que não havia sido uma escolha lógica. Não havia nenhuma razão por trás disso, nenhuma, exceto tirar aquele sorriso arrogante do rosto dele.

E o fez de forma sensacional.

Sentia-se quase orgulhosa.

Além disso, foi uma noite surpreendente e que quebrou padrões. Salem não apenas tinha saído para socializar e sentido algo como companheirismo pela primeira vez em muito tempo, como também participara de um desafio e beijara o homem que havia ocupado seus pensamentos mais do que queria admitir, um homem sobre quem não sabia nada — e o pouco que sabia não era totalmente confiável. Um homem perigoso com um ar perigoso e uma boca ainda mais perigosa, uma da qual queria provar mais, melhor, depois de ver a maneira como havia lambido o batom dela dos lábios. Era exatamente por isso que precisava resistir a esses impulsos. Caz a fazia se sentir fora do normal e a agir fora do normal, incitando reações em seu corpo que estavam fora do normal.

O bloco residencial apareceu, duas fileiras de três prédios mais novos que o castelo que abrangia toda a área acadêmica. A fileira da direita era a das garotas, e a da esquerda, a dos garotos, ambas feitas de forma idêntica para combinar com o castelo, com pedras marrons, madeira polida e portões de metal. Era sombrio nos dias escuros e frios, mas definitivamente exibia uma estética que parecia *antiga*. Esse provavelmente era o objetivo.

Conforme se aproximavam da entrada comum da fileira das garotas, Salem sentiu seus pulmões queimarem com o esforço de caminhar em uma subida carregando metade do peso de uma garota drogada.

— Me lembre de começar a malhar mais — Aditi resmungou, ecoando seus pensamentos.

Aparentemente, nenhuma das duas estava acostumada a levantar muito peso, e era bastante peso, já que ambas eram pequenas, Aditi ainda mais baixa que os respeitáveis 1,65 metro de Salem.

Há alguns meses, a universidade havia tentado trazer alguns carrinhos de golfe para o campus, a fim de ajudar os estudantes com as longas distâncias. Mas o terreno não era muito favorável. Composto de paralelepípedos ou terra, plano em alguns lugares e inclinado em outros, não era propício para os carrinhos de golfe. Alguns meses e alguns carrinhos tombados depois, a ideia foi descartada, e os jovens estudantes, em sua maioria fisicamente aptos, tiveram que voltar ao bom e velho meio de transporte: seus pés.

Aqueles carrinhos de golfe teriam sido muito úteis naquele momento.

Conforme se aproximavam da entrada, a vizinha de Melissa, que havia ficado estudando em vez de ir festejar e de quem Aditi, que tinha se precavido, pegara o contato e ligou com antecedência para que pudesse ajudar, esperava na porta. Aditi provavelmente conhecia todo mundo no campus com sua personalidade extrovertida, enquanto Salem nem sabia quem morava no mesmo andar que ela.

— Eu a ajudo a subir até o quarto — a amiga disse, aproximando-se, seu rosto redondo franzido de preocupação. — Como é que alguém consegue drogar outra pessoa aqui?

Salem deu uma risada sarcástica.

— Você acha que pessoas ricas não cometem crimes?

Sentiu um olhar afiado se voltando para si e mordeu a língua, um hábito que havia desenvolvido depois que voltara a falar. Por cerca de cinco anos, dos treze aos dezoito, não havia dito uma palavra a ninguém. No início, havia sido por rebeldia, uma reação após um pequeno incidente traumático, e foi bom não ser repreendida por controlar sua língua e seus modos rebeldes. Pensou que estaria ganhando vantagem se não ouvissem suas palavras. Levou exatamente oito dias para a Salem de treze anos perceber que ninguém havia notado. Enquanto assentia, sorria e balançava a cabeça nos momentos certos, os pais não pensavam nisso, e a irmã também não, perdida em seu drama adolescente e, depois, deixando todos para trás. E Salem não tinha amigos, nenhum que a visse pessoalmente, pelo menos, então decidiu simplesmente parar de falar e canalizou suas palavras em cartas para sua única amiga. Uma amiga de mentira.

Vinte anos e uma vida cheia de memórias tão estranhas...

Afastando-as, ficou em silêncio e ajudou a levar Melissa. Era apenas uma subida de elevador a partir da entrada, e não queria realmente entrar, ainda não.

A inquietação que vinha sentindo voltou dez vezes mais forte.

— Estou esgotada — Aditi reclamou, rolando os ombros. — Ainda bem que tenho o dia de amanhã livre do trabalho.

Salem olhou para a garota, uma garota que suspeitava ter mais dinheiro do que aparentava, e fez uma pergunta em que vinha pensando havia algum tempo:

— Por que você trabalha? — Então, percebeu como isso soou e acrescentou: — Não quero ofender. Só estou curiosa, porque a universidade cobre todos os custos para alunos com bolsa integral.

Aditi encostou-se na parede de pedra ao lado da porta.

— Eu sempre trabalhei, mesmo que fosse só por uma hora. Não é tanto pelo dinheiro, mas mais para me manter disciplinada. Agora, porém, eu amo a BBC. Você não acreditaria nas coisas que eu ouço! Para uma "Maria Fifi" como eu, é o lugar perfeito para se estar — terminou Aditi, com uma risada.

Era uma perspectiva nova, e Salem apreciou a garota por isso. Mas sua mente estava presa à parte de ouvir informações. Olhou ao redor uma vez, para garantir que ninguém estava por perto, e olhou de volta para a garota.

— Você ouviu algo sobre o corpo que encontraram na praia?

Aditi congelou, seus olhos também olhando ao redor.

— Aqui não — disse, abrindo a porta da entrada. — Me encontre fora da biblioteca amanhã, às dez.

Salem concordou e observou enquanto Aditi entrava.

Alguns minutos depois, Salem também entrou. Já havia passado da meia-noite, e estava esfriando. Não havia razão para ficar do lado de fora quando poderia estar em sua cama, quente e confortável. Com um suspiro, entrou no enorme lobby comum para todos os três edifícios. Havia três elevadores e três escadarias, cada um marcado com o nome de um edifício. Não sabia qual era a lógica de ter uma entrada comum, mas imaginou que tivesse algo a ver com incentivar a socialização e os contatos.

Salem seguiu em direção à escadaria com a placa de "Abissal" escrita acima em uma fonte escura e desgastada. As outras duas diziam "Arbórea" e "Citadina". Presumiu que se referiam às vistas para as quais os respectivos edifícios davam, o que era bastante conveniente.

Começou a subir. Embora seu quarto ficasse no terceiro andar, sempre usava as escadas, desde os doze anos, quando ficou acidentalmente presa no caixão no funeral de sua avó, pouco depois que o avô falecera. Estava procurando Junie e acabou caindo dentro. Foram apenas alguns minutos antes que o diretor da funerária ouvisse os latidos de Junie e os gritos de Salem, e abrisse a tampa, mas parecera uma eternidade. Todo o incidente havia sido apenas um pequeno detalhe no radar de todos. O homem da funerária não disse uma palavra, sabendo que isso poderia repercutir contra seu negócio. E ela nunca contou a ninguém porque, bem, realmente não tinha ninguém para quem contar. Sentou-se durante o funeral inteiro segurando Junie ao seu lado e se acalmando.

Apenas duas pessoas no mundo sabiam sobre sua claustrofobia severa, resultado daquele incidente inocente, somado à sua queda no buraco quando criança — e uma delas estava morta.

Desde então, Salem nunca mais conseguira entrar em elevadores, quartos pequenos ou lugares que a faziam se sentir encurralada. Era resultado do trauma? Possivelmente. Saber disso mudava a realidade? Não.

A escadaria era simples, mantendo o tema do castelo principal, apenas degraus de pedra largos e um corrimão de metal que ia de um andar para o outro. Finalmente, parou em seu andar.

O patamar se abria em vários corredores, com um total de dez quartos no seu andar. Não sabia quantos havia nos outros andares ou nos outros edifícios, mas, enquanto caminhava pelo corredor até sua porta, destravando-a com a impressão digital no *scanner* ao lado de uma fechadura antiga que combinava melhor com a decoração, ficou feliz por ter conseguido o quarto que tinha. Embora o bloco residencial fosse ocupado por alunos no degrau mais baixo da escada social, duvidava que alguém mais acima tivesse a vista que eles tinham, especialmente naquele edifício.

Trancando a porta atrás de si, dirigiu-se à grande janela bem em frente à entrada e olhou para a noite escura lá fora. Salem conseguia ver a área vazia além do campus que levava ao penhasco, um lugar por onde havia caminhado algumas vezes, descendo abruptamente para o mar além, e o pequeno farol ao lado.

O quarto em si era de um tamanho decente, com uma cama de casal, um pequeno armário, uma mesa e cadeira, um frigobar e um banheiro simples. Cada residente era livre para personalizar seu espaço como quisesse. Por exemplo, havia espaço para colocar uma televisão na parede em frente à cama.

Salem, no entanto, tinha um painel de investigação.

Caminhou até ele, seus olhos percorrendo as imagens, recortes, notas escritas à mão e linhas conectando uma coisa à outra, tudo ali para que visse pela centésima vez. Havia avaliado, analisado e tentado dar sentido a tudo por tanto tempo que sentia que poderia recriá-lo de olhos fechados.

Havia fotografias de dez corpos, algumas das cenas do crime, outras tiradas após o exame *post mortem*, e ainda outras de quando ainda estavam vivos. Havia datas e dados, causas das mortes e padrões, tudo o que tinha sido encontrado pela polícia e pelos investigadores. Como teve acesso a isso? Da maneira tradicional — subornando os funcionários de nível mais baixo em diferentes departamentos, aqueles que não se importam com quem queria entrar rapidamente na sala dos arquivos nem com quais arquivos ela acessaria.

Dez mortes diferentes — onze, contando o corpo encontrado na praia — e nada para conectá-las, exceto o fato de que todos foram estudantes de Mortimer e candidatos ao prestigiado Prêmios Excelência. Todas pessoas de diferentes origens, diferentes posições sociais, diferentes culturas.

Seus olhos absorviam tudo, como faziam todas as manhãs quando acordava e todas as noites antes de dormir, detendo-se em uma fotografia sorridente em particular.

Sua irmã.

Olivia. O sorriso largo e bonito que já fizera as pessoas comerem na palma de sua mão. Olivia. Seus olhos brilhantes e cheios de sonhos para mudar o mundo para melhor. Olivia. Seu rosto deslumbrante e animado, tão cheio de vida que transbordava tudo o que sentia.

Salem já odiara a irmã e tudo o que ela representava. Mas uma parte dela também a amava, e o ódio, percebeu ao crescer, vinha da própria falta de autoestima. Olivia tinha sido tudo o que Salem nunca poderia ser. Leve, iluminada, *desejada*.

A irmã nunca fizera nada por ela, nem mesmo demonstrado afeto de forma explícita, mas, de alguma forma, sempre estivera por perto quando Salem mais precisava, e isso só a fizera odiá-la ainda mais na época.

Mas Salem nunca, nem em seus sonhos mais loucos e em sua fascinação por coisas mortas, imaginara Olivia morta. Morte e Olivia simplesmente não combinavam. Então, não só sua morte foi um choque profundo, como não fazia sentido, porque, se tivesse sido um acidente, uma doença, um assalto que deu errado ou um perseguidor que havia chegado perto demais, Salem poderia ter aceitado. Mas não foi nada disso.

Olivia se suicidara.

Conversara normalmente com a mãe numa manhã e, então, fora encontrada nas rochas abaixo do outro lado do penhasco, aquele com o farol, de onde havia pulado. Houve uma investigação minuciosa, seu pai garantiu isso, mas nenhum indício de crime foi descoberto. Não havia se encontrado com ninguém antes, nenhuma ligação estranha nos registros, ninguém captado pelas câmeras. Mas também não havia uma nota de suicídio, e era isso que incomodava Salem.

Olivia adorava escrever.

Escrevia histórias curtas, para crianças, que nunca viram a luz do dia, ainda guardadas nos rascunhos de seu laptop, acumulando poeira em casa.

Depois que foi para Mortimer, costumava escrever longos e-mails para Salem, contando sobre suas aulas, seus professores, suas paixões e jogos, as pessoas, a universidade e sua história, embora Salem nunca respondesse com o mesmo entusiasmo ou detalhes. Era quase como se Olivia precisasse registrar tudo e ter alguém para ler, e quem melhor do que uma irmã mais nova que havia parado de falar e não tinha amigos? Não era como se Salem pudesse ou quisesse compartilhar os segredos da irmã. Era um baú.

Muito do que Salem sabia sobre Mortimer era graças àquelas cartas.

E a última, enviada uma semana antes de Olivia morrer, parecia inocente o suficiente, exceto por uma linha que havia escondido no meio de um longo parágrafo sobre uma lenda local relacionada à biblioteca, uma linha que nunca fizera sentido para Salem.

Eles estão me obrigando a fazer isso.

Um calafrio percorreu seu corpo, como sempre acontecia quando pensava naquelas palavras e nas suas implicações.

A morte da irmã destruiu o pai, levando-o por um caminho do qual nunca voltou. Destruiu sua família e sua reputação, com perdas insuportáveis para a mãe. E destruiu algo dentro dela, embora nunca tivesse admitido isso para ninguém.

Salem se preparou para dormir, com seu propósito de vir para Mortimer dominando os pensamentos. Queria descobrir o que havia acontecido com sua irmã, descobrir as histórias por trás das outras mortes e saber se estavam conectadas de alguma forma.

Queria encontrar a verdade.

Aprecio cada átomo de sua carne como se fosse parte do meu próprio corpo:
na dor e na doença, ainda seria querida.
— Charlotte Brontë, *Jane Eyre*

CAPÍTULO 8

SALEM

Na manhã seguinte, precisamente às 9h45, Salem esperava Aditi do lado de fora do prédio da biblioteca. Depois de uma noite de sono agitado, cheia de sonhos que deixaram apenas fragmentos de memórias e quase nenhuma lembrança clara, sentia-se péssima. Seus olhos pareciam queimar, e os óculos pesavam no rosto. Seu corpo parecia ter corrido uma maratona, e tudo o que queria era dormir um pouco mais, como provavelmente a maioria dos estudantes estava fazendo. Era por isso que o campus estava quase deserto, apenas alguns poucos alunos vagavam por ali, outros dentro da biblioteca.

Salem observou um garoto com os olhos vermelhos de ressaca entrar na biblioteca usando seu cartão de estudante, então, olhou para o céu. Era um dia claro e ensolarado, completamente diferente de sua disposição, e desejava que nuvens cobrissem o sol.

— Parece que você precisa disto — a voz de Aditi a fez olhar para baixo, onde uma mão estendida segurava uma caneca de café com o logo da BBC estampado.

— Não está batizado, né? — Salem perguntou meio séria, depois do fiasco da noite anterior.

A risada melodiosa de Aditi foi alta.

— Você é engraçada. Parei no café para pegar umas bebidas para nos animar. Se sua noite foi parecida com a minha, você vai precisar.

Salem deu um gole e quase gemeu com os sabores de avelã e café explodindo na língua.

— Obrigada — disse sinceramente para a garota ao seu lado.

— De nada — Aditi sorriu, tomando um gole da própria bebida. — Ah, e eu chequei como a Melissa está, por sinal. Ela está bem, mas provavelmente vai dormir o dia todo.

Salem ficou impressionada com as habilidades sociais de Aditi. Não tinha passado pela sua cabeça verificar como Melissa estava. Era algo que deveria ter feito? Anotando mentalmente para considerar aquilo depois, seguiu a outra garota enquanto caminhavam para a biblioteca.

— Então, por que aqui? — Salem perguntou enquanto usavam seus cartões de estudante para entrar no prédio.

A biblioteca da Universidade Mortimer era considerada uma das mais bem equipadas e extensas bibliotecas acadêmicas do mundo. Não havia livro, revista ou artigo publicado em qualquer campo acadêmico que não pudesse ser encontrado lá, seja física ou digitalmente.

O prédio em si tinha uma longa história. Diziam que já havia sido uma prisão, onde mantinham prisioneiros de guerra ou reféns. Muitas pessoas deram seus últimos suspiros entre aquelas paredes, e, embora fosse considerado o prédio mais assombrado de todo o campus, Salem se perguntava onde haviam enterrado os corpos, se é que os enterraram. Podiam ter sido queimados ou jogados no mar, por tudo o que sabia. Mas a ideia de que estavam todos caminhando sobre sepulturas não identificadas de pessoas desconhecidas do passado causou um pequeno calafrio em seu corpo.

O prédio, claro, havia sido ampliado e reformado para receber a biblioteca quando a universidade assumiu o local, até se tornar um edifício de três andares, cobrindo centenas de milhares de metros quadrados. Ficava perto o suficiente das torres acadêmicas, tanto do prédio original quanto dos mais recentes, mas longe o bastante para não ser considerado parte das estruturas principais.

— Ninguém realmente vem aqui aos sábados — Aditi explicou enquanto se aprofundavam no prédio.

A bibliotecária estava lendo um livro picante atrás do grande balcão que ficava em frente à entrada. Duas portas em cada lado da parede atrás dela levavam a um longo salão aberto com um teto altíssimo, de onde pendiam belos lustres que brilhavam com a luz do sol entrando pelas altas janelas de ambos os lados. Longas mesas e cadeiras de madeira ocupavam a maior parte do espaço no salão, com alguns computadores, impressoras e máquinas de copiar no fundo. Nas paredes laterais, havia janelas de vidro e ferro, permitindo a entrada de luz natural. Pequenas portas nas laterais levavam aos diferentes andares, com seções de temas claramente identificadas em um mapa ao lado de cada porta.

Era realmente um espaço incrível para estudo e pesquisa. Aditi se dirigiu à mesa de computadores, onde monitores modernos e elegantes estavam em modo de espera. Salem seguiu, curiosa para saber o que exatamente Aditi estava fazendo, disposta a seguir a liderança dela por enquanto.

Aditi sentou-se em uma das cadeiras surpreendentemente confortáveis e puxou outra para Salem, que se sentou.

— Eu sei que isso é estranho — Aditi admitiu. — Mas confie em mim. Tenho um caderno na minha bolsa. Só pegue e deixe aberto.

Salem fez como pedido, observando enquanto Aditi digitava algo no mecanismo de busca, que as levou para um navegador roxo.

— O que você está fazendo?

Aditi a encarou.

— Este é o único lugar no campus onde não rastreiam seus dados — explicou. — Como é um espaço público e há muita coisa para analisar, só monitoram palavras ilegais ou proibidas e deixam o resto passar. Qualquer outra coisa que você pesquisar no celular ou notebook usando o Wi-Fi da universidade, eles podem rastrear.

— E por que exatamente precisamos não ser rastreadas? — perguntou Salem, olhando para o cursor piscando no navegador roxo que nem sabia que existia.

— Só por precaução — Aditi a tranquilizou. — Ouvi algumas coisas estranhas, e precaução nunca é demais.

Salem virou-se completamente para ela, admirando sua inteligência. A fachada feliz e dócil de Aditi claramente escondia uma garota extremamente inteligente e observadora.

— Você é uma gênia da tecnologia nas horas vagas? Como você sabe disso?

Salem viu um rubor cobrir o rosto da outra garota, o mesmo rubor que havia visto na noite anterior. Aditi ignorou.

— Quem me dera. Um amigo que entende de tecnologia me contou sobre isso um tempo atrás.

Salem deixou para lá. Era claro que a garota estava desconfortável.

— Então, você ouviu algo sobre o corpo na praia? — perguntou, voltando ao assunto.

— Sim — Aditi ficou séria. — Bem, ela estava grávida.

Salem sentiu seus olhos se arregalarem levemente com a notícia.

Isso é inesperado.

Tentou se lembrar da garota daquela noite. A barriga dela realmente não estava visível no escuro e na posição em que estava. Não devia estar muito avançada na gravidez. Mas isso era algo novo.

— Tem certeza? — perguntou para confirmar.

Aditi assentiu.

— Quase. Um policial local entrou no BBC algumas noites atrás. Eu estava cobrindo o turno da noite para uma das outras garotas que teve uma emergência. Longa história. Enfim, sabe a área ao lado, onde ficam as máquinas?

Salem concordou, indicando silenciosamente que ela continuasse.

— Bem, ele foi para aquele lado atender uma ligação, achando que estava vazio. Eu era a única lá, então fiquei atrás da máquina para preparar o pedido e acabei ouvindo ele falando sobre isso.

Aditi virou-se e digitou a URL do portal da universidade no navegador, indo rapidamente para a página de estudantes. Havia um pequeno aviso no final da página que Salem nunca havia notado. Observou fascinada enquanto Aditi clicava nele e as levava a uma página completamente nova, com as diferentes faculdades listadas.

— Esta é uma página de identificação de estudantes na *intranet* que meu amigo me mostrou — explicou Aditi, em seguida, clicou em *Faculdade de Artes*. Uma página com diferentes anos apareceu, sendo 1990 o último visível na tela, e os mais antigos provavelmente estariam na próxima página. Aditi selecionou *Ano corrente*.

A página carregou, e, bem no centro dela, estava o primeiro perfil, com a fotografia do homem que havia estado consistentemente, e de maneira irritante, nos pensamentos de Salem.

Caz van der Waal.

O Pintor.

Ao encarar seu rosto sério, talhado como pedra, Salem manteve a respiração estável ao seu olhar novamente. Embora tivesse sentido aqueles olhos nela durante toda a noite anterior, não os havia visto tão vividamente, nem mesmo quando estivera perto dele, já que as sombras das árvores haviam coberto seu rosto à luz da fogueira, e ela não permaneceu tempo suficiente para analisar.

Mas analisava agora.

Líquidos. Metálicos. Cinza. Como um elemento em um laboratório que não deveria tocar sem equipamento de proteção. Não era o cinza dos céus de Mortimer na maioria dos dias, mas um cinza brilhante, como mercúrio derramado sobre aço, mais escuro nas bordas, e mais claro, quase reluzente, perto das pupilas. Havia profundidade ali, segredos transbordando, mas nunca derramando, uma frieza, como o mercúrio corroendo tudo o que tocava.

Aqueles olhos eram escândalos prestes a acontecer.

— Nossa senhora, que homem gato — Aditi assobiou, e Salem mordeu a língua, decidindo descer a página para ler as informações, em vez de ficar encarando o rosto dele.

Nome: Cazimir van der Waal
Idade: 26 anos
Escolaridade: Pós-graduação, mestrado avançado
Especialização: Técnicas de pintura a óleo
Estilo artístico: Desconhecido
Observações adicionais: Assistente de ensino em Psicologia do Dr. Merlin.
Notas especiais do supervisor, Dr. Vermont: Extraordinário. Embora não convencional, sua arte é evocativa. Sua habilidade em efeitos de luz e sombra é profunda, embora possa ser perturbadora, especialmente em temas sobre a morte...

As palavras eram interrompidas por um link para a página específica dele.

Temas sobre a morte.

Tudo que lia e ouvia sobre ele fazia Salem querer cavar mais fundo. Fez uma nota mental para descobrir mais depois, quando pudesse, apenas para saciar a própria curiosidade.

Aditi rolou a página para baixo até o cursor pairar sobre a fotografia de uma garota sorridente. A mesma que tinha visto morta na areia, iluminada pela luz do seu celular. Salem olhou para as informações abaixo.

Nome: Tanya Beauchamp
Idade: 21 anos
Escolaridade: Graduação, último ano
Especialização: Carvão
Observações adicionais: Trabalha com carvão. Estilo não especificado.
Notas especiais: Interesse em VS.

— O que é VS? — perguntou Salem a Aditi.

A outra garota encolheu os ombros.

— Não faço ideia. Pergunta aleatória, mas você acha que atualizam os arquivos quando um estudante, sabe, não está mais aqui? Tipo, se morrem, como a Tanya?

Salem a encarou por um momento, o cérebro trabalhando a todo vapor com a pergunta. Era uma boa oportunidade para investigar.

— Podemos verificar — sugeriu, voltando-se para a tela.

— Como?

— Checando o perfil da minha irmã.

Houve silêncio por um longo segundo, e Salem sentiu o olhar de Aditi sobre ela.

— Tem certeza de que quer fazer isso?

Salem acenou afirmativamente. Queria ver se havia algo ali que pudesse adicionar ao seu quadro de investigações.

Aditi silenciosamente voltou à página inicial enquanto Salem a guiava pelos detalhes da faculdade e do ano de sua irmã. Rolaram a página, passando foto após foto, com o coração de Salem acelerando a cada uma, até que a página terminou.

As duas trocaram um olhar e começaram de novo, sem dizer uma palavra, rolando mais devagar, observando cada foto, até que a página terminou novamente e Salem recostou-se na cadeira, sentindo como se o ar tivesse sido tirado dela.

O perfil da irmã não estava lá. Nada. Nem um nome, nem um marcador, nem uma nota. Era como se nunca tivesse existido no portal da universidade, seu arquivo apagado completamente.

Que merda é essa?

— Me faça um favor — Salem inclinou-se para a frente de novo. — Verifique outra página para mim, por gentileza.

Aditi seguiu as instruções enquanto Salem a guiava novamente, desta vez pelo banco de dados de Direito de cinco anos atrás, em busca de outro estudante.

Nada. Outro estudante morto, apagado.

Salem se recostou e refletiu sobre o que aquilo significava. Significava que a universidade, de alguma forma, estava apagando as pessoas de seus bancos de dados, como se nunca tivessem existido. Seria algo no nível do conselho da universidade ou da administração técnica? Estaria o conselho ciente disso, ou seriam eles que davam as instruções? Ou não tinha relação com a universidade, mas, sim, com alguém invadindo seus sistemas?

Uma leve dor de cabeça latejante começou atrás das pálpebras.

— O que está acontecendo? — perguntou Aditi, em um tom hesitante.

Salem olhou para a garota, ponderando se poderia contar a ela. Embora Aditi parecesse gentil e tivesse sido muito prestativa, Salem sabia melhor do que ninguém como alguém poderia usá-la sem que percebesse. Já fora ingênua uma vez; agora era muito mais difícil conquistar sua confiança. E esse era o cerne do problema: não confiava em ninguém.

Nem mesmo em si mesma.

Fique no presente.

Salem balançou a cabeça no momento em que o celular vibrou. Olhou para baixo, viu um número que não reconhecia e franziu a testa. Era raro receber ligações que não fossem de sua mãe, muito menos de um número desconhecido.

— Com licença — murmurou para Aditi, aliviada por ter sido salva de responder à pergunta, e atendeu a ligação. — Alô?

— Srta. Salazar — a voz do Dr. Bayne do outro lado da linha fez seus ombros relaxarem.

— Bom dia, Dr. Bayne — cumprimentou ela. — Não estava esperando sua ligação.

O homem mais velho riu.

— Eu sei. Espero não estar incomodando.

— De forma alguma — disse, ciente de que Aditi a observava com curiosidade.

— Bem, eu poderia ter marcado uma reunião e contado a você na segunda-feira — começou o homem —, mas não consegui esperar. O conselho teve uma reunião e finalmente decidiram retomar a premiação, conforme sua sugestão, srta. Salazar.

Salem sentiu a respiração falhar.

— As inscrições serão abertas na segunda-feira. Prepare-se, srta. Salazar. Isso será difícil.

Encontrei pela primeira vez o que posso amar de verdade
— encontrei *você*.
— Charlotte Brontë, *Jane Eyre*

CAPÍTULO 9

SALEM

Mortimer significava morte.

Salem descobriu isso um dia, pesquisando por curiosidade. Embora não soubesse por que alguém daria o nome de "morte" a uma universidade. Como uma profecia autorrealizável ruim, o lugar realmente fazia jus ao nome.

Mas parecia que ela era a única que se lembrava ou se importava. Todos os outros pareciam ter apagado as mortes de suas memórias. Os estudantes, os professores, os moradores da cidade, até mesmo os noticiários que antes estavam repletos de reportagens sobre o assunto. Se não tivesse certeza de sua percepção da realidade e das evidências concretas diante de seus olhos, teria questionado se estava delirando.

— Vamos falar sobre o argumento mais básico neste assunto há séculos: natureza ou criação. Alguma ideia? — Dr. Merlin circulava a mesa, seu ritmo encantador como sempre, metade das garotas da classe sob seu feitiço e metade dos rapazes inspirados.

Nas últimas semanas de aulas com ele, observando-o, Salem não havia encontrado absolutamente nada fora do comum no homem. Ele tinha uma casa grande na cidade, uma afinidade por uma certa professora casada (de acordo com os boatos) e um estilo de vida de viajante frequente, viajando pelo mundo para seminários nos fins de semana.

Dr. Merlin não havia faltado a uma única aula, e não permitira que seu assistente, que havia se tornado uma pedra no sapato apenas por existir no mesmo espaço que ela, faltasse depois daquela primeira semana.

Caz van der Waal sentava-se em sua mesa todas as aulas, parecendo entediado, mas respondendo a todas as perguntas que o Dr. Merlin fazia, às vezes até rabiscando em seu caderno. Em outras, quando o professor estava particularmente irritado, fazia os alunos se provarem, colocando-os contra Caz.

Mas nada disso estava levando Salem a lugar algum. Então, precisava mudar de tática.

Pela primeira vez na aula, levantou a mão voluntariamente.

Dr. Merlin a olhou, surpreso, mas sorrindo de uma maneira que ela não gostou.

— Sim, srta. Salazar.

— A criação pode ser mudada. A natureza, não.

— Isso é simplificar demais — veio o tom irônico de trás do professor, uma voz que apreciava e detestava na mesma proporção, pela reação que causava nela.

Salem contornou o professor com o olhar e viu os olhos de Caz fixos nela. Foi um choque no sistema, ter a atenção total dele. Um choque intoxicante e pesado. Não um que desejasse.

Concentrou-se no professor.

— Você perguntou se tínhamos alguma ideia.

Dr. Merlin olhou de um para o outro.

— Justo. Mas Caz está certo. As coisas raramente são tão simples ao estudar a psique humana. Precisamos de contexto para tudo.

Salem sentiu o escrutínio da classe sobre ela e manteve sua posição, erguendo o queixo e olhando diretamente para Caz.

— Então, por que você não explica?

Caz deu aquele sorriso de canto que a irritava, então, começou a falar:

— Com prazer. A natureza — ele olhou ao redor da classe — pode ser bastante influenciada por mudanças externas. Podem ser fatores familiares, sociais, médicos ou até mesmo do sistema de justiça, que mais influenciam qualquer ser humano. Olhem para os dados. O número de psicopatas no mundo supera em muito o número de crimes. Podem manter seus impulsos sob controle devido a um sistema de apoio familiar, cuidados médicos ou até mesmo o medo da lei.

Salem sabia que ele era um assistente e provavelmente conhecia o conteúdo do primeiro ano. Mas não poderia ter sido um pouco menos inteligente?

Ele cerrou a mandíbula enquanto parava de falar, seus olhos se voltando para ela.

— O que você acha disso?

— Independentemente do que você faça externamente, adicione amor, leis ou medicação, as características inerentes com as quais alguém nasce não desaparecem. Remova os fatores externos, e as pessoas voltam a ser quem nasceram para ser.

Essa era a primeira vez que falava tanto na aula, a primeira vez que falava tanto em um bom tempo.

Salem viu os olhos dele se acenderem enquanto falava em seu tom rígido, desafiando-a a refutá-lo.

— Mas pode ser contido, não é?

Aqueles olhos cativantes, a voz grave, o rosto marcante, toda aquela combinação estava fazendo o coração dela acelerar por algum motivo, enquanto continuava a encará-la com um olhar que ela reconhecia, tendo-o visto em si mesma algumas vezes. Era o olhar de alguém dissecando algo mentalmente, examinando o interior e revelando tudo o que poderia ser revelado. Caz a olhava daquela forma.

O aplauso lento do Dr. Merlin quebrou a tensão.

— Viram? É disso que estou falando — Salem virou-se para ele, tentando tirar o homem que a encarava de sua mente. — É um debate interminável. Alguém teria feito algo se não tivesse nascido daquela maneira, ou se tivesse recebido mais amor e apoio?

Dr. Merlin passou para a próxima aluna que levantou a mão, e Salem manteve os olhos fixos à frente, ignorando e sem entender o homem que a observava de canto.

— Entre — a voz do Dr. Merlin vinda de trás da porta de seu escritório fez Salem soltar um suspiro forte.

Ela sabia que precisava encontrar uma maneira de descobrir algo sobre ele, *qualquer coisa* que confirmasse suas suspeitas, e havia começado a se envolver mais nas aulas, a lançar ao homem mais velho o que esperava serem sorrisos provocantes, calculados até o ângulo da inclinação de seus lábios, e a fingir estar tão encantada por ele quanto a maior parte das mulheres ao redor.

Nos últimos dias, o professor havia começado a retribuir seus sorrisos, os olhos pousando nela um pouco mais do que o necessário, e hoje, após sua última aula, quando Salem disse que queria conversar em particular, ele pediu que fosse ao seu escritório no prédio, logo atrás do auditório.

Ela respirou fundo e entrou no escritório, observando-o através dos olhos de sua irmã, como havia descrito em sua carta.

Ah, Salem, a sala tem a vista mais linda. Há uma mesa lindíssima, muito ornamentada, que fica de frente para a janela. Ele senta atrás dela e dita anotações para mim. Eu me sento em uma poltrona ao lado e consigo ver o farol daqui. É tão bonito!

Era exatamente como a irmã a havia descrito. Uma sala grande e confortável, com tudo exatamente como na carta, além de uma lareira, uma prateleira com troféus e estantes cheias de livros.

Dr. Merlin olhou para Salem de seu lugar atrás da mesa, com uma pilha de documentos à frente.

— Queria falar comigo, srta. Salazar?

Salem forçou mais um daqueles sorrisos falsos.

— Por favor, me chame de Salem, Dr. Merlin.

— Salem — ele sorriu de volta, e a sensação de náusea no estômago retornou. Ele indicou a poltrona. — Por favor, sente-se. O que posso fazer por você?

Salem sentou-se na mesma poltrona onde a irmã havia se sentado dois anos antes e sentiu os pelos da nuca se arrepiarem, como se algo estivesse respirando em seu pescoço, exatamente como em seus sonhos. Olhou para o farol, vendo o que a irmã devia ter visto em suas últimas semanas, dias — quem sabe? — e a sensação se intensificou.

Havia planejado e preparado tudo, e agora recorria à sua confiança, sabendo que este era o único caminho a seguir.

— Eu sei que o semestre acabou de começar e, tecnicamente, sou uma caloura. Mas já fiz um curso sobre psicologia forense. Tive que fazer um intervalo nos estudos após uma tragédia familiar, sabe?

O rosto do Dr. Merlin assumiu uma máscara de simpatia, uma que sabia que ele estava usando por cima da expressão real.

— Eu soube. Sinto muito por isso. Meus pêsames.

Salem assentiu, transformando o próprio rosto em uma máscara de tristeza. Realmente se sentia triste por dentro, mas não tão intensamente quanto estava demonstrando.

— Você, por acaso, hm, chegou a conhecer minha irmã enquanto ela esteve aqui? — perguntou, como se já não tivesse evidências escritas disso.

Os cantos dos olhos do Dr. Merlin se apertaram quase imperceptivelmente.

— Acho que ela estava na minha turma — respondeu com calma. — Foi muito triste o que aconteceu. Uma mente jovem tão brilhante, perdida tão cedo.

Salem olhou para as mãos no colo, a imagem perfeita de contrição e luto.

— É que eu sinto falta dela, sabe? Pensei que perguntar sobre ela poderia me trazer um pouco de… conforto.

Ouviu a cadeira do Dr. Merlin se afastar, o sentiu se levantar, contornar a mesa e se aproximar dela. Mal conseguiu se conter para não reagir de forma evidente, mantendo o corpo relaxado e resistindo à rigidez que queria se infiltrar em sua coluna.

O homem mais velho se ajoelhou e segurou as mãos dela nas suas.

Uma sensação suja e repugnante a dominou. Salem queria afastar as mãos, arranhar o rosto dele para aumentar a cicatriz em sua bochecha e tomar um banho quente e abrasador.

De repente, como uma lâmpada se acendendo em sua cabeça, olhou para cima e viu o rosto dele perto demais para seu conforto, concentrando-se na cicatriz na bochecha. Conhecia cicatrizes e marcas, havia estudado o suficiente sobre elas por conta própria.

Aquela cicatriz tinha cerca de cinco centímetros de comprimento, fina, não tão profunda para ser muito visível, mas profunda o suficiente para deixar uma marca. Já havia visto marcas como aquela em arquivos de casos.

Era a cicatriz deixada por uma unha.

Alguém o havia arranhado com força suficiente para deixar uma marca.

Um calafrio percorreu sua coluna enquanto mantinha o rosto impassível, o cérebro trabalhando a mil por hora. Aquilo havia sido algo sexual ou casual? Intencional ou acidental? O tecido da pele dele havia ficado sob as unhas de alguém? Alguém que morreu ou que ainda estava vivo?

Tantas perguntas.

Aparentemente, já havia encarado a cicatriz dele por tempo demais. O homem soltou suas mãos.

— Eu caí e me cortei em uma tábua solta do assoalho.

Uma pessoa qualquer teria acreditado. Salem não. Conhecia aquela cicatriz e sabia que havia sido feita por outro ser humano, alguém com unhas compridas a dera a ele.

Limpou a garganta e se levantou, muito desconfortável para permanecer sozinha em sua proximidade.

— Peço desculpas — murmurou baixinho. — Não quis incomodá-lo.

— Sem problemas — assentiu ele, deixando cair a máscara e dirigindo um olhar atento a Salem. — Acho que você deveria voltar para o seu quarto. Está escurecendo, e não deve ficar andando por aí sozinha no escuro.

As palavras, embora expressas como uma preocupação casual, soaram como uma leve ameaça.

Ela acatou o aviso, ajustou a bolsa no ombro e caminhou em direção à porta.

Um brilho na visão periférica chamou sua atenção.

Olhou para a lareira e para a pequena tigela decorativa sobre ela, com um objeto brilhante dentro.

Uma pedra vermelha. Um rubi.

Um pingente. Um pingente em forma de coração.

Um pingente de rubi vermelho em forma de coração, com um pequeno diamante no centro.

Um pingente que Salem havia visto a vida toda, no pescoço de sua irmã.

Um pingente que havia sido o presente de aniversário de 13 anos de Olivia, dado pelos pais, e que ela usava o tempo todo, todos os dias.

Um pingente que nunca havia sido encontrado, nem com seu corpo nem em seus pertences, e que todos assumiram que havia sido roubado.

Alguém o havia roubado.

Salem olhou para o objeto, o choque percorrendo seu corpo, e percebeu que ele a observava.

— É da minha ex-esposa. Lindo, não é?

Estava mentindo.

Salem se virou e viu a expressão em seu rosto.

Ele sabia.

Sabia que era de sua irmã.

E sabia que ela sabia.

Mas, ainda assim, o mantinha ali, em plena exibição, um deboche da memória de Olivia, a arrogância do jogo mental que estava fazendo a deixou pasma. Ele sabia que Salem veria e sabia que não poderia fazer nada a respeito. Não quando não havia evidências ligando-o à sua irmã.

Pelo menos nenhuma de que ela soubesse.

Uma raiva que nunca havia sentido antes aqueceu seu sangue como uma febre. Não deixou que ele visse, mantendo a calma e a máscara de indiferença no rosto.

— Muito bonito — concordou amigavelmente, e viu a surpresa nos olhos do homem. Talvez ele esperasse que reagisse de forma diferente, ou talvez agora pensasse que não o reconhecera. Independentemente, não se importava. Não sabia o que ele havia feito ou como havia conseguido o pingente, mas jurou que descobriria.

Salem encarou o monstro e sorriu.

— Tenha uma boa noite, Dr. Merlin.

Se dependesse dela, seria uma das últimas dele.

Com isso, ela saiu.

Te amei quando te vi hoje e sempre te amei, mas nunca te vi antes.

— Ernest Hemingway, *Por quem os sinos dobram*

CAPÍTULO 10

SALEM

Precisava falar com Caz.

Era inevitável, realmente. Por mais que odiasse aquele sorriso insuportável dele, e não odiasse outras coisas a seu respeito, realmente precisava conversar com ele e tentar descobrir se era útil ou perigoso para o seu projeto. Caz era a única pessoa, além do Dr. Merlin, que tinha acesso ao escritório de Merlin, e precisava entrar lá para ver o que mais poderia encontrar.

O tempo estava estranho naquela manhã enquanto esperava do lado de fora da Faculdade de Artes, faltando a uma de suas aulas para encontrar o rapaz. Salem havia conseguido acessar a agenda dele, que era ridiculamente vazia, na página *backend* que Aditi lhe mostrara. Caz estaria na biblioteca pela próxima hora, trabalhando em uma de suas pinturas no estúdio privado do subsolo. Por que e como ele tinha acesso a um estúdio privado no campus da universidade, quando ninguém mais tinha, Salem não fazia ideia.

Havia certas coisas sobre ele que simplesmente não faziam o menor sentido. Conseguira ler o perfil completo dele, na mesma página interna, e havia dados faltando. Coisas sobre seu passado, sua família, sua educação anterior. Informações que estavam disponíveis em todos os outros perfis — sim, tinha verificado —, mas que estavam ausentes no dele. Desde suas qualificações para se tornar um assistente de ensino, até amostras de seu portfólio de arte, não havia nada realmente concreto sobre ele nos arquivos.

Se não conhecesse bem Mortimer, pensaria que estavam tentando mantê-lo em segredo. A razão, no entanto, ela não sabia, mas queria descobrir. Mistérios não resolvidos e perguntas sem resposta a incomodavam. Mesmo que seu objetivo principal fosse descobrir a verdade sobre a irmã, algo dentro dela — instinto ou as informações que seu subconsciente havia captado e que sua mente consciente ainda não conseguia explicar — lhe dizia que as coisas estavam conectadas.

Um vulto preto surgiu nas portas duplas principais da Faculdade de Artes.

Claro, quebraria o código de vestimenta e sairia impune. Bem, não totalmente, já que usava uma jaqueta verde escura — o verde obrigatório para os alunos de Artes — que, de alguma forma, fazia seu corpo alto e largo parecer ainda mais alto e largo.

A névoa que havia surgido na noite anterior parecia ter tomado conta do campus. Uma neblina branca girava em torno de seus joelhos enquanto caminhava em direção a Caz, amaldiçoando-se por não ter usado *leggings* com a saia verde-água. Outros alunos iam e vinham das aulas, seguindo o código de vestimenta, com diferentes tons de azul, marrom e verde.

Caz estava digitando no celular enquanto caminhava, um celular de tamanho normal que parecia minúsculo em suas mãos, os polegares se movendo rapidamente enquanto enviava mensagens para alguém.

Seria uma garota?

Alguém com quem estava saindo?

Salem se perguntou enquanto caminhava atrás dele, rumo à biblioteca.

Pelos rumores que ouvira, principalmente de Aditi, que era sua maior fonte de fofocas, ele não tinha namorada. Caz havia sido visto pelo campus tarde da noite com algumas garotas em certas ocasiões, mas nada que alguém pudesse comprovar. Sua curiosidade, combinada com a química intensa entre eles e o estranho vai-e-vem que tiveram, de alguma forma fez com que a ideia de que ele via alguém deixasse um gosto amargo em sua boca.

Não gostou disso.

Mudando rapidamente o rumo de seu caminho quando Caz mudou o dele, ela o observou enquanto ele caminhava — não casualmente, como da última vez em direção à floresta, mas de forma mais ereta, com propósito. Estava determinado a ir para a biblioteca, e ela queria saber se era um desejo de chegar ao estúdio ou algo completamente diferente. Além disso, precisava falar com ele e perguntar sobre muitas coisas: o corpo que havia começado tudo, o acesso ao escritório, tudo. Mas só se não fosse perigoso. Pelo que Salem sabia, poderia estar efetivamente ajudando o Dr. Merlin e fazer parte do que quer que estivesse planejando.

Caz entrou na biblioteca, e Salem o seguiu, deslizando o cartão na catraca. Atravessou o saguão, passou pela estação de computadores e entrou em uma porta atrás de um painel de madeira que nunca havia notado antes. Esperou um instante e, respirando fundo, também entrou, encontrando-se em uma pequena área com outra porta discreta, que provavelmente levava ao subsolo.

A porta estava quase se fechando, presa a um sistema de polias.

Rapidamente, enfiou a mão entre a porta e o batente para impedir que trancasse, passou por ela e ouviu o clique da porta sendo trancada atrás de si.

Pequeno.

Essa foi a primeira coisa que lhe veio em mente.

Era um espaço pequeno e apertado, com nada além de escadas que levavam a uma área escura, semelhante a uma alcova.

Salem sentiu o coração acelerar. Espaços pequenos e ela não se davam bem. Só precisava descer as escadas e ignorar as paredes.

Mas as paredes estavam começando a se fechar, movendo-se aos lados para espremê-la, esmagá-la, sufocá-la.

Lembranças invadiram seus sentidos, flashes de sobrecarga sensorial disparando todos os alarmes internos.

Escuridão.

Decomposição.

Morte.

O cheiro pungente de um cadáver e o odor excessivamente doce do líquido de preservação.

A pele fria pressionada contra a dela.

O silêncio absoluto enquanto a noite caía lá fora.

Salem precisava sair, ir para o saguão. Faria o que quer que tivesse vindo fazer mais tarde. *Por que* tinha vindo? Qual tinha sido o motivo para se colocar no mesmo lugar de novo? Precisava de liberdade, de espaço aberto, de ar.

Precisava *respirar*.

Salem se virou, a mão tentando encontrar a maçaneta, as palmas suadas enquanto empurrava, mas nada aconteceu.

Estava trancada.

De novo.

Um grito ficou preso em sua garganta.

Sacudiu a maçaneta novamente, apalpando, empurrando e puxando, tentando de tudo para abri-la, mas nada aconteceu. Exatamente como da última vez. Havia gritado por tanto tempo, gritado por ajuda, e a ajuda veio, embora muito tarde.

Salem abriu a boca para gritar por ajuda de novo, esperando que alguém a ouvisse e a ajudasse, mas, na única vez que quis usar sua voz, ela a traiu. Um gemido lhe escapou dos lábios, o primeiro em tanto tempo que nem conseguia se lembrar da última vez que tinha ficado tão aterrorizada depois de adulta.

Não.

Não.

Ela era melhor do que isso.

Ela não era melhor do que isso.

O medo não a controlava.

Não havia nada além de terror.

Paredes de pedra se transformavam em madeira forrada de veludo. O cheiro de tinta se transformava no cheiro de velórios. As mãos de adulto ficavam menores enquanto tentava empurrar a madeira à sua frente.

Sem sucesso.

Salem pressionou a testa contra a porta e fechou os olhos com força, o peito arfando, o coração acelerado, o sangue correndo em seus ouvidos, os pulmões queimando enquanto respirar se tornava a coisa mais difícil do mundo.

Sentiu algo pressionar suas costas e não conseguiu discernir se era real ou uma memória. Manteve os olhos fechados e tentou dissipá-la, tentou se lembrar de que estava no presente, que era uma adulta, e que sairia dali. Só precisava se acalmar.

Mas não conseguia se acalmar.

E então ouviu.

Uma voz.

Aquela voz.

De mares turbulentos e fumaça. Indomável. Incontrolável. Selvagem.

Livre.

A voz que mudava as moléculas ao seu redor, vibrava contra sua pele e formigava em seu cérebro.

A voz dele, penetrando a névoa em sua mente.

— Vamos, pequena áspide — o ouviu dizer perto de seu ouvido, alimentando diretamente seu cérebro, e absorveu aquilo, mudando sua química. — Troque de pele para mim.

Salem abriu os olhos, surpresa com o pedido bizarro, e sentiu-se sendo guiada alguns passos até um lugar mais aberto. O ar ficou mais leve, mas estava pressionada contra algo. Uma parede fria. A realidade voltava a ela lentamente, segundo a segundo.

Estava pressionada contra a parede de dentro do quarto, as mãos planas contra a superfície, e ele estava atrás dela.

Caz estava *atrás* dela.

O tremor em seu corpo mudou, intensificou-se de alguma forma, algo mais assumindo o controle enquanto percebia que era a primeira vez na vida que alguém testemunhava sua vulnerabilidade. Salem o sentiu exalar, o peito se contraindo. O corpo instintivamente se ergueu para manter o contato com o dele, inspirando o movimento oposto. O que quer que ele estivesse fazendo, parecia facilitar o acesso do ar aos pulmões dela. Quadris a prenderam contra a parede, deixando-a praticamente imóvel, a diferença de altura entre eles ficando mais pronunciada enquanto a respiração de Caz passava sobre sua cabeça.

Uma das mãos dela deslizou para a parede enquanto ele se inclinava completamente sobre Salem, que o observou, suas emoções também mudando. Pele masculina, escura, decorada com tatuagens artísticas e bonitas que sabia que se estendiam pelos antebraços, pulsos, desde o dorso da mão até os nós dos dedos. Reconheceu alguns desenhos, como uma caveira e alguns números, mas a maioria eram redemoinhos aparentemente sem padrão. Algumas manchas de tinta ao redor da ponta dos dedos.

A própria mão parecia delicada em comparação — mais clara, mais suave, menor.

A mão dele ao lado da dela. Não se importava com a visão. Aquilo a fascinava, a distraía.

Salem sentiu a outra mão dele se enroscar em seu cabelo, na parte de trás da cabeça, dentro de seu coque desarrumado, os dedos se entrelaçando nos cachos e agarrando a parte de trás do couro cabeludo com uma pegada firme. Salem inspirou fundo quando ele puxou suas madeixas, inclinando o pescoço para trás, fazendo-a arquear a coluna para acomodar o alongamento.

Sua visão tremeluziu, e ela piscou quando o rosto dele se aproximou, a respiração presa na garganta ao vê-lo tão, tão perto que viu a sombra leve em sua mandíbula e a mesma tatuagem sem padrão de redemoinhos aparecendo sob a gola escura da camisa. O cabelo caiu para frente enquanto ele se inclinava, seus olhares se encontrando.

— Droga — ele praguejou, e ela concordou.

Aquilo era eletrizante, seja lá o que fosse. Salem sentia, e evidentemente ele também.

Sentia-se energizada, o corpo vibrando com um zumbir que não conhecia, sensações percorrendo sua pele, deixando para trás um rastro de arrepios e pele eriçada. Seus seios, pressionados contra a porta, pareciam pesados.

Seria era biologia básica? Química corporal? Seus feromônios, de alguma forma, desencadeando uma resposta sendo trancada e vice-versa?

Caz cheirava à tinta e à terra molhada, uma combinação tão intoxicante que ela sentia isso a cada inspiração, e fez respirações profundas cheias dele, deixando que aquilo infundisse seus pulmões, se infiltrasse em seu sangue, dominasse todo seu corpo.

Salem teve uma experiência desajeitada com um garoto uma vez no ensino médio, alguns beijos aqui e ali, nada que inspirasse poesia em seus pensamentos e reações como as de agora em seu ser. Nem sequer tinha tocado em Caz. Era ele quem estava tocando nela, segurando-a contra a parede enquanto ela se sentia como um cabo elétrico caindo no mar.

O pânico residual que sentia ainda vazava nas bordas de sua consciência, assim como nas paredes que a prendiam. Mas ele era maior do que elas, ocupando mais espaço e atenção, e, enquanto se concentrava nele, o cheirava, o observava, respirar era administrável.

Seus olhos cinzentos como pedra passaram pelo rosto de Salem, e era estranho, a maneira como estava posicionada, presa entre ele e a pedra com a cabeça inclinada para trás, observando-o quase de baixo para cima.

Caz se inclinou para a frente.

— Da próxima vez que você entrar em pânico — murmurou ele perto de sua orelha, o hálito quente, cheirando à menta e café —, eu quero ver.

Salem piscou, afetada pela proximidade, sem saber como reagir às palavras dele. Caz era diferente quando estavam sozinhos. Parecia mais desequilibrado, como as pessoas diziam que era. Na sala de aula, quando discutiam e provocavam um ao outro, parecia uma encenação, uma dança que faziam e já haviam feito muitas vezes para a plateia.

Isso, a sós, era diferente. Mais real. Então, não sabia muito bem o que dizer quando ele falava coisas bizarras como aquela.

— Eu não estava em pânico — Salem deixou escapar, e nem ela acreditou nisso.

Estivera em pânico, e ele testemunhara, e duvidava de que fosse cavalheiro o suficiente para não apontar isso. Sua voz, no entanto, felizmente não carregava o medo que sentira antes. Tentou voltar para a expressão impassível que todos esperavam dela.

— E eu não quero beijar você — ele declarou de forma direta. — Nenhuma das duas coisas é verdade.

Salem piscou novamente, surpresa com a declaração.

— Por que você não me beija?

Caz ficou em silêncio por um longo momento.

— Nunca pode acontecer nada aqui.

Isso a confundiu ainda mais. Tentou se virar e olhar para Caz direito, e ele, sem esforço, impediu seu movimento.

Salem olhou para cima quando ele puxou um fio de cabelo rebelde que escapara do coque solto, seus olhos brilhando com algo intenso, as pupilas dilatadas. Caz tirou os óculos dela, que ela mesma havia esquecido de que estava usando.

— Fique quieta — disse ele, as primeiras palavras que lhe dirigiu.

Salem obedeceu, como fizera anteriormente, sem saber por quê, e ele tirou algo do bolso.

Um lápis.

O mesmo lápis com que havia ameaçado causar danos físicos a alguém.

Salem engoliu em seco enquanto ele arrastava a ponta do lápis por um dos cachos, traçando sua forma devagar, completamente focado em sua ação, antes de colocar a ponta no canto externo da sobrancelha, muito perto dos olhos.

Salem não piscou, seus olhos percorrendo a expressão concentrada no rosto dele. Nem quando Caz traçou suas sobrancelhas, suas pálpebras, seu nariz, seus lábios entreabertos, descendo até o queixo, a curva do pescoço, até a borda de sua camisa.

O coração batia forte ali, a poucos centímetros abaixo de seu lápis.

Com perigo, desejo, não sabia. Caz era um desconhecido, seus motivos, pouco claros, suas reações, incertas. Pelo que Salem sabia, poderia estar diretamente envolvido em algumas das mortes ou saber algo sobre elas; poderia estar matando pessoas por aí para obter um tom especial de tinta carmesim; ou poderia não estar envolvido em nada disso. E, por alguma razão, sua mente perturbada achava aquele mistério dele ainda mais atraente, como o oposto de uma mariposa atraída por uma chama, atraída pela escuridão que ela sentia clamar pela sua.

Salem lembrou que o seguira porque queria conversar com ele, mas ali parada, depois de um ataque de pânico surpreendente e um retorno ainda mais surpreendente à realidade, com a atenção total dele atingindo-a como uma droga enquanto traçava sua forma, como se a estivesse memorizando, as palavras ficaram presas dentro dela.

Ela abriu a boca, fechou-a, abriu novamente e fechou-a.

— Eu pedi para você não se mover — disse ele com um tom irônico. — Você pode falar.

Que cavalheiro.

Salem lambeu os lábios para umedecê-los, sentindo o gosto do hidratante de mel que usava.

— O que você quer dizer com "não pode haver nada aqui"?

Um lado da boca bonita dele se curvou.

— Você quer que haja algo aqui?

— Não — respondeu ela.

O sorriso de Caz se transformou naquele que ela detestava.

— Então não preocupe sua cabecinha bonita com isso.

— E sobre a garota morta na praia?

— O que tem ela?

— Você a conhecia?

Seus olhos piscaram e se voltaram para onde ele havia acabado de traçar algo, apagando o rascunho antes de colocar a ponta do lápis novamente no queixo dela.

— Sim.

— Você sabe como ela morreu?

Um encolher de ombros.

Salem olhou para ele, avaliando as palavras em mente, pensando em como e se deveria deixá-las escapar.

— Eles a obrigaram a fazer isso?

Paralisado.

O lápis, sua mão, todo seu corpo, tudo ficou imóvel.

A ponta do lápis agora pressionava sua pálpebra.

Os olhos se encontraram com os dela pela primeira vez desde que começara a traçar, a leveza do rosto substituída por algo severo, intenso. A chave havia virado, e essa versão dele, o príncipe sombrio do submundo, como Salem o imaginava imaginava, como o chamara, era igualmente aterrorizante e emocionante.

— Quem?

Salem manteve a boca fechada, esperando que a técnica usual de esperar o outro falar funcionasse com ele, mesmo que, no passado, não tivesse funcionado; que ele não percebesse que ela não sabia de nada. Esperou pacientemente, observando-o com atenção em busca de reações e microexpressões, mas Caz não revelou nada, nada além do silencio profundo.

Segundos se transformaram em minutos, nenhum dos dois quebrou o silêncio ou o olhar fixo. Salem percebeu que ele não cederia aos seus métodos habituais. Caz era diferente, suas reações mostravam isso, e teria que tentar métodos diferentes com ele para obter informações.

Salem aproximou-se dele, fechando a ínfima distância entre os dois, e o encarou semicerrando os olhos, de uma forma que achava ser sensual, ignorando o torcicolo no pescoço por tê-lo mantido inclinado por tanto tempo.

— Me conte — sussurrou ela, tentando soar sensual, como havia visto nos filmes. Era pura ciência: um timbre mais grave, uma textura mais rouca, um som mais ofegante, tudo se combinando para criar uma mistura sedutora.

Um canto da boca dele se contraiu.

— Fofa — tocou o nariz dela com o lápis antes de movê-lo pelo pescoço, desta vez não parando na borda da camisa, mas indo além, descendo pela curva de seu seio direito, do qual ela se tornou extremamente consciente à medida que a ponta se aproximava cada vez mais do mamilo, que estava duro e saliente como um farol chamando um navio para casa.

Caz parou bem na borda, onde a aréola começava, sem nem mesmo saber, e se inclinou para sussurrar em seu ouvido, derramando aquela voz direto em suas veias como uma dose de sua droga favorita, transformando-a em uma viciada em potencial.

— Eu posso ser muito mais sensual do que você, pequena áspide. Cuidado com os jogos que você faz comigo.

Algo vibrou contra seu quadril, e ela ofegou levemente, sem perceber quando começou a respirar tão profundamente ou quando fechou os olhos.

A vibração veio novamente, e abriu os olhos para vê-lo pegar o celular, os olhos rastreando os dela por um momento, antes de olhar para a mensagem que havia chegado.

Sua mandíbula se contraiu, e ele passou a mão pelos cabelos mais longos, empurrando-os para trás.

— Me escute, e escute bem — disse ele seriamente. — Se você sabe o que é bom para você, não me siga de novo. Esta é a sua segunda chance.

Então, sem mais uma palavra, Caz se afastou e abriu a porta, saindo, fechando-a atrás de si, deixando-a parada ali se perguntando o que diabos havia acontecido nos últimos minutos.

Às vezes, lugares humanos criam monstros inumanos.
— Stephen King, *O iluminado*

CAPÍTULO 11

CAZ

— Eu te disse para não entrar em contato comigo dessa forma, porra.

Caz entrou na clareira em frente ao antigo prédio abandonado, sentindo a fúria que vinha crescendo nele durante toda a caminhada na floresta. Sua raiva havia sido uma das coisas em que mais trabalhara para controlar ao longo dos anos. Em outra época, em uma vida diferente, ela já o havia metido em problemas mais vezes do que podia contar nos dedos. A única coisa que parecia ajudar eram dois tipos muito diferentes de arte: uma disciplina de ficar parado e trabalhando em sua tela, e outra de ficar constantemente em movimento, misturando técnicas marciais. Treinava regularmente em uma das academias da cidade, feliz por poder continuar a extravasar sua agressividade em algum lugar, para que pudesse se concentrar no alvo.

A névoa que começara a se infiltrar na floresta desde a manhã já cobria completamente o chão com um espesso nevoeiro branco, a umidade penetrando sua calça. O prédio abandonado havia sido, em algum momento, um tipo de local de culto. Caz o descobrira dois anos atrás, completamente fora do caminho comum e tão dentro da floresta que os estudantes curiosos naturalmente se afastavam por causa das lendas locais, provavelmente falsas. Ninguém mais vinha aqui.

Era o local perfeito para um encontro clandestino ou algo nefasto. Não havia visto outra alma ali no ano em que estivera na Mortimer.

Mortimer. Maldita Mortimer. Odiava aquele lugar com todas as fibras do seu ser. No entanto, tinha que fingir o oposto todos os dias, e isso desgastava ainda mais seus nervos, aumentando a raiva latente.

Enquanto caminhava para o centro da clareira, estava irritado. Irritado por ter sido tirado de um dos momentos mais intensamente excitantes de sua vida, um momento que não esperava — nem o pânico dela, nem a resposta ao seu toque. Vê-la tremendo contra a porta quase o fez querer girá-la e ver a emoção em seus olhos, ver algo além de desdém e frieza, o ar intocável, que a envolvia como um manto, ameaçando congelar qualquer um que se aproximasse demais.

Caz tentou não fazer aquilo. Realmente, realmente tentou, porra. Mas lá estava ela, tremendo contra a porta, gemendo de uma maneira que nunca esperara dela, despindo sua camada externa para mostrar a ele o interior deslumbrante.

Aquilo atingiu seu sangue como uma dose de psicodélico, correndo até sua cabeça, seu coração e seu pau. Nunca estivera tão excitado quanto naquele momento, pressionando-a de costas enquanto ela se acalmava, e nunca estivera tão mentalmente estimulado quanto quando estava com ela.

Era intoxicante.

Ela era intoxicante.

E tudo o que ele queria era capturar aquilo, capturar seu terror, sua transformação, sua transcendência.

Então, sim, estava irritado.

Também estava irritado por ter sido afastado de descobrir exatamente o que diabos ela achava que sabia, e a quem ou ao que se referia com "eles" quando o interrogou. Parte dele queria perguntar, mas sabia que iniciar tal conversa abriria uma caixa de Pandora para a qual ninguém estava preparado, muito menos ela.

Então, sim, estava irritado com o homem na clareira e com a vida em geral.

Eric pulou do altar onde estava sentado, tenso, fumando o que parecia ser, pelas ponta no chão, seu terceiro cigarro.

Ao ouvir as palavras agressivas de Caz, jogou o terceiro cigarro no chão e ergueu as mãos em um gesto de inocência.

— Eu não teria mandado mensagem se não fosse importante. Temos alguns problemas, cara.

Caz exalou e colocou as mãos nos quadris. Eric sabia o risco que corriam toda vez que se encontravam assim, especialmente se considerando os últimos anos de história entre eles. Eric era a única pessoa viva que conhecia os segredos de Caz, um fardo que Caz não estava feliz em compartilhar, porque não confiava nele nem um pouco. Mas havia sido uma combinação: mal necessário, má sorte e pura coincidência que o cara que contratara para fazer um trabalho obscuro on-line fosse o mesmo com quem tinha um interesse mútuo por Mortimer.

O dia em que Eric abrisse a boca, como continuava ameaçando fazer, ou colocasse Caz e seu objetivo em risco, seria o dia em que faria o rapaz desaparecer misteriosamente. Caz não tinha nenhum problema em fazer isso acontecer. Não era como se já não tivesse feito algo parecido antes, e não seria a última vez.

— O que está acontecendo? — perguntou, reunindo toda a paciência que podia.

— Baron está de olho em você — respondeu Eric.

Droga.

Era sério.

Ainda não estava pronto.

— E como você sabe disso? — Caz exigiu, dando um passo à frente.

— Coloquei escutas no quarto dele — Eric se apressou em informar. — Continuo monitorando, só para cobrir a retaguarda. Não havia nada para suspeitar. Mas ele recebeu uma ligação ontem à noite. Ouvi seu nome e ele dizendo que iria investigar.

Droga, isso não era bom. Baron era um filho da puta imprevisível e que também era inteligente. Uma combinação mortal — útil como amigo, perigoso como inimigo.

— Tem mais — Eric continuou, como se aquilo não fosse suficiente.

— Ele pediu a alguém no bloco residencial acesso ao quarto de Salazar.

Sua mandíbula se tensionou.

— Por que ela? Foi ele quem disse que ela era intocável.

Eric engoliu em seco.

— É, bem, algo mudou. Não sei o que aconteceu, não há mais nada acontecendo em lugar nenhum em particular. Mas Baron recebeu a ligação e, de repente, começou a agir.

Merda.

Salem tinha, de alguma forma, conscientemente ou não, entrado na cova do leão. Sua irmã havia morrido e a deixado imune, e ela estava prestes a destruir isso completamente.

— Eu cuido disso — ele disse a Eric. Não deveria. Sabia que não deveria se envolver. Mas tinha que parar o que quer que ela estivesse fazendo, ou a garota acabaria sendo mais uma estatística, ou pior, arruinaria os planos dele.

Caz se lembrou de como ela havia se encaixado nele momentos atrás, o cabelo em sua mão e o corpo colado ao dele. Salem era tão feroz, sua aura gelada tão assustadora, que, de alguma forma, nunca havia percebido o quanto era pequena, frágil, fácil de quebrar. E, embora não se importasse de outra forma, não podia deixar nada acontecer à sua musa, ainda não, não até terminar tudo o que queria.

A onda de proteção não era surpreendente, mas, caramba, era inconveniente. Concentrou-se em Eric.

— E as minhas coisas?

— Eu tenho *firewalls* e distrações suficientes para ganhar algum tempo — Eric admitiu. — Mas isso só vai nos dar tempo, Caz. Baron é um touro quando se trata de encontrar coisas, você sabe disso. Não posso detê-lo para sempre.

Caz sabia. Mas tempo era tudo do que precisava.

— Quanto tempo você consegue atrasá-lo? — perguntou Caz, tentando formular um plano e acelerá-lo.

— Talvez um mês, dois, no máximo.

Não era tempo suficiente.

Caz assentiu.

— Faça o que puder. Me mantenha informado. Vou pensar em algo mais.

A expressão do outro homem era sombria.

— Eu sei o porquê de você estar fazendo tudo isso, mas eu o conhecia. Não iria querer isso para você. Você acha que vale mesmo a pena?

Caz encarou Eric com firmeza.

— Não me pergunte isso de novo.

Não adiantava explicar. Caz já havia explicado na primeira vez que Eric perguntara, assim como na segunda, mas parou depois da terceira. Havia vindo para Mortimer com uma missão em mente, e estava disposto a fazer o que fosse necessário, sacrificar o que fosse preciso, para cumpri-la.

Por isso, havia se juntado a um grupo, se infiltrado nele e agora estava fazendo o que eles mandavam, esperando o momento certo, tudo apenas para obter respostas sobre alguém que ele amara e perdera. Precisava da verdade e, para alcançá-la, faria o que fosse necessário.

O resto podia ir para o inferno.

O homem loiro suspirou, esperando a resposta.

— Tudo bem, o problema é seu. Só saiba que vou pular fora se tudo explodir na nossa cara, o que, pela forma como as coisas estão indo, vai acontecer mais cedo ou mais tarde.

Com isso, Eric deixou a clareira, e Caz subiu no altar, olhando para o céu que escurecia. Não havia estrelas visíveis, a Lua estava escondida atrás das nuvens, e nada disso parecia inspirador agora.

Apenas cabelos de serpente e olhos dourados.

Mas ele continuou olhando, continuou procurando, pela única estrela que sempre o fazia sentir que não estava sozinho. Aquela que seu irmão lhe mostrara, aquela que haviam observado em muitas noites no vasto céu no telhado da sua casa de infância.

O que acontece quando morremos?

O pequeno Caz havia perguntado ao irmão mais velho uma vez.

Caz tocou o lado esquerdo do peito, por baixo da jaqueta, e procurou a estrela novamente, sem encontrá-la em lugar nenhum. Uma pontada atravessou seu peito, exatamente onde a mão estava, logo acima de uma tatuagem que era tanto uma memória quanto uma promessa.

Nós vamos para o céu e nos tornamos estrelas.

Era estranho se lembrar do garotinho inocente que havia sido, enquanto, sentado ali agora, era um homem amaldiçoado. A morte, para o jovem Caz, eram estrelas cintilantes no céu. Nunca imaginara que as nuvens pudessem apagá-las da existência.

Seu celular vibrou, e o tirou do bolso, olhando a mensagem.

Reunião na sexta. Meia-noite.

Bem, que inferno.

Baron recebera uma ligação e, agora, ele recebera uma mensagem.

Estavam vindo para a cidade, pela primeira vez em um ano. Parecia que as coisas estavam ficando interessantes.

PARTE 2

DECOMPOSIÇÃO

Preferia tocar-lhe a mão, ainda que morta; me agradaria mais que tocar a mão de outra, ainda que viva.

— George Eliot, *Middlemarch*

CAPÍTULO 12

DESCONHECIDO

A garota poderia ser uma ameaça.

Não deveria ser. Nem mesmo estava no radar deles, além de sua ligação com uma das mulheres. Deveria manter-se isolada e passar seu tempo vivendo como qualquer outra estudante, deixar a universidade com memórias e conexões.

Mas ela se destacava, chamava a atenção deles, quase exigia isso.

Primeiro, ao encontrar a mulher na praia.

Depois, ao procurar por meios que não estavam disponíveis para o público em geral.

Eles eram velhos demais, organizados demais, obsoletos demais para que causasse algum dano. Mas a razão de sua longevidade tinha sido o segredo que todos juraram guardar. Ao longo dos séculos, houve rumores e sussurros, é claro que houve. Era impossível não terem vazado para o consciente coletivo ao longo de centenas de anos.

Mas permaneciam em silêncio, esperando, observando, vencendo.

Escondidos do mundo. Neutralizando qualquer ameaça à sua existência.

A garota, por sorte, não era vista como uma, não ainda. Mas um olho tinha que ser mantido nela. E, se havia algo em que eles eram bons, era observar.

Sempre observavam.

O amor nos conduziu, juntos, diretamente à morte súbita.
— Dante Alighieri, *Inferno*

CAPÍTULO 13

SALEM

Um mês havia se passado desde seu encontro com o Dr. Merlin e o episódio na biblioteca. Entre as aulas e sua paixão genuína por aprender, entre preparar sua inscrição para os Prêmios e sua apreensão sobre o que isso significaria, entre tentar buscar novas informações e acabar desenvolvendo uma espécie de amizade com duas garotas inesperadamente, Salem nem percebeu o tempo passar voando.

Havia se adaptado aos cursos e às rotinas, todos agregando valor à sua vida de uma forma ou de outra. Todos os calouros do departamento tinham dias de laboratório duas vezes por semana, e esses eram seus favoritos. Passar tempo aprendendo sobre investigação e reconstrução de cenas de crime era o que sempre havia imaginado para si enquanto crescia.

Salem saiu do bloco da faculdade de Ciências e seguiu em direção à faculdade de Artes após seu último período, que havia sido de laboratório. Revirando a bolsa em busca de uma presilha, já que o elástico de cabelo parecia estar cedendo sob o volume do coque bagunçado, acabou esbarrando de frente em alguém.

— Ei, cuidado!

Reconheceu a voz feminina.

Ah, não.

Lara e seu grupo estavam ali, com suas camisas brancas impecáveis, saias cinza e curtas e salto combinando, além de cabelos perfeitamente lisos e brilhantes, como se fossem cristalinos. Salem sentiu inveja. O grupo de garotas à sua frente era deslumbrante, do tipo que fazia as pessoas pararem e caírem de joelhos. Do que não gostava era que sabiam e usavam isso para se impor sobre os outros. Mas não podia culpá-las, considerou. Se era algo que haviam aprendido durante a vida toda, fazia sentido que nem pestanejassem com isso.

Lara, assim como Salem, era do primeiro ano, e se conheciam socialmente desde sempre, já que os pais foram amigos até o falecimento do pai de Salem. A família de Lara estivera tanto no funeral de sua irmã quanto no de seu pai. O que significava que conhecia Lara, e Lara a conhecia, mesmo que o novo grupo dela não a conhecesse.

Se fosse qualquer outra pessoa, Salem teria murmurado um pedido de desculpas, porque estava errada e não estivera prestando atenção para onde ia, embora Lara pudesse ter dado um passo para o lado e evitado a colisão. Mas como era ela, e Lara nunca havia sido gentil, Salem ergueu o queixo ainda mais e encarou todas com seu olhar desinteressado de sempre.

Lara balançou a cabeça, fazendo o cabelo dourado cair em uma cascata deslumbrante sobre seus ombros estreitos.

— Sabe qual é o seu problema, Salazar? — perguntou Lara com o tom refinado que era marca registrada em seus círculos, suave e aparentemente educado, mas cortante. — Isto, bem aqui. Você não se importa com as pessoas e acha que isso faz de você, de alguma forma, superior. Notícia urgente: não faz.

Salem queria retrucar e dizer algo como "não me importo com a sua opinião", mas isso só adicionaria lenha na fogueira. Salem sabia como essas coisas funcionavam, e mordeu o interior da bochecha para evitar dizer o que estava pensando. Olhou para o relógio no pulso, um modelo simples, mas bonito, que havia pertencido à irmã.

Estava atrasada.

— Saia da frente — disse, simplesmente, para Lara.

A outra garota suspirou alto.

— Às vezes, eu queria que fosse você em vez da sua irmã que tivesse morrido. Olivia era tão boa. O mundo seria um lugar melhor com ela e sem você.

Uma das garotas atrás de Lara suspirou com as palavras cruéis, e Salem se preparou internamente, não deixando transparecer nenhum sinal de sua reação. Não era como se Lara estivesse dizendo algo que já não dissesse a si mesma quase todo dia, às vezes até duas nos fins de semana. Se fosse ela em vez da irmã, o mundo seria um lugar melhor, e sabia que ninguém sentiria sua falta. Ela não agregava valor à vida de ninguém.

— Nossa, você não sente nada, não é? Sua vadia fria — Lara cuspiu, e, novamente, aquilo não era nada que já não tivesse dito antes. Uma vez, em um evento social, o então namorado de Lara havia tentado se aproximar dela, e Salem havia rejeitado suas investidas, indo contar para Lara como um aviso. Embora Salem não tivesse se importado com a investida, suas famílias eram amigas, e ela achou que seria algo que gostaria de saber se a situação fosse inversa. Lara não gostou, e desde então não saía de cima de Salem.

Salem sentiu um braço se entrelaçar ao dela e ergueu os olhos, surpresa, para encontrar Aditi ao seu lado.

— Acho que você quis dizer "rainha do gelo", que tem mais classe em um dedo do que você tem em todo o seu corpo. — A garota normalmente alegre encarou Lara.

— Não, eu quis dizer vadia fria que está agora exatamente como estava no funeral da irmã e do pai — Lara as olhou com desdém e voltou-se para Salem. — Andando com pobres bolsistas agora? Os Salazar realmente decaíram. Que pena.

— É uma pena que você tenha faltado à aula onde ensinavam decência — Aditi respondeu rapidamente, e Salem quase disse que aquilo era uma maldição. Chamar uma garota do alto escalão de indecente era o pior dos insultos.

Sem esperar por uma resposta, Aditi a puxou para o lado, em direção ao bloco da Faculdade de Artes, levando-a para dentro

— Aff, aquela vaca me deixa furiosa.

Salem olhou para ela.

— Por quê?

Aditi rolou seus lindos olhos.

— Quer dizer, além dela ser uma escrota comigo quando vai ao BBC e xingar minha amiga?

Salem parou de repente, fazendo a outra garota parar e olhar para ela.

— Você quer dizer eu? — perguntou, só para confirmar.

Aditi rolou os olhos novamente e colocou as mãos nos ombros de Salem.

— Sim, estou falando de você. Você é minha amiga, Salem. E amigas não deixam outras pessoas xingarem suas amigas.

Uma sensação estranha, quase borbulhante, se formou no fundo do seu estômago. As palavras penetraram seu cérebro.

Tinha *uma amiga*, e sua amiga a havia defendido.

Isso significava algo para Salem.

— Ok — ela piscou rapidamente, tentando se livrar do que estava preso em sua garganta. Mais uma uma reação estranha.

A outra garota lhe deu um sorriso radiante, um que iluminou imediatamente seu rosto, compensando a rara luz do sol naquele lugar.

— Ótimo. Agora vamos antes que Melissa nos mate. Você sabe como ela pode ser impaciente.

Salem assentiu. Melissa era a pessoa mais impaciente e impulsiva que já conhecera. Mas também era legal.

— Ela é nossa amiga também, sabia? — Aditi completou, como se estivesse na mesma linha de pensamento. — Desde que arrastamos aquela bunda bêbada morro acima. Foi uma experiência de união, embora ela não se lembre de nada daquela noite. — As palavras terminaram em uma risadinha.

Salem sentiu os lábios se moverem levemente ao se lembrar daquela noite. Tinha sido uma noite louca. A fogueira, as provocações, a caminhada até o bloco residencial com uma garota semi-inconsciente. Mesmo que tivesse começado a investigar a droga e perguntado por aí, nada havia surgido. Mas, para ser sincera, não era difícil para garotos ricos conseguirem drogas de fornecedores duvidosos. Conhecia casos assim ao redor do mundo, e Melissa havia sido uma das sortudas naquela noite por ter amigas que a levaram de volta em segurança.

Salem percebeu, de repente, que já havia criado algumas memórias ali, memórias que recordava com mais carinho do que aquelas que tinha antes de Mortimer.

O bloco da Faculdade de Artes apareceu à frente, duas torres altas do castelo crescendo com um muro enorme e uma entrada de portas duplas, uma fonte grande e redonda na frente com esculturas de asas, membros, armas e rostos monstruosos congelados em choque e horror, jorrando água na bacia ao redor.

Era o único bloco com uma fonte tão grande e detalhada, e Salem sempre se pegava olhando para ela por mais tempo antes de entrar.

Estivera ali dentro várias vezes por semana no último mês, principalmente para esperar Aditi e Melissa depois que suas aulas terminavam, já que seu horário a liberava meia hora antes delas, e estava ficando frio demais para esperar alguém do lado de fora por tanto tempo.

Melissa foi a responsável por combinar os horários e sugerir que Salem fosse encontrá-las ali. Era algo novo que havia sido adicionado à sua rotina: encontrar as garotas e ir até a cidade, a um dos outros cafés populares, cerca de vinte minutos a pé. As amigas conversavam sobre aulas e outras coisas, e Salem contribuía aqui e ali, vinte minutos pareciam dez.

Era uma experiência nova para Salem, mas uma que estava feliz em adicionar à rotina. Era agradável, mesmo que não falasse muito, estar com aquelas duas garotas que de, de alguma forma, a adotaram em seu círculo sem pedir que ela mudasse.

— Meu pai está ligando — Aditi olhou para o celular que tocava. — Só um segundo.

Enquanto a garota se afastava alguns passos para atendê-lo, Salem ficou no saguão e olhou ao redor.

A primeira vez que entrara nessa parte do castelo, havia percebido como era diferente do lado dela. Enquanto a Faculdade de Ciências tinha um saguão que se dividia em corredores que levavam a escadas e elevadores, o interior estava lotado de quadros de avisos e certificados nas paredes, transmitindo uma sensação de frieza e minimalismo. A Faculdade de Artes tinha um cenário extremamente oposto.

Era um museu de talentos jovens, uma galeria que podia rivalizar com as melhores do mundo, uma exibição maximalista da excelência da criatividade humana.

O saguão era um grande salão imponente, com escadarias gigantes em cada extremidade que levavam aos andares superiores, cada patamar visível, e quatro portas escondidas atrás das escadas, fora de vista.

Tudo, das paredes ao teto abobadado, estava coberto de arte. Até a arquitetura interna estava à altura do nome do departamento. Era em estilo barroco. Sabia disso, porque escutou o pai falando a respeito do lugar em uma propriedade com um cliente uma vez. Os tetos eram pintados com murais e visões, de angelicais a demoníacas, de naturais a artificiais, de claras a escuras, tudo ganhando um espaço, uma gama vibrante de cores e traços que mudavam a cada poucos metros, como um mosaico de diferentes estilos e artistas combinados em uma mistura de excentricidades, expostas ali para sempre.

Além do teto, havia obras de arte penduradas nas paredes como em um museu, a menor não maior do que a palma de sua mão, e a maior, no centro, com quase quinze pés de largura. As molduras eram igualmente estilizadas — ornamentadas e metálicas, em bronze, cobre, ouro, ligas metálicas, brilhando com todos os tons de metal conhecidos pela humanidade.

Esculturas e estátuas cumprimentavam qualquer visitante da entrada até as escadarias. Lustres enormes pendiam dos tetos mais altos de todos os blocos do castelo, tochas de ferro forjado estavam presas às paredes em alguns lugares, mais para decoração, agora, do que para uso.

Um mapa simples do prédio estava pendurado bem no centro, pintado à mão em aquarela, marcando diferentes departamentos e salas de aula.

Tudo ali dentro transmitia calor, quase uma sobrecarga para os sentidos. E, surpreendentemente, adorava aquilo.

Salem esfregou as mãos para aquecê-las e sentiu os pelos da nuca se arrepiarem.

Era *ele*. *Caz*.

Já estava familiarizada com aquela sensação.

Virando o pescoço, olhou para cima da escada e o viu observando-a do patamar do primeiro andar, apoiado casualmente no corrimão e a encarando como o senhor de seu domínio.

O Pintor Psicopata, cujas pinturas, foi informada, não eram exibidas no espaço — e, sim, havia perguntado.

Salem odiava a forma como seu interior reagia a ele, um tipo específico de estímulo misturado com algo que a deixava estúpida, como uma droga afetando seus neurônios e fazendo-a reagir de formas estranhas. Estranhas como tentar segui-lo mesmo depois de ele ter dito para não fazer isso, de falar em sala apenas para envolvê-lo em um debate acalorado que não levava a lugar nenhum, de tentar descobrir informações sobre ele por meios não tão legais, mesmo não tendo nada a ver com seu caso e tudo a ver com *ele*.

Caz van der Waal era um enigma, uma variável desconhecida em sua equação, um mistério não resolvido, e ela sempre amou e odiou esses tipos de coisas em igual medida.

Após o incidente na biblioteca, ou seja lá o que tenha sido aquilo, o encurralou novamente no dia seguinte, quando ele saía do bloco de Artes, e o desgraçado simplesmente segurou a parte de cima de sua cabeça e a empurrou para o lado como se espantasse uma mosca. Salem se lembrava de ficar parada no caminho, completamente chocada, percebendo que algumas pessoas testemunharam e a encaravam, então, ergueu o queixo mais alto e foi embora.

Em outro momento que tentou falar com ele, fez isso de forma mais privada, após a aula, mas sem sucesso, já que ele havia começado a conversar com outros alunos.

Depois disso, desistiu de tentar se aproximar dele por um tempo e focou em outras coisas. Então, imagine sua surpresa quando era *ele* dando atenção a ela.

No início, quando apareceu no bloco dele, ele imaginou que fosse por ele.

— Não conseguiu ficar longe, pequena áspide? — perguntou ele, aquele sorriso irritante curvando seus lábios e um olhar desconhecido brilhando nos olhos, que

percorriam cada centímetro visível dela de forma lenta, quase preguiçosa, com uma intensidade febril.

Salem o olhou de cima a baixo como se ele fosse insignificante, erguendo uma sobrancelha arrogante.

— Quem é você mesmo?

Os olhos dele se incendiaram, um brilho selvagem surgindo neles.

— Pergunte de novo quando seus mamilos não estiverem implorando pela minha boca.

Isso foi tão inapropriado, mas não surpreendente vindo dele. Caz não tinha senso de decoro ou educação em seu corpo. Era grosseiro, vulgar e cruel.

Salem imediatamente cruzou os braços, amaldiçoando a camisa branca que traía a reação de seu corpo, e ele riu, passando por ela.

Um bastardo enigmático, confuso e excitante, isso é o que ele era. Toda vez que tinham uma interação pessoal, a tensão entre eles crescia até se tornar palpável. Caz lhe dava enigmas e respostas evasivas, e, enquanto uma parte dela gostava de jogar o jogo, o vai e volta estimulando seu cérebro de uma forma que nunca havia feito, outra parte considerava roubar algum tipo de soro da verdade do laboratório e fazer o homem responder a *uma única pergunta* de forma adequada. Não faria isso, é claro, mas não havia mal algum em *pensar* na possibilidade.

Porém, então, ele a viu com Aditi e Melissa e parou de se aproximar dela no saguão. Não sabia se gostava disso ou se odiava ainda mais.

Falando nisso, Aditi chegou ao seu lado, terminando a ligação, e olhou para onde ele estava, observando-a descaradamente.

— Essa tensão sexual é tão estranha — a garota murmurou, e Salem interrompeu a guerra de olhares que involuntariamente havia começado e virou para o lado.

— O que você quer dizer com isso? — Não era tensão sexual. Era algum tipo de tensão, é claro, mas não do tipo *sexual.* Eles mal podiam *conversar* sem querer sair de fininho ou fazer algo do que se arrependeriam.

Aditi revirou os olhos novamente.

— Para uma garota inteligente, você pode ser tão burra às vezes, Salem — disse ela, sem nenhum veneno no tom. — Aquela gostosura de homem fica ali todos os dias, exatamente nesta hora. Por quê?

Salem não queria pensar naquilo. Encolheu os ombros.

— Talvez só goste do lugar.

Aditi suspirou.

— Ah, minha florzinha ingênua. Talvez ele só goste da vista — sugeriu. — Ele sabe que esse é o nosso horário, e fica ali te encarando. E não é só aqui. Não pense que eu não ouvi sobre o que vocês dois fazem na aula de Psicologia. Uma garota do meu andar me disse que é como assistir a uma dança de acasalamento, o jeito como vocês brigam. Mas, além disso, é o jeito que ele olha para você, como se quisesse te devorar viva. Se ele não fosse tão gostoso, seria bem assustador.

Deveria ser assustador, mas não era. E isso não tinha nada a ver com a beleza dele em geral, mas com ele. Apesar de terem se encontrado em circunstâncias duvidosas e sempre ter tido um ar levemente perturbado ao seu redor, isso não a fazia se sentir desconfortável. Isso não disparava sinais de alerta no corpo dela nem fazia seu estômago pesar com apreensão. E ela, mais do que qualquer um, sabia como era a sensação de algo assustador.

Fique no presente.

Salem mordeu o interior da bochecha, sacudiu a sensação e olhou para cima.

Só para parar de repente.

Caz não estava sozinho.

Pela primeira vez no mês em que aquilo havia se tornado rotina, não estava sozinho no patamar.

— Quem é essa? — Aditi ecoou a pergunta em sua mente. — Ela é linda. Acho que nunca a vi por aqui.

Era uma mulher. Uma *mulher* que estava muito perto dele. Uma *mulher* que sorria para ele. Uma *mulher* que colocou a mão no bíceps dele, um bíceps que Salem nunca havia tocado.

Salem se perguntou como aquela mão ficaria se fosse cortada do braço delicado dela.

Então algo pior aconteceu.

Caz levantou a mão e colocou o cabelo dela atrás da orelha.

A mesma mão que havia enfiado no cabelo dela, os mesmos dedos tatuados que haviam traçado seus cachos, o mesmo braço que a havia imobilizado.

Algo frio, muito frio, se instalou no fundo do seu estômago, o sangue virando gelo, o frio endireitando sua coluna, o gelo tão frio que parecia queimá-la por dentro, torrando seus órgãos, fazendo-a querer arrancá-los do corpo.

Talvez fosse a vadia fria que Lara a acusara de ser.

O que diabos estava acontecendo com ela?

— Ok, nós a odiamos agora — ela ouviu a amiga dizer e virou para encará-la.

— Por quê? — Salem levantou uma sobrancelha, deixando o gelo dentro dela irradiar para fora. — Quem se importa?

Vendo Melissa se aproximando, ignorou o olhar de compreensão de Aditi e murmurou um "vamos".

Salem ignorou tudo até a saída, até que se virou, apenas uma vez, para ver que o patamar estava vazio. Tanto ele quanto a mulher haviam sumido.

Ah, que se dane.

Salem Salazar não ligava.

É, ele que se dane.

Não sei afirmar a hora, o lugar, o olhar ou as palavras que fundaram as bases. Foi há muito tempo. Já estava envolvido antes de perceber o que *havia* começado.

— Jane Austen, *Orgulho e Preconceito*

CAPÍTULO 14

SALEM

Cabelos longos flutuavam ao vento em câmera lenta, mechas espalhadas, pairando no ar como se não fossem cabelo. Pés ensanguentados elevavam-se alguns centímetros do chão, pairando sobre o concreto como se a gravidade tivesse perdido o controle sobre a matéria física.

Mas mantinha Salem presa no lugar.

O penhasco se erguia sombrio diante do mar furioso. A luz da Lua iluminava a área com um brilho sinistro. Todos os sentidos, exceto a visão, estavam abafados.

A garota de costas para ela ergueu os braços e se virou, flutuando no ar para encará-la.

Salem tentou dar um passo para trás, surpresa, mas não conseguiu se mexer.

Podridão cobria metade do rosto da garota, a pele descamando, expondo ossos onde deveria haver carne, transformando seu rosto outrora belo em algo horrendo. A boca abriu, como se fosse dizer algo, e mais pedaços de carne caíram.

Salem observou horrorizada enquanto Olivia estendia a mão para ela, um grito rouco saindo de sua garganta enquanto estendia os dedos avermelhados, pedindo ajuda. Os dedos da mão estendida começaram a apodrecer rapidamente, como se o ar ao redor tivesse se tornado ácido, e Salem tentou levantar o braço para alcançá-la, para salvá-la e mantê-la a salvo.

— Olivia — chamou, gritou, tentando entender o que estava acontecendo. — Olivia, fale comigo!

— Sss... ssa... ssal... — a voz da irmã tremia, incapaz de formar seu nome, imaginou.

— Sim, é a Salem — ela a encorajou, assistindo à irmã se decompondo diante de seus olhos. — Diga.

— L... ma... t.

Nada fazia sentido.

Do nada, uma revoada de abutres enormes e pretos desceu do céu, abutres como Salem nunca havia visto antes. Começaram a atacar Olivia e ignoraram Salem, agarrando as mãos, o estômago e o pescoço da irmã com seus bicos.

Salem ficou paralisada de terror enquanto arrastavam Olivia para mais alto no ar, levando-a para longe do penhasco, deixando rastros de sangue no chão, até que ficaram pairando bem acima do penhasco.

E, então, a soltaram.

No momento em que Olivia desapareceu de vista, o corpo de Salem se soltou, e ela correu até a borda para olhar para baixo, com medo do que encontraria.

A praia estava vazia.

Nenhum abutre, nenhum corpo, absolutamente nada.

Salem se levantou, confusa, e virou-se para ir embora, quando, de repente, não estava mais no penhasco. O farol estava atrás dela.

Não estava mais no penhasco, mas nas rochas logo abaixo do farol, com uma vista do penhasco e da praia. Como?

Estava esperando por algo, por alguém. Estava assustada, agitada, mas animada para encontrá-los.

O quê?

Quem?

Não era isso que ela estava sentindo. Salem sentia confusão, não medo. Olhou para baixo e viu as mãos limpas e escuras de um homem presas ao seu corpo, em vez das suas próprias. Não estava em seu corpo. Estava no corpo de outra pessoa — e podia perceber que eram as emoções de outra pessoa o que ela sentia. As de um homem.

Quem?

Um grito cortou o ar, e viu alguém pular do penhasco, atingindo a praia abaixo. Começou a correr para chegar até quem quer que fosse, para ver se estava viva, mas , desta vez, os abutres estavam com os braços dela em seus bicos, um deles com a mandíbula em volta de seu pescoço.

O pescoço do homem.

Começou a lutar, a tentar escapar, e viu a versão apodrecida da irmã surgir por trás de um dos abutres, olhando-a com os olhos arrancados, apenas cavidades vazias, gritando uma palavra que ouviu claramente no ar:

— NÃO!

Salem acordou bruscamente em seu quarto, o peito arfando devido ao sonho vívido que acabara de ter. Suor cobria o corpo mesmo com o frio da noite, seu cobertor jogado em algum lugar no chão, o cabelo colado ao pescoço.

O relógio sobre a escrivaninha tiquetaqueava no silêncio.

Respirou fundo e se acalmou, deliberadamente reduzindo a frequência cardíaca acelerada, pressionando a palma das mãos suadas contra as bochechas na tentativa de se centrar.

Após alguns minutos, quando já respirava normalmente, dirigiu-se ao chuveiro no escuro, tirou o pijama e abriu a torneira, mantendo a água fria.

Ao entrar sob o jato d'água, a temperatura gelada a fez estremecer antes que pudesse se acostumar, a mente lentamente clareando à medida que despertava mais e mais. Era um truque que descobrira após os primeiros sonhos — banhos frios a traziam de volta à realidade mais rapidamente. Tomou um banho rápido e saiu. Seguindo seu ritual, enrolando uma toalha ao redor do corpo e acendendo a luz acima do espelho.

Seus olhos pareciam inchados, vermelhos, os capilares destacando-se em contraste com o branco, o dourado minimizado pela expansão das pupilas. Estava com privação de sono e, embora pudesse tomar remédios para isso, não queria. Medicamentos deixavam seus sentidos embotados.

Esfregando os olhos e bocejando, começou sua rotina matinal, mesmo sem saber que horas eram. Escovou os dentes, secou o cabelo, hidratou a pele e, finalmente, quando não havia mais nada para fazer, voltou para o quarto.

O relógio tiquetaqueava, e olhou para ele.

Eram 4h13 da manhã.

O raiar do dia.

Suspirando, pegou um de seus diários e sentou-se à escrivaninha, registrando rapidamente o sonho como se lembrava, sabendo que lentamente desapareceria ao longo do dia. Começara a fazer isso — a manter um registro dos sonhos para consultar, mesmo sabendo que não significavam nada — logo que começaram a acontecer. Manter dados era um hábito que ela internalizara, então aquilo nem a surpreendia mais.

Os sonhos começaram logo após a morte do pai e se manifestavam quase toda semana desde então. Mas, antes, eram mais abstratos, muito mais vagos e muito, muito menos sangrentos.

Desde que chegara a Mortimer, de alguma forma, se tornaram mais vívidos, mais detalhados, mais intensos. Já vira o penhasco e o farol tantas vezes que isso não a perturbava muito. Fazia sentido — o cérebro agora tinha referências visuais para coisas que, antes, não tinha.

Era a imobilidade que a surpreendia, no entanto, enquanto anotava. A sensação de não conseguir se mover, a paralisia do sonho parecendo incrivelmente real. Talvez fosse a maneira de o cérebro lidar com a impotência à medida que o tempo passava e não recebia nenhuma pista. Talvez fosse outra coisa. Não sabia.

Os abutres, porém, eram novidade.

A caneta parou enquanto tentava se lembrar deles, a memória já se dissipando, a aparência deles, o que fizeram, quantos eram, tudo se transformando em fios que não conseguia segurar.

Por que abutres? Foi isso que ela escreveu nas páginas. É porque são necrófagos e se alimentam de carne morta, e havia carne apodrecendo no sonho? É porque estivera lendo sobre taxas de decomposição antes de dormir? Ou seria outra coisa? Por que meu cérebro usou abutres e não outra ave de rapina? Tem que haver uma razão para isso, certo?

Os dedos pausaram novamente, pairando sobre a página, tentando lembrar o que a Olivia do sonho havia lhe dito além da última palavra.

Lmat?

Não fazia sentido algum.

Sal, talvez para Salem. "Mat" no final, talvez uma palavra separada, talvez não.

Mas "L"?

O que diabos era aquilo?

Refletiu por alguns minutos e, então, exasperada, fechou o diário, colocando-o de volta em seu lugar na prateleira organizada e se vestindo, optando por roupas mais quentes. O tempo havia esfriado nos dois meses em que estivera em Mortimer. Embora a chuva tivesse parado, os céus cinzentos e os ventos gelados haviam se tornado uma constante.

Pronta, usando saia xadrez, *leggings* e botas, uma camiseta regata, jaqueta fechada e um cachecol, prendeu o cabelo em um coque desarrumado, colocou os óculos, o relógio e os brincos, pegou o celular e saiu do quarto.

O prédio estava silencioso, como era de se esperar naquela hora da manhã. Saiu, encontrando a mesma situação nas ruas mal iluminadas. Nada estaria aberto por horas, a cidade inteira pareceria uma cidade fantasma por um tempo. Sem saber para onde estava indo, começou a caminhar lentamente pela rua.

O portão principal da universidade apareceu à vista, assim como o posto de segurança ao lado. Salem acenou para um guarda sonolento e saiu pelo portão menor, passando pela BBC e indo além. O guarda a conhecia de vista, já que praticamente saía todas as manhãs. Se achava estranho, nunca demonstrou.

Sua inquietação não havia encontrado alívio nos últimos dois meses. Pelo contrário, só aumentara nas últimas semanas, e por razões que não havia previsto.

Primeiro, não tinha mais nenhuma pista sobre nada além do que já sabia quando chegara à universidade. Esperava, especialmente no início, que pudesse descobrir algo, mas não conseguira. E, por alguma razão, em cada tentativa que fazia, parecia que algo a bloqueava. Talvez a própria má sorte.

Segundo, não tinha nenhuma evidência contra o Dr. Merlin, nada que provasse que havia algo remotamente errado com ele, exceto o próprio instinto. Tentara encontrar algo comprometedor sobre ele, mas só encontrara registros limpos e elogios altos. Tentara se comunicar novamente, mas ele a ignorara completamente fora da sala de aula, evitando qualquer compromisso que tentava marcar, saindo correndo do escritório sempre que tentava encontrá-lo, redirecionando-a para seu irritante assistente para qualquer dúvida; apesar de ter pegado o Dr. Merlin olhando para ela com aquele sorriso presunçoso algumas vezes. E tentara obter acesso ao escritório dele, mas isso havia sido impossível por causa da razão número três.

A razão número três era Caz.

Caz, o tormento de sua existência, o espinho na sua carne, o delírio em seu sangue.

Dois meses. Dois meses desde que o conhecera na praia. Dois meses que absolutamente, de forma proposital, ele a tirava do sério — e isso não era uma tarefa fácil. Salem Salazar não se abalava, mas, de alguma forma, Caz conseguia irritá-la. Não sabia se era a voz, a personalidade, o comportamento bizarro ou uma combinação de tudo. Mas o homem conseguia intrigá-la e irritá-la na mesma medida, o suficiente para deixar seu cérebro em dúvida sobre como reagir.

O que só foi aumentando até que, de repente, ele tocou no cabelo de outra garota.

Aquilo a fez parar.

Não fez *nada* a respeito do que estava sentindo.

Saiu com as amigas e foi direto para o quarto, tentando refletir sobre por que havia se sentido daquela maneira, e percebeu que poderia ser apenas uma quebra brusca na rotina deles. Talvez fosse por isso que se sentira perturbada. Ou talvez não tivesse gostado de vê-lo conversando com outra garota, como poderia saber?

Então, decidiu ignorar a existência dele, ignorar suas palavras na aula e se recusar até mesmo a *olhar* para ele. E quando ela tentou? Bem Caz se fizera *ainda mais* presente. Sem falar, sem fazer nada, apenas existindo em seu campo de visão, em sua proximidade, observando-a, mapeando-a, memorizando-a como se ela fosse uma ode a algo.

E, por dois meses, isso foi crescendo.

Crescendo, crescendo e crescendo.

A ponto de Salem querer arrancar os próprios cabelos ou arrancar o rosto dele.

Caz se recusava a falar com ela sobre qualquer coisa, dando respostas diretas, e quando ela decidia que não queria falar com ele? O homem aparecia em todo *maldito lugar* para o qual ela se virava.

Salem ia para a biblioteca? Caz "por acaso" tinha um estúdio no porão e "por acaso" passava pelo corredor ou mesa onde ela estava. Saía para caminhar? "Por acaso" ele estava passeando por perto e "acidentalmente" cruzava seu caminho. Ia para as aulas? Caz estava sempre lá naquela que compartilhavam, sentado em seu canto, provocando-a com pequenos debates dos quais ele se recusava a participar, lançando desafios com os olhos que estavam cada vez mais difíceis de recusar e ignorar. Não passava um dia em que ela não o visse ou que ele não a visse, e, em uma universidade tão grande quanto Mortimer, isso só poderia ser muita coincidência.

Estava fazendo aquilo de propósito. Por quê? Não sabia e não conseguia descobrir, porque ele se *recusava* a falar, como se ela fosse algum tipo de pária.

Só Caz era responsável pelo aumento de sua pressão arterial, que normalmente era estável.

Dois meses disso. De fazê-la correr em círculos, de mantê-la à distância, mas não permitindo que ela se afastasse, e isso estava a deixando *louca*.

Algo tinha que ceder.

Algo tinha que estourar.

Algo tinha que quebrar.

Balançando a cabeça para si mesma, caminhou sozinha pela rua de paralelepípedos, mal iluminada por postes de luz a cada poucos passos, o nevoeiro tornando o local ainda mais sombrio, envolvendo-a em um abraço frio.

Salem cruzou os braços ao redor do corpo enquanto continuava a caminhar e tentou se lembrar da última em vez que havia sido abraçada. Tinha sido no funeral do pai, quando sua mãe se agarrou a ela por alguns minutos antes de encontrar outro ombro, e Salem recebera uma série de abraços educados e formais.

Observava Aditi abraçar outras pessoas às vezes e sabia que era a própria aura de distância que impedia a outra garota de fazer o mesmo com ela. Sabia que receberia um ótimo abraço se pedisse, mas não sabia como pedir.

No fundo, se perguntava como seria — um abraço bom, quente e apertado, que pudesse liberar endorfinas em seu corpo e aliviar um pouco o estresse. Talvez até lhe desse algumas boas horas de sono. Talvez até a deixasse feliz. Seria capaz disso? Era bem possível que houvesse algo quebrado em seu sistema que a impediria de sentir aquilo, mesmo que experimentasse bons hormônios. Não sabia dizer com certeza, já que nunca testara a hipótese.

E provavelmente nunca testaria. Não conseguia se imaginar permitindo que alguém chegasse tão perto dela de forma tão íntima.

Mas e se você não precisar permitir? Uma voz dentro dela sussurrou. *E se alguém simplesmente a tomasse?*

A lembrança de ter sido imobilizada entre um corpo quente e uma parede sólida veio à tona. Caz não havia esperado que ela o permitisse se aproximar fisicamente, simplesmente avançara e a moldara como quis, e Salem permitiu, vulnerável após o ataque de pânico.

Nunca antes havia se sentido tão... viva, tão consciente de si mesma como naquele momento.

Ou desde então.

Perguntou-se, como quem não queria nada, como seria sem a variável do ataque de pânico, se aquele nível de intimidade ou a recriação daquela sensação seria possível e alcançável fora daquela situação.

Mas, então, forçou-se a não se lembrar disso, a não pensar nele. Caz deixara mais do que claro que aquilo havia sido algum tipo de acaso, e estivera brincando como se ela fosse um brinquedo, nada mais.

No meio do nevoeiro e de seus pensamentos, Salem perdeu a noção do tempo, caminhando muito mais longe do que percebera antes de uma estrutura alta surgir à distância, perfurando a névoa branca ao redor.

O farol.

Antes que pudesse dar um passo à frente, uma voz surgiu de algum lugar no nevoeiro, uma voz masculina que nunca ouvira antes.

— Você não deveria estar aqui sozinha tão tarde.

Salem apertou os olhos enquanto uma figura escura se aproximava cada vez mais, até que conseguiu distinguir um dos caras que já tinha visto algumas vezes no campus, usando um uniforme cinza — aquele para quem Aditi havia dançado na fogueira, aquele que estava com *ele*.

— Ou cedo — ela o corrigiu. — Depende da perspectiva.

O homem se aproximou, sua figura imponente vindo na direção dela, e Salem sentiu-se paralisar, sem saber o que esperar.

— Vamos. Eu te levo de volta — disse ele, com uma voz que agora ela associaria ao nevoeiro. O rapaz já começava a caminhar de volta na direção da qual viera.

Salem ficou parada onde estava, observando as costas dele enquanto se afastava.

— Desculpe, mas quem é você?

Ele parou a alguns metros dela, então, se virou para encará-la. O homem era bonito, no sentido clássico e tradicional da palavra, e transbordava ares de sofisticação, muita sofisticação, e ela também era sofisticada.

— Baron Nathaniel Whitmore — apresentou-se, caminhando de volta até ela e estendendo uma das mãos enluvadas. Whitmore. Conhecia aquele nome de algum lugar, a palavra coçando um canto de sua memória, mas não conseguiu identificar de onde. Devia ser uma das infinitas famílias que encontrara em eventos sociais. Não se surpreenderia.

Apertou a mão dele, seus modos refinados assumindo o controle.

— Salem Salazar.

Baron apertou-lhe a mão de volta.

— Eu sei. Você é bastante popular.

Salem ergueu uma sobrancelha. Teria usado "notória", em vez disso. Afinal, tinha uma reputação em seus círculos.

— Tanto como Salazar quanto como — ele deu um pequeno sorriso —, *garotadeouro01*?

Salem congelou, a mão ainda na dele, e encarou o rapaz com novos olhos, uma apreensão se infiltrando em seus ossos.

Como diabos ele sabia disso?

Não ouvia nem pensava naquele nome havia anos. Tinha sido enterrado e esquecido.

Poderia ele ser o adolescente que conhecera naquela noite, oito anos atrás, o único que poderia saber daquele nome e dela ao mesmo tempo?

Não. Baron era muito elegante, e o adolescente tinha sido rude.

Retirando a mão com cuidado, deu um passo para trás.

— Eu não sei do que você está falando.

Baron riu.

— É claro que você não sabe, Salazar.

E começou a andar de volta.

E, mesmo que não quisesse, mesmo que cada parte dela quisesse correr na direção oposta, Salem respirou fundo, se firmou e o seguiu, inesperadamente lembrada da noite em que não pensava havia anos.

O amor encontrará seu caminho por onde os lobos temeriam caçar.
— Lord Byron, *O Giaour*

CAPÍTULO 15

SALEM

Oito anos atrás

O grupo, *Mortemia*, era esquisito.

Embora a Salem de doze anos tivesse se inscrito no grupo um mês antes, e, mesmo sua inscrição ainda estando em processamento, pensava seriamente em sair. Ou havia algo errado com ela, ou algo errado com eles, e, conhecendo a si mesma, provavelmente era ela quem estava errada. Era o que a maioria das pessoas dizia.

A única razão pela qual não saiu foi por causa de seu novo amigo: *mansãodamanhã1515*.

Era um garoto no fórum que também aguardava a própria inscrição ser processada, apenas três anos mais velho, estudante, assim como ela, e muito legal. Ele havia enviado uma mensagem a ela quase imediatamente depois que se inscreveu, perguntando sobre seu nome de usuário. No início, Salem ficou um pouco hesitante, mas ele havia contado muitas coisas sobre si, sobre como estava animado para entrar na universidade dali a alguns anos, como a família já estava lá havia duas gerações, como ainda não tinha decidido que carreira seguir, até que ela começou a se sentir confortável o suficiente para compartilhar coisas também. Coisas sobre sua família, como se sentia tão diferente e sozinha, como nunca havia tido um amigo.

Imediatamente, ele disse que seria seu amigo, e, embora relutante, Salem concordou.

Era o único amigo que já havia feito, embora on-line, e a única coisa boa sobre o grupo. O resto era apenas... estranho. E, vindo dela, isso significava algo.

Diferente de outros grupos no fórum, não mostrava quantos membros havia, ou quantos estavam ativos, ou quem eram os administradores. Nada além do nome. E, então, toda semana, os administradores do grupo marcavam um nome de usuário e lhes davam uma tarefa para completar dentro de um certo prazo. A menos que a tarefa fosse concluída conforme as instruções, o novo candidato seria rejeitado do grupo.

Mas Salem se perguntava por que ninguém havia falado sobre como o grupo era estranho em qualquer outro lugar on-line. Tentou olhar os grupos regulares e até entrou no grupo da Universidade Mortimer, onde a irmã estava, para ver como era, e era completamente diferente.

No grupo da Universidade Mortimer, todos faziam perguntas, postavam fotos e comentavam. Eram ativos e faziam amigos.

No Mortemia, não havia posts, exceto dos usuários chamados administradores.

Sentia, no fundo do estômago, um medo de ser marcada e receber alguma tarefa.

O celular dela tocou enquanto vagava do lado de fora em um jantar. Era sexta-feira à noite, e alguém do lado da cidade onde moravam estava comemorando um aniversário ou algo do tipo, e ela tinha escapado de casa para os jardins, odiando o vestido fofo que a mãe havia escolhido para a filha. Salem foi rapidamente para a noite, com o cabelo puxado para trás em um rabo de cavalo apertado que doía sua cabeça, e arrastada para fora, apesar de sua relutância. Às vezes, parecia que estava atrás de uma parede de vidro, dizendo à mãe que não queria fazer algo, e a mãe simplesmente não a ouvia. O pai apenas sorria de forma indulgente, como se fosse uma criança, e deixava para lá.

Não conseguia evitar compará-los com como eram com sua irmã. Se Olivia queria algo, era feito. Se não queria algo, ninguém a obrigava a fazer.

Ignorou o gosto amargo na boca e desbloqueou o celular, olhando para a notificação de mensagem. Mansãodamanhã1515 era o único que a entendia. Salem não conhecia seu nome real nem seu rosto, assim como ele não sabia o dela, já que ele mesmo dissera que era proibido trocar nomes e fotos no grupo por razões de segurança, mas sabia que ele tinha um peito bonito, porque havia lhe enviado uma foto.

Salem abriu a última mensagem que tinha enviado para ele.

Garotadeouro01: Eu nem sei por que me inscrevi nesse grupo. Não podemos sair e conversarmos por outro lugar?

Ele acabara de responder.

Mansãodamanhã1515: Não! Já te falei antes. Não posso falar com você fora daqui se quiser ser aceito. Há regras.

Mansãodamanhã1515: Depois de tudo que compartilhamos, pensei que você confiasse em mim.
Garotadeouro01: É só que não me sinto confortável aqui.
Mansãodamanhã1515: Desculpa, mas, se você quer ser minha amiga, tem que ficar no grupo. Você vai se acostumar, não se preocupe. Você tem a mim :)

Ela sentiu um vazio no estômago.

Salem não gostou do jeito que havia dito aquilo. Mas talvez fosse assim que amigos conversavam entre si? Realmente não sabia. Havia partes daquelas conversas que sempre a faziam pensar nisso. Não tinha experiência. Será que devia contar isso a ele?

Seus dedos pairaram sobre o teclado, hesitando, até que algo bateu em suas costas, fazendo com que ela e o celular voassem.

— Merda!

Salem olhou para cima, atordoada e um pouco chocada com a queda inesperada, de bruços na grama. Em segundos, o lado do quadril começou a latejar. Então, viu o celular quebrado a alguns metros de distância.

— Que porra você está fazendo parada aqui no escuro?

Salem virou-se ao ouvir as palavras duras, o celular esquecido enquanto a raiva tomava conta dela. O idiota que tinha colidido com ela, a empurrado no chão, quebrado seu celular e a machucado ainda tinha a audácia de xingá-la?

Sentou-se na grama e olhou para o garoto, surpresa ao ver que ele não era tão velho. Mas não parecia pertencer à festa. Primeiro, não estava vestido para a ocasião, e, segundo, suas roupas eram grandes demais, velhas demais para ele. A camisa pendia solta em seu corpo magro, como se tivesse sido de outra pessoa, e a calça jeans estava tão desbotada que não parecia ter sido comprada nova. Não poderia ser mais velho que sua irmã.

— Você está invadindo a festa? — perguntou Salem, a raiva esquecida diante da curiosidade.

— Cuide da porra da sua vida — respondeu ele, com desdém.

— Cuide da sua língua — revidou, pegando o celular e se levantando.

Os lábios do garoto se curvaram, e as mãos se fecharam em punhos ao lado do corpo.

— Eu vou falar "porra", e você não vai poder fazer porra nenhuma sobre isso. Agora, saia da frente.

Salem estava prestes a defender seu argumento quando viu algo que despertou ainda mais sua curiosidade.

Sangue.

Nos nós dos dedos dele, como se tivesse machucado a pele ali.

Nunca tinha visto a mão de alguém assim pessoalmente. Ninguém em seu círculo brigava de forma tão violenta a ponto de sangrar.

O garoto percebeu que ela estava de olho em suas mãos e as enfiou nos bolsos da calça, escondendo-as de vista, desviando de Salem e se afastando, indo em direção à saída da propriedade. Não sabe o que a levou a fazer isso, mas correu atrás dele, caminhando ao seu lado, tentando acompanhar seus passos longos. Ele era alto, daquele jeito que os garotos ficam de repente, da noite para o dia. Salem já tinha visto aquilo acontecer na escola.

— Você bateu em alguém?

Ele olhou de lado para ela.

— Como eu disse, não é da sua conta. Agora, suma.

— A pessoa está morta?

Ele parou de repente, olhando ao redor para ver se ninguém tinha ouvido, e, então, sussurrou:

— Você está maluca? Eu te disse para me deixar em paz.

Salem cruzou os braços.

— Não até você consertar meu celular.

A expressão no rosto dele foi impagável.

— Como é?

Salem apontou-lhe um dedo.

— Você me fez deixar cair meu celular e quebrá-lo. Então, conserte-o. Ou eu conto a todos sobre você.

Era óbvio que ele estava se esgueirando e não queria ser descoberto.

O jovem soltou uma risada.

— Conserte seu próprio celular. Você tem mais dinheiro no pescoço do que a maioria das pessoas vê em uma vida inteira, de qualquer forma — ele disse, referindo-se ao colar de esmeraldas da mãe de Salem. Era chamado de gargantilha, e, ao colocá-lo, imaginou se teria sido usado para estrangular a garganta de alguém em algum lugar e ganhado aquele nome.

Salem balançou a cabeça.

— Não posso pedir aos meus pais. Tem mensagens lá… — Sua voz sumiu. As mensagens estavam no celular, e não sabia como explicar isso para os pais ou para qualquer um que a conhecesse. Mas, com aquele estranho, não se importava.

— Então peça para seu namoradinho consertar para você — disse ele de forma direta, assumindo que as mensagens fossem do namorado dela.

Vozes vieram do jardim, e ela o puxou para mais fundo nas sombras das árvores, não querendo ser descoberta ainda. Havia uma certa emoção em conversar com alguém que claramente estava se esgueirando e tinha brigado com outra pessoa, alguém rude que chocaria totalmente seus pais se descobrissem.

— Não posso — ela falou, mantendo a voz baixa. — Não é meu namorado, e não posso contatá-lo sem o celular. — Ele pensaria que ela era burra.

O garoto a olhou no escuro por um longo minuto. Salem não conseguia distinguir a cor dos olhos dele nas sombras, apenas que pareciam claros.

— Você está me dizendo que não tem um namorado, mas tem mensagens de um garoto no seu celular que seus pais não podem ver? É isso mesmo?

Salem ergueu o queixo diante do tom dele, o mesmo tom condescendente que escutava do pai quando ele achava que ela era burra demais para entender algo.

O garoto tirou a mão do bolso e a estendeu para Salem, com a palma para cima, pequenos arranhões visíveis mesmo nas sombras.

— Tudo bem, é o mínimo que posso fazer.

Salem hesitou por um segundo, se perguntando se poderia confiar nele para isso, sem saber se devolveria o celular ou fugiria com ele. Realmente não tinha muita coisa no aparelho, apenas as mensagens e os números de telefone da família, que eram informações públicas.

Ele pareceu sentir sua relutância.

— Tenho um amigo que pode consertá-lo para você até amanhã — ele garantiu. — Apenas me diga onde deixar, e vou colocá-lo em uma caixa para você. Se eu não o fizer, você sempre pode contar a todos que me viu, certo?

Certo. Isso fazia sentido.

Silenciosamente, colocou o celular na mão dele e o viu guardá-lo no bolso.

— Deixe na recepção da Academia Leste, para Salem, Quinto Andar. — Ela era a única com esse nome no quinto andar. Parecia melhor, sabendo que ele não sabia seu sobrenome ou endereço.

— Tudo bem, Salem. Te vejo mais tarde.

Com um aceno, caminhou de costas para dentro da mata, desaparecendo de vista.

Salem voltou para a festa, se perguntando se veria o garoto ou o celular novamente.

Ela não viu.

O amor é minha religião — eu morreria por isso. Morreria por você [...].
Meu amor é egoísta. Não consigo respirar sem você.
— John Keats, em *Carta a Fanny Brawne*

CAPÍTULO 16

SALEM

Dias atuais

As memórias trazidas por aquele nome, um que não gostava de lembrar, em retrospecto, fizeram seu estômago pesar. Salem caminhou com Baron em silêncio, pensando se deveria perguntar de forma direta o que exatamente ele achava que sabia ou simplesmente ignorar e torcer para que o assunto desaparecesse.

A cada passo, porém, a segunda opção parecia cada vez mais improvável.

— Você deve estar se perguntando como eu sei disso, certo? — ele perguntou, indiferente, e ela permaneceu em silêncio, mantendo a cabeça erguida, escondendo sua turbulência interna. Se abordasse o assunto, se o reconhecesse, isso abriria a caixa de Pandora que havia empurrado para o canto de sua mente, sem nunca sequer ter pensado nela. Não estava pronta para isso, não com aquele estranho que não conhecia.

Após alguns segundos de sua falta de resposta, ele riu, mas não insistiu em nada.

Caminharam de volta naquele silêncio estranho e desconfortável até que avistaram os portões da universidade.

— Se você precisa saber... — Baron parou a alguns passos da entrada, virando-se para Salem. — Eu sei tudo sobre você, Salem Salazar.

Salem olhou nos olhos dele, notando que eram escuros. Duvidava de que ele soubesse tudo, e, mesmo se soubesse, não conseguia entender qual seria a intenção de um estudante de pós-graduação que nunca tinha visto na vida.

— Qual é o seu propósito aqui? — perguntou diretamente, cruzando os braços.

— Nenhum — seus olhos escuros brilharam. — Eu só gosto de sacudir as coisas de vez em quando.

— Então por que me contar?

— Para que você saiba que eu sei.

Salem piscou para ele, tentando avaliá-lo.

Então, Baron sabia que havia conhecido alguém que pensava ter sido um amigo seu em um grupo estranho quando criança. O primeiro e único amigo dela, pensara. Como adulta, não entendia como poderia ter sido tão ingênua. Mas, na época, a solidão fez a todos nós de tolos.

Com Salem, não foi diferente, e havia enviado algumas fotos, do tipo que uma criança nunca deveria ter tirado ou compartilhado com ninguém, mesmo que tivesse sido coagida. E, depois que o celular havia sido levado, foi removida do grupo, e aquelas fotos foram parar por toda a internet. Todos na escola as viram antes que fossem removidas, e o pai enterrou a história e as fotos. Ainda que, felizmente, seu rosto não estivesse visível e a família tenha conseguido negar, seu nome ficou manchado por um tempo. Durante alguns meses, todos os garotos da escola acharam que ela era "fácil", e o escândalo parecia ser o fim de seu mundo, até que todos seguiram em frente para a próxima coisa, e foi eventualmente esquecida. Em retrospecto, o que mais a incomodava era que era jovem demais para entender as consequências de tudo, assim como sua tolice por ter confiado em um estranho.

Mesmo sabendo que estava sendo dura consigo mesma, ao olhar para trás, sabia que tinha sido a vítima e que o que aconteceu era ilegal.

Mas a legalidade era algo volátil nos assuntos de sua sociedade. A única coisa que importava era a reputação. E a dela havia começado a se deteriorar.

Estava se deteriorando desde então.

O garoto que tentou assediá-la na festa foi um resultado disso. Assim como a irmã defendendo-a. Os pais não lhe deram outro celular depois daquilo, não até alguns anos mais tarde, quando era mais velha. E, naquela época, já havia se isolado e parado de falar de qualquer maneira.

Não gostava de pensar naquele capítulo de sua vida. Aquele era um dos motivos pelos quais nunca investigara o grupo ou qualquer coisa relacionada a ele. Tudo tinha sido enterrado e esquecido, e tudo o que ela queria era esquecer também.

Estava aqui, por mais estranha e deslocada que fosse. E, embora trazer aquilo de volta fosse doloroso, não entendia o que esse homem pensava que tinha sobre ela. Deveria saber que ela tinha uma pele feita de escândalos e solidão. Não temia a sociedade.

Antes que pudesse dizer que não se importava, o cabelo em sua nuca se arrepiou com a percepção de uma voz que conhecia, até a medula, a voz que incitava respostas em seu cérebro, a voz de mar e fumaça, falando logo atrás dela.

— Que porra está acontecendo aqui, Whitmore?

Salem não se virou, mas notou que a voz dele estava tensa, condensada como a névoa em sua pele, envolvendo-a, mas intangível.

— Ora, ora, ora, van der Waal — Baron sorriu, como se soubesse de algo que ninguém mais sabia, e Salem estava irritada o suficiente com a menção dele ao seu passado para acreditar que talvez ele realmente soubesse. — Saindo para uma corrida matinal?

Salem sentiu Caz se posicionar atrás dela, de maneira semelhante àquela da biblioteca, exceto que, desta vez, havia um pouco de distância entre seus corpos. A distância não ajudou. Conseguia sentir o espaço pulsando com algo, algo que a fez querer dar um passo para trás e ver se se encaixava nele como se lembrava — algo que puxava, arrastava, a levava. As células de suas costas pareciam partículas de ferro repentinamente lançadas no campo de um ímã, movendo-se, reorganizando-se, realocando-se.

Salem cerrou as mãos em punhos dentro dos bolsos do casaco e manteve o rosto neutro, não demonstrando nada ao estranho à sua frente.

— Eu perguntei — a voz falou quase por cima de sua cabeça, as palavras e o sopro atingindo o coque desalinhado, movendo-o de forma quase imperceptível, mas o suficiente para fazê-la senti-lo na raíz do cabelo — que porra está acontecendo aqui?

Baron soltou uma risada, esfregando as mãos, provavelmente para aquecê-las, mas parecendo um vilão estereotipado dos filmes.

— Eu poderia te perguntar a mesma coisa, mas estou bastante certo da resposta. Você não tem sutileza, cara — Baron balançou a cabeça. — Você não é o único observando. Lembre-se disso.

O homem atrás dela rosnou — *rosnou* —, embora não soubesse dizer se em um aviso ou uma ameaça. O som penetrou seu cérebro e fez algo com seu interior que não conseguia explicar, algo novo, uma nova espécie de formigamento com a sensação auditiva. Era um som que nunca tinha escutado antes. Pessoas em círculos polidos e civilizados como o deles não rosnavam como animais. Envenenavam uns aos outros com um sorriso ou esfaqueavam as costas uns dos outros com boas maneiras.

Quem *diabos* era aquele homem?

Baron riu novamente.

— Ser um bruto não adianta nada. Pense com a cabeça, aquela no seu pescoço.

A situação toda era bizarra enquanto eles ficavam em silêncio, se avaliando. Estava claro que nenhum dos dois confiava nela o suficiente para falar livremente na sua frente. Sabendo que estavam perdendo tempo em um impasse, Salem se moveu suavemente para o lado.

— Obrigada por me acompanhar de volta — disse a Baron, com educação.

— Foi um prazer — respondeu ele, igualmente educado. — Lembre-se do que eu te disse.

Como se fosse esquecer tão cedo.

Salem conseguia sentir ondas de *algo* emanando do outro homem no grupo, algo sombrio, mas ignorou isso e a ele, como havia decidido que faria, e caminhou pelos portões do campus.

O amanhecer raiava no horizonte, a luz cinza afastando a noite escura, iluminando o mundo o suficiente para tornar os postes de luz inúteis. Caminhou de volta ao bloco residencial, sem saber o que faria para dissipar a sensação de inquietação que parecia ter tomado conta de sua vida. Nunca se extinguia, nem quando estava acordada, nem quando dormia, e havia uma parte dela lá no fundo que só queria se deitar na rua e fechar os olhos até que passasse.

Salem se sentia *cansada*.

O som de passos atrás dela a alertou para outra presença. Apenas pela percepção em seu corpo, sabia que era ele, e simplesmente não estava no estado mental para jogar os jogos dele, não naquele momento. Salem se virou para dizer exatamente isso, apenas para ver o tormento de sua existência em forma humana correndo em sua direção, com uma expressão sombria e feroz no rosto robusto, algo que nunca tinha visto nos meses em que o conhecera, e as palavras morreram em sua garganta.

— O que...

Salem abriu a boca, apenas para que as mãos deslizassem em seu cabelo, na parte de trás de sua cabeça, desfazendo completamente o coque enquanto ele segurava os fios com força, fazendo as palmas pressionarem o crânio dela. Sua frequência cardíaca disparou de repente, e a respiração ficou difícil. A raíz do cabelo ganhou vida ao ser puxada, não com brutalidade, mas com firmeza, os neurônios e sinapses disparando enquanto a sensação percorria seu corpo a partir do ponto de contato.

Piscou para ele, agradecida pelos óculos que criavam uma barreira entre ela e a intensidade que emanava dele. Caz se inclinou, encarando-a, chegando tão perto que sua boca, aquela que Salem odiava quando sorria com arrogância, parou a apenas um centímetro da dela.

Não havia sorriso agora, apenas uma expressão tensa e séria, o lábio superior perfeitamente formado pressionado contra o lábio inferior mais cheio, que sabia ser macio e aveludado desde a única vez que haviam se tocado.

Os narizes também quase se tocavam, o cheiro de tinta e terra molhada, o aroma que a fazia sentir algo inexplicável, invadiu seus sentidos, junto com o som da respiração ofegante e do sangue correndo em seus ouvidos.

A luz alaranjada do poste atrás dele e o cinza da manhã se combinaram para criar um filtro estranho de fogo e gelo em seu rosto, seus olhos cinza e voláteis. Ele vibrava, sua pele, sua energia, o ar ao seu redor, tudo vibrava com tensão, agressão e algum tipo de poder, e ela sentiu uma estranha vontade de acalmá-lo, de esfriá-lo e tranquilizá-lo para que voltasse ao seu eu natural — caótico, mas controlado.

Sem querer, um pouco hesitante, levou as mãos até os antebraços dele, expostos pelas mangas arregaçadas, sentindo, pela primeira vez, sua pele nua e os pelos sob os dedos, as tatuagens e os tendões sob as mãos, os músculos duros como pedra sob as palmas menores.

Mantendo os olhos fixos nos dele, apertou-o levemente.

— Ei.

Salem o viu respirar profundamente ao ouvir a fala suave, seu peito largo se expandindo sob o moletom, e ele apoiou a testa na dela, apenas regulando a respiração, os dedos contraindo levemente em seu cabelo.

— Ei — Caz murmurou de volta, sua voz ainda mais grave.

Salem conseguia ver os mínimos detalhes do rosto dele tão perto, cada pelo da sobrancelha, a sombra na mandíbula, a linha vertical na testa, a pequena cicatriz no canto do nariz que nunca tinha notado antes, uma pequena pinta perto da linha do cabelo, uma mecha de cabelo caindo sobre a testa. Os dedos de Caz coçavam com a vontade repentina de empurrar o cabelo para trás, longe de seu rosto, para que se juntasse ao cabelo mais longo.

Mapeou tudo, assim como ele frequentemente a mapeava, e tentou relaxar os próprios batimentos, sem ideia do que diabos estava acontecendo, mas apenas seguindo seus instintos e vendo aonde as coisas iriam.

Levou alguns momentos, não muitos, mas, ainda assim, foram demorados, até que ele exalou e se afastou, soltando o aperto em seu cabelo, agora acariciando-o suavemente, seguindo a curva de cada cacho com os dedos, como fizera com o lápis dois meses atrás, a memória se tornando viva em sua mente.

Era tão relaxante, o movimento de suas mãos, quase a embalando, acalmando-a tanto que poderia ter adormecido em pé no meio da rua.

Deus, estava tão cansada.

— Como você conhece o Baron? — perguntou ele.

As palavras a trouxeram de volta à realidade, completamente em desacordo com o gesto gentil e quase hipnótico das mãos. Sua voz era dura, como a lâmina de um bisturi, cortando-a rapidamente.

Salem piscou com o contraste e, embora pudesse dizer que tinha acabado de conhecer o homem havia alguns minutos, não lhe devia explicações, não depois da maneira como ele tinha brincado com ela, como não tinha respondido a nenhuma de suas perguntas, como tinha tocado no cabelo da outra garota. Perguntou-se se ele também tinha acariciado e penteado o cabelo dela, como estava fazendo agora.

Saindo de seu alcance, sentindo os dedos deslizarem pelos fios e os soltando conforme se afastava, Salem se virou e começou a caminhar de volta para seu prédio.

O que diabos a possuía na presença dele não sabia e, no momento, não se importava.

— Me conte — ele a alcançou facilmente e caminhou ao seu lado.

— E eu deveria responder por quê? — Ela deixou a voz se perder no ar.

— Porque sim.

— Obrigada, mas não, obrigada.

— Você o conhecia antes de vir para cá? Conhece a família dele?

Precisava admitir, ele era persistente. Que pena, ela também era.

Whitmore realmente soava familiar em sua mente, mas nada concreto. Encolheu os ombros.

— Puta merda — ele cuspiu. — Tudo bem. Uma pergunta. Faça-me uma pergunta, e depois eu quero uma resposta.

Salem parou onde estava, incapaz de acreditar que, depois de semanas, *meses* tentando persegui-lo e encurralá-lo sem sucesso, havia sido algo tão inofensivo quanto aquilo que o fizera ceder.

Perguntas invadiram sua mente. Haviam tantas, tantas que queria fazer a ele, pessoais, não pessoais...

Onde estava antes de vir para Mortimer?

Por que estava na praia naquela noite em que nos conhecemos?

Como conhecia a garota que morreu?

Você sabe algo sobre as outras mortes, sobre a da minha irmã?

Quem eram "eles" que você mencionou na biblioteca?

Por que você me disse que não poderia haver nada aqui? Não que eu quisesse, mas estou curiosa. Foi por causa da garota no patamar? Quem é ela e o que ela significa para você?

Por que você está perguntando sobre o Baron do nada?

Por que você fica me observando o tempo todo?

Você poderia, talvez, acariciar meu cabelo e silenciar minha mente um pouquinho, calar meus demônios o suficiente para eu descansar um pouco?

Não sabia qual delas fazer, qual tinha prioridade. Sua mente estava ficando em branco, lenta, pesada pela falta de sono e pelas noites insones que tinha enfrentado.

Precisava pensar, se afastar do campo dele e fazer seu cérebro funcionar.

— Vou deixar para a próxima.

Virou-se para ir embora e sentiu-o agarrar seu braço, girando-a novamente para enfrentá-lo.

— O que está acontecendo com você?

Salem olhou para ele, confusa.

— Você está estranha nos últimos dias — afirmou ele, desafiando-a a negar sua observação. — Você não tem se encontrado com as garotas no bloco ultimamente, não vai à biblioteca, está distraída na aula, e esta não é a primeira manhã que te vejo saindo do campus tão cedo. Você parece morta de cansada. Então, que diabos está acontecendo com você?

Se não tivesse notado e sabido que Caz a observava, aquilo a surpreenderia completamente. Por algum motivo, porém, fez o oposto.

Salem tinha desistido de falar por *anos*, e ninguém na própria família de carne e osso tinha notado. Mas, ainda assim, havia saído de sua rotina por alguns dias, e esse homem, que a confundia completamente, que não era um amigo, nem um inimigo, não era nada além de *algo*, que inspirava tantos sentimentos sujos, mas nem tão sujos assim, nela... ele notou.

Notou que havia quebrado seu padrão.

Notou que estava estranha.

Notou que parecia cansada.

Salem não tinha dito uma palavra a ninguém sobre as coisas que a pressionavam, mas, ainda assim, de alguma forma, ele havia percebido.

Pela primeira vez em sua vida.

Alguém a tinha *visto*.

Não, não estava chocada. Não estava assustada. Não estava distante.

Estava *comovida*.

Comovida até o âmago por algo tão simples, algo que tantas pessoas no mundo davam como certo, algo que nunca tinha experimentado antes.

Ser vista.

E, sim, isso a comoveu *profundamente*.

E não porque ele era a primeira pessoa a notar. Não. Era que tinha desejado que fosse ele, e não qualquer outra pessoa, quem percebesse coisas sobre ela. Havia pessoas em sua vida que talvez pudesse ter permitido se aproximarem, que também a teriam visto, se não as mantivesse à um braço de distância. Ainda assim, tinha permitido que ele entrasse em seu espaço pessoal, algo dentro dela querendo que *ele* visse. E aquilo ali mostrava que ele tinha visto.

Mas tudo o que fez foi ficar boquiaberta, incapaz de encontrar as palavras para expressar tudo o que estava acontecendo dentro dela naquele momento. Como poderia dizer isso a ele? Por onde começaria?

Salem viu os olhos percorrerem seu rosto, observando os traços que sabia parecer tão cansados quanto se sentia. Então, ele murmurou um "que se dane" antes de arrastá-la com ele na direção oposta.

— Meu prédio é para lá — apontou para trás, acompanhando o ritmo dele.

— Eu sei — ele reconheceu. É claro que sabia. — Estamos indo para outro lugar.

— Para onde? — perguntou ela, sem realmente entender o que estava fazendo ou por que estava o estava fazendo. Não fazia sentido ele, de repente, querer estar perto dela em particular, depois de tê-la evitado com sucesso por semanas.

Caz virou o pescoço para encará-la antes de seguir na direção da biblioteca. O coração começou a acelerar, não pelo ritmo rápido, mas pela intenção. A biblioteca era o único prédio no campus aberto vinte e quatro horas por dia, sete dias por semana.

— Por quê?

Caz não respondeu, mas virou à direita no caminho que levava diretamente ao bloco, pegando um atalho. Era mais como um beco entre dois prédios antigos, envolto em sombras, as pedras sob seus pés cobertas por uma fina camada de orvalho.

Naquela hora, duvidava que haveria alguém na biblioteca.

Salem não sabia por que o corpo estava ficando tenso, como se estivesse se preparando para algo. Caz não a mataria entre os livros, embora o papel pudesse ser uma arma afiada e inesperada. Lembrou-se de ter lido sobre um caso em que o assassino usara papel para cortar a garganta da vítima e, depois, o queimado, apagando a arma e suas impressões digitais.

Distraída pelos pensamentos mórbidos em sua cabeça, assustou-se quando a porta da biblioteca apitou assim que Caz passou o cartão, e notou casualmente que era diferente do que ela tinha. O dela era de plástico branco com o brasão da universidade. O dele era de metal preto com outro brasão — um de ouro e prata.

Um que a lembrava de algo que havia visto antes.

Não sabia se havia sido a conversa com Baron que desencadeou a memória, mas lembrou-se de ter visto o fundo preto com um abutre de ouro e prata anos atrás.

Mortemia.

Embora o abutre fosse diferente. Olhou para o cartão. Era da mesma cor e tema, mas diferente: o pássaro não estava em repouso como no logotipo, mas em voo com uma cobra no bico e presa em suas garras.

O logotipo tinha evoluído ou seria algo completamente diferente? Mas como poderia ser? Mortemia era um grupo específico da universidade. Por que diabos ele tinha aquilo? Fazia parte do grupo?

Tinham vindo atrás dela?

Um terror desconhecido encheu suas veias.

Salem arrancou a mão do braço dele, e ele se virou para ela, parando ao ver o horror de suas memórias transbordando no rosto.

— Quem é você, porra? — perguntou ela em um sussurro, a voz trêmula, instável, a grosseria escapando de seus lábios sem querer.

Caz não disse palavra alguma, apenas a olhou, talvez tentando decifrar sua reação.

Salem deu um passo para trás, afastando-se dele, e ele a seguiu.

Deu mais um passo para trás, e ele a seguiu novamente.

— Pare — ela ergueu uma das mãos na frente de si, defensivamente, observando o rosto dele, seu comportamento, tudo, completamente confusa com o que estava acontecendo, com seu passado colidindo com o presente daquela maneira, bem quando pensara que tinha superado tudo, com *ele* tendo qualquer coisa a ver com aquele grupo miserável. A ideia a enojava.

— Fique longe de mim.

— Salem...

E, sem ouvir mais uma palavra, ela correu.

Quem quer flores depois de morto? Ninguém.
— J. D. Salinger, *O apanhador no campo do centeio*

CAPÍTULO 17

SALEM

Se evitar alguém fosse uma arte, Salem mudaria de curso e se formaria com menção honrosa.

Após o sonho e a descoberta perturbadora de que Caz estava envolvido em algo com o qual ela não queria ter nenhuma relação, havia começado a evitá-lo ainda mais. Não sabia se ele fazia parte de Mortemia, um grupo que sabia que existia de fato e que supostamente era composto por alunos herdeiros, um grupo que não tinha escrúpulos em vazar fotos de uma menor de idade e arruinar seu nome apenas porque não cumprira suas regras absurdas, as quais nem sequer conhecia. Mas sabia que não queria ter absolutamente nada a ver com qualquer coisa remotamente relacionada a eles.

A menos que tivessem algo a ver com a morte da sua irmã e das outras pessoas.

Mas o incidente com Caz havia lhe dado algo novo para investigar — o brasão com o pássaro e a cobra, um brasão que nunca tinha visto antes.

E o qual era a dos malditos abutres? Primeiro, o sonho e, depois, o logotipo. Era desconcertante, e, se acreditasse em sinais, teria pensado que aquilo significava algo.

— Sua inscrição parece boa, srta. Salazar — disse o Dr. Bayne, interrompendo seus pensamentos e trazendo sua atenção de volta para o escritório dele. — A única coisa que falta são duas cartas de recomendação de professores endossando sua inscrição.

Salem pegou a pasta de volta e o colocou na bolsa.

— Para quem o senhor sugere que eu peça?

Dr. Bayne abriu uma pasta à sua frente. No mundo digital, ele ainda era velha guarda, preferindo caneta e papel para tudo, e foi por isso que Salem havia impresso sua inscrição na biblioteca naquela manhã antes de vir encontrá-lo.

Biblioteca. Cartão. Logotipo.

Não pense nisso.

Morda a bochecha.

Fique no presente.

Salem balançou as pernas enquanto esperava que ele consultasse o arquivo.

— A Dra. Abram ministra suas aulas de Introdução à Forense, certo?

— Sim — confirmou ela.

— Nesse caso, eu sugeriria pedir cartas a ela e ao Dr. Merlin. São os mais propensos a fornecê-las sem problemas. Eles têm um histórico de escrever boas cartas para candidatos anteriores.

Salem sentiu o estômago se apertar ainda mais do que já estava ao ouvir o nome do Dr. Merlin. Também o evitava fora da aula, mas ainda tentava encontrar uma maneira de acessar o escritório dele.

— Há alguém além do Dr. Merlin, professor?

Salem observou o homem mais velho olhar para ela, seus olhos perspicazes a estudando.

— Alguma razão em particular?

Salem hesitou, então decidiu contar meia verdade:

— Apenas não me sinto confortável o suficiente na aula dele para pedir uma carta.

O homem mais velho não respondeu de imediato, examinando-a por cima dos óculos.

— Isso é estranho, considerando que ele estava elogiando sua participação na aula outro dia, quando eu o encontrei. Disse que você era ativa nas discussões, com muitos argumentos. Uma "mente brilhante e perspicaz", ele disse, se me lembro bem.

Inferno.

— Isso é muito... gentil da parte dele — não sabia mais o que dizer. Começou a se levantar. — Vou entregar as cartas até o final da semana, Dr. Bayne. Obrigada.

Quando deu a volta para sair, ouviu o homem mais velho chamá-la:

— Salem?

Virou-se, surpresa. Ele sempre a chamava pelo sobrenome, como a universidade exigia.

— Eu sei que isso não é política da universidade, mas tenho que dizer... — Ele começou, as mãos dobradas sobre a mesa. — Se algo a estiver incomodando, venha falar comigo. Eu sou seu orientador acadêmico, sim. Mas fui pai de uma filha que perdi cedo demais. Também fui o orientador acadêmico de uma estudante que partiu muito cedo. Não quero ver outra vida ser desperdiçada, não se eu puder fazer algo a respeito. Então, se precisar conversar sobre algo, saiba que meu escritório estará sempre aberto.

Salem olhou para o homem em silêncio após suas palavras e engoliu o nó na garganta, comovida. Ele sabia que, se ela reclamasse à administração sobre o que ele tinha dito, poderia haver consequências. Quebrar o código de conduta entre alunos de famílias ricas e o corpo docente era contra as regras. O Dr. Bayne estava colocando sua carreira profissional e acadêmica em risco ao lhe oferecer aquilo, mas, ainda assim, o fez.

Mesmo que a universidade tivesse um Gabinete de Orientação, criado especialmente para os alunos após todas as mortes que aconteceram no campus, pelo que sabia, também havia salva-vidas nas áreas públicas da praia e seguranças particulares que patrulhavam o campus, tudo para evitar outros acidentes trágicos.

Salem se perguntou se alguém assumindo um risco como aquele poderia ter ajudado algum dos alunos que morreram. Se poderia ter ajudado sua irmã.

— Obrigada, professor — disse ela, a sinceridade em suas palavras combinando com a sinceridade em seu coração. Apreciava aquilo, apreciava ele, mais do que poderia expressar.

Dr. Bayne era um bom homem. Um bom homem que havia sofrido muitas perdas, mas ainda mantinha a bondade dentro de si. O mundo era um lugar melhor com ele presente.

O homem assentiu, e Salem saiu de seu escritório, as palavras ecoando em sua mente.

Mortimer a transformava, tornando-a mais sensível de uma forma que não era antes. Salem não sabia se eram os novos amigos e sua influência, ou o Dr. Bayne e sua orientação constante, ou o vai e vem com o tormento de sua existência, a quem estava evitando, ou até mesmo apenas a multidão constante de alunos falando sobre a escola, festas nos fins de semana e da vida normal por toda parte.

Podia sentir-se abrindo levemente, aceitando que nem todos no mundo estavam contra ela, que ela estava se misturando, não como alguém invisível, mas como parte da multidão, e isso era agradável.

Salem saiu do prédio e entrou em uma rara tarde ensolarada, as nuvens haviam se afastado o suficiente para dar a ela um singular vislumbre do castelo e do campus banhados em luz pura, mostrando as cores do jardim, as folhas caídas e as pedras antigas em toda sua glória.

Com o sol fresco aquecendo sua pele, ergueu o rosto e permitiu-se respirar fundo, percebendo que tinha uma semana para conseguir as cartas. A Dra. Abram não seria um problema. Salem estava se saindo muito bem em Forense, tanto por seu interesse no assunto quanto pelo curso on-line que já a havia preparado para o básico do primeiro ano. A professora estava muito satisfeita com seu desempenho na aula e era muito encorajadora em relação ao desejo da aluna de fazer carreira na área.

Mas era, de alguma forma, conseguir a carta do Dr. Merlin que a incomodava. Ainda não conseguia tirar da cabeça a imagem do pingente de sua irmã na lareira dele. Isso deixava um nó apertado em seu peito, ao perceber que o homem estava, de algum jeito ou de outro, envolvido em algo relacionado à sua irmã, e ela não conseguia encontrar nada sobre ele.

De repente, abriu os olhos.

Talvez pudesse.

Salem tinha tentado encontrar formas de entrar no escritório dele pelo bem. E se... ela tentasse pelo mal?

Com uma ideia se formando em mente, ela se dirigiu à BBC, sabendo exatamente a quem pediria ajuda.

— Você quer que eu faça *o quê*? — Aditi se engasgou, olhando ao redor para garantir que ninguém as estivesse ouvindo. Felizmente, entre o dia ensolarado e o fim de semana, a BBC estava praticamente vazia, exceto por alguns alunos se refugiando em um livro ou pesquisando com uma bebida quente perto de uma das janelas grandes.

Aditi se afastou do balcão que as separava, erguendo a parte de madeira.

— Não posso ter essa conversa com você do outro lado dessa coisa maldita. Venha para cá.

Salem nem hesitou, passando para trás do balcão e observando o café da nova perspectiva. Conseguia ver tudo dali — as janelas, a entrada, as mesas, até mesmo os portões principais da universidade no final da rua lá fora. Muito legal.

— Então, deixe-me ver se entendi direito — Aditi começou, apoiando-se no balcão novamente. — Você quer que eu use meus contatos e encontre alguém que possa te dar acesso ao escritório do Dr. Merlin?

Salem assentiu.

— Me diga por quê — Aditi exigiu. — E não me venha com besteiras sobre ele estar mantendo seus trabalhos retidos ou algo do tipo. Eu não sou idiota.

Salem sabia disso. Aditi era inteligente, mais ainda porque fazia as pessoas acreditarem no contrário. Mas, ainda assim, Salem não sabia o que nem quanto contar a ela. Não era mais apenas uma questão de confiança. Salem confiava em Aditi até certo ponto, mas se tratava da segurança dela. Não queria envolvê-la inconscientemente em algum tipo de perigo, especialmente não quando estava planejando encontrar a verdade se oferecendo ao professor. Aditi não merecia isso. Mas Salem também não poderia mentir para ela.

Então, como havia feito com o Dr. Bayne, optou pela meia verdade.

— Não tenho certeza, mas tenho uma forte suspeita de que ele tem algo que pertence à minha irmã em seu escritório.

Os olhos castanhos de Aditi se arregalaram.

— Que porra é essa? Como você sabe disso?

Salem hesitou por uma fração de segundo.

— Porque minha irmã mencionou isso uma vez em um e-mail para mim.

O rosto de Aditi ficou sério.

— Ela mencionou que deixou algo no escritório dele?

— Algo assim — respondeu Salem de forma vaga. — Eu só preciso entrar no escritório dele uma vez, só uma vez, e procurar sozinha. Isso vai me dar um pouco de paz.

Não, não daria. Porque, se não encontrasse nada, isso a deixaria mais inquieta. E, se encontrasse algo, não sabia o que faria. Ainda não.

Aditi a avaliou por um momento antes de concordar.

— Considere feito.

Salem sentiu os ombros relaxarem. Nem tinha percebido o quanto estivera tensa ao pedir ajuda. Aquilo ia contra tudo dentro dela, mas saber que tinha funcionado a fez se sentir mais leve.

— Obrigada — disse a Aditi com sinceridade, percebendo que estava genuinamente agradecendo a segunda pessoa naquele dia por algo que fizeram por ela. Talvez vacas estivessem tossindo em algum lugar do mundo, afinal.

— Não há de quê — respondeu Aditi no mesmo tom. — Conheço alguém que conhece alguém. Vou falar com ele.

Antes que Salem pudesse concordar, ouviu a porta da frente se abrir e olhou automaticamente para ver o tormento de sua existência entrar no café, o topo da cabeça dele quase tocando o marco superior da porta, sua presença de repente fazendo o café aconchegante parecer congestionado.

Não estava pronta para enfrentá-lo. Sua mente estava uma bagunça. Sem nem pensar, Salem se agachou e se escondeu sob o balcão, atrás do painel de madeira que cobria a frente da área de cobrança, sumindo de vista. Aditi deu a ela um olhar perplexo antes de colocar um sorriso educado no rosto e cumprimentar o recém-chegado.

— Dia lindo, não é? Do que você gostaria? — perguntou Aditi com sua voz perfeita para atender pessoas. Salem conseguia notar a diferença agora, depois de conhecê-la por meses.

— Respostas — respondeu Caz, e os olhos de Salem piscaram em resposta à voz dele. *Droga*. Precisava reprogramar seu cérebro e bloquear a reação a estímulos auditivos de sua vida. Abriria mão de seu amor por sons se significasse diminuir o efeito que a voz dele tinha sobre ela.

Salem tinha uma visão clara do rosto da amiga, e o sorriso dela não vacilou.

— O que você quer dizer?

— Quero dizer, que *porra*... — ele enfatizou a palavra — ... está acontecendo com sua amiga?

A pura audácia dele. Salem olhou furiosa para a parede em frente, impressionada com a coragem dele de se aproximar de sua amiga e exigir respostas como se tivesse algum direito. Ele não tinha. Eles não tinham nada. É claro, estavam naquele jogo estranho havia meses. E, é claro, ambos sabiam que o outro não estava bem da cabeça. E, é claro, ele notava pequenas coisas sobre ela e ela, sobre ele. Mas isso não significava nada. Caz estava apenas brincando com ela, e ela tinha coisas melhores que precisavam de sua energia mental. Mas quem diabos ele pensava que era, marchando até *sua* amiga e exigindo respostas a seu respeito como se ela fosse dele?

— Você vai ter que ser mais específico — disse Aditi sem perder o ritmo. — Eu tenho muitas amigas.

Verdade.

A luz do sol entrando pelas janelas ao lado da porta principal, em frente ao balcão, projetava sombras, e ela viu a enorme sombra dele colocar as mãos no balcão e se inclinar para a frente.

— Não brinque comigo, Aditi.

Salem nunca tinha ouvido a voz dele daquele jeito. Fria. Gélida. Congelante. Isso... não combinava com ele, pelo menos não com o Caz que conhecia, embora esse conhecimento fosse limitado. Não, ele era a colisão entre controle e caos, fogo e enxofre e barbárie, fogo do Inferno e hedonismo, um Hades de seu próprio submundo, e que ela fosse condenada se uma parte dela não quisesse ser a garota que ele levaria para lá.

O frio não combinava com ele.

Aditi suspirou, imperturbável.

— Não posso te ajudar se você não for específico.

Salem teve que reconhecer, a garota era corajosa.

— Tudo bem — ela o ouviu dizer com os dentes cerrados. — Que tal isto para ser específico: me diga o que você sabe sobre Salem, e eu não espalho o que você e Whitmore fazem para mim.

Aditi e Baron? O cara que meio que a chantageou? E sua amiga?

Espere, ele era o amigo de tecnologia de quem ela tinha falado?

Ela era aliada de Baron? Aditi sabia o que ele sabia sobre ela?

Realmente era sua amiga ou mais uma impostora?

Salem viu o rosto da amiga empalidecer, seus olhos se voltando para Salem por uma fração de segundo antes de olhar de volta para o homem que a estava chantageando.

— Você não quer fazer dele um inimigo, Caz — disse Aditi a ele.

Caz se inclinou mais.

— Você sabia que Baron a encontrou de manhã cedo na semana passada? Sozinha? Logo depois que ele saiu do seu quarto? Tem certeza de que pode confiar nele?

Sua voz, aquele tom persuasivo, faria até espíritos questionarem a própria morte, quem diria um mero mortal.

O rosto de Aditi endureceu.

— O que você quer saber?

— O quanto você conhece Salem?

Aditi encolheu os ombros.

— Tanto quanto qualquer outra pessoa, eu acho. Ela é bem quieta, como você já sabe. Muito reservada. Fica mais na dela. Embora eu não a culpe, honestamente. Já é difícil passar pela merda e pelo luto sozinha, mas ter isso jogado na sua cara todos os dias por colegas cruéis? Não consigo imaginar como ela aguenta. Ainda continua aqui. Quero dizer, eu teria saído na primeira semana se estivesse no lugar dela.

— Ela é mais forte do que as pessoas lhe dão crédito.

Salem piscou, estupefata. Sua amiga tinha dito um monte de palavras que não diziam nada que todos já não soubessem, mas ele tinha acrescentado algo.

Caz a considerava forte.

Não sabia que ele a via dessa forma. Nunca tinha pensado assim, mas, agora que pensava, força não lhe vinha à mente. Para um observador externo, poderia parecer, supôs. Ainda assim, foi estranhamente bom ouvir aquilo sobre si mesma, especialmente vindo dele.

O homem com as mãos logo acima de sua cabeça, separados por um balcão, assentiu ligeiramente.

— E sobre Baron? Ela já falou sobre ele?

— Não.

— Mais alguma coisa?

— Você tem que ser específico — Aditi ergueu as mãos. — Eu poderia continuar falando, e você não encontraria a resposta que está procurando. Então, apenas me pergunte o que você quer saber.

— Ela já falou sobre a irmã dela?

Salem ficou imóvel, observando a sombra, esperando qualquer movimento.

— Não muito — respondeu Aditi com honestidade. — Ela não fala sobre a família. Não fala sobre muita coisa fora da escola e das aulas.

Isso era verdade.

Caz cruzou os braços, e sua sombra se expandiu, ficou maior, quase pairando sobre elas.

— Ela te contou que está se candidatando aos Prêmios Excelência?

Salem ficou feliz por, de fato, ter contado a Aditi e Melissa sobre aquilo alguns dias atrás.

— Sim, ela mencionou.

— Por quê?

— Disse algo sobre honrar a irmã, se não me engano. Que não queria que a premiação fosse descontinuada e que isso manchasse o nome da família. Os prêmios existem há, o quê, cinquenta, sessenta anos?

Caz ficou em silêncio por alguns instantes.

As coxas de Salem estavam começando a queimar por estar agachada por tanto tempo, algo a que não estava acostumada. Apoiou a mão na lateral da parede e tentou não se mover ou fazer barulho para alertar o homem ou distrair a amiga.

— Preciso que você a convença a não se candidatar.

Salem mordeu o interior da bochecha. Que diabos...?

— Por quê? — Aditi ecoou seus pensamentos.

— Apenas acredite no que estou dizendo — respondeu ele de forma vaga. — Pela própria segurança dela.

Aditi ergueu as mãos.

— Você está começando a me assustar. Fale isso diretamente para ela. Eu vou apoiá-la no que quer que ela decida fazer.

Salem teria chamado Aditi de uma amiga incrível, apesar de ter seus próprios segredos, dado que tinha acabado de descobrir sobre sua ligação com

Baron. Ela havia mostrado a Salem aspectos cotidianos da amizade que a garota nunca conhecera, e isso preencheu partes dela, ensinando-a a também ser uma amiga melhor. Mas precisava esclarecer honestamente se a amizade era real e não fabricada, como ela estava começando a temer.

O riso irônico de Caz invadiu seus pensamentos, sua sombra passando uma das mãos pelo cabelo longo demais.

— Eu faria isso, se ela não estivesse determinada a me evitar por algum motivo.

Aditi olhou para ela por uma fração de segundo, então, cruzou os braços sobre o avental do BBC, espelhando o homem.

— Você fez alguma coisa?

— Eu não sei — confessou ele, e Salem sentiu uma pontada de simpatia. Conseguia entender como sua reação naquela noite poderia tê-lo confundido, deixando-o com perguntas que estava tentando responder. Mas, no fim das contas, não lhe dizia respeito. Salem tinha suas memórias, seus traumas e coisas mais importantes na universidade nas quais focar. Caz já tinha ocupado muito espaço e energia em sua mente, e ela precisava redirecionar seus recursos para a tarefa em questão, a missão pela qual tinha vindo — as mortes inexplicáveis de estudantes e o suicídio ilógico da irmã.

Sua amiga não disse nada, e o homem também não, apenas soltou um suspiro e foi embora, a sombra ficando cada vez menor até desaparecer completamente de vista.

— Bem, isso foi divertido.

Aditi estendeu a mão para Salem e a ajudou a se levantar. Formigamentos percorriam suas pernas, indo direto para os pés, fazendo-os tremer. Pulou no lugar algumas vezes para fazer o sangue circular, amaldiçoando o fato de não ter vestido o sutiã por baixo da regata e do cardigã solto e casual que tinha jogado por cima. Seus seios, embora ficassem bem sem sutiã para andar por aí, não desafiavam a gravidade quando ela pulava daquele jeito. Fez uma nota mental para nunca mais fazer isso.

— Então, você quer falar sobre isso? — perguntou Salem.

Ela ficou quieta, deixando Aditi encontrar as próprias palavras.

A outra garota engoliu em seco.

— Baron e eu estamos... nos encontrando há um tempo.

Salem não ficou surpresa, lembrando da forma como a amiga tinha dançado e o homem, olhado para ela. As noites em que Aditi chegava cedo, seus desaparecimentos aleatórios nos fins de semana, o rubor sempre que ela falava sobre o amigo de tecnologia — em retrospecto, deveria ter sido óbvio para ela.

— Porém, é só físico — esclareceu Aditi, e Salem não sabia para quem ela estava tentando se justificar. — Ele tem as coisas dele, e eu tenho as minhas. Nós só gostamos da atividade física.

Salem esperou um momento.

— Ele pediu para você se aproximar de mim?

— No começo, sim — Aditi, para seu crédito, não hesitou. Salem, porém, hesitou, e Aditi imediatamente segurou as mãos dela, apressando-se em explicar. — Só pediu para eu ficar de olho em você no começo, mas ele não tem *nada* a ver com a nossa amizade, Salem. Isso é só você e eu. Percebi logo que você é super legal e uma das pessoas mais inteligentes e menos críticas que já conheci. É claro, você tem bagagem, mas quem não tem? Isso só torna o fato de você estar aqui ainda mais incrível, e estou muito orgulhosa de ter você como amiga.

Salem engoliu a enxurrada de palavras, palavras sinceras e cheias de sentimento, e sentiu os olhos queimando. Piscou rapidamente para limpá-los e apertou as mãos da amiga, escolhendo, pela primeira vez na vida adulta, acreditar na opinião de alguém sobre ela.

— Eu também acho você muito legal.

Aditi retribuiu o aperto, soltando suas mãos.

— Só para você saber... — Salem ajustou o cardigã e colocou a bolsa no ombro. — Ele estava mentindo. Caz, quero dizer — esclareceu ela, devolvendo um pouco de paz de espírito à amiga, mesmo que Aditi tivesse insistido que era algo casual. — Baron não me encontrou sozinha. Eu estava dando uma volta, e ele esbarrou em mim, então me acompanhou até os portões. Só isso.

Baron também meio que a tinha ameaçado, talvez, mas a amiga não precisava saber disso.

Aditi soltou um suspiro de alívio.

— Caz é um idiota.

Salem não discordou, mas não gostou que ele fosse chamado assim por outra pessoa. No entanto, não disse mais nada.

— Você deveria tirá-lo dessa agonia, sabe? — Aditi sugeriu, pegando um pano e limpando o balcão. — Eu não sei o que aconteceu, mas pense nisso antes que ele saia por aí ameaçando todo mundo e queimando o lugar só porque você o está ignorando. Ele é louco o suficiente para realmente fazer isso. Aquele homem grandão não lida bem com você ignorando ele.

Salem mordeu o lábio.

— Eu não acho que estou pronta para falar com ele.

Aditi sorriu para ela por cima do ombro.

— Quem disse algo sobre falar? — Ela moveu as sobrancelhas. — Encurrale-o e o beije como você fez na fogueira. Escale aquele homem como uma árvore e o leve para a cidade do prazer. Ele parece alguém que faria você se divertir.

— Orgasmos *são* bons para aliviar o estresse — Salem murmurou em voz alta, e Aditi começou a rir.

— De fato. Vá aliviar seu estresse e, depois, me conte todos os detalhes.

Salem sentiu os lábios se moverem em um sorriso diante da conversa absurda.

— Você é incorrigível.

— Eu sei — Aditi declarou, parecendo orgulhosa.

Salem se preparou para sair.

— Vou voltar para o quarto para tirar uma soneca.

Aditi bocejou.

— Sortuda. Durma uma hora a mais por mim também.

Salem assentiu e saiu de trás do balcão, passando pela porta dos fundos do café que dava para um beco, caso Caz estivesse em algum lugar na frente. Precisava pensar sobre tudo que havia acontecido e precisava da paz e do silêncio do quarto para isso.

Dando passos rápidos e firmes pelo beco estreito entre o prédio que ela saiu e outro que parecia vazio, pegou um caminho mais longo ao redor do campus, passando pelo lado leste da cidade em direção aos portões menores dos fundos, o qual só as pessoas do bloco residencial conheciam, já que ficavam perto dele. Embora o portão ficasse trancado na maior parte do tempo, podia ser acessado com cartões de estudante.

Enquanto caminhava, um prédio menor que nunca tinha notado antes, já que nunca tinha passado por ali durante o dia, surgiu adiante.

A delegacia local.

Desacelerando os passos, avaliou o prédio, sua mente saindo dos eventos do café, os pensamentos correndo em uma direção completamente diferente.

Salem tinha o dia todo livre, sem compromissos, exceto pela soneca havia muito adiada, e uma infinidade de perguntas que talvez, só talvez, pudessem encontrar uma nova direção ali. Estava em uma avenida que ela ainda não tinha explorado. Talvez fosse a hora certa.

Respirando fundo, agarrando-se a uma última esperança, Salem caminhou em direção à delegacia.

Quando uma guerra acaba? Quando poderei dizer o teu nome de forma que ele signifique apenas o teu nome e não o que você deixou para trás?
— Ocean Vuong, *Na terra somos brevemente magníficos*

CAPÍTULO 18

SALEM

A delegacia era pequena, menor do que as instalações da BBC, e ainda mais minimalista — apenas um prédio básico e funcional.

Salem entrou com confiança e se aproximou da única mesa com o sorriso que a mãe *socialite* teria aprovado totalmente. Uma senhora mais velha estava sentada atrás da mesa, com cabelo curto e grisalho, talvez na casa dos cinquenta e poucos anos, lendo um romance. Ela levantou a cabeça quando Salem se aproximou.

— Boa tarde! — Salem a cumprimentou com simpatia, imitando o que havia visto as pessoas fazerem a vida toda.

A senhora sorriu.

— Boa tarde para você também, minha querida. Como posso ajudá-la?

Salem mostrou a carteirinha de estudante, grata pela universidade ser chique e a carteirinha ter apenas o brasão, com todos os dados e detalhes dos estudantes armazenados digitalmente, para que ela não precisasse dizer seu nome verdadeiro à senhora que parecia simpática.

— Sou estudante da universidade — explicou, mantendo aquele sorriso colado no rosto com tanta força que as bochechas começavam a doer devido à falta de uso prévio daqueles músculos. — Estou no último ano — mentiu. — Me inscrevi para os prestigiosos Prêmios Excelência, não sei se você já ouviu falar deles.

— É claro que já — a senhora inflou o peito. — Estou aqui nesta delegacia há quase trinta anos, minha querida. Não há muita coisa sobre a universidade que eu não saiba.

Salem tentou conter o lampejo de esperança que começava a surgir em seu coração.

— Isso é maravilhoso — disse entusiasmada. — Então você é a pessoa perfeita para me ajudar.

— Sente-se — a senhora olhou para ela, incentivando-a a continuar.

— Estou entrevistando alguns moradores locais de Mortimer para uma pesquisa sobre a cidade — Salem tirou um caderno da bolsa e sentou-se na cadeira de madeira. — Apenas pessoas que moram aqui há dez anos ou mais, e gostaria de fazer algumas perguntas. Só se você não estiver muito ocupada, é claro. — Duvidava que houvesse muito movimento ali, já que a área estava completamente vazia, sem mais ninguém à vista.

A senhora ajeitou o cabelo curto.

— Não, os fins de semana são tranquilos, e sou a única aqui. Tenho todo o tempo do mundo. Que tipo de perguntas?

Salem encolheu os ombros casualmente.

— Perguntas normais, sobre como a cidade mudou nos últimos anos, sobre a universidade sob a perspectiva de um morador, coisas normais, sabe?

A senhora pareceu refletir por um instante e, então, concordou.

— Só se você prometer não mencionar meu nome.

Salem não fazia ideia de quem ela era. Na sua cabeça, estava apenas chamando-a de "senhora".

Mas não disse isso, apenas assentiu e começou a pensar rapidamente, tentando formular perguntas que parecessem inocentes, mas não fossem.

Fingiu revirar a bolsa em busca de uma caneta, ligando silenciosamente o aplicativo de gravação no celular e o colocando de volta dentro da bolsa. Com a caneta na mão, sorriu para a senhora.

— Vamos começar?

A mulher concordou.

— Apenas para o registro, posso saber há quanto tempo você mora em Mortimer? — perguntou Salem, começando com a pergunta mais inocente.

— Há 28 anos — respondeu a senhora, com evidente orgulho na voz.

— Isso é ótimo. A cidade mudou muito desde que você começou a morar aqui?

A senhora refletiu por um breve momento.

— Sim e não. Sim, porque definitivamente há muito mais pessoas agora... negócios crescendo e pessoas comprando casas. Não, porque o espírito da cidade ainda é o mesmo. Somos todos uma comunidade aqui. Temos orgulho de preservar nossos edifícios históricos. Exceto, talvez, o farol, mas já estava abandonado muito antes de eu vir morar aqui. Agora ninguém se aproxima de lá. Por conta das lendas locais e tudo mais.

Intrigada, Salem se endireitou.

— Que lendas locais?

— Ah, são abundantes por aqui — a mulher mais velha fez um gesto despreocupado. — Este lugar é tão antigo que as pessoas inventam histórias sobre ele e as passam de geração em geração, versão em versão. O farol, bem, dizem que no século XVII, quando ainda estava em uso...

A senhora fez uma pausa para respirar, e Salem esperou.

— Sim, quando ainda estava em uso, os zeladores simplesmente desapareceram. Os investigadores que vieram verificar encontraram pratos de comida pela metade e cadeiras viradas, como se as pessoas tivessem saído às pressas, mas ninguém parecia saber o que realmente havia acontecido. Como não obtiveram respostas, os moradores se recusaram a subir na torre para acender a luz, e o farol simplesmente caiu em desuso com o tempo. Agora, está lá parado como uma carcaça, todo podre e decadente, mas sem abutres para se alimentar dele.

A imagem pintada pelas palavras da senhora lembrou Salem dos abutres em seu sonho, aqueles que rasgavam a carne na parte de fora do farol. Um calafrio percorreu sua espinha, e ela apertou o cardigã em volta do corpo.

— Essa é uma história doentia — murmurou, e a senhora mais velha riu.

— É, sim — disse ela, batendo os dedos na mesa. — A região é cheia delas. Há tantas histórias e lendas mórbidas em Mortimer... Veja a biblioteca do campus, por exemplo. Você sabia que já foi uma prisão?

Salem assentiu. Disso ela sabia.

— Sabia também que dizem que os prisioneiros não eram mantidos lá por crimes?

— Por que mais eles eram mantidos?

— Sacrifícios humanos.

Salem piscou, surpresa. O calafrio que havia percorrido sua espinha segundos antes foi seguido de outro, enquanto processava o boato.

— O quê?

— Tenho certeza de que não existiu nada nisso — a policial a tranquilizou. — Lugares antigos como este inspiram muitas teorias da conspiração também. A biblioteca tem algumas histórias malucas sobre ela. Prédios antigos e abandonados pela cidade, cada um com a própria história e contos distorcidos. Até as florestas, com tantos lugares escondidos dentro delas. Se eu começasse, já seria noite antes que eu terminasse de listar tudo. Este lugar é tão rico em folclore...

Caramba.

Salem não era fã de histórias assustadoras e lendas locais nascidas de passados misteriosos e imaginações hiperativas. Mas não podia negar, eram interessantes.

— Enfim — a senhora voltou ao assunto. — Embora tenhamos um distrito policial na cidade, o número de crimes é tão baixo que posso contar nos dedos quantas vezes algo sério aconteceu por aqui. É o melhor lugar em que já vivi.

Aproveitando a abertura como um presente, Salem rabiscou notas e pensamentos, então, perguntou casualmente:

— É muito bom saber disso. Algum caso sério de que você se lembre?

— Apenas algumas mortes de jovens, que suas almas descansem — informou a senhora com tristeza. — A maioria foi acidente, alguns não. A universidade é tão grande. A pressão é grande também. Alguns jovens não conseguem lidar com isso e escolhem acabar com a vida. É muito triste.

Um gosto amargo encheu sua boca. Salem o ignorou e levantou o olhar, como se aquilo fosse novidade para ela.

— Que terrível! Coitadas das famílias. Mas a universidade é tão prestigiada, deve ter sido apenas um ou dois casos, caso contrário, teríamos ouvido falar, certo?

A senhora balançou a cabeça.

— Não me lembro do número exato, mas foram mais.

Salem continuou rabiscando, como se anotando cada palavra.

— Como eles morreram?

— Não sei dizer — a senhora encolheu os ombros. — Alguns foram acidentes. Um de overdose de drogas, uma até cortou os pulsos. Foi horrível.

Nenhuma causa comum de morte, escreveu Salem.

— Enfim — a senhora mudou de assunto, claramente não querendo falar daquilo. — A universidade é uma bênção para a cidade. Você sabia que eles dão bolsas de estudo para crianças nascidas aqui? Meus dois filhos se formaram na Faculdade de Direito. Agora, trabalham como promotores.

Salem não sabia disso. Era uma informação interessante.

— Isso é maravilhoso — elogiou Salem, com a mente girando em como trazer a conversa de volta ao rumo certo, quando a senhora, claramente orgulhosa de seus filhos, começou a falar novamente.

— Sim, a bolsa foi uma bênção para eles — continuou ela, entusiasmada. — Eles trabalharam duro e entraram em um daqueles grupos de elite de estudantes também. Isso lhes proporcionou muitas conexões. Você deve conhecer. Se chama Morti alguma coisa. Mortimória? Mortimerina?

Salem congelou, a caneta pairando sobre a página em sua mão.

— Mortemia? — perguntou, forçando a voz a permanecer firme.

A senhora mais velha estalou os dedos.

— Esse mesmo. Mortemia. Excelente grupo.

Salem engoliu o nó na garganta e seguiu em frente. Havia sido forçada a pensar no grupo três vezes em uma semana, depois de anos sem dar atenção a ele. Quais eram as chances disso?

— Você sabe como eles entraram no grupo?

A policial balançou a cabeça.

— Desculpe, querida. Eles não me contaram nada sobre isso. Apenas o nome e como os ajudou.

Salem ajustou os óculos, empurrando-os para cima do nariz, apenas para liberar a adrenalina que preenchia seu corpo.

— Então, o que o grupo faz?

— Não sei, honestamente. Meus filhos conseguiram entrevistas por meio dele.

Salem assentiu, anotando isso. Então, colocou a caneta de lado e fechou o caderno, mostrando que havia terminado.

— Muito obrigada por responder. Foi muito útil.

A senhora deu a ela um sorriso gentil.

— É claro, minha querida. Foi bom conversar com você.

Salem abriu a boca e fingiu hesitar, observando a mulher mais velha.

— O que foi?

— Não quero me intrometer e deixá-la desconfortável — disse Salem suavemente, olhando para a mesa como se estivesse em conflito. Não estava. Estava apenas imitando o que via as pessoas ao redor fazerem o tempo todo.

— O que foi? — perguntou a senhora novamente.

— Eu só estava pensando... Você sabe algo sobre a garota que morreu há dois meses? — Não havia como não saber. Ela trabalhava em uma delegacia, e houvera uma morte logo do outro lado da rua, na universidade, e, pelo menos por um dia, a mídia e os moradores locais cobriram o caso.

A senhora pareceu ligeiramente desconfortável.

— Você sabe que não posso falar sobre isso.

Droga.

Salem assentiu como se entendesse, engolindo a decepção.

— Eu entendo. É que foi na minha primeira semana aqui, e eu também sou uma bolsista — mentiu descaradamente. — Então fiquei um pouco assustada pensando que poderia haver algum tipo de assassino à solta. Era o que todo mundo no campus estava dizendo.

A senhora olhou em volta, mesmo que a delegacia estivesse vazia, segundo as próprias palavras de minutos antes.

— Aqui, apenas entre nós?

— É claro — tranquilizou Salem.

A senhora se inclinou para a frente, baixando a voz.

— Não foi assassinato. Ela se matou.

Salem não concordava totalmente. Havia visto as marcas nos pulsos da garota, evidências de que houvera algo além de suicídio. Ou a polícia fez uma investigação péssima, o que parecia cada vez mais provável, já que eles haviam atribuído todas aquelas mortes a estudantes que não lidavam bem com a pressão, ou a senhora não estava dizendo a verdade. Não sabia ao certo. Tudo o que sabia era que não havia motivos listados em nenhum dos arquivos sobre *o porquê* dos supostos suicídios terem acontecido, exceto estresse.

Então, ou os investigadores eram incompetentes, ou a investigação havia sido deliberadamente sabotada.

Suspeitava fortemente da última opção.

— Você não mencionou qual é a sua área de estudo, minha querida? — comentou a senhora mais velha.

Salem piscou e respondeu:.

— Jornalismo — a universidade sequer oferecia jornalismo? Não lembrava.

A senhora ficou um pouco pálida.

— Ah, querida...

Salem sentiu os olhos se estreitarem levemente com a reação.

— O quê?

— Nada — a policial balançou a cabeça. — Só... Um estudante de jornalismo veio falar comigo alguns anos atrás. Também havia se candidatado aos Prêmios. Bolsista. O projeto dele era parecido com o seu, algum tipo de pesquisa sobre a universidade. É tão parecido que tive um *déjà vu*.

Que diabos...?

Havia realmente existido um estudante com aquele projeto inventado? Ou também teria criado a história para obter respostas? Respostas para quê? Talvez ele pudesse ajudá-la com respostas?

— Que coincidência — Salem não conseguiu esconder a surpresa na voz. — Você se lembra do nome dele? Só para eu ver se ele publicou o projeto e, talvez, conseguir alguma ajuda?

A mulher já balançava a cabeça antes que Salem terminasse de falar.

— Receio que isso não seja possível, minha querida.

— Por quê?

A senhora mais velha se recostou na cadeira.

— Porque o corpo dele foi encontrado algumas semanas depois que ele me entrevistou. Pulou do topo do maldito farol.

Estou ansiosa para estar com você, e à beira-mar, onde podemos conversar livremente e construir nossos castelos no ar.

— Bram Stoker, *Drácula*

CAPÍTULO 19

SALEM

Os fios estavam se entrelaçando, emaranhando, formando nós, criando uma imagem.

Salem olhou para o seu quadro de investigação, pela primeira vez focando no caso que sempre havia considerado uma anomalia, uma exceção, aquele que quebrava o padrão.

Talvez essa fosse a resposta.

Encarou a foto póstuma do rapaz. O único homem a morrer na última década com mortes apenas de mulheres.

Não sabia o nome dele. A coluna em seu arquivo simplesmente dizia *não identificado*, o que significava que não estava nos registros ou que não haviam sido encontrados — a única foto no arquivo sendo a tirada após a autópsia, junto com o relatório.

Salem olhou o relatório com mais atenção desta vez.

Lesões extensas no corpo causadas pela queda nas rochas abaixo do farol. A causa da morte tinha sido uma fratura no pescoço. Contusões e hematomas compatíveis com o impacto da queda. Nenhum indício de crime, nenhuma outra marca no corpo, exceto uma.

Uma pequena tatuagem, quase imperceptível, atrás da orelha. Uma espécie de símbolo.

Salem estreitou os olhos.

Já havia visto aquilo em algum lugar.

Onde?

Onde havia visto aquilo?

Olhou freneticamente pelo enorme quadro, tentando identificar exatamente quando e onde tinha visto aquilo, quando, de repente, seus olhos caíram sobre suas anotações impressas, aquelas que havia feito no telefone na praia.

A garota na praia. Tanya.

Havia visto a mesma marca no mesmo lugar no corpo de Tanya.

Como diabos ela pôde deixar aquilo passar? Estivera bem diante dos seus olhos.

Salem pegou um barbante e conectou a foto de Tanya ao homem não identificado. Então, olhou para o quadro completo, as fotos, as notas, os dados, os barbantes, com novos olhos, e, de repente, parte daquilo começou a fazer sentido.

Se o rapaz era o mesmo sobre quem a policial tinha falado — e parecia que era, já que ambos morreram caindo do farol, e havia apenas uma morte registrada lá nos últimos anos —, isso significava que ele também esteve entrevistando pessoas e fazendo perguntas.

Mas será que realmente era um estudante de jornalismo? Um bolsista? Estaria realmente trabalhando em um projeto semelhante ao que ela inventou, ou também havia inventado o dele para obter respostas? Mas respostas sobre o quê? E as obteve? Sua morte definitivamente sugeria que sim.

O jovem fez as perguntas certas e chegou perto demais da verdade, e foi eliminado. Essa era a razão pela qual ele era a única morte masculina em todo o quadro. O padrão, o foco, tinha que ser as mortes femininas.

A vibração do telefone interrompeu seu raciocínio. Ela olhou para baixo e viu uma mensagem de Aditi.

Aditi: Consegui! O código de acesso é 1003 1031.

Salem olhou para a primeira metade do código numérico, apertando o telefone com força.

Dia 3 de outubro.

O aniversário de Olivia.

Aquele monstro maldito.

Estava zombando dela ou se gabando consigo? Era sadismo ou arrogância?

A outra metade do código era desconhecida. Por que 31 de outubro? Halloween? Samhain? Aniversário de alguém? Data especial? Por que aquele dia era significativo?

Rangendo os dentes, ela digitou uma resposta rápida.

Salem: Obrigada! Te devo uma.
Aditi: Sem problemas. Só tome cuidado. Se você for pega, pode se meter em uma encrenca danada.

Salem: Não se preocupe, vou tomar.

Mensagem enviada, e Salem rapidamente trocou de roupa, vestindo sua melhor camuflagem: *leggings* pretas, blusa de gola alta preta, botas pretas, luvas pretas e, mais importante, uma touca preta para cobrir toda a cabeça e controlar todo o cabelo, para não deixar nenhum DNA por acidente para trás. Trocou os óculos por lentes de contato. Odiava colocá-las e tirá-las, mas eram mais práticas para sua missão. Então, colocou o telefone no silencioso e o deslizou para dentro do bolso.

Pronta, saiu do quarto, certificando-se de que a porta estava trancada, e saiu do prédio, felizmente sem esbarrar em ninguém. Eram onze horas de um sábado à noite, e havia uma grande festa na mansão de um dos veteranos fora do campus. A maioria dos estudantes estava lá, e aqueles que não foram provavelmente estariam em seus quartos dormindo ou estudando.

Era o momento perfeito para se esgueirar, com a menor chance de alguém vê-la. Ainda assim, foi extremamente cuidadosa e vigilante ao sair do bloco residencial e virar para o prédio solitário no final do campus, que abrigava o auditório de psicologia e o escritório de Merlin. Em sua mente, Salem havia abandonado o título de doutor depois de descobrir que havia usado o aniversário de sua irmã falecida como código de acesso.

Aquilo realmente, *realmente,* enfureceu seu sangue e o esfriou ao mesmo tempo.

O vento estava frio contra seu rosto, o chão levemente úmido com a umidade do ar. O campus naquela noite parecia mais assustador do que nunca. Talvez fosse por ter ouvido a policial falar sobre lendas e folclores, mas, ao ver o vasto castelo e as torres antigas se erguendo contra a noite, as lâmpadas de ferro forjado e as ruas de paralelepípedos, sentiu como se tivesse voltado no tempo alguns séculos, percebendo que tudo devia ter exibido exatamente a mesma aparência.

Mortimer estava congelada no tempo.

Salem sentiu um calafrio percorrer sua espinha.

Puxando a gola alta sobre a metade inferior do rosto, curvou-se e caminhou para as sombras, apressando-se em direção ao alvo. Desviando do caminho que levava aos portões do auditório/sala de aula, pisou na grama e contornou o prédio redondo em direção à entrada do escritório dele que se lembrava de ter visto.

Quanto mais avançava pela lateral do prédio, mais perto chegava da floresta. E, embora nunca tivesse pensado muito nisso antes, naquela noite, por algum motivo, estava um pouco assustada. A floresta era escura e assustadora — sombras desaparecendo na penumbra, silhuetas de árvores e galhos se movendo ao vento, parecendo figuras encapuzadas se movendo pelo matagal.

Meu Deus, estava realmente perdendo a cabeça.

Era apenas a falta de sono, seus sonhos e a conversa se misturando, nada mais. Não havia nada na floresta, nada a temer. Estivera por todo o campus em todos os horários do dia e da noite e nunca havia tido motivo para se sentir assustada.

Grilos cantavam. Uma criatura noturna soou em algum lugar. E ela respirou pelo nariz, forçando a mente a se manter focada.

Salem nunca teria uma oportunidade como essa novamente. Não poderia deixar que nada estragasse seu plano.

Finalmente, encontrou a pequena porta escondida em um canto onde a forma redonda terminava, um teclado instalado na parede acima.

Salem digitou o código de acesso e ouviu o clique satisfatório das trancas.

Puxando a maçaneta para baixo, entrou rápido e fechou a porta atrás de si, ouvindo as travas se engatarem novamente.

Escuridão total.

Estava totalmente escuro lá dentro.

Apenas um pequeno filete de luz da lua entrava pela janela que reconheceu. Não ousou acender nenhuma luz, nem mesmo a lanterna do telefone. A janela do escritório era visível do penhasco, da praia e do farol. Se alguém estivesse por perto e, por acaso, olhasse, ela não poderia correr o risco de que soubessem que estava ali.

Deixando os olhos se ajustarem à escuridão, observou o espaço do escritório, verificando se algo havia mudado. Parecia igual.

Determinada a encontrar algo, caminhou direto para a lareira, onde a tigela de bugigangas ainda estava. Só que, desta vez, não foi apenas o pingente de sua irmã que percebeu, brilhando como sangue cristalino sob a luz da lua. Havia outras peças ali também. Peças que não reconhecia. Uma pulseira de ouro delicada. Um par de brincos de flores rosa. Um pingente em formato de estrela. Um anel de diamante em ouro branco. Pequenas peças, e sabia exatamente o que eram.

Troféus.

Ali, à vista de todos, onde ele podia vê-los, onde qualquer um passaria por eles sem saber o que eram, e ele se deleitaria com o poder. O poder de se safar.

Apenas olhando para a coleção de joias — que um dia havia pertencido a garotas como sua irmã, joias que as famílias nunca recuperaram e simplesmente assumiram que haviam sido roubadas —, Salem pôde dizer o que ele era.

Doente. Sádico. Sociopata, possivelmente psicopata. A ideia de ter os troféus à mostra, onde podia vê-los dia após dia, onde qualquer um poderia vê-los, exalava narcisismo.

Embora cada parte dela quisesse pegar as peças, guardar a da irmã e enviar as outras para as famílias depois de encontrá-las, não tocou na tigela, cerrando os punhos e rangendo os dentes, seguindo em frente para encontrar algo mais.

Salem foi até a mesa dele, sem movê-la ou sentar-se na cadeira, mas silenciosamente abrindo uma das duas gavetas. Não havia nada de diferente lá, apenas alguns papéis aleatórios e alguns artigos acadêmicos.

Ignorou e tentou a outra gaveta.

Trancada.

Droga.

Assim que começou a procurar uma chave, subitamente uma mão grande cobriu sua boca, puxando-a com força para trás, contra um corpo sólido, arrastando-a de volta para a estante de livros. Salem começou a lutar contra a mão, mas seu dono era grande demais, forte demais, o aperto era firme demais.

— Se acalme, pequena víbora, ou estaremos fodidos.

A voz que entrou em seu ouvido e foi diretamente ao seu cérebro fez o corpo obedecer. O alívio que sentiu ao saber que era ele tampando sua boca e puxando-a para trás foi enorme, algo que teria que reavaliar mais tarde, especialmente porque havia decidido que ele era perigoso. E ainda podia ser. Mesmo assim, permitiu que a puxasse ao seu corpo enorme, acalmando seu coração acelerado.

Caz abriu a porta ao lado da estante, aquela que levava ao auditório, e a puxou para fora, fechando-a suavemente atrás deles, escondendo-os em um canto escuro.

— Não se mexa, entendeu? — Seu tom não permitia discussão.

Salem assentiu, ou pelo menos tentou, com a mão grande dele cobrindo metade de seu rosto por cima da gola alta.

Vozes abafadas do outro lado da porta do escritório chegaram até ela.

Havia alguém lá fora, e quase tinha sido pega. Na verdade, se aquele homem irritante não a tivesse puxado, teria sido descoberta, e só Deus sabe o que mais poderia ter acontecido. Salem se contorceu em seu aperto, e ele a segurou com mais força, puxando-a mais forte contra o corpo, a frente sólida dele contra as costas dela, do peito ao quadril, seu rosto acima do dela, inclinado, ouvindo também.

— Não tem ninguém aqui — disse um homem, uma voz que ela não se lembrava de ter ouvido antes.

— Recebi a notificação de que as travas foram desativadas — disse a voz de Merlin, e ela pôde ouvir a raiva nela.

— Pode ter sido um problema técnico ou de fiação — disse o outro homem. — O único que tem o código é aquele seu assistente, e você deu aval a ele.

Salem ficou tensa no aperto de Caz.

Merlin havia dado acesso a ele. O sádico, psicopata Merlin tinha dado acesso a Caz, seu assistente, o único em quem ele aparentemente confiava. Caz era algum tipo de protegido?

Um pensamento doentio passou pela sua mente — ele não poderia ter tido algo a ver com a morte de sua irmã...? Não. Salem descartou imediatamente a ideia. Nem sequer estava na universidade quando a irmã morreu.

Mas, mesmo parada contra ele, seus músculos começaram a travar, congelando, tensionando, o estresse os preenchendo um a um. Não queria estar tão perto dele, não depois de ter escutado aquilo, mas não tinha outra opção. Era engolir a bile na garganta ou arriscar ser descoberta.

Salem engoliu.

— Não gosto disso — reclamou Merlin, e o outro homem suspirou alto.

— Dê uma olhada, pelo amor de Deus. Se nada foi tirado do lugar, então vamos embora. Está ficando tarde, e precisamos chegar lá a tempo.

Onde? Um evento social?

Passos se aproximaram da porta, e ela recuou, mais para o fundo dos braços dele e completamente nas sombras, segurando a respiração.

Caz também parecia estar segurando a dele.

Os passos pararam.

— Está tudo igual.

Pela direção da voz, sabia que estava perto da lareira, provavelmente olhando para os troféus para garantir que estivessem intocados. Salem nunca esteve tão feliz quanto naquele momento por ter ouvido o lado lógico de seu cérebro. Graças a Deus não havia tocado em nada. Monstros como Merlin, aqueles que colecionavam troféus, eram obsessivos com eles a ponto de saberem se um havia sido movido uma fração de centímetro sequer.

Lentamente, os passos se afastaram. O som da porta abrindo, a porta se fechando, travas se engatando novamente.

Silêncio prevaleceu.

Batimentos acelerados passaram.

Salem percebeu que não podiam sair, não sem abrir a porta principal e desativar as travas, possivelmente alertando Merlin novamente. Teriam que esperar até que alguém chegasse, a equipe de limpeza, ou talvez o próprio Merlin, e então sair.

O silêncio se tornou ensurdecedor.

Salem estava muito consciente do tamanho de Caz, de sua proximidade, de sua imprevisibilidade.

Passaria a noite trancada com um homem que não conhecia, um homem que poderia ser o protegido de um monstro, um homem que ela tinha visto ameaçar arrancar o olho de alguém com um lápis, um homem que poderia facilmente aplicar um pouco mais de pressão em seu rosto e sufocá-la, tornando-a parte da estatística.

Salem ficaria trancada a noite inteira com Caz van der Waal.

Minha vida inteira é um quarto escuro. Um. Grande. Quarto. Escuro.

— *Beetlejuice*

CAPÍTULO 20

SALEM

O silêncio absoluto na sala de aula era perturbador.

Assim como a escuridão total.

Amplificava o leve som da respiração dele sobre sua cabeça, aumentava a sensação do corpo grande e musculoso atrás do dela, solidificava o aroma que envolvia seus sentidos.

Tudo isso misturado, subindo à sua cabeça, confundindo diferentes emoções e perguntas que já estavam presentes, juntando-se à ansiedade, à expectativa e à maneira avassaladora como o sangue começava a ferver em resposta à proximidade dele.

Era ciência pura, Salem sabia, nada mais. Por alguma razão insana, suas estruturas moleculares respondiam às dele; seus feromônios, aos dele; seus batimentos cardíacos, aos dele.

A mão de Caz permaneceu sobre a boca dela, enquanto a outra se posicionava na curva de seu quadril, entre a cintura e a base da pelve, o toque apaixonado, autoritário, possessivo, como se ele tivesse todo o direito do mundo de segurar seu quadril daquela maneira.

Salem sentiu os olhos se fecharem sem sua permissão, o calor da mão dele atravessando o tecido do suéter e atingindo sua pele, derretendo a pele congelada ali por eras.

Sentiu o nariz dele cheirar o topo de sua cabeça e, então, parar.

A mão que cobria sua boca se moveu, agarrando o gorro e arrancando-o em um movimento suave, deixando o cabelo livre cair pelas costas. Salem levou as mãos instintivamente para tocá-lo, mas a mão dele avançou rapidamente, capturando ambos os pulsos e trazendo-os para baixo de forma que os braços a envolvessem completamente, como se a estivesse abraçando por trás.

Salem abriu a boca para falar, percebendo que a gola alta ainda cobria sua boca, abafando-a.

Estava essencialmente impossibilitada de se mover com Caz atrás dela novamente, mas, desta vez, também incapaz de falar.

Caz voltou a inalar profundamente, cheirando seu cabelo, e ela sentiu um ruído vibrante no peito, as vibrações tocando suas costas, fazendo-as vibrar também, viajando até o peito, arrepiando e endurecendo seus mamilos, que começaram a doer.

Salem emitiu um ruído, abafado pelo tecido ao redor da boca, e sentiu a respiração dele se deslocar, parando bem na curva entre seu pescoço e ombro. Caz cheirou o local por cima do tecido, como uma fera gigante e que rugia enquanto segurava sua presa pelo pescoço, acariciando-a antes de abrir as mandíbulas e devorá-la por completo.

Não deveria se sentir tão excitada com aquela ideia, de ser consumida por ele, de ser o único objeto de sua atenção, o único recipiente de sua paixão, o único abrigo para sua obsessão.

Algo dentro dela queria aquilo com uma fúria que a surpreendeu.

Uma fúria que não se importava nem queria pensar em quem ele era, ou quem ele poderia ser.

— Seria tão fácil agora, não seria? — sussurrou ele em seu ouvido, os lábios tocando a concha da orelha e enviando arrepios que corriam como maratonas por todo o corpo dela. — Tão fácil empurrar você contra a mesa dele e te foder até não aguentar mais...

A imagem ficou vívida em sua mente: curvada sobre a mesa, as *leggings* puxadas para baixo o suficiente para lhe dar acesso, Caz segurando as mãos dela atrás das costas enquanto os quadris batiam nela, movendo-a por cima da madeira, fazendo seus olhos revirarem, a tensão que vinha crescendo entre eles estalando, engolindo-os na escuridão ao redor, entre eles, dentro deles.

Os seios subiam e desciam com a imaginação, o tecido esticando-se sobre eles, parecendo mais apertado do que antes; a calcinha ficando mais úmida a cada respiração, excitando-a a um nível que não se lembrava de ter sentido com mais ninguém.

— E você deixaria — sua voz, a voz que a atraíra para o mar e a sufocara com fumaça, murmurou, soando mais grave, mais rouca, de alguma forma ainda mais entorpecente para a mente dela. — Não deixaria?

Sim, deixaria. As consequências que se danassem, sem importar se no momento as mãos dele estivessem cobertas de sangue ou tinta.

— Olhe para mim — ordenou Caz, e ela virou o pescoço, de repente encontrando o rosto dele ali, tão perto que os narizes se tocaram e a respiração dele caiu sobre ela, café e hortelã se misturando com o próprio cheiro de tinta e terra molhada, a combinação tão decadente que a deixou com a boca salivando com a necessidade de consumi-lo.

— Porra — sussurrou ele.

Aqueles olhos, mercuriais e brilhantes, reluziam como os de uma fera selvagem no luar fraco que entrava na sala pelas janelas, o piercing na orelha direita cintilando.

Os olhares se encontraram na meia escuridão.

Sua calcinha estava arruinada.

Caz a puxou para mais perto, pressionando as costas inteiras dela contra ele, a evidência sólida de sua excitação dura um pouco mais para baixo, grande, maior do que jamais tinha visto, o comprimento dele parecendo uma barra de aço contra o final de sua coluna, pesado, quente e latejante.

Então Caz aproximou o rosto, cobrindo a boca dela com a dele, o tecido do suéter entre eles.

Os olhos de Salem se fecharam, e ela mexeu o pescoço, desejando que a peça de roupa descesse para que pudesse senti-lo contra os lábios, nu e disposto.

O tecido permaneceu no lugar.

Salem tentou liberar as mãos. O aperto dele se fortaleceu, contendo-a.

Tentou se afastar e se virar. A mão no quadril a manteve no lugar.

Salem o encarou, levando o pescoço para trás, irritada pela rejeição.

O sorriso que odiava, aquele em que Caz torcia apenas um lado da boca, apareceu em seu rosto, aumentando a raiva dela. Salem fez mais barulho, se debatendo contra ele, mas nada mudou, exceto o sorriso ofensivo — que só se intensificou.

Antes que pudesse pensar em algo mais, o rosto de Caz invadiu seu espaço pessoal novamente, e ele fez algo que ela não poderia ter previsto, deixando-a imóvel com a surpresa.

Caz pegou a parte superior de sua gola alta entre os dentes e, centímetro a centímetro, segundo a segundo, a cada pulsação, puxou-a para baixo.

De forma lenta.

Torturante.

E enlouquecedora.

Seu lábio inferior roçou o dela enquanto continuava o caminho, seus olhos semicerrados fitando os dela, enviando pequenos espasmos da boca até a boceta, fazendo-a latejar com um vazio que queria ser preenchido. Seus dentes nunca soltaram o tecido, os lábios roçando os dela no caminho para baixo, até que o pescoço se liberou e o suéter saiu por completo de seu rosto, ajustado ao pescoço, quente por ter estado na boca dele.

Foi a experiência mais sensual de sua vida.

— Você queria dizer algo? — perguntou ele, referindo-se aos sons que Salem havia feito antes, seu tom contaminado por uma leve diversão e uma excitação louca.

Ela tentou lembrar o que queria dizer, mas os fios em seu cérebro estavam queimados, seu sistema estava em curto-circuito após aquele quase beijo estranho que a deixara com os lábios formigando, querendo mais, querendo tudo.

Os lábios se separaram, e, antes que pudesse se controlar, ela colou a boca na dele.

Êxtase.

Era isso o que sentia, a sensação dele. O mais próximo que Salem conseguia encontrar para descrever algo que fizera parte de seu vocabulário, mas nunca de sua experiência.

A inquietação em seu sistema pareceu silenciar-se, as endorfinas em no corpo assumindo o controle, fazendo-a se sentir grogue enquanto ele dominava sua boca.

E era exatamente isso que Caz estava fazendo.

Dominando-a.

Acariciando a língua com a dele, enchendo-a de seu veneno, que penetrava a pele de Salem e entrava em suas veias, levando-o direto ao seu coração, infectando o órgão até que bombeasse o veneno por todo seu corpo, preparando-a para seu domínio.

Mas o veneno nunca tivera um gosto tão bom quanto o da hortelã e o do café que Salem sentia no hálito dele, como o desejo e a devassidão que via em seus olhos, como o pecado e a sedução que ouvia em sua voz.

Ela sentiu que se tornava um receptáculo, comendo o fruto direto de sua boca, mordiscando, sugando e ligando-se a ele por uma eternidade em seu submundo.

Caz soltou mais um daqueles ruídos roucos, e um som correspondente escapou da garganta dela em resposta.

Salem não havia percebido que ele havia soltado suas mãos até que as encontrou em volta do pescoço do homem, segurando-o e agarrando-se a ele enquanto os joelhos amoleciam e os dois continuavam a se consumir. Os dedos tocavam o cabelo de Caz, sentindo as mechas entre as pontas pela primeira vez, enquanto ele segurava o cabelo dela com uma das mãos.

A outra mão, a que estava em seu quadril, deslizou sobre o estômago até envolver um de seus seios pesados, apertando-o com a mão, e sentiu os quadris se moverem por conta própria, esfregando-se no vazio enquanto uma onda de prazer disparava direto para seu interior. Os dedos de Caz, tatuados e habilidosos, circularam o mamilo, mas sem tocá-lo, passando por cima, provocando-a, torturando-a, e ela soltou um som, algo que pareceu muito com um miado suplicante, surpreendendo a si mesma.

Salem sentiu o sorriso dele contra sua boca e fez o que queria fazer havia muito, muito tempo.

Mordeu-o.

As mãos que seguravam seu cabelo puxaram sua cabeça para trás em resposta, a dominação no movimento aquecendo o sangue dela até um frenesi.

Salem não havia terminado.

Queria mais.

Precisava de mais.

Olhou para ele com olhos febris, e os dele percorreram seu rosto, mapeando-a como sempre.

— Me deixe pintar você.

As palavras não foram processadas por conta do turbilhão de sangue em seus ouvidos. Viu a boca dele se mover, mas estava tonta de frustração sexual, e levou um tempo para voltar a si, para que as palavras dele penetrassem sua mente.

As palavras.

Outras coisas.

Tudo.

De repente, Salem puxou as mãos para longe e deu alguns passos para trás, o coração disparado enquanto tentava se acalmar com respirações profundas, a pele finalmente se acalmando do frenesi em que se transformara, o fantasma do toque dele assombrando os lugares em que a havia tocado.

Caz cruzou os braços, e ela não permitiu que seu olhar descesse, mantendo-o fixo nele. Nele e em sua boca vermelha e inchada.

Droga.

Salem se virou, aumentando a distância por precaução, caminhando até a mesa grande e apoiando-se nela, escondendo o rosto nas mãos.

O que tinha feito?

Como podia ter feito aquilo? Logo depois de descobrir tudo o que encontrara no escritório de Merlin? Com ele, de todas as pessoas? Logo após entender a possibilidade palpável daquele homem poder estar trabalhando com Merlin? Mas por que ele a teria escondido se trabalhasse para Merlin? E por que Merlin daria aval a ele se não estivesse trabalhando com ele de alguma forma?

Não fazia sentido.

— Olhe para mim — Salem o ouviu comandar novamente, e o ignorou, tentando organizar seus pensamentos. Sim, havia tensão entre eles havia algum tempo. Sim, era loucamente atraída por Caz, e agora podia admitir que era algo além do físico. Achava a chama dele atraente, seu mistério e sua reputação, a maneira como a observava com aquele olhar selvagem e desvairado, e como a consumia como se fosse um elixir e ele estivesse morrendo. Salem considerava tudo nele atraente.

Exceto, talvez, o sorriso sarcástico, ou a maneira como a provocava, ou como alimentava a rivalidade entre eles.

Considerava Caz atraente e queria que o que aconteceu se repetisse.

E, para isso, precisava saber de algumas coisas.

Precisavam ter uma conversa havia muito adiada, e não era como se pudessem fugir daquilo, presos como estavam.

Decidida, baixou as mãos e olhou para cima, apenas para vê-lo parado perto da janela, olhando para fora.

Droga, ele era magnético.

A admiração feminina nela se intensificou ao ver a silhueta dele sob a luz pálida da lua, o corpo preenchendo o vão da janela, a luz bloqueada pelos ombros largos que se estreitavam em costas musculosas até a cintura, tudo proporcional, como se um artista o tivesse pintado com uma perfeição masculina e robusta.

Salem se sacudiu.

Foco.

— Por que você tem um cartão de estudante diferente dos alunos regulares? — começou Salem, fazendo a pergunta que definiria como a conversa iria prosseguir. Se a resposta não fosse satisfatória, acabaria com ele.

Caz não se virou, mas continuou olhando para fora da janela, seu rosto sombrio de perfil, o suéter preto quase se camuflando nas sombras. As tatuagens em seu pescoço pareciam brilhar vistas de lado, os redemoinhos e curvas como vinhas subindo pelo pescoço que o cabelo expunha.

— É um cartão de membro — disse ele de forma sucinta. É claro que era. Ela não era idiota.

— Para? — insistiu ela, observando o rosto atentamente em busca de microexpressões. Não mudou, não muito. Apenas um leve aperto em torno da boca levemente inchada.

— Não é da sua conta.

As palavras, e a maneira como foram ditas, despertaram algo em sua memória. Salem deixou isso de lado e sentou-se novamente na mesa, as pernas balançando acima do chão.

— Podemos ter uma conversa sincera — Salem disse a ele — ou nunca mais nos vemos novamente. Escolha.

Caz se virou ao ouvir aquilo, lançando-lhe um olhar sombrio.

— Você não pode me impedir.

Salem concordou.

— Não, mas posso te ignorar.

— Como se já não tivesse feito isso — ele zombou.

Caz não fazia ideia de quão fria Salem podia ser. Mesmo ignorando-o, ela não havia sido completamente indiferente a ele, não de verdade. Mas sabia que poderia ser.

— Pode ficar muito, muito pior. Você pode deixar de existir para mim.

Os olhos de Caz perfuraram os dela, a expressão em seu rosto parecendo feroz.

— Não, não posso. Você pode tentar o quanto quiser. O que quer que isso seja, nos infectando, não vai a lugar nenhum. Acredite em mim, eu tentei. Tentei pra caramba ficar longe de você.

Salem piscou ao ouvir a acidez em sua voz.

— Por quê?

Caz suspirou, apoiando-se na janela, os braços cruzados, um pé apoiado na parede atrás. Parecia querer dizer algo, e quase começou, mas, então, soltou o ar novamente, deixando as palavras morrerem.

Salem tentou mudar de tática.

— Você me seguiu esta noite?

— Sim — respondeu ele, simplesmente.

— Por quê?

Caz deu de ombros.

— Não tinha nada melhor para fazer.

Salem duvidava.

— Então, o quê? Decidiu me perseguir?

— Por que não? — O tom dele não tinha nenhum remorso. — Você tem agido de forma estranha, e eu queria saber o motivo. O que me traz à minha pergunta: o que você está fazendo aqui?

Salem pensou por um longo momento. Não confiava nele, não emocionalmente, e não confiava em suas intenções. Mas ficariam dando voltas a noite toda se um deles não cedesse um pouco.

— A resposta depende do que você me disser a seguir — disse honestamente.

E os olhos dela se estreitaram levemente.

— Você sabe das mortes? — perguntou ela.

As palavras caíram como uma bomba explodindo, ecoando por um tempo e, depois, deixando silêncio em seu rastro. Salem esperou, com a respiração suspensa, enquanto ele a avaliava por um longo momento com a mesma desconfiança que ela tinha por ele.

— Sim — respondeu Caz de forma sucinta.

— E você sabe que Merlin pode estar envolvido? — Salem perguntou, mantendo suas cartas na manga.

— Sim.

Salem respirou fundo e engoliu em seco. Agora, vinha a parte difícil.

— E você... o ajuda?

Caz balançou a cabeça rapidamente, negando.

O ar que estava segurando lhe escapou. Os ombros tensionados relaxaram levemente. Inclinou a cabeça para o lado, avaliando-o com curiosidade.

— Então, por que você está ajudando ele?

O lado de sua mandíbula visível para Salem se contraiu.

— Eu tenho meus motivos. Por que você estava no escritório dele?

Salem segurou a lateral da mesa em que estava sentada, olhando para as sombras que se moviam no chão.

— Minha irmã.

Houve um momento de silêncio.

— Sua irmã?

Salem olhou para ele novamente, vendo que, então, Caz estava totalmente voltado para ela.

— Sim — ela disse. — Eu estava no escritório dele um dia e vi algo que pertencia a ela. Só queria ter certeza de que meus olhos não estavam me enganando.

Salem o viu tentando descobrir o que poderia ser, passando por uma lista de coisas no escritório que, sem dúvida, ele já havia visto inúmeras vezes. Caz refletiu mentalmente sobre a questão, e seu olhar se fixou nela com mais intensidade.

— As joias.

Salem assentiu.

— Ele me disse que eram da ex-mulher dele. Mas eu sei que não. Eram da Olivia.

Uma das mãos de Caz subiu até a ponte do nariz, apertando-a entre os dedos enquanto fechava os olhos e pensava em algo, o clima ficando tenso, sério. Ele caminhou até a mesa no canto, aquela a que ele se sentava durante as aulas, e sentou-se na cadeira. Salem olhou para a janela, deixando-o pensar no que quer que fosse, esperando que ele terminasse.

— Salem.

A palavra a surpreendeu. Desde que o conhecera, não conseguia se lembrar de uma única vez em que a chamara diretamente pelo nome. O tom, e o fato de ele ter usado seu nome, adicionaram ainda mais seriedade ao assunto.

— Você precisa retirar sua inscrição para os Prêmios.

As palavras a surpreenderam, embora, depois de ter escutado a conversa dele com Aditi, não deveriam.

— Por quê? — perguntou Salem, apoiando-se completamente na mesa para encará-lo, curiosa com a resposta.

— Você sabe o porquê — ele disse, seu tom grave.

Porque todos os alunos mortos haviam sido candidatos.

— As mortes — ela completou. — Você precisa me contar mais, Caz.

Ele se recostou na cadeira, inclinando-a para trás sobre as pernas traseiras, balançando-a, as mãos nas laterais.

— Você está em perigo — disse ele de forma direta.

— Por quê? Mortemia? — perguntou ela, o nome lhe escapando dos lábios.

Caz piscou para ela.

— O quê?

A reação dele a confundiu.

— Mortemia? O grupo para alunos herdeiros?

Caz praguejou.

— Não estou falando de alguma associação estudantil idiota, Salem. Isto é sério. É uma ameaça à vida. E você precisa levar isso mais a sério e parar de brincar com a sua.

Salem sempre, sempre reagia mal àquele tom, que a lembrava de quando outras pessoas lhe diziam para se comportar adequadamente para o próprio bem.

Salem pulou da mesa, limpando a poeira das calças, e marchou até ele. Caz parou de balançar na cadeira, estabilizando-a e observando a garota, alerta. Apoiando uma das mãos na mesa e curvando a outra sobre o encosto da cadeira dele, Salem se inclinou para a frente, baixando a voz.

— Você parece ter a impressão errada de que tem alguma influência sobre o que eu faço com a minha vida — começou ela. — Vou deixar bem claro: você não tem. Se eu quiser pular de um penhasco, eu pulo. Se eu quiser dar passeios matinais com um estranho bonito, eu dou. Se eu quiser me inscrever para um prêmio sabendo que isso me torna uma isca, eu vou. Você não tem voz nisso.

Salem estava ofegante quando terminou de falar, a quantidade de palavras saindo de sua boca surpreendendo até ela.

Caz ficou parado, observando-a com olhos gelados que queimavam, o canto da boca curvado com aquele maldito sorriso.

— Tente. Tente pular de um penhasco, e eu vou te impedir. Tente se tornar uma isca, e eu vou te impedir. E tente ficar com outro homem, e eu vou usar o sangue dele e você como tela.

De repente, as mãos dele avançaram e a puxaram, fazendo-a cair de lado em seu colo, as mãos entrando em no cabelo dela em um movimento que Salem havia aprendido a reconhecer e associar a ele.

— Eu posso não ter voz no que você faz — declarou ele, seus olhos intensos no rosto de Salem. — Mas, com certeza, vou colocar minhas mãos nisso. Entenda.

Salem o encarou, de volta ao impasse de quando haviam começado, seu corpo tremendo de adrenalina e algo mais.

E, de repente, do nada, um bocejo abriu sua mandíbula, tornando sua expressão de indignação inútil.

Os lábios dele se moveram, não com o sorriso sarcástico, mas com diversão. As mãos começaram a brincar com o cabelo da garota, daquela maneira que ela achava hipnótica, calmante, atordoante. Ainda. Não entendia por que seu cérebro achava seguro que adormecesse, por que estava enviando esses sinais para seu corpo. Salem não queria adormecer, não assim, não com ele e tantos segredos não ditos entre eles, não quando não sabia o que poderia acontecer.

Mas, de alguma forma, de repente, seus braços pareciam de chumbo, o corpo pesado, as pálpebras lentas, ainda mais pelo movimento gentil e repetido das mãos dele em seu cabelo.

— Não terminamos — murmurou ela. Não tinham terminado de conversar. Ainda conversariam. Mas talvez depois de um cochilo. Caz era sólido, mas tão confortável. E a região sob sua clavícula era agradável. Seu batimento constante sob o ouvido também era bom. Parecia tão bom, apenas pausar o cérebro e se deixar ir. Tiraria um cochilo e, depois, voltaria a ele.

Tudo bem.

Só uma soneca rápida.

As últimas palavras que Salem ouviu, logo antes de adormecer, foram na voz suave e baixa dele:

— E nunca terminaremos.

Quase morro ontem, talvez morra amanhã, mas vivo,
gloriosamente vivo, hoje.
— Robert Jordan, *As chamas do paraíso*

CAPÍTULO 21

SALEM

Salem acordou em um sobressalto.

Sentou-se na cama, olhando ao redor do quarto, a luz do dia entrando pelas janelas fechadas, aparentando estar no início da manhã.

Espere aí.

Sua cama? Quando havia chegado ali?

A última coisa de que se lembrava era de ir até o escritório de Merlin, quase ser pega, e Caz salvando sua pele. Depois o beijo, o beijo mais gostoso e sensual, a conversa e, então, ela adormecendo em cima dele.

Sim. Aquela era sua última memória. Quando havia chegado quarto? Ou melhor, como chegara quarto?

Como se em resposta à pergunta, a porta do banheiro se abriu e Salem entrou em pânico, pulando da cama e se afastando, estendendo os braços em posição de luta, pronta para enfrentar quem quer que tivesse invadido seu quarto.

Caz saiu.

Um Caz gostoso, molhado e seminu.

Mas que diabos...?

O cabelo estava molhado e penteado para trás, ele se secava com uma toalha na mão enquanto outra estava enrolada na cintura, expondo todo seu torso aos olhos dela. E, *santo Deus*, que torso era aquele. Pele suave e dourada cobrindo músculos firmes e fortes, com sulcos entre os peitorais e o abdômen que os destacavam ainda mais. Uma veia deliciosa descia pelo lado do pescoço, pulsando ao lado de uma tatuagem de videira, uma que ela costumava ver escapando por baixo de suas roupas. Salem podia vê-la agora, descendo pelo peito, conectando-se a uma bela série de obras de arte, principalmente em tinta preta, com algumas cores aqui e ali. Podia ver a extensão dela — uma estrela sobre o peitoral esquerdo, cercada por pequenas videiras e redemoinhos que a conectavam a asas laterais que desapareciam de vista. No peitoral direito, um pincel parecia atravessar a pele, com sangue escorrendo da ferida e caindo direto na boca de uma cobra enrolada e, ao seu lado, havia algo escrito na pele. Do outro, ao lado do abdômen, havia um pássaro, observando tudo atentamente.

Um abutre.

A imagem tirou Salem de seu estado de admiração, trazendo os olhos de volta para o homem, que a observava de volta.

E foi então que percebeu que vestia apenas regata e calcinha, nada mais.

Ah, droga.

A vontade de mergulhar imediatamente embaixo das cobertas a dominou, mas cerrou os punhos e se manteve firme, deixando que ele olhasse, focando no assunto mais importante — ou seja, no que ele estava fazendo ali e por que estava seminua.

Os olhos dele a observavam, sua pele exposta, os seios cheios com mamilos endurecidos evidentes sob o tecido, sua barriga saliente e a curva de dos quadris descendo pelas coxas que se encontravam, sem deixar espaço para a vagina, que se contraiu sob o escrutínio de Caz, até os pés com esmalte nude.

— Que diabos você está fazendo aqui? — ela quebrou o silêncio, fazendo a pergunta que gritava em sua mente.

— Nada de "obrigada por me trazer de volta ao meu quarto"? — respondeu ele, jogando a toalha que estava em sua mão no cesto de roupas sujas ao lado.

Salem estreitou os olhos para ele.

— Eu agradeceria se me lembrasse.

Caz encolheu os ombros, e Salem observou os músculos daquele corpo se moverem separadamente para acompanhar o movimento.

— Não é minha culpa se você dorme como uma pedra.

Salem piscou para ele, surpresa. Como uma pedra? Ela? Salem tinha dificuldade para dormir, e, quando dormia, era um sono agitado, incomodado por sonhos, acordando inquieta. Ouvir ele dizer aquilo foi um choque. Como poderia ter dormido assim? Será que tinha uma necessidade tão desesperada de descanso que a mente simplesmente desligara?

— Na verdade — começou ele, movendo-se para a cama dela —, eu também dormi como uma pedra por algumas horas. Tão bem que acho que não vou sair da sua cama tão cedo.

Dizer que Salem estava tentando processar tudo seria um eufemismo. Quando ele dormiu na sua cama? Eles dormiram *juntos*?

E como diabos eles saíram do auditório?

Antes que Salem pudesse fazer uma única pergunta, Caz jogou a toalha de lado e entrou na cama dela, exibindo sua bunda durinha e escultural por alguns segundos.

— Eu vou embora daqui a pouco — disse ele, claramente sem entender que Salem ainda estava tentando acompanhar tudo, seu cérebro mais lento no momento. — Só deite-se aqui um pouco.

Caz queria que ela deitasse na cama, na cama dela, onde ele havia se deitado sem pedir permissão, depois de ter usado o banheiro dela, onde tomara banho usando toalhas dela, enquanto estava *pelado*?

A insanidade de tudo aquilo a atingiu de repente, e Salem fez algo que não fazia havia muitos, muitos anos.

Começou a rir.

Segurando o estômago, curvando-se, altas gargalhadas preencheram o quarto, sons que não fazia havia mais de uma década saindo de sua boca, Salem riu. Riu até ficar com o rosto vermelho, lágrimas escorrendo pelas bochechas, olhando para Caz enquanto ele a observava com uma leve diversão.

— Você é maluco — ela conseguiu dizer quando recuperou o fôlego, ainda rindo. — Totalmente maluco.

— Por você? — refletiu Caz, relaxado como um rei em sua cama. — Sim.

Aquilo a fez rir de novo.

Salem caiu na cama por cima dos cobertores, incapaz de ficar em pé por mais tempo, ainda segurando o estômago, e, de repente, estava deitada de costas.

O cabelo espalhado sobre os lençóis azuis claros, as mãos ao lado da cabeça enquanto olhava para cima, apenas para encontrá-lo pairando sobre ela. O peito nu roçou seus seios tensionados, os mamilos encostando nele, apenas o tecido os separando. Caz apoiou seu peso em um cotovelo, a outra mão indo até o cabelo espalhado dela, puxando e arrumando as mechas ao seu gosto, os olhos concentrados na tarefa enquanto ela se concentrava nele.

— O que estamos fazendo? — perguntou ela suavemente, as palavras um murmúrio, seu cérebro realmente tentando entender o que estava acontecendo.

— Eu não sei — respondeu ele, as palavras carregadas de honestidade. — Mas eu gosto.

Salem também gostava. E isso era perigoso. Porque havia algo que o segurava, puxava, erguendo uma parede entre eles que Caz não conseguia atravessar. E, até que soubesse o que era, não poderia confiar nele.

Seus olhos piscaram momentaneamente para o quadro de investigação, aliviada ao ver que estava escondido pela capa que havia encomendado especialmente para ele. Ninguém nunca vinha ao seu quarto, mas queria ser cuidadosa, por precaução. Embora qualquer um pudesse perceber que era um painel de algum tipo por baixo, o conteúdo estaria escondido até que o descobrissem.

Mas Salem não foi muito cuidadosa naquele momento, não com seu olhar.

Como estava tão atento aos seus olhos, Caz percebeu a atenção dela se desviar e, então, olhou para ver o que a havia distraído.

Salem se inclinou, encontrando a boca, distraindo-o.

Funcionou.

Caz se voltou completamente para ela, inclinando a cabeça para o lado, persuadindo-a a abrir os lábios, e Salem o fez, o corpo vibrando novamente com o efeito que Caz tinha sobre ela. A respiração deles ficou pesada, os lençóis farfalhando enquanto se moviam, as línguas se apresentando uma à outra, se familiarizando, provando, consumindo.

Sua mão traçou um caminho pelo pescoço dela, sobre os seios, beliscando um mamilo e fazendo-a arquejar antes de descer até o estômago, parando sobre a calcinha. Salem moveu os quadris em um convite silencioso, e Caz pressionou a mão entre suas pernas, sobre sua boceta, o algodão uma camada entre os dedos e a vagina, que se contraía, se apertava e se umedecia com a excitação.

— Você está muito molhada — falou ele sobre seus lábios, e ela ofegou, mordendo o lábio dele em resposta. — Alguém já explorou essa boceta antes?

— Eu já transei.

— Não falo de idiotas de pau mole que te deixaram insatisfeita.

— Como você sabe que eles não me satisfizeram? — ela pensou em voz alta.

Os olhos dele escureceram, as pupilas quase engolindo o cinza completamente.

— Porque eles não dominaram sua mente, não como eu domino.

Salem o encarou, a epifania desencadeada pela verdade de suas palavras. Caz estava certo. Nunca havia sentido uma satisfação tão profunda antes, não como suspeitava que ele poderia fazê-la sentir.

— Você não domina minha mente — disse ela, tentando tirar a ideia da cabeça dele.

Ele riu, beijando o canto de sua boca.

— Eu domino a sua mente. E vou dominar o seu corpo. E, então, vou tomar sua alma. Porque você está vindo atrás da minha, não é? Mente, corpo e alma. Agora, me diga, alguém já foi dono dessa boceta antes?

Salem balançou a cabeça.

Caz soltou aquele som incrível, aquele rosnado que vibrava em seu peito, e Salem se aproximou dele, se contorcendo na cama, precisando de alívio, buscando isso. Mas o homem continuou a provocá-la implacavelmente, apenas acariciando sua calcinha, recusando-a, preparando-a, inflamando-a.

Decidindo que precisava fazer algo, Salem colocou as mãos na calcinha e tentou puxar o tecido para o lado, apenas para que Caz pegasse seus dois pulsos e os prendesse acima da cabeça com uma das mãos, aquela em que ele estava se apoiando.

— Caz — suplicou, e o ouviu xingar.

— Implore de novo, pequena áspide — murmurou ele por cima dos lábios dela. — Me infecte com seu veneno.

Era loucura como havia pensado no beijo dele como venenoso quando ele, então, a chamava da mesma forma. Talvez ambos fossem o veneno. Talvez ambos fossem o antídoto. Talvez o que eles pensavam que os infectaria fosse, no fim, curá-los.

Salem não teve vergonha de pedir alívio.

— Caz, por favor.

— Por favor, o quê? — insistiu ele, seu dedo indicador indo e voltando sobre o tecido.

— Por favor, me faça gozar — suspirou, abrindo os olhos lentamente. — E, se você não puder, então me solte para que eu mesma cuide disso.

Seu dedo parou com as palavras dela, sua boca se movendo naquele sorriso sarcástico. Então, ele a cobriu completamente com a palma da mão.

— E se eu não te soltar? E se eu te deixar bem aqui, à beira de um orgasmo? E então, hum? — Caz passou o nariz pelo pescoço dela, provocando novas sensações por toda parte.

Salem gemeu, quase à beira das lágrimas.

Ela, Salem Salazar, a vadia fria e distante, estava prestes a chorar e se derreter nas mãos de um homem. Quem diria?

— Faço qualquer coisa que você quiser — ela ofereceu, pronta para que ele simplesmente fizesse *algo*.

Caz se inclinou, olhando para ela.

— Essa é uma oferta perigosa para alguém como eu, pequena áspide. Eu poderia te corromper, te destruir, te danificar além do reparo. Você quer isso?

Salem abriu os olhos e sustentou o olhar dele.

— Eu quero você — admitiu a verdade, algo que vinha negando a si mesma por muito tempo.

— Porra — desta vez, foi ele quem gemeu, encostando a testa na dela. — Você vai acabar comigo.

Salem observou as expressões que passavam pelo rosto dele com fascínio — uma carranca que poderia ser confundida com raiva, mas que sabia ser desejo; uma tensão na mandíbula que poderia ser confundida com fúria, mas que sabia ser controle; uma selvageria em seus olhos que poderia ser confundida com insanidade, mas que era necessidade. Necessidade dela.

Caz a encarou por um longo segundo.

— Eu quero duas coisas.

Salem piscou para ele, esperando.

— Eu quero pintar você — declarou ele, repetindo o que havia dito após o primeiro beijo de verdade. Salem não sabia exatamente o que aquilo significava ou implicava, mas estava curiosa, tanto para vê-lo trabalhar quanto para ver sua arte.

Salem assentiu.

— Tudo bem.

Triunfo brilhou nos olhos dele, um olhar quase descontrolado tomando conta do olhar enquanto ele pressionava um beijo profundo e arrepiante em sua boca.

Salem lambeu os lábios.

— E a segunda?

— Eu quero que você me mostre o que está ali — disse ele, inclinando a cabeça em direção ao quadro de investigação.

Salem congelou.

Não podia mostrar aquilo a ele. Era toda sua pesquisa, suas anotações, suas teorias, tudo em um só lugar. Não sabia como ele reagiria à profundidade daquilo ou como usaria as informações.

Salem engoliu em seco.

— Eu não confio em você.

Caz sorriu.

— E eu não confio em você. E daí?

E daí que isso importava. Confiança era primordial, crucial, poderosa. Se não podia confiar em alguém nem para carregar suas malas, como poderia compartilhar o quadro com alguém?

Salem se afastou. Não valia o orgasmo. Usaria a própria mão mais tarde e alcançaria o mesmo resultado.

— Então ali tem algo que você só consegue compartilhar com confiança? — ele refletiu em voz alta, tirando suas conclusões, as corretas. — Me mostre, e eu farei suas pernas tremerem — ele ofereceu, movendo a mão de uma maneira que enviou ondas de calor pela coluna dela.

— Não — Salem balançou a cabeça, decidida. — Posso me satisfazer depois que você for embora.

— Eu não vou embora — declarou Caz, direto. — Não até você me mostrar o que está ali.

Salem ficou em silêncio, preparada para os movimentos agressivos de Caz. No entanto, não estava preparada para Caz soltá-la e arrancar sua calcinha, empurrando as pernas para trás. Seu peito arfou quando ele parou, olhando nos olhos dela, e mordeu o lábio, abrindo mais as pernas. Ele caiu sobre Salem como uma fera faminta.

As coxas dela enrijeceram, os músculos tremendo enquanto Caz as mantinha abertas, sua boca experimentando, sua língua a provocando, entrando e saindo, deslizando sobre o clitóris, repetidamente, até que ela estivesse tremendo, gritando, tentando se afastar enquanto ele a segurava, impedindo que a garota se mexesse.

Com a excitação já elevada graças aos dedos dele, Salem começou a chegar ao ápice rapidamente, arfando enquanto ele apertava seus seios, puxando os mamilos, sentindo o prazer se concentrar na boca dele muito, muito talentosa. Caz a levou cada vez mais alto, e, de repente, justo quando começava a ver as estrelas por trás de seus olhos, ele parou.

Ele parou.

Salem, pela primeira vez, ouviu um rosnado sair da própria garganta, mais animal do que refinado.

Olhou para ele com raiva, a visão do homem entre suas pernas, sua boca molhada com os fluidos, fazendo a boceta se contrair.

— Saia.

— Deixe-me ver aquilo — ele pressionou um beijo em seu púbis, indiferente às palavras. — Depois, eu vou te devorar.

Salem queria ser arruinada, devorada, ser *absolutamente fodida*.

Também queria confiar nele, saber que poderia fazê-lo e, mais importante, queria que ele fosse capaz de sustentar isso.

Quando ela não disse nada, ele começou a devorá-la novamente. Caz a levou até a beira do prazer mais uma vez, parou e perguntou a mesma coisa.

De novo, e de novo, e de novo, até que Salem fosse um caos de gemidos, tão sensível que tudo o que queria era virar de lado e se esconder do mundo.

Depois da quarta vez, perdeu a conta.

Na outra vez, perdeu a consciência.

Salem sentiu-se exposta ao acordar, sua guarda completamente baixa, suas emoções mais vulneráveis do que nunca.

Virou de lado na cama, os olhos ardendo, tanto pelas lentes de contato que não havia tirado quanto pela quantidade de sentimentos que a invadiam.

Estava sozinha novamente.

Como sempre.

Sozinha e por conta própria.

Lágrimas escorriam pelo rosto, caindo no travesseiro. Sua garganta apertou, engasgando-se com um soluço, e não entendia o que estava acontecendo. Nada havia acontecido. *Nada*. Nenhuma morte, ninguém a havia insultado, nada de ruim. Então, não sabia por que estava chorando. Raramente chorava, se é que chorava.

Deviam ser os hormônios, nada mais. Seus hormônios haviam flutuado muito nas últimas 24 horas. Deveria ser isso.

Mas saber disso não parou o tremor, a sensação de vazio em seu estômago, as lágrimas incessantes.

Olhou para a janela em desespero, deixando o que quer que estivesse acontecendo passar para que o cérebro e o corpo pudessem se acalmar.

E, de repente, sentiu um movimento atrás dela.

Virou-se na cama, o choque percorrendo seu corpo ao vê-lo, ainda em sua cama, dormindo.

Ele estava lá.

Salem tocou levemente o peito dele, apenas para verificar se era real, e sentiu a carne quente sob a palma.

As lágrimas continuaram a escorrer pelo rosto, desta vez, por um motivo completamente diferente.

Caz não tinha ido embora.

Caz não a deixara sozinha.

Depois de tudo, depois de recusá-lo repetidas vezes, ele ainda não tinha partido.

Desde que a tinha salvado no escritório de Merlin, durante toda a noite até aquela manhã, do auditório até seu quarto, quando ele poderia tê-la deixado e ido embora, ele ficou.

Caz não a deixara sozinha.

O pensamento se repetia em um ciclo em sua mente, e ela fez o que queria fazer havia muito tempo. Salem se aconchegou nele, encaixando-se em seu corpo como se tivesse sido esculpida para ele, a dureza e a suavidade se unindo e se encaixando como peças de um quebra-cabeça.

Seus braços a envolveram naturalmente, enquanto ele dormia, e a garota liberou a tensão que estava presa na garganta. Memorizou cada detalhe daquilo, a sensação de seus braços ao redor dela, o corpo de Caz contra o dela, apenas segurando-a e lhe oferecendo o conforto que ela não havia percebido que tanto desejava. Salem estava faminta, tão faminta por isso, por algo tão simples quanto aquilo. Humanos precisam de outros humanos, de uma forma ou de outra. Mas, no nível mais básico, humanos precisam de afeto — crianças precisam de afeto dos pais; adolescentes, dos amigos; adultos, dos parceiros e das famílias. Salem nunca tivera nada disso. Seus pais, embora bondosos, nunca a entenderam e nunca lhe deram o afeto que os via demonstrar pela irmã. Sua irmã também nunca havia lhe dado muito afeto, porque a própria Salem havia bloqueado isso durante a maior parte de suas vidas. Em retrospectiva, perguntou-se quanto da culpa era da irmã e quanto era dela mesma, quanto de seu relacionamento conturbado com a mãe era por causa dos próprios fardos. Talvez precisasse reavaliar. Amigos estavam fora de questão, e só tivera um parceiro sexual para provar a si mesma que não era defeituosa, que podia ter relações sem que a bagagem a sobrecarregasse, que estava além de seus traumas. Não que tivesse funcionado. A experiência inteira havia durado dez minutos e a deixado tão distante quanto antes. Foi então que decidiu que, da próxima vez, dormiria com alguém em quem confiasse mais, para tornar tudo menos clínico e mais emocional. Salem nunca havia se dado afeto, então como poderia esperar isso dos outros?

Enquanto se aconchegava no abraço dele, quente e sonolento, com o nariz ardendo, os olhos úmidos e o peito doendo, experimentou o afeto, sentiu o gosto de Caz, saboreou tudo. Sentiu-se protegida, do mundo, das pessoas e até de si mesma.

E queria aquilo.

O reconhecimento a atingiu. Se não fosse com ele, teria sido com outra pessoa, mas, agora que havia experimentado, queria aquilo para o resto da vida.

Salem olhou para aquela forma adormecida, sentindo-se estranhamente grata a ele, e algo mais — algo que havia florescido no inverno gelado de seu coração quando o encontrara ali.

Ele não a deixara sozinha.

Podia não saber mais nada sobre ele, mas sabia que ele não a havia deixado sozinha quando tinha todos os motivos para fazê-lo, e isso era o suficiente por enquanto.

Não se deve transferir o infinito para o amor; é preciso saber
que ele é uma coisa humana.
— Simone de Beauvoir, *Diary of a Philosophy Student: Volume 1, 1926 – 27.*

CAPÍTULO 22

SALEM

Na segunda vez que acordou, sentiu-se mais descansada do que se sentia havia muito tempo.

Bocejou, olhou ao redor de seu pequeno quarto e viu que estava anoitecendo lá fora, a luz do sol desaparecendo enquanto a escuridão se instalava. Dormira o dia inteiro. Ainda bem que era fim de semana.

Sentindo-se um pouco suja, saiu silenciosamente da cama, consciente de que Caz ainda dormia tranquilamente, de costas para ela, com uma enorme caveira tatuada nas costas — repleta de desenhos clássicos de obras de arte. Todo o corpo dele era uma obra de arte, uma que ela queria traçar com os dedos, dedicando tempo a cada detalhe.

Deixando-o dormir por enquanto, foi na ponta dos pés até o banheiro e pegou um conjunto de roupas limpas no caminho. Ao tirar a roupa, ficou em frente ao espelho e se observou. Havia uma marca vermelha de chupão no lado do pescoço, algo que nem havia sentido no calor do momento. Sua boca estava inchada, assim como os olhos. O rosto parecia inchado também, e uma marca do travesseiro se estendia verticalmente pela bochecha. E o cabelo, que nunca deixava solto enquanto dormia, estava uma enorme bagunça e confusão ao redor do rosto, os cachos parecendo serpentes. Seria por isso que ele a chamara de "pequena áspide"? Por causa dos cachos?

Sacudiu a cabeça, tirou as lentes de contato e escovou os dentes. Feito isso, ligou o chuveiro, deixou a água fria como preferia e entrou, permitindo que a água molhasse seu cabelo, seu rosto, todo seu corpo.

Nem alguns segundos se passaram, e os pelos da nuca se arrepiaram.

Salem virou a cabeça e viu Caz parado no pequeno banheiro, fazendo o cômodo parecer ainda menor, sem camisa, mas agora de calça jeans, apoiado na pia, os braços cruzados, observando-a.

Salem voltou a se virar e, sabendo o quanto ele era obcecado pelo cabelo dela cabelo, pegou o xampu. O cheiro de pinho e flores encheu o pequeno espaço, então derramou um pouco na mão, consciente o tempo todo de que Caz a observava. Tomou seu tempo, massageando o couro cabeludo, deixando o ritual relaxá-la. Levou alguns minutos para lavar e condicionar o cabelo, e ele ficou lá o tempo todo, na mesma postura, assistindo ao espetáculo particular.

Quando finalmente acabou, Salem enrolou uma toalha no cabelo e outra no corpo, saindo do chuveiro e quase entrando no espaço pessoal dele na área minúscula. Caz não se moveu, apenas a puxou para perto de si, seus olhos cinza observando o rosto fresco dela.

— Você poderia colocar deuses aos seus pés, sabia disso? — murmurou ele suavemente, as mãos apertando seus quadris antes de deslizarem para os cantos dos olhos, traçando-os como costumava fazer. — Bastaria um olhar desses para levar homens a assassinarem alguém no passado. Ainda bastaria.

Salem inclinou a cabeça para o lado.

— Isso te levaria a assassinar alguém?

Caz a puxou para mais perto.

— Ah, pequena áspide. Isso me levaria além.

— O que está além de assassinato?

— A desgraça.

Salem deu a Caz o olhar de que ele tanto gostava, enquanto o homem encarava seus olhos.

— Você não foi embora.

— Você não queria que eu fosse — afirmou ele simplesmente, e Salem sentiu surpresa. Como ele sabia daquilo, se nem ela sabia?

Caz tocou a lateral da cabeça dela.

— Eu domino essa sua mente linda, Salem. Eu sei como você pensa. Por que acha que eu a provocava e irritava tanto durante as aulas?

Para descobrir como reagiria e o que diria. Caz sempre fazia isso — a provocava, a fazia reagir mais do que qualquer outra pessoa —, e Merlin nunca o impedira. Para os outros, parecia que Caz estava tentando intimidá-la, criar algum tipo de rivalidade, mas, então, Salem entendia o que ele estivera fazendo. Estivera aprendendo seus padrões de pensamento e comportamento.

Droga.

Mas, falando em aula, isso a fez se lembrar de Merlin e de tudo mais que havia acontecido.

Provando que ele realmente sabia como o cérebro dela funcionava, Caz ouviu a pergunta silenciosa.

— Quer saber como saímos?

Salem assentiu.

Caz afastou a mão com que traçava suavemente o rosto dela e a enfiou no bolso da calça, tirando uma chave de metal muito antiquada, pelo que parecia.

— É uma chave-mestra — disse ele. — Abre quase todos os auditórios e salas de aula deste lugar, especialmente aqueles sem teclado digital.

Salem nem sabia que isso era possível. Havia crescido em uma casa com chaves e fechaduras diferentes para cada cômodo. Aquilo era muito novo, muito interessante para ela.

— Como você conseguiu isso? — perguntou ela, pegando a chave de sua mão e sentindo o peso. Era pesada.

— Um dos benefícios da minha associação — ele respondeu, pegando-a de volta e guardando-a no bolso novamente.

— Você vai me contar o que é essa associação? — arriscou, e Caz já estava balançando a cabeça antes que ela terminasse a pergunta.

— É para sua própria segurança.

O que significava que, fosse lá no que estivesse envolvido, era perigoso — o suficiente para que Salem corresse perigo se ele contasse algo a ela. E não era Mortemia, disso ela sabia pela reação dele.

Mas que diabos era, então?

— Depois que você desmaiou — ele a informou —, eu te peguei no colo e saímos de lá. Viemos direto para cá. Felizmente, não havia ninguém por perto, então foi fácil subir até aqui. Você ficou agitada com as roupas, então as tirei e deixei você à vontade. Pretendia ir embora, mas...

Caz hesitou, seus olhos desviando para um ponto além do ombro dela, como se estivesse perdido em algum pensamento.

— Mas? — insistiu, colocando as mãos no peito dele, tentando fazê-lo voltar ao presente e continuar.

Caz pareceu retornar a si com o toque, e Salem fez uma anotação mental para o futuro, caso precisasse:

O toque o ancora.

Caz olhou de volta para ela e respirou fundo, com uma expressão hesitante, cautelosa.

— Vamos fazer um pacto de conversa segura.

Boa escolha de palavras.

— O que você quer dizer com isso?

— Quero dizer que qualquer coisa que conversamos neste espaço nunca será compartilhado — esclareceu ele, seu olhar intenso. — Significa que você e eu levaremos isso para o túmulo, não importa o que aconteça.

Aquilo parecia um passo a mais, uma forma de testar a confiança. Ela concordou.

— Tudo bem.

Caz segurou-lhe o queixo e plantou um beijo intenso e firme em seus lábios, mordendo o inferior até que a pele se abrisse e, então, o sugou. Salem se levantou na ponta dos pés e deixou que ele a invadisse, devolvendo a mordida quando ele sorriu.

Caz se afastou, e Salem viu uma mancha vermelha no lábio dele.

— Tinha que selar o acordo.

Salem teve vontade de revirar os olhos. Um homem bárbaro e bestial.

— Então, conversa segura — começou ele, e Salem se concentrou, determinada a ouvir o que ele compartilharia, esperando que não fosse uma confissão de que era algum tipo de assassino em série ou algo do tipo. Poderia lidar com qualquer outra coisa e guardar no cofre de sua mente.

— Posso confiar que você não vai me perguntar mais nada se eu te contar algo?

Salem hesitou. Isso poderia ser complicado, dada sua natureza curiosa, mas concordou mesmo assim.

As mãos de Caz apertaram seus quadris enquanto ele retomava o tópico anterior.

— Eu pretendia ir embora, mas sua cama me pareceu confortável.

Salem esperou.

E esperou.

Confusa.

Aquele era o segredo? A cama dela parecia confortável? Como assim?

— Certo — respondeu, arrastando as palavras, tentando entender o que ele estava dizendo.

Caz respirou fundo mais uma vez.

— Eu não durmo em uma cama há mais de um ano, Salem.

Salem o encarou em choque. O que queria dizer com aquilo? Não dormia em uma cama havia mais de um ano? Como? Onde diabos tinha dormido, então? E por quê?

— Não me faça perguntas — ele a lembrou, seu semblante sério. — Ainda não.

Salem engoliu as palavras, mordendo os lábios, o lugar onde dentes dele estiveram, agora, sensível.

Houvera algo estranho naquele homem desde o início, segredos o cercando como véus; e descobrir um fazia com que ainda outros surgissem do chão, como fantasmas sendo convocados em massa em uma noite escura.

Salem não sabia muito bem como responder àquilo. Então, fez a única pergunta que tinha na ponta da língua, uma que testaria até onde a conversa confidencial poderia ir.

— Posso confiar que você não vai me matar? — perguntou ela, séria, as unhas cravando no peito dele com a tensão no próprio corpo.

— Sim — garantiu, a voz firme, inabalável. — Matar você não está nos planos.

— Então o que está?

— Possuir você — murmurou ele, beijando o canto de sua boca. — Por enquanto.

— E depois?

Salem viu o rosto dele se fechar, ignorando a leve pontada que o peito deu em resposta.

— O depois não pode fazer parte de nenhuma de nossas promessas, Salem — ele disse seriamente. — Meu propósito aqui me proíbe até mesmo de estar perto de você, quem dirá outra coisa.

— Então por que você está aqui? — murmurou ela, o coração começando a acelerar enquanto esperava pela resposta.

Caz a avaliou, seus olhos percorrendo o rosto.

— Porque eu era um homem que estava a caminho da desgraça e vi a salvação em você. Porque estar perto de você me faz sentir algo além de raiva. Porque o caos dentro de mim se acalma quando estou perto de você. — As palavras estavam trêmulas no final da frase, suas mãos a segurando de forma possessiva. — Você se tornou minha musa, pequena áspide.

Salem sabia que ele falava a verdade, as linhas de tensão no rosto, a ferocidade do olhar, o calor do corpo, tudo isso era testemunha de sua sinceridade.

O coração dela se acalmou, feliz por saber que não era a única abalada.

— Posso confiar que você não vai me destruir?

A maldita expressão de deboche apareceu nos lábios de Caz.

— Depende do tipo de destruição.

Salem deu um tapa no braço dele, deixando o momento leve se transformar em sério novamente.

— Seu propósito aqui não é apenas estudar, é?

Caz não respondeu.

Salem hesitou.

— Tem algo a ver com as mortes?

Ele acenou brevemente.

Tudo bem, então.

— Não posso dizer como as coisas serão amanhã, e não posso te dar mais do que isto, aqui e agora.

Salem estava bem com isso, por enquanto. Havia decidido, enquanto se aconchegava nele, que iria aproveitar ao máximo enquanto durasse, aliviando seu estresse e enchendo seus reservatórios com o toque e o afeto que lhe tinham sido negados. Ajudava o fato de que a química mental e física entre eles era intensa.

— Neste caso… — Salem deu um passo para trás e pegou a mão dele, levando-o para fora. Caz a seguiu, abaixando-se para passar pela porta por causa do corpo enorme.

Rapidamente, ela trocou de roupa, vestindo um short e uma nova regata, de costas para ele, enquanto ele pegava seu suéter. Checando o celular, Caz dirigiu-se lentamente até o quadro de investigação, virando-se para ver que ela o observava.

Caz guardou o celular no bolso.

Salem hesitou.

— Posso confiar que você não vai usar nada disso contra mim?

Ele cruzou os braços.

— Depende do que tiver aí embaixo.

Exatamente a resposta que ela daria no lugar dele.

Respirando fundo, levantou o tecido e deu a ele um lugar na primeira fila para os cantos escuros e depravados de sua mente.

Tudo o que amei, amei só.
— Edgar Allan Poe, *Só*

CAPÍTULO 23

SALEM

Salem observou, com um peso no estômago, enquanto outra pessoa olhava para o seu quadro de investigação pela primeira vez. Não sabia como aquilo pareceria para alguém de fora. Obsessivo, talvez? Passional? Nenhum dos adjetivos que ela associaria particularmente a si mesma.

Caz caminhou pelas redondezas, seu olhar aguçado absorvendo cada elemento do quadro. Examinou as notas que havia impresso ou rabiscado nas margens, as linhas conectando diferentes partes do quadro, os relatórios que ela havia encontrado e fixado, e as fotos. Parou especificamente nas fotos, observando cada rosto com um olhar atento que Salem sabia, por experiência, que não perdia detalhes.

Andou de um lado para o outro do quadro em silêncio, e a frequência cardíaca dela acelerou.

Embora ele a tivesse conhecido enquanto estava sobre um corpo sem vida, isto aqui era diferente. Aquilo poderia ter sido um acidente, qualquer transeunte inocente parando por curiosidade. Isto era mais sombrio, muito mais profundo, mais detalhado. Isto mostrava sua escuridão e sua determinação obstinada em busca da verdade. Mostrava a Caz um lado que ela nunca se sentira confortável em mostrar a ninguém, e todos que o viram a rejeitaram imediatamente, chamando-a de estranha e excluindo-a de suas vidas.

Salem mordeu o lábio e ajustou os óculos, jogando o cabelo para trás em um movimento nervoso, tentando ficar parada no lugar e se preparar para a reação dele.

Não sabia como lidaria se ele reagisse aos seus pensamentos mais íntimos da mesma forma que os outros que haviam tido apenas um vislumbre de sua vida. Não sabia qual seria a reação dela mesma. Por fora, estava confiante de que poderia controlar suas expressões e não demonstrar nada. Mas, internamente, não queria pensar nisso.

— Quanto tempo você levou para fazer tudo isso? — perguntou ele em um tom neutro, sem revelar nada.

Salem mordeu o interior da bochecha e, então, engoliu em seco.

— Comecei há dois anos, mas só me aprofundei no ano passado.

Caz assentiu distraidamente, lendo algumas das notas na margem de um relatório. Gostava do fato de que ele não estava com pressa e, sim, dedicando tempo, mas odiava o fato de que ele fazia isso sem demonstrar qualquer tipo de reação a ela, para tranquilizá-la e acalmar a mente hiperativa.

Salem observou enquanto ele passava de foto em foto, parando em Tanya, aquela sobre quem haviam se encontrado na praia.

— Ela era do meu departamento — ele refletiu. — Talentosa também.

Era o que Salem também havia escutado quando investigara. Tanya era uma jovem artista muito talentosa, com um futuro brilhante pela frente. Sua morte parecia muito estranha e inesperada.

— Estava grávida quando morreu — Salem lhe disse, algo que havia esquecido de anotar, de alguma forma. Viu como Caz se virou bruscamente.

— O quê?

Sim, isso também a chocara. Assentiu.

— Soube por uma fonte confiável. A gravidez dela não era conhecida, mas ela definitivamente está esperando um bebê.

Ele encarou a foto de Tanya, uma sombra de algo escuro cruzando seu rosto, fazendo o estômago de Salem se apertar de repente por um motivo completamente diferente.

— Você sabe quem poderia ser o pai? — perguntou, hesitante.

Caz negou, mas o aperto na mandíbula dele lhe disse a verdade. Estava mentindo. Por quê? Seria um amigo dele? Ou seria...?

O horror tomou conta dela só com a ideia.

— Você não é...

— Porra, não!

O suspiro de alívio dele foi alto. A negação veemente e rápida, combinada com a expressão de nojo em seu rosto, confirmando que ele não tinha nada a ver com isso. Mas ele sabia quem tinha e, por algum motivo, não estava contando a ela. Seria um membro do tal clube a que ele pertencia? Seria por isso? Ele a estava protegendo de novo?

Perguntas dançavam em sua mente enquanto o observava anotar cada detalhe, os olhos dele finalmente parando na foto do corpo não identificado do único homem no quadro.

Caz parou.

Deu um passo para trás.

Outro.

Mais um.

E encarou.

Encarou a foto com uma energia que ela nunca havia sentido vindo dele, não assim.

Raiva.

Pura e absoluta *raiva.*

Raiva que preencheu o ambiente de escuridão, tornando o ar ao redor mais denso, mais difícil de respirar, como piche, doentio e repulsivo. Salem congelou em resposta àquela fúria, observando as mãos de Caz se fecharem em punhos ao lado do corpo, seus braços tremendo com o enorme controle que parecia estar exercendo sobre si mesmo, tentando conter o que quer que estivesse acontecendo dentro dele.

— Caz? — chamou-o suavemente, sem querer perturbá-lo quando parecia perdido em algum lugar distante.

Quando ele não a respondeu, deu um passo na direção dele, depois, outro, com cuidado para não assustá-lo, e colocou uma das mãos em seu bíceps.

— Ei.

O toque pareceu tirá-lo do estado em que estava. Caz se virou para olhá-la, as pupilas dilatadas, o cinza dos olhos escurecido como uma tempestade que ela podia ver se formando. Salem não perguntou o que havia acontecido, não parecia o momento certo, não quando ele estava a dois segundos de explodir.

Caz pareceu despertar da situação. Estendeu a mão e puxou a cobertura do quadro para baixo, escondendo tudo de vista, as mãos segurando o tecido por um segundo a mais antes de soltar, fechando os punhos na parede e se apoiando nela, encostando a cabeça.

Salem olhou para o quadro, para ele, e algo se encaixou em sua mente.

Caz também havia perdido alguém. Era por isso que estava lá, fazendo o que quer que estivesse fazendo e guardando os segredos que guardava.

Salem realmente não sabia bem o que estava acontecendo com ele naquele momento, mas, se sua suspeita estivesse correta, sabia o que lhe trazia um pouco de paz quando estava em um estado emocional intenso.

Colocando-se atrás dele, envolveu, hesitante, os braços em sua cintura, pressionando o corpo contra as costas dele, e o apertou. As mãos de Caz tremeram com uma onda de emoção que não conseguia identificar, algo que ele claramente tentava conter. Salem pôde senti-lo respirar fundo, suas costas se expandindo no rosto dela, e segurou firme, apoiando-o como ele a apoiara, mostrando afeto como ele, sem saber, lhe mostrara.

Caz a permitiu, sem dizer uma palavra, sem aceitar ou rejeitar seu toque, apenas existindo como ela existia, os corpos fundidos, a respiração sincronizada, inalando e exalando juntos, como um só.

Salem não sabia por quanto tempo ficaram ali daquela forma, não sabia por quanto tempo se permitiram, não sabia por quanto tempo existiram daquela forma.

Mas, devagar, muito lentamente, sentiu a tempestade passar.

A raiva diminuiu, tornando-se uma chama baixa em comparação ao inferno flamejante, os músculos perdendo a rigidez e relaxando. Caz ergueu a cabeça e se endireitou, abrindo as mãos que estavam fechadas em punhos na parede e flexionando os dedos, levando-as até as mãos dela que o seguravam.

Caz soltou o aperto e se voltou para Salem, e, de alguma forma, isso piorou tudo.

Porque ali, em seus olhos belos e prateados, havia uma dor tão profunda e crua que tirou o fôlego dela, que olhou para ele, sentindo a agonia em seus olhos dentro do próprio peito, como se fosse seu coração se partindo e seus olhos queimando, como se a conexão entre eles a fizesse sentir o que ele sentia. Preferia seus sorrisos irritantes a essa dor agonizante.

Caz segurou seu rosto, pressionando a testa contra a dela, e respirou fundo, buscando se acalmar.

— Eu tenho que ir — disse ele, sua voz rouca.

Salem não queria que ele fosse, não no estado em que estava. Não sabia para onde ele iria, o que faria, e não sabia por quê, mas a ideia de ele sair assim, machucado e sofrendo, fez seu estômago se revirar.

No entanto, via a determinação em sua postura. Caz não ficaria, não desta vez, nem mesmo se ela pedisse.

— Tem certeza? — perguntou, porque ela não tinha certeza. Caz não havia dito nada sobre o quadro, nada sobre por que havia reagido daquela forma, e, embora Salem nunca tivesse se importado com validação, também se sentia vulnerável, precisando de um sinal dele de que não sentia repulsa por tudo o que havia confiado a ele, que eram os demônios dele o perseguindo, não os dela. Porque, se fosse esse o caso, ela aguentaria firme.

Mas ele não lhe dera um sinal.

Apenas soltou seu rosto e deu um passo para trás.

Sem dizer nenhuma palavra, caminhou até a porta principal e saiu, levando toda a energia consigo, esgotando-a. Salem sentou na cama, olhando para a porta por onde ele havia saído, se perguntando se Caz havia se tornado mais uma das pessoas em sua vida a abandoná-la.

Eu tenho sido dobrado e quebrado, mas — espero —
que modificado a uma melhor forma.
— Charles Dickens, *Grandes esperanças*

CAPÍTULO 24

CAZ

Caz desviou de um soco e revidou, acertando o oponente na lateral das costelas, ouvindo os xingamentos ecoarem pela academia.

— Puta merda, o que deu em você? — Baron gritou de fora do ringue, observando Caz surrar um de seus alunos iniciantes.

Caz não se dignou a responder, apenas socou o garoto à frente uma, duas vezes, e mais uma só por garantia, antes de tirar o protetor bucal e pular por cima das cordas.

Ouviu Baron contornar o ringue para se aproximar, os sapatos brilhantes fazendo um barulho de *toc-toc* no chão. Quem diabos usava aquele tipo de sapato na porra de uma academia?

— Quer explicar por que você quase fez picadinho do Paul? — Baron se encostou na parede enquanto Caz tomava um banho rápido e se lavava, sem se importar com o outro homem. Afinal, seu pau era maior mesmo.

— Vá se foder, Whitmore — ele vestiu as roupas escuras e as botas de sempre, jogando a mochila sobre o ombro.

Baron apenas sorriu.

— Isso não tem nada a ver com uma garota linda de olhos dourados, tem? Se não tiver e você já lidou com a Salazar, me avise, para que...

Caz agarrou a camisa do cara e o empurrou contra a parede antes que ele pudesse terminar a frase.

— Fique longe dela — ele rosnou no rosto do homem, e o desgraçado riu.

— Ah, você está fodido, van der Waal.

Caz apenas o encarou, sentindo a raiva que nunca o abandonava totalmente queimar ainda mais forte.

Baron o empurrou e deu um passo para o lado.

— Você está ferrado se reivindicá-la, porque, aí, terão poder sobre você, e está ferrado se não o reivindicar, porque eles farão alguém mais reivindicá-la. Que dilema.

Caz não queria discutir isso, especialmente não com esse bastardo. Já tinha problemas suficientes.

— Eles sabem que você a está seguindo, de qualquer maneira — Baron continuou falando, enfiando as mãos nos bolsos da calça. — Assustando qualquer cara que a olha mais de uma vez. Isso tudo ainda é explicável. Você poderia dizer que estava de olho nela, e isso colaria. Mas está ficando complicado agora. — O cara parecia quase alegre. Se Caz era o caos, Baron era a mania. Eram parecidos de certa forma, mas diferentes em suas ações.

— Como eu disse — Caz falou com calma, fechando a mochila e se preparando para sair. Estava ficando tarde e a academia fecharia dali a alguns minutos. — Ela não é da sua conta.

— Ah, mas é. A propósito, você sabia que o objeto da sua pequena obsessão foi chantageada quando era menor de idade?

Caz congelou, seus sentidos se aguçando.

— O quê?

— Vou deixar que ela mesma conte a história — Baron propôs, de forma soberba. — É bem emocionante.

Como diabos aquele idiota sabia todos os segredos desse lugar?

Mas, bem, era a especialidade dele. Por isso, Baron era uma fonte — e um aliado irritante. As luzes principais da academia começaram a se apagar, uma por uma. Este era o problema das cidades pequenas: nada ficava aberto até tarde. Começou a caminhar em direção à saída, sabendo que Baron estava logo atrás dele.

Sabia que o cara suspeitava, ou talvez até soubesse, coisas sobre ele. Sabia desde que recebera a ligação e o investigara, e Eric não conseguira bloqueá-lo completamente, só uma parte. Mas, surpreendentemente, Baron não dissera uma palavra a *eles*, nem a ele, apenas contornava quaisquer perguntas incisivas sobre Caz.

Porém, não confiava no filho da mãe. Tinha certeza de que Baron apenas guardava as cartas na manga e esperava o momento certo, e que o jogaria aos lobos quando chegasse a hora.

— O que você quer? — Caz cortou o papo furado. Não tinha paciência para joguinhos, sobretudo nos últimos dois dias. Desde que havia deixado o quarto de Salem no domingo, Caz praticamente desapareceu do campus por dois dias. Foi uma merda da parte dele sumir sem dizer uma palavra para ela? Sim. Mas precisava de espaço antes que destruísse algo. Para processar, se reorganizar, pensar, e não conseguia fazer isso perto dela sem contar toda a verdade.

O semblante do outro homem ficou sério, ou tão sério quanto Baron era capaz de ser.

— Só estou te avisando. Salazar enviou a inscrição ontem.

Droga, droga, droga, droga.

Aquela tolinha autossabotadora.

Não fazia ideia do que tinha feito. Abrira a temporada para caçadores e entrou na clareira — a presa perfeita. Tornou-se um alvo, perdendo a imunidade que a irmã lhe dera.

A culpa também era dele. Deveria ter sido mais honesto. Talvez, se tivesse contado todo o contexto, Salem teria levado o aviso mais a sério.

Ou talvez não.

Talvez tivesse se jogado de cabeça no perigo, porque era isso que fazia, sem se importar com a própria vida, sem acreditar que alguém sentiria sua falta. Caz a conhecia, a observara, e ouvira o que falavam sobre ela no campus havia tempo o suficiente para saber exatamente como ela se enxergava, como desejava que tivesse sido ela, não a irmã, quem morrera.

Salem poderia acabar realizando esse desejo agora.

Passando os dedos pelo cabelo, soltou um suspiro frustrado.

— Por que você está me contando? O que você ganha com isso?

Baron olhou para o lado, franzindo a testa.

— Acredite ou não, nada. Só estou retribuindo um favor a alguém que se importa com sua musinha.

Aditi. Aditi devia ter pedido a Baron que ficasse de olho em sua amiga, e ela parecia ser a única pessoa para quem Baron fazia favores. Embora fossem cuidadosos, nunca estando juntos no campus ou em público, Caz também mantivera um olho em Aditi depois que sua proximidade com Salem aumentou, e, eis que, descobrira Baron saindo escondido com ela. Caz conhecia o cara bem o suficiente para saber que isso só aconteceria enquanto a garota fosse útil para ele. No dia em que não fosse mais, a descartaria.

Caz simplesmente assentiu, sem deixar transparecer seus pensamentos. Se a situação apertasse, usaria Aditi contra Baron.

O outro cara retribuiu o aceno e foi embora.

Caz saiu da academia e entrou na noite, o frio do ar ficando pior à medida que os dias passavam. Enfiou as mãos nos bolsos e começou a caminhar do centro da cidade, onde ficava a academia, para o campus, refletindo sobre as coisas para que pudesse organizar seus pensamentos.

Ver o quadro de investigação dela, repleto de detalhes que iam contra os dos policiais que ele já conhecera, havia sido uma surpresa. Esperava encontrar algo no quadro no quarto dela, mas não o que encontrou, não os pensamentos e notas escritos com uma caligrafia cuidadosa nas margens, ideias espremidas em cada espaço que conseguira encontrar. Não esperava ver a inteligência da mente dela e seu olhar aguçado para detalhes se manifestando naquele quadro.

As pessoas a chamavam de fria, distante, insensível, e ele conseguia entender o motivo. Para quem olhava de fora, tinha uma aura gélida, o rosto sempre petrificado em uma máscara estoica, com pouca expressão, sem interesse em nada ao redor, apenas as sobrancelhas se movendo ou o queixo se erguendo de maneira altiva, deixando qualquer um diante dela se sentindo como lama sob seus sapatos. A única parte viva em todo o corpo dela eram os olhos. Apenas aqueles olhos hipnotizantes, mágicos. O único fogo visível em seu gelo.

Caz a achara fria no início, assim como todo mundo, mas, com o tempo, provocando e cutucando só para vê-la reagir, se sequer *reagiria*, aos poucos, entre os desafios deliberados e a perseguição determinada, a *viu*, a conheceu — e estava errado. As pessoas estavam erradas, não a conheciam, não como ele a conhecia.

Salem escondia seu fogo do mundo por trás de uma muralha de gelo, queimando tão intensamente por dentro, com paixão, fervor e força como ele nunca vira antes. Tinha sido machucada pela vida, rejeitada pelo mundo, abandonada por aqueles que amara, e, então, construíra uma casca ao redor de si tão dura que parecia impenetrável, fazendo qualquer um que olhasse para ela pensar que não havia nada ali que valesse a pena conhecer, que a muralha era tudo o que existia.

Mas não era. Levou tempo, mas, pouco a pouco, golpe após golpe, ele rachou a casca, abriu-a o suficiente para entrar e se encontrou no núcleo — macio, vulnerável, empático e tão *ferido* que irradiava dela, a ponto de Caz querer se tornar sua casca, para que nada nem ninguém pudesse machucá-la novamente, não sem passar por ele primeiro.

E pensar assim era perigoso.

Porque, enquanto ela apostava com a própria vida, ele apostava com a dele muito antes de Salem pisar em Mortimer, por um motivo não muito diferente do dela.

Salem começara tudo por causa da irmã morta.

Caz começara tudo por causa do irmão desaparecido.

Ou, melhor de um irmão que suspeitava estar morto, mas não tinha certeza, até duas noites atrás.

O irmão mais velho, que havia sido a sua única família, o único pai, o melhor amigo que tivera, até ter ido estudar em Mortimer e desaparecido, deixando para trás apenas uma carta que chegara a Caz algumas semanas depois, um plano reserva desencadeado pelo desaparecimento. O plano o levara a Eric, o colega de quarto do irmão, o único que conhecia sua verdade.

Caz sabia, no fundo do coração, que o irmão estava morto. Não havia força no mundo que pudesse impedir seu irmão de entrar em contato com ele, não por tantos anos. Foi por isso que veio à Mortimer, em busca de respostas.

E, naquela noite, no quarto dela, ele as encontrara.

A foto do irmão após a autópsia.

As lesões listadas no relatório.

A estranha tatuagem atrás da orelha que Salem anotara.

Homem não identificado.

Seu irmão.

Lassiter. Laz.

Caz e Laz, dois irmãos inseparáveis, dois lados da mesma moeda, irmãos para a vida toda.

Suspeitar de algo e ter isso confirmado eram duas coisas diferentes. Ver a foto do irmão, a foto do corpo dele, ali no quadro, inesperadamente, o atingiu como um caminhão. A raiva que sempre o metia em encrencas, aquela que seu irmão constantemente lhe dizia para controlar, explodiu. Quis quebrar o quadro em pedaços, gritar para os céus, sair e matar as pessoas que tinham feito aquilo.

Porque sabia que havia sido eles.

Não havia como o irmão ter pulado do maldito farol, pelo menos, não por vontade própria. A carta que recebera anos atrás confirmava isso.

Caz entrou na rua fora do campus, observando os estudantes circulando pelo local, como em uma típica noite em dia de semana. A maioria o encarava, dando-lhe um espaço graças a todos os rumores selvagens sobre ele no campus, a raiva do mundo que carregava nos olhos sendo impedimento suficiente para que ninguém se aproximasse dele.

Seguiu em direção ao portão, escaneando o entorno como de costume e parou de repente ao avistar algo dentro do café.

Salem estava sentada lá, bem ao lado da janela, o cabelo preso no alto da cabeça em seu coque bagunçado habitual, cachos escapando e dançando em torno do rosto e do pescoço, os óculos apoiados no nariz fofo e um cardigã largo, mas preso para parecer mais justo ao corpo. Uma xícara de café fumegante — de avelã, porque sabia que era o preferido dela — estava sobre a mesa à frente. Seus olhos a devoraram, sentindo falta dela depois de não a ter visto em dois dias, o que parecia uma eternidade, especialmente quando costumava vê-la diariamente.

Mas não foi isso que o fez parar.

Não, foi o homem sentado à frente dela, muito perto, quase da mesma idade, rindo de algo que ela dissera e fazendo-a soltar um pequeno sorriso.

Aquele sorriso caiu como um punhal em seu peito.

Eram dele. Os sorrisos dela. O riso dela. As lágrimas dela. Os sons dela. *Tudo.*

Caz sabia que estava sendo irracional, mas a ideia, o *mero pensamento* de outro homem ver a delicadeza dela, o fez ficar fora de si.

Salem era *dele*, e estava na hora de o mundo saber disso.

Mudando de direção, se dirigiu ao café lotado, vendo-a olhar pela janela bruscamente como se sentisse o olhar furioso do homem sobre ela, como sempre fazia.

Caz viu a respiração dela falhar, os olhos se arregalando levemente, antes de se voltarem para o cara em frente.

Foda-se ele.

Caz abriu a porta e virou à direita, os estudantes olhando seu rosto e abrindo caminho enquanto ele se dirigia direto para a mesa dela. Quanto mais perto chegava, mais irritado ficava. Parou sobre eles como uma fera vingadora, ouvindo o café inteiro ficar em silêncio para observar o que estava acontecendo. Caz nunca, no tempo em que estivera ali, tornara algo público. Rejeitara avanços de garotas que se aproximavam dele em privado, raramente era visto sob os holofotes, mesmo que as pessoas o observassem o tempo todo. O mais perto que chegara de uma demonstração pública tinha sido na aula de Psicologia, provocando-a em discussões apenas para ver sua reação. Mas, como aquilo acontecera em um espaço acadêmico, ninguém dera muita importância, não como estava ciente de que dariam agora.

O cara olhou para ele, para ela, então, para ele novamente.

— Posso ajudar?

— Sim — respondeu Caz, a voz áspera, baixa, quase um rosnado. — Cai fora.

O cara se endireitou, ofendido.

— Como é?

Caz o ignorou e a encarou. O ouro nos olhos dela, líquido, lustroso, luxuoso, brilhava sob a luz, e, caramba, se aquilo não o atingira direto no plexo solar, como acontecia desde a primeira vez que os viu voltados para ele no escuro... Não havia mentido quando disse que os olhos dela poderiam levar um homem ao assassinato, porque podiam, mesmo sem ela saber.

Então, Salem desviou o olhar, baixando os olhos para a mesa, ignorando-o de propósito.

Caz sentiu os lábios se torcerem e formarem o sorriso que odiava, mesmo enquanto a raiva dentro de si fervia, acompanhada pelo desejo que aumentava.

Salem apostara a vida dela, e ele, a dele — estavam condenados de qualquer maneira.

Era melhor aproveitar.

Caz agarrou o cabelo dela, virando seu pescoço e inclinando a cabeça para trás, afogando-se nas piscinas de ouro por um segundo, vendo o calor brilhar em nos olhos dela, antes de se inclinar sobre ela e cravar a boca na dela.

Ouviu suspiros ao redor, alguém gritando, o som de câmeras disparando, e ignorou tudo. Salem soltou um pequeno som de surpresa, que ele engoliu, então, ficou rígida por um segundo antes de lentamente ceder à pressão da boca de Caz e se entregar a ele.

Porra.

Continuou a beber dela, uma fera faminta caindo de boca em um banquete, um senhor de terras áridas saboreando a dama do néctar, um homem nas sombras dançando com uma mulher que conhecia a escuridão, reivindicando sua boca ali mesmo, em público, para o mundo ver.

Aquela ação teria consequências para ambos, o jogo mortal que vinham jogando chegaria ao ápice em breve. Mas, enquanto movia a boca sobre a dela, devorando-a para que todos vissem, enviou uma mensagem clara a quem observava, sabendo que *eles* estariam observando.

Salem estava fora do radar novamente.

Ela era dele.

E vir atrás dela faria com que todos entendessem por que o chamavam de Morte na prisão.

Parte 3
DELÍRIO

Sou instável, às vezes melancólica, e, em algumas ocasiões, fui chamada de autoritária.

— Mary Shelley, *The life and letters of Mary Wollstonecraft Shelley*

CAPÍTULO 25

SALEM

Mortimer era secular, e tinha a tradição de formar as mentes brilhantes e os rostos mais conhecidos do mundo em todas as áreas — desde a mídia até a política, do mundo corporativo à arte, e até mesmo do crime, embora a universidade jamais associaria a reputação prestigiada e de elite a este último. Não havia uma área intocada por aqueles que se formaram em Mortimer.

Mas havia uma seita, um pequeno grupo ultra exclusivo dentro do que já era exclusivo, que também passara por Mortimer e saíra como todos os outros.

Eram os poderosos de verdade. Porque passavam totalmente despercebidos. Sabiam manter a discrição, serem os arquitetos do poder em vez e os reis, o braço direito da mídia, da política, das corporações, da arte, dos chefes do crime. Eles eram as sombras invisíveis por trás, manipulando o mundo e moldando o destino da humanidade.

E eles eram um coletivo.

Ou, pelo menos, era o que os rumores diziam.

Era impossível estar em Mortimer e não ouvir esses rumores, sussurrados, em vez de alardeados. Provavelmente, por isso Salem demorara tanto para ouvi-los.

Diziam que ninguém saía de Mortimer da mesma forma que havia entrado.

Salem não entendera o que aquilo significava até agora. Apenas três meses após o início do semestre, já era muito diferente da garota que havia chegado. Porque a Salem de antes jamais teria perguntado à mãe o que acabara de perguntar:

— O que você quer dizer?

Foi o desconforto sutil na voz da mãe que a fez perceber que estava no caminho certo. Nada deixava Selina Salazar mais inquieta do que o indício de um possível escândalo. Pena que o destino a tivesse colocado naquela situação tantas vezes. Nos últimos meses, ao falar todos os dias com a mãe, Salem começara a entendê-la de um jeito que nunca havia entendido. A mãe, após uma juventude tumultuada, passara a valorizar a perfeição e a organização acima de tudo. Sua obsessão por educação, decoro, modos e aparência — coisas que Salem antes não compreendia — agora faziam mais sentido.

— Bem... — Salem continuou, caminhando em direção ao Auditório Merlin com o telefone colado ao ouvido. — Onde estão as coisas da minha bisavó?

Ouviu os murmúrios de uma festa ao fundo e não se surpreendeu: a mãe estava afogando a solidão em meio às pessoas. Talvez Salem não devesse ter ligado no meio da tarde, mas, sim, mantido a rotina matinal. No entanto, a pergunta havia surgido em sua mente, e não conseguiu se controlar.

— Eu teria que procurar — respondeu a mãe, distraída. — É urgente?

— Não, dá para esperar.

— Então te ligo mais tarde, querida.

E desligou.

A mãe *nunca* desligava sem se despedir adequadamente. Na verdade, cumprimentos e despedidas corretas haviam sido parte das aulas de etiqueta de Salem e Olivia.

Ela parou no meio do caminho e ficou olhando para o telefone por um longo instante. Enquanto se dirigia à sua última aula do dia, avistando o prédio Merlin e sua antiguidade, de repente se lembrou da bisavó — na memória, uma mulher idosa, enrugada, severa, mas sutilmente sensível, com quem conversava quando era pequena. A bisavó era escritora. No tempo em que fotografias e filmagens eram raras, assumiu a tarefa de registrar memórias com as próprias palavras. Inclusive, havia sido ela quem dissera a uma pequena Salem que documentar nossa versão dos fatos sempre seria importante, incutindo na bisneta o hábito de manter registros, lhe presenteando com uma caderneta nova todo Ano-Novo, até antes de falecer, quando Salem tinha oito anos. Depois disso, Salem assumiu a tarefa, a ponto de nem sequer ter de pensar antes de registrar tudo.

Talvez por isso tenha demorado a se lembrar — as cadernetas da bisavó. Era impossível que a idosa não tivesse registrado sua época na universidade, que teria sido significativa, já que fizera parte da primeira geração de mulheres a receber uma bolsa de estudos ali e encontrado o amor de sua vida naquele mesmo campus, eventualmente, se tornando uma Salazar.

Pelo que Salem se lembrava dela, a senhora certamente registraria sua passagem por lá. E, embora não soubesse se encontraria algo útil nos diários, a pesquisadora dentro da garota ainda queria buscar novas informações, padrões, qualquer coisa que a ajudasse a sair do impasse em que parecia estar.

A sensação de estar sendo observada interrompeu seus devaneios, fazendo-a perceber vários pares de olhos fixos nela, parada no meio do caminho.

Aquele homem enigmático, idiota e irritante.

Tudo era culpa dele.

Salem estava bem. Depois que ele a deixara e desapareceu por dois dias inteiros, aceitou a situação e se equilibrou emocionalmente. Doeu? Sim. Sentia como se nunca mais se abriria de novo? Sim. Tivera vontade de se trancar no quarto por uma semana? Também. Mas a vida não funcionava assim. Não era o mesmo que ser abandonada de repente, depois de sempre ter tido alguém, como acontecera com a mãe.

Salem entendia a dor da mãe, que nunca conhecera a solidão, nunca ficara sem a família, sem o marido, sem a filha preferida, sem seu círculo de amigos... até que, um por um, todos se foram, restando apenas Salem — a filha que ela nunca entendeu ou com quem sequer tentou criar laços, e agora não havia como evitá-la, porque era a única que lhe restava.

Salem não tinha esse problema. Sempre estivera sozinha. Sabia como existir com a solidão — era sua companhia constante. Todos a abandonavam, mas ela não. Ficou ali quando Salem estava cercada pela família e amigos, e permaneceu quando todos se foram. Quando criança, esperava que a solidão desaparecesse. Mas, com o passar dos anos, essa esperança foi dilacerada pelas lâminas afiadas do abandono e da indiferença — deixada no chão para sangrar lenta e dolorosamente, até seu último suspiro, quando um homem escolheu ficar. Mas a perda de sangue deixa o cérebro delirante, e foi isso que sua esperança se tornara: um delírio agonizante, agora apodrecendo em algum túmulo dentro dela.

E havia aceitado isso.

Sabia que sobreviveria. Só precisava focar nas mortes reais do mundo e esquecer a que habitava em seu interior, como sempre fizera. Isso a mantinha sã e garantia sua sobrevivência. Não era esse o objetivo?

Então, quando Caz desapareceu, foi devastador, mas não a destruiu. Nem a surpreendeu, para ser honesta. Não o culpava. Qualquer um surtaria ao ver seu "mural de assassinatos", a escuridão que carregava exposta ali. Já esperava essa reação.

O que não esperava era chegar na BBC e encontrar Aditi e Melissa, cujo irmão, Nathan, viera à cidade visitá-la. Não esperava que ele também fosse gentil e autêntico, como Melissa. Evidentemente, era isso que crianças de famílias normais e amorosas se tornavam: Olivias, Aditis, Melissas e Nathans do mundo. O mundo precisava mais deles do que das Salems, isso era certo. Eles eram lembrados quando partiam. Contavam com gente que reviraria o mundo para descobrir por que tinham ido embora. Se Salem tivesse morrido no lugar de Olivia, duvidava que alguém se esforçasse para além de uma investigação superficial. O pai jamais ficaria devastado a ponto de partir para um massacre seguido de suicídio. Sua mãe choraria, e Olivia talvez cobrasse respostas, mas só isso.

E não, isso não era autodepreciação. Era a verdade, e ela sabia. Tivera evidências ao longo da vida para provar.

Por isso, quando avistou Caz do lado de fora da BBC, ficou surpresa, mas aceitou. Era óbvio que se encontrariam no mesmo campus. O que não esperava era vê-lo ficar paralisado, seus olhos incendiarem, como sempre faziam quando estava furioso, e o corpo voar para dentro do café. Seus instintos gritaram para que fugisse, sabendo que ele a alcançaria, e a parte primitiva do cérebro até se excitou com a ideia.

Mas Salem congelou, para evitar um escândalo no trabalho de Aditi.

E, então, após entrar no local como se fosse dono do lugar, Caz a beijou como se fosse dono dela também. Estava furiosa. *Irada*. Como nunca estivera. A audácia daquele homem, depois de arrastá-la de emoção a emoção, a deixava atônita. Mas aquela parte primitiva? Estava satisfeita, e ela a odiava por isso.

O resultado do beijo público interminável foram os olhares.

Não era novidade para Salem ser observada e alvo de sussurros, mas nunca por algo desse tipo. Não que se importasse. Parte dela gostou da validação pública, da marcação de território, da proclamação que a agradava intimamente. Os beijos anteriores sempre tinham sido privados. Seu primeiro parceiro, no ensino médio, fora também seu primeiro beijo consensual, um encontro secreto atrás das arquibancadas, que terminou em uma separação amigável. Sua única experiência pública foram as fotos vazadas — algo completamente diferente.

Até com Caz, seus momentos sempre foram à sós.

Validação pública era algo bizarro para ela.

O celular vibrou em sua mão, e ela olhou para a tela, grata por se desviar dos olhares alheios.

Era o grupo das garotas, o primeiro que participava, que Melissa batizara de "*PCG: Proibido Coroas Gostosos (só problemas)*". Hilário.

Ela abriu a conversa.

Aditi: @Salem, melhorou?

Salem digitou a resposta.

Salem: Não.
Aditi: Não se preocupe, vai passar.

Melissa: Na verdade, não vai.
Aditi: Por quê?! Demonstração pública de afeto não é nada novo nesse campus. É uma faculdade, pelo amor de Deus.
*Melissa: É simples. Mas não coloquem a culpa em mim *emoji de ombros encolhidos**
Salem: E o que isso quer dizer?
Melissa: Quer dizer que Caz van der Waal é um cara misterioso pra caralho, tem fama de ser meio louco e nunca foi sequer visto estando interessado em alguém romanticamente. O pessoal sempre achou que ele tava na "zona artística" ou se abstendo. Até você aparecer.
Melissa: Olhe, a gente te adora, mas você chegou com uma reputação bem merda, amiga.

Melissa não estava errada. Elas a adoravam? Salem piscou para a tela. Melissa continuou digitando.

Melissa: Você é linda, mas a população masculina daqui não tocaria em você nem com uma vara de três metros. A maioria é um herdeiro mimado que não pode arriscar a reputação, e os outros que topariam foram intimidados pelo Sr. Artista Misterioso por semanas.

O quê?

Aditi: Também ouvi isso.

Como ela nunca tinha ouvido falar naquilo?

Melissa: Enfim, ele te vê conversando com meu irmão, fica louco (ou mais louco) e BAM! Te beija. E foi um beijo QUENTE, garota. Tipo, acabei de ver o vídeo e tive que me abanar.
Aditi: Eu estava lá e também me abanei. O cara tem pegada, com certeza.

Pela primeira vez em muito tempo, Salem sentiu as bochechas queimarem. Olhou em volta para garantir que ninguém havia notado e, além de alguns olhares de estudantes transitando, todos pareciam estar indo para a aula. Também precisava ir.

Salem: Isso não explica por que os olhares não param.
Melissa: Porque, minha amiga que recebe beijos calorosos, as pessoas estão curiosas. Elas querem saber:
A. Por que ele não liga pra reputação dele (o que é ainda mais misterioso, considerando que ele apareceu do nada).
B. O que há em você que chamou a atenção dele, e de um jeito tão intenso que fez questão de fazer uma declaração pública tão barulhenta.
*Melissa: *gif de aplausos lentos**
Aditi: Concordo. Gosto dele. Ele faz o tipo de "não tô nem aí" muito bem.
Melissa: Né?! Você acha que ele tem irmãos gostosos?

Salem revirou os olhos e olhou a hora. *Merda*, estava atrasada. Bloqueou o celular e caminhou rapidamente até o auditório, entrando atrás dos últimos alunos. Merlin ainda não estava lá.

Para não chamar mais atenção, sentou-se em uma cadeira ao fundo, na última fila em um canto escuro, em vez de ficar na frente, onde costumava se sentar. Tirou o casaco e jogou-o no assento ao lado.

O auditório estava mais quente, muito melhor que o frio cortante do lado de fora.

Ajustando os óculos no nariz, colocou a *ecobag* em cima do casaco e tirou o caderno, abrindo-o na mesa.

Todos já estavam sentados, conversando e rindo. Salem olhou para a porta que ligava o auditório ao escritório dos fundos, lembrando da vez que ficara ali na escuridão com ele. Então, lembrou-se dos dentes dele puxando seu decote, dos lábios quase a beijando, provocando-a, antes de devorá-la.

Desviou os olhos para a mesa no canto, onde conversaram e ela desmaiou em cima dele.

Havia sido apenas alguns dias atrás? Parecia uma eternidade, considerando como as coisas dentro dela haviam mudado — mais do que em todos os últimos anos de sua vida juntos.

Embora guardasse as memórias com carinho, não adiantava mais pensar nisso, ainda mais durante a aula.

A porta do escritório se abriu, e Merlin entrou, acompanhado pelo reitor. Isso era surpreendente.

— Alunos — o reitor falou em um tom autoritário, seus olhos percorrendo a sala. — O escritório do Dr. Merlin foi invadido no último final de semana.

Salem manteve o olhar fixo à frente, sem se mover, sem piscar, sem se permitir nenhum gesto que pudesse delatá-la. Sussurros se espalharam pela sala e, entre eles, a porta se abriu levemente, uma figura entrando despercebida — ao contrário de como ele normalmente chegava à aula, descendo os degraus em direção à mesa no canto como se fosse dono do lugar.

Como o diabo que a assombrava, ele entrou em silêncio, quase despercebido no meio dos murmúrios, e se sentou ao fundo. Para quem estivesse observando, pareceria que ele havia escolhido o assento mais próximo apenas para evitar perturbar o reitor. Mas o conhecia melhor que isso.

Caz van der Waal não fazia nada sem motivo. Havia método em sua loucura, o que, na opinião dela, o tornava ainda mais perigoso, já que ele transitava entre os dois extremos. Havia uma razão para ele chamar atenção todos os dias ao entrar, e havia uma razão para que, naquele dia, não o tivesse feito.

Quando chegou na cadeira mais perto dela, Salem suspeitou que tinha algo a ver consigo.

Ela o ignorou.

Se ele tivesse simplesmente voltado e explicado, teria ouvido. Mas não, ele agira como um bárbaro, colocando-a sob os holofotes de uma forma que a deixara desconfortável, e nem sequer havia conversado com ela.

Esse era o principal motivo pelo qual nunca teriam dado certo, de qualquer forma — não porque faltava química, tensão sexual, atração ou mesmo confiança que, com o tempo, surgiria naturalmente. Era a comunicação: ele não falava com ela, e ela não sabia como falar com ninguém. Estavam fadados ao fracasso. Melhor deixar para lá.

— Algo muito importante — a voz do reitor recapturou sua atenção — e muito pessoal do Dr. Merlin foi roubado.

Salem sentiu um leve franzir surgir entre as sobrancelhas antes de forçar-se a relaxar. Havia invadido o escritório, mas não levara nada. Sequer havia tocado em qualquer objeto. A única outra pessoa que estivera lá naquela noite era...

Caz.

Salem controlou a vontade de se virar e encará-lo. Caz estivera lá naquela noite, mas será que teria voltado ao escritório depois que ela adormecera, sem disparar o alarme? Se sim, como?

Viu-o pegar o lápis que sempre carregava consigo, a mão tatuada, a mesma que marcara o pecado em sua pele, surgindo em sua visão periférica. O lápis se aproximou do caderno aberto e rabiscou algo em uma letra inclinada:

QUERO PROVAR VOCÊ DE NOVO.

Esse homem era *maluco*?

Caz agia como se tudo o que o reitor estava dizendo não tivesse relação alguma com ele, como se não soubesse que estivera lá, como se ela ainda estivesse disposta a participar de qualquer jogo que ele jogasse. Não, já estava de saco cheio. Então continuou sem reagir, vestindo a frieza como um manto.

Caz escreveu algo novamente. Ela olhou de relance:

DIGA QUE VOCÊ NÃO ME QUER.

Salem pegou a caneta e escreveu, em letras claras e marcantes:

VÁ SE FODER.

Depois, sublinhou para deixar ainda mais claro, seu olhar piscando na direção dele por uma fração de segundo.

O desgraçado estava sorrindo.

As mãos coçavam com vontade de lhe dar um tapa. Deus, como ele a deixava *furiosa*.

Caz seria a gota d'água que a faria perder o controle e cometer o assassinato que ela nunca imaginara que cometeria. Sempre soube que era capaz, mas, até então, havia sido apenas uma curiosidade acadêmica, o ato em si não a interessava. Mas não agora. Agora, imaginava socando-o até aquele sorriso desaparecer. Imaginava mordê-lo, fazer seus lábios sangrarem, só para sentir o gosto de ferro e ficar viciada naquele sabor metálico, como uma vampira. Imaginava a cicatriz da mordida na pele, uma marca para que todos vissem o que ela havia feito.

Salem respirou fundo e devagar para se acalmar.

Caz escreveu algo novamente:

SEUS MAMILOS ESTÃO DUROS. PORRA, EU AMO SEUS SEIOS. VESTIU BRANCO PRA MIM?

O branco era parte do código de vestimenta. Ele estava tentando provocar alguma reação nela. Salem fingiu não estar afetada e se concentrou nos homens à frente.

— Se alguém tiver qualquer informação, nos avise até o final do dia — o reitor falou com severidade. — Você permanecerá anônimo e não será punido, mesmo se estiver envolvido.

Salem sentiu uma mão na coxa.

Uma mão grande, quente e tatuada, com calos que nunca esperaria encontrar em alguém de seu círculo social. Os homens que conhecia faziam manicure. Calos eram para quem trabalhava com as mãos. Mas Caz trabalhava com as mãos, então fazia sentido.

Não ousou olhar para baixo, não com o reitor observando a sala.

A mão deslizou sobre a coxa e, lentamente, muito lentamente, entrou por baixo da saia xadrez verde petróleo, enviando arrepios por toda sua espinha, deixando-a com a pele eriçada, e seus seios, como dito, mais pesados, sensíveis com o aumento da circulação sanguínea. Um calor pulsante se acumulou entre as pernas, e, conforme a mão se aproximava cada vez mais, memórias daqueles dedos, daquela voz áspera sussurrando em seu ouvido que era o dono de sua boceta, do olhar dele incendiado quando ficou molhada para ele — tudo passou por sua mente como um caleidoscópio.

— Mas só se disserem a verdade — o reitor continuou, e Salem se sentiu hipersensível, hiperconsciente de que estava em uma sala cheia de colegas e professores, e bastaria um único olhar para alguém desconfiar do que acontecia ao fundo, especialmente com os vídeos do beijo circulando.

Pensar no beijo a deixou ainda mais excitada. As amigas estavam certas. O homem sabia o que estava fazendo.

— Mas se descobrirmos por conta própria...

Os dedos chegaram em sua calcinha.

— ...isso entrará em seu histórico...

Empurraram o tecido para o lado.

— ...permanentemente.

E a contornaram. Com um lápis.

— Todos entenderam?

Cabeças assentiram, e Salem precisou de todo seu autocontrole para evitar revirar os olhos enquanto sentia a madeira explorando seu corpo, esfregando o clitóris com movimentos firmes antes de penetrá-la levemente, criando sensações que a fizeram apertar as coxas, prendendo a mão entre elas. Caz inseriu o lápis alguns centímetros, depois, o retirou. Salem agarrou a mesa com força, os nós dos dedos empalidecendo com o esforço de manter a aparência calma e neutra, quando tudo o que queria era gemer sem se importar com quem a visse ou ouvisse. A ideia de que ele poderia empurrá-la sobre a mesa e penetrá-la ali, na frente de todos, enviou uma onda sigilosa de prazer por todo seu corpo. Caz também faria aquilo, sem se importar com o que pensariam, e esse tipo de indiferença, de indecência, de inconveniência, quando, durante toda sua vida, lhe disseram para manter as aparências, era muito tentador. Pelo menos na liberdade de suas fantasias, nos confins de sua mente. Salem não queria aquilo de verdade. O segredo, estar em público, mas, em um momento íntimo, que caminhava na corda bamba entre fantasia e realidade, era disso que gostava.

Pelo menos, podia ser honesta consigo mesma. Gostava daquele traço de loucura nele. Aquilo a atraía, a fascinava, a absorvia em seu vórtice. Gostava das coisas que ele fazia, gostava de ser surpreendida e não saber o que Caz faria em seguida.

O reitor deixou o auditório.

Merlin virou-se para a turma.

— Agradeço por qualquer ajuda que puderem oferecer sobre esse assunto.

Os olhos pousaram nela, endurecendo ao ver o homem ao seu lado, que, a uma inspeção inocente, parecia apenas estar sentado casualmente. Merlin a olhou novamente quando falou:

— O item em questão tem um grande significado para mim. Então, por favor, reflitam e me avisem após a aula. Caz?

O homem se afastou dela, deixando-a ofegante por dentro, suas paredes latejando e encharcando a calcinha. Caz se levantou com suavidade e dirigiu-se à própria mesa.

— Hoje, falaremos sobre psicologia de grupo.

Caz recostou-se na mesa, de maneira similar àquela noite, e olhou diretamente para ela. Então, sem tirar os olhos de Salem, levou o lápis à boca, um lápis que brilhava com seus fluidos.

Ele o chupou, a língua lambendo a ponta, provando-a, antes de limpá-lo por completo.

Suas coxas se contraíram.

Meu Deus.

Alguns alunos se viraram para encará-la — por Caz estar olhando para ela ou por estar lambendo um lápis de forma tão provocante, não sabia. Mas isso a fez querer se afundar levemente no assento, encolhendo-se como se pudesse evitar que vissem seu interior exposto.

— Por que você não começa explicando, Caz?

A voz de Merlin interrompeu os pensamentos dela e a tirou do torpor de luxúria que parecia envolver seu cérebro. Salem sacudiu a cabeça e se concentrou.

Caz girava o lápis na mão enquanto se virava para a turma.

— Psicologia de grupo, basicamente, é compreender o que acontece com o funcionamento psicológico individual quando se está em um ambiente coletivo.

Uma garota na frente, uma fileira atrás de onde Salem costumava se sentar, perguntou:

— Esta aula constituiria um grupo?

Caz inclinou a cabeça.

— Sim e não.

Merlin, recostado na própria mesa, interveio:

— Vocês estão todos aqui como um grupo. Compartilham uma identidade coletiva, todos são calouros, todos são alunos, é claro. Mas vocês se sentem incluídos o suficiente no grupo para sentir que pertencem a ele? Como se contribuíssem ou tirassem algo de valor dele?

A garota balançou a cabeça.

Merlin assentiu.

— Exatamente. Embora sejam um grupo, psicologicamente falando, não tem tanto impacto em sua identidade individual quanto teria em, digamos, uma fraternidade ou irmandade, como em algumas universidades.

Caz assumiu com naturalidade a partir do ponto onde Merlin parou, após o homem olhar para ele.

— Embora Mortimer não tenha esses grupos, por que vocês acham que existem rituais de iniciação ou humilhação?

O rapaz sentado na fileira abaixo dela falou:

— Porque fazem nos sentir pertencentes?

Merlin olhou para o rapaz, depois, para ela.

— Muito bom, Sr. Markin. Por que você acha que isso acontece, Srta. Salazar?

Salem manteve o rosto impassível, sabendo que ele a observava como um falcão, buscando algum sinal de desconforto.

— Porque os humanos têm uma necessidade inerente de inclusão, sem importar o custo.

— De que tipo de custo estamos falando, Srta. Salazar? Pode nos dar exemplos?

Salem refletiu por um momento.

— Pode ser qualquer coisa, Dr. Merlin. As pessoas pagam taxas exorbitantes em clubes apenas para ter um lugar ao lado de pessoas semelhantes buscando inclusão. Nesse caso, é um custo financeiro. Ou nos rituais de humilhação nas universidades, onde pagam um preço emocional ao se deixarem humilhar, mesmo indo contra seus instintos de autopreservação, apenas para sentir que fazem parte de algo maior que si mesmas.

Merlin pareceu meio impressionado, cruzando os braços.

— Você está certa, Srta. Salazar. — Ele se voltou para a turma. — Isso é entender como o "eu" se torna "nós". Como o indivíduo dá lugar ao coletivo.

Virou-se para Caz novamente.

— Algo a acrescentar?

Caz assentiu na direção dela.

— Complementando o que Salem disse... — sua voz rouca e grave ecoou, e ela jurou ouvir uma garota suspirar em algum lugar da sala. — ... pode haver outro tipo de custo.

Salem se surpreendeu ao ver os lábios de Merlin se apertarem, a mandíbula se tensionar antes que ele se voltasse para a turma novamente.

— Nesse caso, vamos prosseguir.

— Que tipo de custo? — as palavras saíram dos lábios de Salem antes mesmo que ela pensasse, seus olhos observando os dois homens.

Os olhos de Caz pousaram nela brevemente, então, ele olhou para Merlin como se o desafiasse silenciosamente a abordar o assunto.

A garota de antes interferiu:

— Eu também estou curiosa, Dr. Merlin.

Merlin estava irritado por Caz ter mencionado aquilo, dava para perceber. Mesmo assim, ele respondeu:

— Segredos.

Segredos.

Esse era definitivamente um preço interessante a se pagar em grupo. Salem franziu a testa.

Outro aluno vocalizou sua dúvida:

— Como segredos podem ser um custo, Dr. Merlin?

— Gostaria de explicar, Caz? — Merlin virou-se para o homem mais jovem. — Já que você começou.

Caz deu a ele o mesmo sorriso irritante que incomodava Salem, exceto que, quando dirigido a alguém como Merlin, ela aprovava totalmente.

— Com prazer.

Apontou o lápis em sua mão para o rapaz que fizera a pergunta.

— Permita-me criar um cenário hipotético. Acompanhe o raciocínio, combinado?

O rapaz concordou.

— Digamos que você cometeu um crime — começou Caz. — Digamos que você é um assassino, não vamos discutir como ou por quê, apenas que você é. — Merlin lançou um olhar afiado para ele antes de continuar em silêncio, a expressão pensativa, como se questionasse aonde Caz queria chegar. Salem também estava interessada.

O homem continuou, percebendo ou não, que toda a turma estava sob seu encanto.

— Você não é pego, mas o crime que cometeu é seu segredo, certo?

O rapaz deu de ombros.

— Acho que sim.

— E é um segredo que te corrói por dentro. Então, você encontra um grupo de pessoas que cometeram crimes parecidos, conta a elas o que fez, basicamente penhorando seu segredo em troca de um lugar entre eles. Enquanto você for um bom membro, seu segredo estará seguro. Assim, você se torna um deles. Vira um criminoso e faz o que mandam, mesmo que por um falso senso de lealdade e segurança. Quase uma irmandade, só que nunca poderia ser, porque, agora, o poder está com eles, não está?

O rapaz concordou novamente e disse:

— É assim que gangues criminosas funcionam.

Caz assentiu.

— É um coletivo. Indivíduos esquecem quem são quando estão no coletivo. Por isso, você vê que pessoas em grupos podem agir de forma muito mais perigosa do que agiriam sozinhas. Estar em um grupo, especialmente relacionados a crimes violentos, de alguma forma absolve o indivíduo do senso de responsabilidade.

Uma garota no meio da sala exclamou:

— É por isso que os homens enlouquecem em despedidas de solteiro!

A classe explodiu em risadas, enquanto alguns rapazes murmuravam defesas incoerentes.

Merlin sorriu, parecendo muito mais relaxado.

— Sim, mas, mesmo assim, há diferença quando se estuda o impacto em uma exposição de curto *versus* longo prazo. Homens enlouquecendo em despedidas de solteiro seria um efeito de curto prazo, diferentemente de pertencer a uma gangue.

Salem levantou a mão, e Merlin olhou para ela.

— Sim, Srta. Salazar?

— A duração é a única variável nessa equação? — perguntou, interessada no assunto.

— Não — respondeu Merlin, sem elaborar, mudando de assunto, claramente sem vontade de discutir aquilo. Seja lá o que fosse na pergunta que ela fizera e no exemplo que Caz dera, havia deixado Merlin desconfortável. Qualquer coisa que deixasse um monstro como Merlin desconfortável merecia uma análise mais profunda, na opinião dela.

Salem olhou para Caz mais uma vez, vendo-o girar o lápis distraidamente, seus olhos perdidos em pensamentos enquanto a aula continuava.

Segredos, ele dissera.

O homem estava cheio deles, ela também. Parecia que os dois jamais estariam na mesma página quanto a isso.

Se tudo mais perecesse e *ele* continuasse, eu ainda cotinuaria a existir;
e, se tudo mais continuasse e *ele* fosse aniquilado, o universo se tornaria,
para mim, completamente estranho.
— Emily Brontë, *O morro dos ventos uivantes*

CAPÍTULO 26

SALEM

O penhasco ficava cada vez mais etéreo conforme o inverno se instalava.

Gotas leves de chuva estavam suspensas no ar, e Salem sentou-se na beira, observando a névoa envolvê-la, fundindo-se àquilo, escondendo sua figura sentada de qualquer um ao redor. O céu cinzento da tarde se estendia até o infinito, encontrando o mar ainda mais escuro no horizonte. O frio havia se instalado aos poucos, e agora era suficiente para que o sentisse nos ossos, apesar das várias camadas de roupa. O vento a rodeava, gélido, afiado contra sua pele exposta, mordendo-a com dentes invisíveis e cortantes.

Salem olhou para a faixa de praia abaixo, que não parecia ser mais do que um estreito pedaço de terra antes de ser engolido pelo mar. Se Tanya tivesse pulado, as chances de ter atingido a praia eram, na verdade, pequenas, embora, lá debaixo, não parecesse assim. Salem via que a trajetória a teria feito bater nas rochas, não na areia. O que significava que: ou havia morrido na praia, ou alguém a colocara lá depois de sua morte. Mas por quê?

Salem olhou para as rochas, vendo-as se estenderem em uma curva ao longo da costa até o farol.

O farol abandonado, supostamente assombrado. Se considerava as lendas sobre a biblioteca ridículas, as do farol eram absolutamente insanas. E, observando-o agora, uma torre escura de pedras antigas e tinta descascada havia eras, envolta por uma névoa branca que o tornava ainda mais sinistro, erguendo-se sobre as rochas que se submergiram no mar, Salem até acreditaria. Mesmo olhando para o farol à distância, sentia o frio se instalar dentro dela, como se *só a vista* bastasse para infectá-la.

Já estava assombrada o suficiente.

Os sonhos tinham retornado com força, só que, agora, em vez de sua irmã, via a si mesma apodrecendo e sendo dilacerada por abutres, incapaz de fazer qualquer coisa. Não conseguia agir nos sonhos para impedir aquilo, paralisada e lenta, enquanto testemunhava seu fim, desintegrando-se à mercê de carniceiros que se alimentavam de seu corpo.

Não dormia bem, apenas uma ou duas horas por noite, desde a noite em que dormira com Caz, envolta por ele e pela segurança de seus braços. Já fazia dias. E, desde que a beijara e quase a tocara em público, ela vinha ignorando-o.

Para seu crédito, Caz tentara encurralá-la para conversarem, mas Salem simplesmente lhe lançou seu olhar de indiferença característico e saíra. Não estava interessada em mais rodeios. Tinha oficialmente saído do jogo, e ponto-final. Embora se perguntasse, semidelirante em seu estado deplorável, se poderia fazer um acordo com ele só para conseguir *dormir*. Ou talvez pudesse simplesmente tomar seus comprimidos.

Mas realmente não queria.

Salem soltou um suspiro ruidoso, o ar se dissipando em torno de seu rosto, perturbado pela respiração, e olhou para o mar, perguntando-se como seria simples inclinar-se um pouco para a frente, só um pouquinho, e se *espatifar* nas rochas. Questionou-se, quase sem emoção, se alguém encontraria seu corpo como havia encontrado o de Tanya, ou se ficaria ali por dias, apodrecendo e decompondo-se como em seus sonhos, antes que alguém tropeçasse nela.

Pelo menos, estaria dormindo. Sem mais sonhos perturbadores, sem precisar escapar das emoções, sem *nada*. Apenas uma paz longa e silenciosa.

Talvez, pensou em seu estado confuso, Olivia também estivesse perturbada e só quisesse dormir. Espantou o pensamento imediatamente.

Precisava ficar acordada. Para encontrar respostas. Porque sabia que ninguém a procuraria, não por um bom tempo, não como ela faria com eles.

Um braço envolveu sua cintura, e Salem deixou escapar um grito quando foi puxada gentilmente para longe do precipício, a névoa ao redor completamente agitada. O cheiro do mar se misturava com tinta e terra molhada, e o corpo tenso relaxou um pouco ao perceber que não era alguém com intenções de empurrá-la dali.

Bem, o veredito ainda era incerto quanto a isso.

Salem permaneceu imóvel enquanto o corpo quente e grande se acomodava atrás dela, as pernas envolvendo as suas, os braços envolvendo a cintura logo abaixo dos seios, prendendo-a, substituindo o vento invisível e frio que a mordia pela sua forma quente e tangível, os dentes afiados da geada pelos dentes dele em uma boca de calor. Caz se aconchegou em seu pescoço, pressionando beijos suaves nos ombros e voltando a subir até o pescoço, apenas sentado e abraçando Salem, dando-lhe afeição da maneira de que ela sabia estar carente.

As fossas nasais formigaram. Ela contraiu o nariz e apertou os olhos para controlar o que quer que estivesse acontecendo dentro dela — uma parte pequena e frágil absorvendo a demonstração visível de afeto, enquanto outra parte, maior e mais insensível, a lembrava de que era temporário. Como a vida, nunca duraria.

— Salem? — murmurou ele em seu pescoço.

— Hum?

— Pare de pensar.

As palavras fizeram seu cérebro parar. O que ele queria dizer exatamente com "pare de pensar"? Como alguém fazia isso? Não era esse o principal propósito do cérebro, descobrir as coisas? E como diabos ele sabia que ela estava pensando? *Quem diabos* ele achava que era para mandá-la parar de pensar?

— Eu literalmente consigo ouvir você gritando dentro da sua cabeça — disse ele, sua voz tão suave, tão baixa em seu ouvido, disparando direto por seus nervos auditivos até o cérebro, criando aquela sensação relaxada e difusa de sempre. — Descanse.

Ela não sabia como.

Evidentemente, ele sabia. Porque literalmente a guiou.

— Se recoste em mim.

Salem não queria ceder, queria continuar com raiva dele e com sua desconfiança da situação. Mas ela estava...

Tão...

Tão...

Cansada.

Seu corpo se inclinou contra o dele antes que o cérebro pudesse processar o que acontecia.

— Boa garota — Caz a elogiou com delicadeza, e foi como se um nervo tivesse sido tocado inesperadamente em seu cérebro. Uma corrente elétrica percorreu todo seu sistema. — Agora, relaxe os músculos. Você está muito tensa. Solte-os. Um a um. Certo?

— Certo... — murmurou ela, sentindo os músculos relaxarem lentamente, como ele havia instruído: ombros, pescoço, braços, costas, quadris, pernas. Mesmo sentada no chão, no meio do frio, sentia-se aquecida, como se estivesse envolta na coberta mais macia e fofa, que roçava sua pele do jeito certo.

Salem ficou mole como manteiga derretida.

Seria era um mágico?

Caz riu baixinho em seu ouvido.

— Não, pequena víbora.

Opa, ela havia perguntado aquilo em voz alta.

Manteve os olhos no horizonte, sentindo a batida constante do coração dele, o calor e os beijos suaves, e percebeu as pálpebras ficando pesadas. Deus, como ela queria dormir. Salem já se via caindo no vazio. Mas estava ao ar livre, e, mesmo que seu corpo confiasse nele, a mente não confiava. Ou confiava? Era por isso que as pálpebras estavam ficando cada vez mais pesadas? Seu corpo sabia algo que a mente ignorava? Havia uma falha na comunicação entre os dois? Em qual deles deveria confiar? Se não podia confiar em si mesma, então... em quem?

— Durma — sussurrou ele, enterrando as palavras em seus cabelos. — Eu fico aqui.

Que se dane.

O cérebro finalmente silenciou, e Salem mergulhou de cabeça no sono.

Foi a dor de cabeça que a acordou. A dor literal, não a metafórica que vivia perturbando-a.

A piada mental a surpreendeu, trazendo-a de volta à consciência enquanto abria os olhos. Estava olhando para o céu. Escuro, quase negro.

Espere, por que estava olhando para o céu?

Quando começou a entender, percebeu que estava deitada em uma espécie de laje de pedra. Um feixe de luz vinha de algum lugar na floresta, como o luar por trás das nuvens.

Floresta? Por que estava na floresta? Tinha adormecido no penhasco e acordado no meio das árvores, como daquela vez em que dormira na sala de aula e acordara em seu quarto.

Mas a floresta não fazia sentido. Ainda assim, ao olhar em volta, reconheceu o lugar. Salem o seguira até ali no começo do semestre, ou seja, havia poucos meses — mas parecia uma eternidade. A estrutura antiga e decadente atrás dela erguia-se sombria e sinistra, emergindo de um véu de névoa como se saída de um filme de terror. Criaturas da noite completavam a trilha sonora, fazendo-a estremecer.

Uma pontada de frio nos mamilos subitamente chamou sua atenção a eles, e para outro fato que sua mente aturdida não percebera.

O tremor não havia sido só pelo desconforto. Tinha outra causa.

Ela estava nua.

Nua. Deitada em algum tipo de altar em frente a um lugar sagrado antigo, no meio da floresta, na escuridão noturna, sob um luar pálido.

Que porra estava acontecendo?

Sério, que *porra*...?

Que tipo de loucura ele tinha feito?

Salem olhou em volta em um frenesi, tentando localizar suas roupas ou algo para sair dali imediatamente, e avistou um cobertor grosso de lã ao pé do altar. Estava se levantando para pegá-lo quando a voz dele soou atrás dela:

— Fique quieta.

Estava começando a odiar aquelas palavras na boca dele. Caz sempre vinha com alguma merda absurda depois delas.

— Você *enlouqueceu*? — ela rosnou, cobrindo os seios e se virando para enfrentá-lo.

Nu.

Ele também estava nu.

Sim. Ele era louco. Ela tinha provas suficientes.

— Loucura é um espectro — respondeu ele, como se estivesse em uma aula, provocando-a. — Todos somos um pouco malucos.

— Não — ela agarrou o cobertor, cobrindo-se com ele. — Não cite o *Chapeleiro Maluco* agora.

Caz riu, distraído, e foi quando Salem percebeu o que ele estava fazendo.

Estava pintando.

Não era um esboço, como já o vira fazer, mas uma pintura de verdade. Havia uma tela enorme à sua frente, quase do tamanho do torso, embora, como havia conseguido aquilo no meio da floresta, ela não fazia ideia. Um pincel estava atrás de sua orelha, o piercing cintilando ao luar a cada movimento, o cabelo puxado para trás, acentuando sua estrutura óssea. Tatuagens cobriam seu corpo, do pescoço ao abdômen e até mais abaixo, pelo que podia ver. O pau dele, que agora via pela primeira vez, era muito, muito maior do que esperava, do que sentira pressionado contra ela nas vezes em que estiveram próximos.

E ele estava duro.

Meu Deus.

Caz ergueu os olhos para ela, o olhar claro e ardente na penumbra, antes de voltar à tela. Foi quando ela notou que uma das mãos segurava uma paleta de tintas, com cores que ela não era capaz de distinguir, enquanto a outra, a direita, a dominante, movia-se sobre a tela em pinceladas rápidas.

— Afaste o cobertor — ordenou ele. Salem o apertou com mais força.

— E morrer de hipotermia? Que nem você? Não, obrigada.

Caz revirou os olhos.

— Não está tão frio assim.

Olhando para ele, ninguém diria que estava com frio. Ele parecia simplesmente... quente. Salem duvidava de que Caz já tivesse sentido frio na vida, não como ela sentia, no fundo da alma.

— Cazimir van der Waal — ela o chamou pelo nome completo pela primeira vez. — Onde estão as minhas roupas?

A mão dele parou sobre a tela.

— Lá dentro. Isto é um...

A hesitação fez Salem franzir a testa. Caz parecia estar lutando contra algo antes de encará-la.

— Pacto de confiança — disse ele, relembrando a conversa que tiveram no banheiro dela.

Salem não queria, mas concordou, curiosa.

Caz respirou fundo e voltou a pintar.

— Esse não é meu sobrenome.

Um choque a percorreu enquanto processava as palavras. Não era seu sobrenome? Quem era esse homem?

Salem engoliu seco.

— Então qual é?

Caz indicou o cobertor com a cabeça.

— Tire. Só preciso adicionar alguns detalhes.

— Quem é você? — Salem se manteve firme.

— Largue o cobertor, e eu te conto.

Ela balançou a cabeça diante do pedido absurdo, mas afastou o cobertor, expondo o corpo nu ao olhar dele. Perguntou-se como ele a enxergava — cabelos bagunçado, seios pesados, mamilos duros, as curvas da barriga evidentes enquanto permanecia sentada, pernas fechadas, mas a púbis visível.

Caz não disse nada, apenas voltou a pintar, e Salem quis atrair os olhos dele de volta para ela, testar sua paciência, fazê-lo dizer o que pensava.

Caz não era o único com truques na manga.

Salem deitou-se novamente no altar, como antes, seu corpo queimando de repente, sem sentir um pingo do frio que a havia acordado. Manteve os olhos no homem, observando-o se mover e trabalhar com aquela expressão concentrada no rosto, que despertou algo nela.

Salem abriu as pernas, expondo sua intimidade à noite fria e aos olhos tórridos de Caz, sentindo a umidade entre elas. Ninguém viria até ali. Era tarde da noite, e o lugar estava suficientemente isolado para que nem ela soubesse de sua existência, quer dizer, se não tivesse seguido Caz naquele dia. Também sabia que ninguém os surpreenderia pelo simples fato de ele estar pintando ali. Caz se destacava por ser reservado quando se tratava de sua arte, então não estaria fazendo aquilo se houvesse qualquer chance de serem descobertos. Sabia de tudo isso, mas, ainda assim, estar tão exposta ao ar livre, ser o objeto de sua atenção, fez algo com seu cérebro, que, em consequência, fez algo com seu corpo.

Por vontade própria, as mãos subiram até os seios, sentindo o peso deles.

A respiração de Caz se intensificou, mas não disse nada.

Salem não parou.

Passou os dedos ao redor dos mamilos enquanto ele girava o pincel na paleta, imaginando que eram as cerdas em vez dos dedos, imaginando que ela era a pintura no cavalete, imaginando que eram as mãos dele, não as suas.

Sua respiração falhou, a sensibilidade nos mamilos triplicando, as sensações disparando direto para sua boceta, deixando-a mais molhada, fazendo-a se contorcer, estreitando seu mundo até que houvesse apenas os dois.

A velocidade da mão dele aumentou, e ela o acompanhou.

— Diga seu nome — exigiu ela com uma voz ofegante, que nunca antes ouvira sair de sua garganta.

— Depois. Continue fazendo o que está fazendo.

Salem sentiu-se ofegante, o coração palpitando no peito. Fixou os olhos em Caz e apertou os seios, um pequeno som lhe escapou da garganta, os quadris se contorcendo no ar carregado pelo desejo que fervia entre eles.

Seus dedos percorreram o corpo por um caminho familiar, direto para o lugar que mais doía, arrastando-se suavemente pelo ventre, pela pélvis, entre os lábios inferiores, encontrando umidade. Tanta umidade, como se o corpo se preparasse para o membro enorme que visualizava. Salem o encarou, latejando e pulsando, a cabeça em forma de cogumelo mais escura e mais vermelha que o resto dele, um fluido claro brilhando na ponta.

Sua boca salivou.

Queria prová-lo, saboreá-lo, assim como ele a saboreara. Queria lambê-lo, tomá-lo, engoli-lo por inteiro. Queria ajoelhar-se e senti-lo agarrando seu cabelo, do jeito que era obcecado em fazer, e queria que ele pegasse o que desejasse, mantendo-a imóvel e forçando-a a aceitá-lo, a ideia a fazendo transbordar ainda mais em torno dos dedos.

— Ai, Deus — gemeu ela, os dedos ficando frenéticos enquanto enfiava dois dentro de si, esfregando o clitóris com a outra mão. O calor se espalhou por todo seu corpo, fazendo-a arquear as costas e gemer novamente enquanto tentava ir mais fundo, mas não conseguia. Não era o suficiente. Nunca era. Precisava de mais. Precisava dele.

— Caz — suplicou ela, virando-se de lado e pressionando a mão entre as pernas em busca de algum alívio, em vão, seu corpo estava tão quente que uma fina camada suor o cobria.

Salem gemeu, sentindo-se ir mais fundo com o novo ângulo, o clímax parecendo mais próximo enquanto o prazer percorria seu corpo, a consciência dos olhos de Caz nela amplificando tudo, deixando-a mais ardente, mais barulhenta, mais molhada. Estava tão molhada que podia ouvir o som dos próprios dedos entrando e saindo.

— Caz... — chamou ela num gemido, suplicando que ele fosse até ela, implorando que a tomasse como o animal primitivo com que Salem se identificava, rogando que ele acabasse com seu tormento.

E, de repente, estava no ar, sendo girada, até que ficou curvada sobre o altar, a esquina da pedra cravando seu ventre, os seios quentes pressionados contra a frieza da rocha, e seus pés não tocavam o chão, seu corpo suspenso pelo homem atrás dela. Em um momento, estava deitada na laje, no seguinte, estava dobrada por cima dela, a mão dele enroscada em seu cabelo, puxando a cabeça para trás até a coluna formar um arco e o pescoço se curvar, seus mamilos roçando a pedra gelada, a sensação tão aguda que a levou a um mini orgasmo, seu corpo inteiro estremecendo.

E, bem no meio do tremor, ele a penetrou.

Um grito escapou de sua garganta, abafado pela boca dele cobrindo a sua, a língua invadindo-a da mesma forma que o pau, lançando-se nela, as paredes contraindo e relaxando em torno dele, impotentes, suas mãos agarrando a borda oposta do altar, desesperadas em busca de algum lugar onde se segurarem.

Os lábios de Caz deixaram os dela e foram para seu pescoço, mordendo e lambendo a extensão enquanto ele se afastava, apenas para empurrar novamente, fundindo-se nela com a ajuda de seus fluidos, fazendo os mamilos rasparem contra a pedra, arrancando-lhe um grito, lágrimas escorrendo incontroláveis pelo rosto enquanto a escala de sensações — dentro, fora e ao redor dela — a dominava.

Seus lábios tremiam, e ela os mordeu, as mãos agarrando a borda do altar como se sua vida dependesse disso, suspensa sobre a placa, os dedos dos pés encolhidos, mantida no lugar pelas mãos de Caz no quadril e no cabelo, e por seu pau, que se movia dentro dela, a boceta adaptando-se à sua espessura e comprimento, cedendo a ele, recebendo-o com êxtase, como um guerreiro voltando da batalha.

— Caralho, Salem — ele rosnou em seu ouvido, como sempre fazia, e o som simplesmente a fez estremecer em torno dele. — Você é uma boa garota, está me fodendo tão bem...

Salem quase chegou ao ápice apenas com as palavras e aquela voz, os sons estimulando seu cérebro já superestimulado.

Caz percebeu.

— Você gosta de ser chamada de boa garota, né? — perguntou, a voz como lava derretida percorrendo seu corpo, incendiando-a por dentro. — Diga, pequena áspide.

Salem estava tão perdida em desejo e nas sensações que nem se importou com o apelido.

— Sim.

— Boa garota — ele a elogiou, afastando-se, deixando-a vazia por uma fração de segundo antes de preenchê-la novamente, seu ritmo desacelerando, o pau tão fundo dentro dela que quase doía, mas era uma dor gostosa. — Minha garota. — A voz dele era puro sexo, mais do que o próprio ato. — Quem está te fodendo?

— Caz — sussurrou ela, o ritmo mais lento a fazendo se contrair com mais força, levando-a ao limite. Caz a levava ao limite, como antes.

— Caz quem?

Estava tendo aquela conversa com o pau até o talo dentro dela. É sério?

Salem se moveria, mas não tinha como, não havia chão sob seus pés, nenhum espaço para fazer nada. Ela choramingou.

— Por favor — suplicou, sem vergonha. — Por favor, Caz.

A mão em seu quadril moveu-se para a frente, até seu seio, apertando-o, puxando o mamilo, e ela sentiu-se contrair em torno dele.

— Fale — ele a provocou, dando um tapa em seu seio, e ela derreteu.

— Caz van der Waal.

— Não — Caz falou contra seu pescoço, retirando seu pau e penetrando-a tão devagar que seus olhos reviraram, a visão embaçou. — Caz Vanguard.

Vanguard.

Salem conhecia aquele nome.

De onde? De algum lugar.

Antes que pudesse pensar mais, Caz moveu seu corpo levemente, fazendo com que a borda da placa de pedra pressionasse o clitóris em vez do ventre, e o efeito foi instantâneo. Caz estava tão fundo dentro dela que poderia tocar sua alma, o cheiro dele em suas narinas, o calor envolvendo sua pele, a voz em seu ouvido e as mãos tatuadas e manchadas de tinta em seus seios. Seu corpo começou a tremer. Fogo correu por suas veias, queimando cada vez mais intensamente até consumi-la por completo, desde a raiz do cabelo, puxado por ele, até os dedos dos pés que se contraíam no ar. Salem gritou e explodiu em um milhão de fragmentos.

Ela morreu, e foi uma morte linda. Por um instante, ficou gravada em seu cérebro como uma memória indelével, tão poderosa que haveria um "antes disso" e um "depois disso" para ela. Um "pré-Caz" e um "pós-Caz".

Com o coração batendo furiosamente nos ouvidos, peito e garganta, Salem se sentiu como um único palpitar gigante, viva pela primeira vez fora da gaiola de suas costelas.

Percebeu, então, o ritmo acelerado dele, quase frenético, descontrolado, sua mão apertando o seio e enroscando-se no cabelo, seus lábios deixando marcas úmidas no pescoço antes de retornarem à boca em um beijo molhado, desleixado e obsceno que a fez estremecer novamente. A vontade de mantê-lo, de guardá-lo dentro de si, era tão aguda que preenchia até os ossos.

— Goze dentro de mim — ela pediu contra seus lábios. — Goze dentro de mim, Caz.

Ao ouvi-la, ele gemeu alto, ambas as mãos agarrando seus quadris, uma deslizando para o clitóris e estimulando-o, seus lábios cobrindo os dela em outro beijo ardente enquanto ele estocava uma, duas, três vezes, antes de inundá-la, provocando nela outro orgasmo imediatamente após o dele.

Quando os sentidos dela retornaram, ambos respiravam ofegantes, Caz curvado sobre Salem enquanto ela permanecia mole por cima do altar.

O altar.

Não acreditava que tinha acabado de fazer sexo selvagem em cima de um altar, diante de ruínas antigas, no meio da floresta, no meio da noite.

Mas tinha sido transformador.

Salem se sentia renovada, mais consciente de si mesma, de seu entorno, de suas emoções. Conhecia, agora, os picos de prazer que podia alcançar. A profundidade de conexão que era possível experimentar. As nuances de emoção que conseguia conter.

A clareza pós-orgasmo existia por um motivo.

Teria que admitir, após seus múltiplos orgasmos, que o que sentia por ele provavelmente nunca desapareceria.

Quando Caz deslizou para fora dela e a ajudou a descer, sentiu o sêmen escorrer entre as coxas e, em vez de nojo, isso a fez se sentir querida, confiante, *desejada*.

Salem se sentiu *desejada*.

Virou-se e encontrou os olhos de Caz seguindo o próprio sêmen, o olhar mercurial incendiado por um desejo tão intenso que se sentiu insaciável.

— Isso foi algo casual? — perguntou ela, só para confirmar.

Caz invadiu seu espaço pessoal, segurando o cabelo com suavidade, e tomou seus lábios em um beijo tão ardente que a deixou sem fôlego quando se afastou.

— Parece que foi algo casual?

Não. Mas ela morria de medo que fosse algo a mais, e de, então, ser abandonada depois.

— Eu não sei como te dar mais do que isso — ela devolveu as próprias palavras dele.

Os lábios dele se curvaram.

— Então eu aceito isso, pequena áspide — disse, os olhos percorrendo o rosto dela como sempre fazia. — Você gosta disso, não gosta? Da ideia de eu pegar o que quero?

Ela gostava.

Salem assentiu.

— Quer que eu pegue de você?

Ela hesitou, então concordou novamente.

Os olhos de Caz flamejaram.

— Você acabou de me dar as chaves do seu castelo. E se eu o saquear?

— Eu o saquearei de volta.

Ele sorriu.

— Porra, você é perfeita.

Aquele sorriso aqueceu algo dentro dela, algo que ela nem sabia que estava congelado. Rachou e, agora, derretia, e ela o encarou, sem entender o que estava acontecendo, sem ideia de aonde aquilo levaria, como terminaria, mas, pela primeira vez na vida, não se importou. Permitiu-se mergulhar naquela sensação — de ser desejada, de ser cobiçada, de ser aceita.

Salem se deleitou na sensação de estar viva.

Apático, estúpido, medroso. Não tenho nada a dizer a ninguém — nunca.
— Franz Kafka, *Diários: 1909 – 1923*

CAPÍTULO 27

SALEM

— Preciso das minhas roupas.

Salem realmente precisava. O frio começava a invadi-la de novo, e queria vesti-las antes que adoecesse.

Caz assentiu e voltou para a tela. Salem olhou para a bunda dele por alguns segundos, admirando a perfeição escultural, antes de perceber o que estava fazendo: cobrindo a tela com um tecido opaco.

— Eu queria ver a pintura — disse ela, caminhando rapidamente até ele para tentar espiar, mas Caz simplesmente pegou a tela coberta com uma das mãos e o cavalete com a outra.

— Pegue a paleta e o pincel — disse ele, inclinando a cabeça em direção a eles. Salem se virou e viu que ambos estavam no altar, bem ao lado de onde ela estivera. Em seu delírio, nem percebera quando os colocara lá, ou que sequer haviam estado lá o tempo todo.

Recolhendo-os rapidamente, junto com o cobertor caído no chão, voltou-se para ver aonde diabos ele estava indo nu. Esperava que não fosse necessário atravessar a floresta daquele jeito, especialmente com sêmen escorrendo pelas pernas. Queria se limpar antes de caminhar a qualquer lugar.

Mas, para sua surpresa, Caz não seguiu em direção à floresta. Em vez disso, dirigiu-se à estrutura abandonada, decadente e imponente à frente, aquela que ignorara nas duas vezes que estivera lá, julgando-a sem valor.

Aparentemente, estava errada, porque Caz passou sob uma espécie de toldo e empurrou a porta grande com o ombro. Ainda surpresa, Salem o seguiu, mais curiosa do que hesitante.

A primeira coisa que sentiu foi calor.

O interior estava muito mais quente do que esperava, as paredes grossas de pedra isolavam o frio do lado de fora. Olhou em volta, procurando a fonte do calor, mas, ainda assim, não viu nada. Havia um corredor longo, completamente vazio, com detritos no chão e rachaduras nas paredes que, de alguma forma, ainda permaneciam de pé, apesar da erosão e da ação do tempo.

Salem apertou o cobertor contra o peito e seguiu com cuidado, enquanto Caz ignorava o corredor e entrava por uma pequena porta escondida logo ao lado da entrada. Foi atrás dele, incerta sobre onde a levava, mas confiando a ele, pelo menos, sua segurança.

Assim que alcançou a porta, o que viu lá dentro a fez parar abruptamente. Em um quarto amplo, quase do mesmo tamanho que o dela no campus, exceto pelo fato de não ter janelas, apenas uma claraboia no teto, havia alguns objetos distribuídos ao redor e um grande radiador no canto, aquecendo o ambiente.

Caz colocou o cavalete em um canto, apoiando a tela junto a outra coberta por uma lona, enquanto Salem observava o cômodo. Uma mochila de academia estava em outro canto do ambiente surpreendentemente limpo, junto a uma única cadeira onde suas roupas e as dele estavam dobradas com cuidado. Mas foi o saco de dormir no centro do quarto que fez sua mente acelerar.

Salem encarou o lugar com novos olhos, peças do que sabia sobre Caz se encaixando de repente.

Ele aparecera em Mortimer do nada. Ninguém conhecia sua família, e ele era reservado. Ninguém sabia onde morava, embora assumissem que fosse em uma das casas na praia, fora da cidade. Ninguém sabia quando entrava ou saía. Ninguém sabia que não dormia em uma cama fazia um ano.

Salem avaliou o saco de dormir. Parecia quente, confortável, ou tão confortável quanto um saco de dormir poderia ser.

Caz estava morando ali.

A pergunta era: por quê?

Salem o viu abrir a mochila de academia antes de lhe entregar uma toalha limpa e uma camiseta.

— Tem um banheiro ali no canto — ele indicou uma pequena porta ao lado. — Não é grande coisa, mas tem encanamento. Pode se limpar, se quiser.

Salem aceitou as roupas e a toalha em silêncio, a mente confusa, tentando processar tudo o que inundava seus pensamentos de repente. Caminhou até o banheiro. Caz estava certo: não era grande coisa. Tinha uma pia pequena, um chuveiro e um vaso sanitário, tudo muito básico e antigo, mas limpo.

Ligou o chuveiro, grata por estar acostumada a banhos frios, pois a água estava gelada. Lavou-se rapidamente, refrescando-se o máximo possível, e vestiu a camiseta dele. A peça caiu sobre seu corpo, muito menor do que o tecido, que foi quase até os joelhos, e ela desejou ter um espelho para ver como tinha ficado.

O mais rápido que pôde, saiu, precisando mais de respostas do que de qualquer outra coisa.

A luz da lua que entrava pela claraboia era a única iluminação enquanto se aproximava dele. Caz já estava dentro do saco de dormir e estendeu a mão para ela. Salem olhou para aquela mão — grande, talentosa, tatuada, que conhecia tão bem. Realmente não fazia ideia de quem ele era, não tinha pistas sobre seu passado ou sequer do seu presente. Tudo que achava saber sobre ele poderia não ser verdade. E, ao contemplar aquela mão, com o coração acelerado, percebeu que, no fundo, não se importava. Sabia que Caz havia lhe dado o único vislumbre de paz que já sentira, a única forma de afeto que sempre desejara, o único fragmento de vida que jamais experimentara — mesmo que tudo fosse temporário.

Respirando fundo, deslizou a mão na dele e sentiu-o exalar, como se estivesse segurando o ar junto com ela. Caz a puxou para baixo, e ela caiu sobre ele, uma perna de cada lado de seu corpo, as mãos apoiadas no peito, o cabelo envolvendo os dois. Sentiu-o fechar o saco de dormir ao redor enquanto o silêncio se instalava, não pesado, mas não pacífico, com perguntas e explicações pairando no ar.

As criaturas da noite continuavam a sinfonia do lado de fora enquanto ela ouvia as batidas do coração dele, que desacelerava aos poucos enquanto estava sobre ele, as mãos percorrendo o cabelo dela daquele jeito despretensioso de sempre.

— Eu sou muito pesada — sussurrou, sem querer quebrar o silêncio, mas ciente de que todo seu peso estava sobre ele. Não queria que ele morresse. Ainda não.

— Você é perfeita — murmurou ele em seu cabelo, a voz igualmente baixa.

Salem sentiu algo quente invadir seu estômago com as palavras.

E, então, do nada, a ficha caiu.

Vanguard.

A família que o pai tinha matado.

Salem se afastou, horror estampado no rosto, enquanto se virava de lado. Era ele? Aquilo era algum tipo de vingança? Porque o pai havia matado a família dele? Ou ela estava exagerando? O que era *real*?

— Salem? — Caz se ergueu parcialmente, alarmado.

— Você... — As palavras dela se perderam. — Vanguard.

O maxilar de Caz enrijeceu.

— Não uso mais esse nome.

Salem agarrou seu ombro, encarando-o nos olhos em busca da verdade.

— Meu pai matou sua família?

Caz suspirou, passando os dedos pelo cabelo, bagunçando-o.

— É complicado.

— Preciso que você me diga a verdade — exigiu, a angústia de saber que Caz a estava usando para se vingar a consumindo. — Fale agora, Caz.

Ele se deitou novamente, encarando o teto, e abriu o braço para ela.

— Venha aqui. É uma longa história.

Salem olhou para o espaço aberto, atraída, mas se conteve.

— E você vai me contar?

Caz assentiu brevemente. Salem se encaixou no espaço, enfiando-se ao lado dele, o rosto contra o peito, enquanto ele a envolvia com o braço.

— Seu pai matou os Vanguards — disse Caz, passando os dedos suavemente pelo cabelo da garota, num gesto que parecia acalmar tanto a ele quanto a ela. — Mas eu deixei de ser um Vanguard há muito tempo. Doze anos, pra ser exato.

— O que aconteceu? — perguntou Salem, baixinho.

— Meus pais morreram num acidente de barco — respondeu, a voz neutra, como se o fato não o afetasse. Ou talvez o afetasse demais. — Ainda não sei se foi acidente. Mas, depois que morreram, todos os bens e propriedades ficaram sob os cuidados do meu tio e da minha tia. Eles deram um jeito de alterar o testamento dos meus pais e, como meu irmão e eu éramos menores de idade, viraram nossos tutores. Não pudemos contestar.

O coração de Salem doeu ao perceber a dor em sua voz quando mencionou o irmão. Não sabia que ele tinha um. E, pelo nó no seu estômago, suspeitava que a história toda não tinha um final feliz.

— Onde está seu irmão agora? — perguntou suavemente, segurando a respiração enquanto ele olhava para o céu através do vidro.

— No céu — respondeu ele. — Uma estrela, bem ao lado da sua irmã. Olhe.

A dor em sua voz quebrou algo dentro dela. Sua própria mágoa, guardada e alimentada por anos, veio à tona, como se convocada pela dele, os pesares se encontrando, reconhecendo-se, entrelaçando-se em uma dança lenta.

Salem não olhou para o teto, mas para a tatuagem sob a mão dele, a estrela sobre o coração.

Pelo irmão perdido.

Salem a beijou suavemente, sem saber se poderia aliviar aquela dor. Mas se lembrava do que ele a havia ensinado quando ela desmoronara: esteja presente. Estaria ali por ele. Mostraria que ele não estava sozinho naquela agonia.

Seu braço a apertou levemente, e Salem sentiu o peso nas costelas aliviar, a respiração ficando mais fácil.

— Ele era quase adulto quando nosso tio nos deserdou e nos jogou na rua — continuou, no mesmo tom baixo. — Nossa herança foi dissolvida por causa dos advogados canalhas, nossas contas, congeladas. Nossas vidas viraram de cabeça pra baixo. Fomos de donos de uma mansão a moradores de rua, de carros de luxo a andar até os pés sangrarem.

Caz respirou fundo, como se as memórias o esmagassem, e Salem esfregou o peito dele, imitando como ele acariciava seu cabelo para confortá-la.

— Laz era um cara robusto, então se passou por adulto e conseguiu minha guarda — a voz de Caz soava baixa, carregada de memórias. — Ele era inteligente pra caralho, mas teve que largar a escola, porque não podíamos mais pagar pelos estudos. Nosso foco virou sobreviver.

Salem ouvia em silêncio, deixando que ele desabafasse, disposta a carregar um pouco daquele peso, se isso o aliviasse.

— Eu disse que ele era grandão? — perguntou ele, com um sorriso pequeno.

— Sim — ela engoliu seco, um nó na garganta. — Que nem você.

O sorriso dele se aprofundou.

— Eu sou maior do que ele era — sua expressão gradualmente desapareceu. — Ele começou a trabalhar como segurança de boate. O salário dava para alugar um cubículo e colocar comida na mesa. Eu mudei de escola e comecei a trabalhar meio período como garçom num bufê para ajudar. As coisas estavam indo... bem, ou, pelo menos, o melhor possível.

Salem esperou, deixando-o encontrar as palavras, acariciando-o enquanto ele, inconscientemente, brincava com o cabelo dela.

— Seu pai viu meu irmão na boate de um amigo. Eles se encontraram algumas vezes. Seu pai gostou dele e fez uma proposta.

Salem franziu a testa.

— Que proposta?

Caz soltou uma risada sem humor.

— A filha dele ia estudar na Universidade Mortimer. Ele não queria mandá-la sem proteção, com medo de que algo acontecesse.

Olivia. É claro que seu pai se preocupara com ela.

Caz continuou:

— Então, ele propôs um acordo: fazer amizade com Olivia, ser seu protetor e segurança secreto, e, em troca, ganharia bolsa integral na graduação que ele quisesse.

Salem abriu e fechou a boca, sem palavras. Conhecendo seu pai, fazia todo sentido. Era exatamente o tipo de proposta que ele faria.

— Seu irmão aceitou?

Caz assentiu.

— Não só por ele. Eu tinha interesse em pintura — seus lábios curvaram. — Laz tinha certeza de que eu seria famoso um dia. Ele escolheu cursar jornalismo, era a praia dele, e fez seu pai me arrumar uma bolsa na faculdade de artes, como se eu fosse herdeiro de alguma família tradicional. Não queria que eu fosse menosprezado pelos colegas.

Salem olhou para ele com admiração, tentando compreender aquele amor. Como seria ser amado e apoiado daquela forma? Queria ter conhecido Laz, mesmo que por um dia. Talvez ele pudesse lhe dar uma amostra daquele amor, tivesse mostrado a ela seu amor por Caz, como era verdadeiro, como era ser amado pelo irmão mais velho.

Queria que Olivia a tivesse amado assim.

Seu nariz formigou, e Salem o enterrou na pele quente de Caz para conter a emoção. As peças começavam a se encaixar, as mortes de Olivia e Laz dois anos atrás...

— Foi assim que você apareceu ano passado?

Caz hesitou antes de confirmar:

— Sim. Nunca mudamos nossos nomes, mas eu... tive que mudar.

Salem queria perguntar mais, mas um bocejo enorme a traiu.

Ouviu o homem rir baixinho.

— Durma. Conto o resto depois.

Ela sacudiu a cabeça.

— Não, eu quero saber. Tenho perguntas...

— Não vou a lugar nenhum, pequena áspide — sussurrou ele, as palavras uma promessa na escuridão. — Você está exausta. Descanse essa cabecinha linda.

— Mas...

— Nada de "mas" — virou-se de lado para encará-la. — Conversamos depois. Você precisa descansar.

— Como você sabe? — Ela franziu os olhos, teimosa.

Caz roçou os lábios nos dela.

— Porque você dormiu nos meus braços à beira do penhasco. Porque sua boceta foi tomada como nunca antes. Porque você está sentindo coisas demais, coisas com que não está acostumada. A escolha é sua.

A forma como ele a entendia, às vezes a deixava atordoada. Salem tinha tantas perguntas, tantas coisas que queria saber agora que a caixa de Pandora havia sido aberta... mas ele estava certo. Estava exausta, e talvez ele também estivesse. Talvez só precisassem de uma noite inteira de sono sem aquele peso de saber que estavam sozinhos.

E, observando-o, mesmo conhecendo-o tão pouco, percebeu que Caz também era solitário. Ele se deitava sozinho todas as noites em um mundo onde nada nem ninguém lhe pertencia. Salem conseguia sentir a dor dele, a agonia enraizada dentro dela que parecia ser a dele, só que em uma versão diferente.

Mas não precisava ser assim. Não mais.

Salem tomou uma decisão.

— Com uma condição.

Caz ergueu as sobrancelhas, em silêncio, questionando.

— Você se mudar para o meu quarto amanhã — declarou ela. — Vai dormir em uma cama todas as noites até o dia em que morrer, não importa o que aconteça entre nós. Eu prometo.

A ferocidade das próprias palavras a surpreendeu, e acendeu algo naquele olhar de pedra dele. Caz agarrou a nuca dela e puxou-lhe o rosto para um beijo longo, intenso — um que fez seus neurônios pegarem fogo outra vez.

Quando se afastou, foi apenas o suficiente para murmurar, com a mesma intensidade, as palavras roçando seus lábios como um juramento:

— E você vai estar na cama comigo todas as noites até o dia em que eu morrer. Eu prometo.

Salem queria, muito mesmo, que ele cumprisse aquilo.

Mas, naquele momento, ela apenas o abraçou e respirou.

A mente é seu próprio lugar, e, nela mesma, pode fazer um
Céu do Inferno, um Inferno do Céu.
— John Milton, *Paraíso perdido*

CAPÍTULO 28

SALEM

— Senhorita Salazar, a senhora me chamou? — a voz com sotaque de Anna, a empregada doméstica havia vinte anos da família Salazar, ecoou na linha, fazendo Salem recordar a casa onde crescera.

Anna nunca fora exatamente fria, mas nunca demonstrara afeição excessiva. O que sempre teve, e ainda tinha, era eficiência. E era exatamente por isso que Salem ligara. Se havia algo que precisasse ser feito, especialmente em segredo, aquela mulher corpulenta era a pessoa certa.

— Anna — Salem a cumprimentou, acenando discretamente para Aditi ao entrar na BBC. — Espero que esteja bem.

— Sim, senhorita — a voz da empregada era a mesma de sempre, como se o tempo a tivesse congelado desde o nascimento de Salem. — Em que posso ajudá-la? — Direto ao ponto. Salem sempre admirara aquela postura sem rodeios. Era um alívio no mundo em que vivera.

— Preciso que você faça algo por mim, Anna — começou Salem. — Com discrição. Minha mãe não pode saber.

Anna hesitou.

— Dentro dos limites, senhorita. Eu respondo à Sra. Salazar.

Salem já esperava isso. Anna era leal acima de tudo.

— É claro, nada inadequado, Anna. Você se lembra dos diários da minha bisavó? Foram levados para a casa após o funeral dela, se não me engano.

— Sim, senhorita — concordou Anna, refletindo por alguns instantes. — Estão todos em uma caixa no depósito. Você precisa deles?

Mulher esperta.

— Sim — respondeu Salem. — Há anotações importantes neles que vão me ajudar em um projeto. Me inscrevi em uma premiação especial este ano. Liguei para minha mãe, mas ela pareceu relutante em mandá-los. — Honestidade era a melhor política com Anna, especialmente porque poderia facilmente contar tudo para a mãe. — Você poderia embalar a caixa com cuidado e enviá-la para mim o mais rápido possível, por favor? Eu não pediria se não fosse urgente.

— É claro, senhorita. Você os receberá até amanhã. Tem algum endereço específico para onde devo enviar? Ou é para sua residência no campus?

— Para minha residência no campus, por favor — Salem sentiu um frio de excitação percorrer a espinha enquanto agradecia a Anna. — Ah, e mais uma coisa...

Então, mencionou o outro pedido e desligou, virando-se para Aditi. A amiga parecia cansada, da mesma forma que Salem vinha se sentindo nos últimos dias, até a noite de sono profundo que tivera, mesmo em um lugar não convencional e desconfortável. Caz ainda dormia quando ela se levantou, vestiu-se e saiu silenciosamente, voltando para o campus. Tinha uma reunião com o Dr. Bayne antes das aulas e não podia faltar.

Mas, agora, sua amiga tinha sua atenção.

— O que houve?

Aditi suspirou antes de responder:

— Problemas com garotos.

Salem apoiou-se no balcão.

— Baron?

A outra garota revirou os olhos.

— Quem mais eu estaria pegando regularmente?

Salem não disse nada, apenas esperou, com paciência, Aditi começar a desabafar. A amiga aguentou uns dez segundos antes de ceder e dizer:

— Ele está estranho. Bom, mais estranho ainda.

Salem franziu a testa.

— Estranho como?

— No começo, ele sempre ia embora depois que a gente... você sabe. Mas, nos últimos dias, não sei o que deu nele, ele fica a noite toda e só vai de manhã. Aí, hoje, ele simplesmente vazou, todo esquisito, dizendo que a gente tinha acabado. Quando questionei, ele ficou todo evasivo.

Sua amiga estava surtando porque Baron provavelmente estava desenvolvendo sentimentos por ela. Mas Salem sabia que Baron era um cara duvidoso. Duvidava que ele fizesse algo por pura emoção, sem algum plano em segundo plano.

— Você acha que talvez ele esteja sentindo algo a mais? — ofereceu Salem.

Aditi deu uma risada seca.

— Ah, é claro que não. O cara é fogo na cama, mas tem coração de gelo. Nós dois sabíamos exatamente no que estávamos nos metendo, e com certeza ainda não havia chegado ao fim. É outra coisa. Tenho um pressentimento.

O alarme da reunião tocou no celular de Salem, que guardou o aparelho no bolso.

— Olhe, tenho reunião com o meu orientador. Vamos conversar depois da aula. Também tenho algo pra contar pra vocês.

Os olhos de Aditi se arregalaram.

— Puta merda, aquele gostosão conquistou você?

Dessa vez, foi Salem quem riu. Acenou em despedida e saiu apressada do café, desviando dos pedestres enquanto caminhava rápido em direção à reunião.

O celular vibrou novamente com o habitual telefonema matinal da mãe.

— Bom dia, mãe — cumprimentou-a Salem.

Uma breve pausa.

— Você parece estar de bom humor — observou a mãe, com surpresa agradável na voz. — Imagino que tudo esteja indo bem?

— Sim — respondeu Salem, acelerando o passo ao contornar a fonte em frente ao prédio do castelo onde ficava o escritório do Dr. Bayne. — Como você está, mãe?

— Bem, agora que estou escutando você mais feliz — as palavras fizeram Salem diminuir o passo. Havia sinceridade no tom dela, o que a deixou confusa. A felicidade da filha nunca havia sido tema de conversa entre elas. Parecia ter vindo do nada.

— Enfim — continuou a mãe quando Salem permaneceu em silêncio —, a boa notícia é que temos compradores para duas de nossas propriedades. Estou gostando de exibi-las e de conseguir as melhores ofertas. Não é ótimo?

— É ótimo — concordou Salem. Embora não lhes faltasse dinheiro, o estilo de vida da mãe havia sofrido após o escândalo. Se vender propriedades lhe dava algum conforto na solidão, Salem apoiava. — Você já...?

Salem parou.

— Já o quê? — perguntou sua mãe.

— Já pensou em se mudar? Talvez recomeçar em outro lugar?

Ouviu a mãe rir suavemente.

— É claro que já — a risada se dissipou. — Mas serei uma Salazar independentemente de para onde eu vá. O que vejo aqui, verei em qualquer outro lugar. Sociedades como a nossa são muito pequenas.

Salem refletiu, pensando na realidade da afirmação, especialmente considerando o que Caz lhe contara. Havia parado de usar o próprio nome e se tornado outra pessoa. Aquela havia sido sua única proteção.

— E você nunca pensou em mudar de nome? — perguntou Salem em voz alta.

— Não — sua mãe respondeu imediatamente. — Este é o nome do homem que amei e com quem me casei. O nome de um legado do qual me tornei parte. O nome das filhas que carreguei em meu ventre. Podem nos tirar nossa vida, nosso lar, nossa reputação, mas nunca nosso nome. Não importa quais tragédias enfrentemos nem o que perdemos, este nome permanecerá conosco.

Salem sentiu-se muito comovida pela emoção na voz da mãe, algo além de orgulho. Era surpreendente, porque Salem sempre se sentira amaldiçoada com aquele nome, mas a emoção da mãe sugeria o contrário. Isso colocava sua mãe sob uma nova luz, fazendo Salem compreendê-la de outra forma.

— Enfim... — a mãe mudou deliberadamente de assunto, falando sobre coisas rotineiras antes de se despedirem.

Ela estava pensativa quando entrou no castelo pela pequena porta lateral, acessando diretamente o saguão inferior que dava para um pátio pequeno. A manhã estava surpreendentemente ensolarada enquanto seguia para o escritório do Dr. Bayne. A ala antiga do castelo, onde o escritório ficava permanecia fresca, apesar do sol lá fora, o pé-direito alto do corredor e as paredes de pedra criando correntes de ar. Salem puxou as mangas por cima das mãos, tentando protegê-las do frio que parecia morder-lhe a pele. Subiu as escadas de pedra até o segundo andar, estranhamente sozinha. Era cedo, mas normalmente já havia alguns alunos pelo campus. Será que era feriado e não sabia?

Ao chegar ao escritório do Dr. Bayne, virou à direita no patamar do primeiro andar, e parou abruptamente.

Vozes vinham de dentro do escritório. Vozes altas o suficiente para fazê-la congelar.

— Temos um buquê de quatro flores desta vez — disse uma voz masculina que Salem reconheceu. A mesma daquela noite, quando se escondera perto do escritório de Merlin. O homem que acompanhava Merlin. O que ele fazia no escritório do Dr. Bayne? De que buquê estavam falando?

— Precisamos de mais uma. E quantos jardineiros? — perguntou Dr. Bayne.

— Sete.

— É um bom número — disse uma voz arrastada que Salem também reconheceu.

Lara. O que ela estava fazendo ali? Dr. Bayne também era seu orientador?

A curiosidade falou mais alto. Agachando-se, aproximou o olho da fechadura, espiando, tentando ver o que estava acontecendo.

Dr. Bayne estava sentado em sua cadeira, ao lado de um homem desconhecido de perfil para ela. E Lara, de joelhos diante do estranho, fazia-lhe um boquete.

Salem tapou a boca com a mão, abafando qualquer ruído. O choque percorreu suas veias ao ver uma garota que conhecia superficialmente por anos, sempre o exemplo de recato e integridade, agora corrompida, de joelhos para um homem pelo menos três vezes mais velho, e na presença do Dr. Bayne.

Lara engasgava-se no pênis, saliva escorrendo pelos cantos da boca, o rímel manchando seu rosto, claramente visível para Salem.

— Para quando foi agendada a poda? — perguntou Dr. Bayne, examinando um arquivo com desinteresse, como se o sexo oral não estivesse acontecendo a um metro dele.

— Quando florescerem, após o inverno — respondeu o estranho.

Dr. Bayne assentiu.

— E os fertilizantes?

— Parece estar tudo bem — o homem que recebia o boquete resmungou.

Era uma conversa bizarra, e uma cena ainda mais bizarra, que fez Salem franzir a testa e se afastar da porta. Afastou-se rapidamente do escritório, saiu pelo saguão e entrou na escadaria principal, que começava a se encher de alunos indo para as aulas.

Salem seguiu para sua aula, incapaz de processar o fato de que o que testemunhara estava acontecendo tão perto de tantos estudantes. Sobre o que estavam falando? E o que diabos Lara estava fazendo ali, daquele jeito, tão cedo pela manhã?

Salem demorou demais para se mover, porque, um segundo depois, ouviu seu nome sendo chamado e virou-se para encontrar o Dr. Bayne na entrada do saguão, esperando por ela com seu habitual sorriso caloroso e genuíno. Seu cérebro não conseguiu associar aquela imagem ao mesmo homem que tinha visto dentro do escritório.

— Srta. Salazar — ele a cumprimentou. — Acabou de chegar?

Salem assentiu em silêncio, agradecendo pela primeira vez por não ser obrigada a falar, já que não conseguia encontrar palavras.

— Vamos — ele a convidou, caminhando em direção ao escritório. — Vamos resolver isso rápido para você não se atrasar para as aulas.

Salem entrou no escritório, um pouco hesitante, seus olhos caindo sobre o local onde Lara estivera ajoelhada, bem em frente à cadeira que ela costumava ocupar. O lugar parecia sujo agora, então foi até a janela e ficou olhando para fora.

— Está tudo bem, Srta. Salazar? — perguntou o Dr. Bayne, com preocupação na voz.

Salem o avaliou, concentrando-se para se livrar da emoção da situação e analisá-la de forma imparcial. Nada parecia fora do normal. Se não tivesse espiado pela fechadura, jamais teria desconfiado de que algo estava errado. Mas talvez não estivesse. E se aquilo fosse mais comum do que ela imaginava?

— Apenas uma noite mal dormida, Dr. Bayne — seria verdade se tivesse dito isso ontem. Hoje, era uma mentira descarada.

Dr. Bayne assentiu e se sentou, girando a cadeira para encará-la enquanto ela se apoiava na janela.

— Está preocupada com o prêmio? — perguntou. — Sua inscrição foi aceita sem problemas, apesar de você não ter pedido ao Dr. Merlin sua carta de recomendação.

Não havia repreensão em suas palavras, apenas curiosidade, como se esperasse que ela revelasse suas cartas, igual a como ela esperava dos outros. Conhecia aquele jogo. Então, simplesmente assentiu.

— Como eu disse, não senti que tínhamos intimidade suficiente para pedir, não como eu tenho com outros professores.

O Dr. Bayne a observou, seu cabelo brilhando sob a luz do sol que entrava na sala.

— Por que pensaria assim, Srta. Salazar? Ele me disse que você até conversou sobre sua irmã com ele.

Merlin era um fofoqueiro, e, aparentemente, o Dr. Bayne era um intrometido.

Salem apenas encolheu os ombros, esperando o professor prosseguir.

Continuaram daquele jeito por alguns minutos até que o Dr. Bayne assentiu de forma breve.

— Nesse caso, não há mais nada. Sua inscrição foi aceita. Você agora é uma das candidatas a um dos prêmios mais prestigiosos. Só queria saber como está indo seu projeto.

Salem ajustou a mochila no ombro.

— Está indo muito bem, na verdade.

— Você se sente à vontade para compartilhar do que se trata?

Se ele tivesse perguntado uma hora atrás, talvez ela tivesse lhe contado. Mas seus óculos, embora ainda estivessem no rosto, haviam perdido a lente cor-de-rosa com que via o Dr. Bayne, a ponto de questionar se ele realmente tivera uma filha que havia morrido, ou se era uma história inventada para gerar empatia e fazer as pessoas se identificarem com ele. Salem quase se sentiu mal por pensar assim, mas forçou-se a deixar a emoção de lado e a observar com a lente de uma investigadora.

Ajustou os óculos no nariz.

— Estou investigando alguns casos arquivados — disse, o que não era mentira. Todas as mortes que investigava tinham sido esquecidas ou tiveram os casos arquivados.

Dr. Bayne sorriu.

— Bem, se conseguir resolver um, isso certamente impressionará a banca quando revisarem as inscrições. Esse tipo de pensamento crítico e persistência pode ser de grande valor para a sociedade.

Salem assentiu.

— A forense nunca mente, professor — disse, mantendo o olhar fixo no dele. — Não importa o quão profundamente enterrada, a verdade sempre está lá. Basta alguém encontrá-la. Esse é o meu trabalho. Eu vou revelar a verdade.

O sorriso dele diminuiu uma fração, apenas uma fração, mas Salem estava atenta às microexpressões e viu. Manteve o rosto completamente impassível, grata pelos anos e anos de experiência terem vindo a calhar.

— Você vai se atrasar para a aula — Dr. Bayne apontou para a porta. Salem caminhou em direção a ela.

— E, Srta. Salazar?

Ela girou.

— Na próxima vez que tivermos uma reunião, certifique-se de estar bem descansada.

Salem esperava, do lado de fora do bar temático, por Aditi e Melissa. O Donzelas Bêbadas ficava um pouco afastado da cidade, no trecho da única estrada que ligava a universidade ao mundo exterior, cerca de meia hora a pé do campus. Embora pudesse ter chamado um táxi, o caminho era bonito: à beira-mar, com vistas deslumbrantes, praias e brisa de um lado, e uma mata densa e exuberante do outro. E, com o fluxo constante de estudantes indo e vindo, o trajeto nunca ficava completamente vazio.

Originalmente, havia planejado encontrar as amigas em frente à BBC e irem juntas. Mas algum problema no departamento atrasara as aulas delas. Então, pediram que Salem fosse na frente e garantisse-lhes uma mesa, prometendo encontrá-la lá.

Caz olhou para o celular novamente. Deviam ter chegado havia cinco minutos.

Uma notificação de mensagem apareceu na tela, acelerando seu coração. Era um novo número em seus contatos, adicionado mais cedo naquele dia.

Caz a encurralara num corredor pela manhã.

— Por que acordei e você tinha sumido? — perguntara ele, beijando e traçando uma linha em seu pescoço.

— Eu tinha uma reunião — ela soltou o ar. — Eu teria deixado um bilhete, mas...

— Mas? — Mais beijos.

— Eu não tinha nada.

— Você tinha seu celular — resmungou ele, fazendo um beicinho exagerado que a fez conter um sorriso.

Salem balançou a cabeça e entregou o aparelho a ele.

— Certo. Salve seu número.

Ele sorriu, triunfante.

Agora, olhava para a mensagem, sacudindo a cabeça ao ver como ele havia salvado o próprio número.

> *Amor da minha vida: Precisa deixar seu dedo na próxima vez.*
> *Amor da minha vida: Como diabos eu entro? Era esse o seu plano? Me prender no prédio das meninas? Vingança pelas demonstrações públicas, mesmo sabendo que você secretamente as adora?*

Salem sabia o que ele estava fazendo, por que agia daquele jeito,sendo dramático para que ela não se arrependesse da decisão nem ficasse desconfortável. Salem entrou nos contatos, editou o nome dele e digitou uma resposta.

> *Salem: Tem um teclado. A senha é 54639149.*
> *Peste da minha vida: Que tipo de psicopata usa um código desses?*
> *Salem: Eu. E é melhor você decorar.*
> *Peste da minha vida: Tá bom. Quando você volta para casa?*

Casa.

Salem piscou para a tela, surpresa pela onda de emoções que subitamente a invadiu. Nunca pensara em nenhum lugar como "casa". Tivera residências e quartos. Nunca um lar, não desde que crescera e abandonara a ideia.

Sabia que a palavra tinha o mesmo significado para ele. Sabia o que ele estava fazendo.

Merda.

Salem: Esperando as meninas. Espero que antes da meia-noite.

Peste da minha vida: Cuide da minha bocetinha.

A dita-cuja se contraiu levemente ao ser mencionada por ele. Só estivera com Caz uma vez, mas já estava insaciável, ansiosa para voltar, para estar com ele, para conhecê-lo melhor e cavalgá-lo até o êxtase.

Salem respirou fundo para se acalmar e saiu da conversa para ver a localização das amigas. Dez minutos. Estavam a caminho.

Salem bloqueou o celular e estava prestes a entrar para pegar uma mesa quando um cabelo claro chamou sua atenção do outro lado da rua.

Conhecia aquele cabelo. Admirava-o havia tempos, e, naquela mesma manhã, o tinha visto enrolado em um punho.

Lara.

As costas da garota estavam viradas para ela. Lara encarava o muro baixo que separava a estrada da pequena praia e, depois, do mar além. A escuridão caíra, e, além da luz do bar e dos postes distantes, tudo estava escuro.

Salem observou as costas da garota, uma sensação horrível torcendo seu estômago. Olhou em volta, procurando por alguém que a tivesse notado ou a acompanhado. Os estudantes agrupados do lado de fora do bar conversavam e riam, alheios à garota sozinha do outro lado da rua.

Sob a luz alaranjada do poste, seu cabelo parecia mais castanho-avermelhado do que loiro, e Salem sentiu um enjoo.

Parecia exatamente como Olivia daquele ângulo.

Sonho se misturando à realidade. O rosto decomposto de Olivia se sobrepôs às costas de Lara, e Salem mordeu o interior das bochechas.

Fique no presente.

Felizmente, Aditi e Melissa apareceram mais cedo do que esperado, e Salem acenou, apontando para Lara imóvel perto do muro.

Viu as amigas franzirem a testa enquanto atravessava a rua rapidamente. Lara estava assustadoramente parada.

— Lara? — Salem chamou-a com cuidado, sem querer assustá-la, caso estivesse perdida em pensamentos ou tendo algum colapso.

Lara se virou, o olhar vazio, como se tendo algum tipo de episódio.

Salem tocou seu ombro hesitante.

— Lara, é a Salem. Lara?

Nenhuma reação ou expressão. Era como se estivesse em estado de amnésia.

Aditi e Melissa se aproximaram, preocupadas.

— O que aconteceu com ela?

Salem balançou a cabeça.

— Não sei. Mas ela não está bem.

Aditi já estava com o celular na mão.

— Precisamos levá-la ao hospital — levou o aparelho ao ouvido. — Oi, sou eu. Sim, grite depois. Escute, temos um problema. Uma garota da faculdade de negócios está aqui fora do bar. Ela está... desorientada, não responde. Não sei, me diga você.

Salem ouvia a conversa com apenas um ouvido, concentrada em Lara. Pegou o pulso dela e pressionou-o com o dedo, olhando para o relógio. Um minuto se passou, e as batidas estavam normais. Nem altas nem baixas, como seria de se esperar. Será que era por causa do que acontecera de manhã? Ela havia sido estuprada? Salem poderia ter evitado aquilo?

Deu um passo em direção à garota, tentando alcançá-la, quando seu olhar pousou em algo que a deixou pasma.

O pequeno símbolo atrás da orelha dela. Uma tatuagem de um símbolo desconhecido. Lara estava marcada, assim como as outras duas pessoas mortas em seu quadro.

— Lara, se você estiver em apuros, precisa me contar — insistiu Salem, a voz urgente. — Quem fez isso com você?

Quando Lara não respondeu, Salem olhou para Aditi e Melissa, ciente de que estavam ouvindo. Ignorou-as e concentrou-se novamente em Lara.

— Eles estão te obrigando a fazer aquilo?

Um tremor.

Apenas um leve tremor nas pálpebras.

Mas era muito mais do que qualquer reação nos últimos minutos.

Salem agarrou as mãos de Lara, apertando-as com força, o coração batendo acelerado.

— Quem são eles, Lara?

Um som estalou no ar, fazendo Salem se virar bruscamente. Era apenas o alarme de um carro estacionado.

Antes que pudesse se acalmar, sentiu as mãos de Lara apertarem as suas por uma fração de segundo, antes da garota se soltar. Salem a olhou, surpresa, enquanto Lara fixava nela um olhar inesperadamente lúcido por um instante e dizia uma palavra que a atingiu como um soco no peito:

— Pássaro.

Antes que Salem pudesse processar o significado, Lara escalou o muro baixo e seguiu em direção à praia.

— Mas o que...?

Ouviu Melissa começar a falar e calar-se subitamente quando todas viram Lara, descalça, caminhando em linha reta para o mar escuro.

Não.

Sem hesitar, Salem pulou o muro e aterrissou na areia, agradecendo por estar usando botas confortáveis enquanto as amigas ficavam para trás, desequilibradas na areia fofa.

— Lara! — chamou, ouvindo as vozes das amigas alertando outras pessoas e pedindo ajuda. Alguém gritou pelo salva-vidas, que já deixara a praia devido à maré. Sabendo que havia apoio atrás dela, Salem correu atrás de Lara, que agora andava cada vez mais rápido em direção ao mar.

Salem sentiu o coração batendo forte no peito enquanto corria, as botas afundando na areia úmida.

— Lara, pare!

A garota continuou, quase correndo.

A luz não alcançava tão longe. As nuvens bloqueavam a lua. Salem só ouvia o sangue pulsando nos ouvidos e o som das ondas à frente, vendo o vestido branco de Lara como um farol na escuridão. Seguiu em frente.

— Lara, pense na sua família! — gritou, apelando para a única coisa que sabia que Lara amava.

Nenhuma reação.

— Salem! — Aditi berrou. — Salem, volte! A ressaca está vindo. Você não pode entrar!

Droga.

Parou na praia, tremendo da cabeça aos pés, dilacerada entre a própria sobrevivência e a salvação de alguém que estava conectada a tudo o que acontecia na universidade. Se a deixasse ir, o elo se perderia e qualquer chance de evidência desapareceria com a água.

— Salem! — Melissa também gritou seu nome, e Salem deu mais um passo à frente, observando Lara adentrar a maré que avançava. Queria correr, enfrentar as ondas e trazê-la de volta, levá-la a um hospital e exigir respostas.

Ela precisava de respostas.

Mas a água já tocava seus pés, enquanto a outra garota estava submersa até a cintura.

Lara se virou na água, e Salem finalmente viu um lampejo de vida em seu rosto. Ela olhou para Salem, e Salem para ela, sentindo a água em seus tornozelos.

Lara não disse mais nada. Apenas se virou, submergindo até o pescoço. Salem continuou a observá-la, paralisada, vendo a garota que conhecera a vida inteira ser engolida pelo mar.

Uma mão forte agarrou seu braço e a puxou para trás. Era Baron, arrastando-a para longe da água, com o salva-vidas ao lado. Seus pés o obedeceram, mesmo que a mente ainda tentasse processar o que acontecera.

Baron a levou de volta ao muro, onde as amigas esperavam junto a uma multidão e uma ambulância, a viatura da polícia chegava ao local. Assim que Salem alcançou o muro, Aditi e Melissa a envolveram em um abraço apertado, dizendo o quanto estavam preocupadas. Salem deixou que as palavras a inundassem, até perceber que os dentes batiam involuntariamente.

Baron a levantou com facilidade, colocando-a do outro lado do muro baixo, fazendo o mesmo com Melissa e Aditi, mas suas mãos permaneceram nos quadris de Aditi por um instante a mais.

Alguém envolveu Salem em um cobertor, e ela ergueu os olhos para ver um socorrista de semblante gentil. Outros já estavam na praia, com lanternas, tentando localizar Lara nas ondas escuras, na esperança de encontrá-la nadando.

— Vocês precisam ficar para prestar depoimento — um policial anunciou a todos, olhando especialmente para ela. Salem conseguiu assentir de leve.

— Liguei para van der Waal — disse Baron, encarando a amiga com uma seriedade que ela nunca tinha visto nele

— Deixe ele cuidar de você, Salazar.

Salem apenas apertou o cobertor ao redor do corpo, gelada até os ossos, os olhos fixos no mar, sem nenhum sinal da garota que havia entrado. Quantos corpos jaziam naquelas águas, desconhecidos e sem nome? Um calafrio percorreu sua espinha. Os dentes não paravam de bater.

— Ela está em choque — disse Melissaa alguém, envolvendo-a com um braço. Isso ajudou, mas não dissipou o frio que parecia ter se enraizado em seus ossos.

O som de pneus cantando no asfalto encheu o ar, e ela ergueu os olhos para ver Caz saltando de um carro, com uma expressão sombria e descontrolada no rosto, ferocidade nos olhos enquanto vasculhava a multidão. Finalmente, ele a avistou em seu pequeno grupo. Os olhos flamejaram e o maxilar se enrijeceu enquanto se aproximava em passos largos, a multidão se abrindo diante dele como o mar que nunca se abrira para Lara, todos seguindo o movimento dele com os olhos.

Caz foi até ela como uma tempestade, carregado de uma energia tão intensa que a cegava e eletrizava ao mesmo tempo. Invadiu seu espaço pessoal, as mãos enterrando-se em seu cabelo, inclinando o pescoço para trás para encará-la nos olhos. Ele os examinou, de um lado ao outro, e Salem olhou para os dele, turbulentos como nuvens de tempestade, sentindo-se no olho do furacão, atingida por um raio e subitamente em chamas.

Mas ela estava tão fria... E sabia exatamente o que a aqueceria.

E, então, como se entendesse perfeitamente do que ela precisava, talvez porque precisasse também, Caz a envolveu em seus braços, erguendo-a do chão, o cobertor caindo enquanto seu abraço substituía o calor — muito melhor, mais quente, mais apertado. Salem envolveu as pernas na cintura dele enquanto Caz simplesmente continuava ali, uma mão grande apoiando sua nuca e a outra segurando-a pelo quadril, cheirando seu cabelo e beijando seu pescoço no ponto que ela passara a considerar como dele, dada sua obsessão peculiar com aquele lugar.

O frio foi lentamente deixando seus ossos enquanto o abraçava de volta, agarrando-se a ele, escondendo o rosto no espaço sob seu pescoço, sentindo o pulso bater contra sua face. O bater de seus dentes e os tremores de seu corpo foram gradualmente diminuindo enquanto ele a aquecia de dentro para fora, sem dizer uma palavra, apenas com sua presença, apenas estando ali.

Um pigarro a trouxe de volta à realidade. Salem se escondeu no homem por mais um segundo, desejando poder ficar ali para sempre, que Caz fosse grande o suficiente para manter o mundo afastado.

— Queixo erguido, querida — sussurrou ele em seu ouvido, e ela soltou um suspiro trêmulo, afastando-se.

Olhou ao redor e viu que as pessoas os observavam, desde as amigas até os outros estudantes e os policiais que aguardavam seu depoimento.

Salem apertou o ombro dele uma vez e desenroscou as pernas enquanto ele a baixava.

Um dos policiais se aproximou, com um bloco de notas na mão.

— Gostaríamos de saber o que aconteceu.

Salem virou-se completamente para ele, percebendo que Caz assumira uma posição atrás dela, as mãos em seus quadris, a postura expansiva e imóvel, desafiando qualquer um a pedir que se retirasse, uma parede sólida de calor atrás dela, permitindo que Salem se apoiasse, confiasse e se fortalecesse nele.

Salem exalou lentamente, deixando as emoções se dissiparem enquanto focava no lado investigativo de sua mente, e relatou tudo ao policial, desde ver Lara e o boquete pela manhã a vê-la fora do bar, até o fim, contando tudo, apenas deixando de fora o símbolo tatuado atrás de sua orelha. As luzes continuavam piscando, os socorristas continuavam procurando, a multidão continuava observando.

Todos ao redor ouviram seu relato e, depois, deram os próprios depoimentos. E, durante tudo isso, o senhor das trevas, com fogo e enxofre em sua alma, permaneceu atrás dela.

No entanto, a vida e a morte são estados misteriosos, e sabemos pouco sobre os recursos de ambos.

— Joseph Sheridan Le Fanu, *Carmilla*

CAPÍTULO 29

SALEM

Já era meia-noite quando todos terminaram seus depoimentos e se dispersaram. A polícia informou que Lara não seria encontrada até que a maré baixasse pela manhã, e possivelmente acabaria sendo arrastada para outro lugar na praia — caso fosse encontrada.

Salem sentou-se em uma cabine do bar. O lugar ainda estava aberto e movimentado, com a cozinha funcionando para servir os clientes famintos que tinham passado horas lá fora. Nada como uma morte para fazer todo mundo falar, incluindo ela. Caz sentou-se de um lado, Melissa, do outro, e Aditi, à frente, com Baron ao seu lado. Haviam acabado de pedir comida e, embora parecesse insensível comer depois do que tinham testemunhado, a verdade era que estavam famintos. Salem não comia nada desde o almoço e, considerando o desgaste físico e mental que já sentia, precisava se alimentar, ou desmaiaria. E ela não queria isso. Precisava contar a Caz sobre a marca e fazer mais perguntas. Precisavam conversar.

Baron, evidentemente, estava na mesma sintonia. Ele tomou um gole de água, não bebendo álcool, porque estava dirigindo. Assim como Caz, que também dirigiria. Ele tinha um carro preto e elegante, no qual havia freado bruscamente mais cedo, deixando-o na rua antes de estacioná-lo corretamente. Salem não fazia ideia de onde o arranjara ou onde o mantinha escondido — os segredos dele a intrigavam cada vez mais.

— Então — começou Baron —, vamos falar sobre o esqueleto no armário.

E virou-se para Salem.

— Você viu Lara esta manhã no escritório do Dr. Bayne, chupando alguém? E então ela simplesmente saiu correndo para o mar?

Salem confirmou.

— Dr. Bayne é meu orientador. Estava me ajudando com a inscrição para os prêmios.

Salem percebeu o olhar que Baron e Caz trocaram e anotou mentalmente para perguntar sobre aquilo a Caz depois.

Aditi se remexeu, como se estivesse desconfortável. Salem arqueou as sobrancelhas para ela, e Aditi sussurrou um "depois". Salem assentiu.

A comida chegou, e todos começaram a comer. Salem deu uma mordida enorme, e nada elegante, no frango com purê de batatas. Caz deu uma mordida que levou metade do seu sanduíche de queijo grelhado. Agora, entendia por que ele pedira quatro.

Baron inclinou-se para a frente, cortando seu peixe grelhado. Colocou um pedaço no prato de Aditi e comeu o resto. A amiga experimentou o peixe, fez uma careta para ele e voltou a comer seu macarrão.

— É estranho comer assim depois do que aconteceu — disse Melissa enquanto mastigava seu macarrão delicadamente.

— Essa é a parte mais perturbadora. Não consigo parar de pensar em como ela nos encarava. Foi assustador. — Aditi concordou. — O que você acha, Salem? Sua opinião de especialista?

Salem forçou-se a engolir a comida, o sabor completamente insosso em sua língua, o nó apertado na garganta. As entranhas estavam agitadas. O rosto de Lara se transformou no de Olivia, sua falta de expressão se tornando a da irmã, e Salem mordeu o interior das bochechas para permanecer no presente.

— É difícil dizer sem examinar nada — informou, tentando mudar para a parte analítica do cérebro, tentando remover sua resposta emocional da situação, por mais difícil que fosse. — Se o corpo dela for encontrado e uma autópsia for feita, o relatório pode esclarecer, descartar qualquer narcótico, medicação ou reação alérgica, embora eu duvide muito de que tenha sido isso. Lara estava calma. O pulso estava completamente normal.

Caz mastigou enquanto refletia, engoliu, a garganta tatuada se movendo com o movimento.

— Talvez ela tenha tido um surto psicótico — ele sugeriu. — Se o que você viu esta manhã não foi consensual, é possível que a mente dela simplesmente não tenha aguentado e se dissociou do trauma. Acontece mais do que a gente imagina.

Baron murmurou:

— Possível.

Salem balançou a cabeça.

— Eu pensei nisso também, mas não faz sentido. Pareceu... específico. Não consigo explicar, não sem evidências. Por que a praia? Por que assim? Há tantas outras maneiras de ir, muito menos públicas e muito menos dolorosas, se era isso o que ela queria fazer.

— Talvez ela quisesse ter certeza de que todos vissem — ponderou Melissa.

A mesa ficou em silêncio, avaliando suas palavras. Salem incluída. Sabia que não era apenas um suicídio, não poderia ter sido. Ela podia até não gostar de Lara, mas conhecia a garota bem o suficiente para saber como ela via aquela situação. Lara estivera nos funerais de sua irmã e de seu pai, e, embora não tivesse sido má na época, sua opinião sobre suicídio tinha ficado clara: era irresponsável deixar a família para trás daquela maneira, e ela não faria isso. Somando isso ao símbolo estranho atrás da orelha e ao "pássaro" que ela dissera em um momento de lucidez, Salem estava convencida de que havia mais por trás daquilo e sentia que estava chegando mais perto das respostas. *Sentia* isso.

Terminaram de comer em relativo silêncio, um estranho grupo de pessoas. Pagaram a conta e saíram. As meninas a abraçaram novamente no estacionamento antes de Aditi e Baron partirem no carro dele, e Melissa voltou para dentro do bar para encontrar alguém, porque não queria ficar sozinha naquela noite.

Salem entendia.

Olhou para Caz do banco do passageiro do carro muito bonito e sentiu a mão dele ir até seu cabelo, afastando as mechas mais longas do rosto enquanto se recostava contra a janela.

— Como você conseguiu o carro? — perguntou ela.

Caz a olhou de relance antes de voltar sua atenção para a estrada.

— Uma das minhas pinturas foi vendida no ano passado.

Salem arqueou a sobrancelha.

— Então os rumores são verdadeiros?

— Quais? — perguntou ele em um tom irônico.

— Você vendeu pinturas por milhões? — disparou Salem.

— Uma pintura. Cinco milhões — respondeu Caz no mesmo tom.

Caramba. Isso era um bom negócio.

— Então por que ficar naquele templo assustador no meio da floresta? — perguntou ela, questionando por que ele não ficava em uma casa ou no prédio residencial, se tinha dinheiro para isso.

Caz ficou em silêncio por um longo minuto.

— Estava procurando minha musa.

Salem piscou com a resposta inesperada.

— Dormindo em um saco de dormir no meio do mato?

Ele encolheu os ombros.

— Na floresta. Meu estúdio na biblioteca. Só nesses dois lugares.

Salem ainda não tinha visto o estúdio dele na biblioteca. Embora se lembrasse de como o seguira até lá uma vez, numa vida passada... mas nunca descera.

— Parece que foi há tanto tempo — disse Salem em voz alta.

Caz sabia o que ela queria dizer. É claro que sabia.

— Parece.

Salem voltou ao assunto e disse:

— Então, você encontrou sua musa?

— Encontrei — confirmou, virando à direita para o estacionamento da universidade perto do portão principal. O prédio apareceu à vista, e entraram, descendo até uma vaga vazia.

Caz fez aquela coisa com as mãos que ela via as mulheres elogiarem na internet, embora nunca havia entendido o fascínio. Mas, observando-o enquanto colocava uma mão atrás do encosto de cabeça dela e girava o volante com a outra, suas tatuagens ficando ainda mais visíveis enquanto estacionava com precisão, Salem entendeu. Era atraente.

Assim que terminou, Caz desligou o carro e virou-se para ela, deslizando uma das mãos em seu cabelo.

— Encontrei minha musa numa praia, em uma noite escura — disse ele, segurando a nuca dela, seus olhos ardendo. — E ela era a criatura mais deslumbrante que eu já tinha visto, com cobras vivas nos cabelos e fogo nos olhos, mas feita de gelo.

Salem respirou fundo, lembrando vividamente daquela noite, quando Caz desenhava enquanto estava diante de um cadáver. Ele a achara deslumbrante, a sinceridade em sua voz convencendo-a de que falava a verdade. Aquilo a tocou, que Caz a visse de forma tão bela.

— Certo — sussurrou ela, a garganta apertada.

Um lado dos lábios dele se moveu.

— Vamos.

Caz inclinou-se e encostou o rosto no pescoço dela antes de sair do carro. Salem saiu também, sem esperar que ele abrisse a porta para ela, e o encontrou no portão, enfiando a mão na dele: quente e áspera, enquanto caminhavam de volta aos prédios residenciais. O castelo e o campus estavam vazios àquela hora, o vento mais frio do que na noite em que ficaram nus na clareira.

Chegaram ao prédio em um silêncio tranquilo, depois, subiram até seu quarto.

Salem abriu a porta e surpreendeu-se ao ver como o espaço parecia mais cheio com as coisas dele — uma mala ao lado do armário, o laptop e os acessórios na mesa ao lado das coisas dela. Mas não eram todas as coisas dele. Não tinha como viver com tão pouco.

— Onde está o resto das suas coisas? — perguntou ela, indo até o armário, onde as roupas de Caz já ocupavam o espaço que liberara de manhã. Camisas e blusas, calças e jeans, jaquetas e casacos, tudo em tons escuros.

— É só isso — respondeu ele, tirando as botas perto do sapateiro na entrada. — Levei a maior parte do material de pintura para o estúdio. Não preciso de muita coisa pessoal.

Salem o estudou. Por que vivia com tão pouco se tinha dinheiro? Algo não fazia sentido.

Sentou-se na cama e estendeu a mão, assim como Caz havia feito na noite anterior, e ele a pegou, exatamente como ela mesma tinha feito. Puxou-o para se sentar ao seu lado.

— Pacto de confiança, lembra?

Caz soltou um suspiro, inclinando-se para a frente, os cotovelos apoiados nos joelhos, e baixou a cabeça por um momento.

— Eu só...

Salem, instintivamente, começou a acariciar as costas dele, devagar.

— Fiquei um ano na prisão.

A mão dela congelou, completamente surpresa com as palavras.

— O quê?

Caz suspirou.

— Lembra do meu irmão, aquele que aceitou o acordo do seu pai e veio proteger sua irmã?

Salem assentiu, ainda paralisada, esperando uma explicação.

— Quando eu era mais novo, eu tinha problemas com excesso de raiva — admitiu com honestidade. — Laz sempre soube como me acalmar, mas, com ele longe e eu na escola, vivendo com um tutor temporário contratado por ele... bem, eu desandei.

Os dedos de Salem pressionaram levemente suas costas.

— O que aconteceu?

Caz se levantou de repente, como se o corpo estivesse agitado demais para ficar parado, e dirigiu-se à bolsa, a que mantinha consigo o tempo todo. Salem também se levantou, sem compreender o que estava acontecendo. Estaria indo embora?

Salem soltou o ar que havia prendido ao vê-lo revirar o conteúdo da bolsa até segurar algo pequeno em suas mãos grandes. As costas dele se expandiram enquanto inspirava profundamente, e, então, se virou para ela, invadindo seu espaço pessoal e pegando sua mão.

Salem olhou para baixo, para o objeto na mão, confusa, até reconhecer a tela rachada.

Seu telefone.

Seu telefone velho que havia quebrado ao cair no chão.

Seu telefone quebrado que havia entregado a um menino estranho numa noite oito anos atrás.

Seu telefone perdido que nunca tinha sido devolvido.

Salem encarou o aparelho, sentindo o peso na mão, o coração na garganta enquanto processava as informações que a atingiam em uma velocidade atordoante.

— Não entendo... — a voz de Salem sumiu.

Caz pressionou sua testa contra a dela, como da outra vez em que estavam na rua.

— Você estava usando um colar naquela noite — o rosto dele se afastou, e colou o nariz no pescoço de Salem, naquele ponto que ele adorava. — Era um daqueles colares de cobra chiques, que envolvia seu pescoço lindo.

Salem ficou sem ar, tanto pela revelação de que era ele o garoto que havia encontrado — aquele menino rude, cheio de raiva e revolta — quanto pelo fato de que ele se lembrava do colar que a mãe a obrigara a usar.

— Pequena áspide — murmurou contra seu pescoço, e ela sentiu os joelhos fraquejarem ao compreender, ele a chamava assim por causa daquela noite, não por causa de seu cabelo. Salem era pequena e usava uma áspide.

As camadas por trás do que pensara ser um simples apelido a atingiram. Não apenas por terem se encontrado, mas ter sido lembrada e reconhecida anos depois... Isso causou uma vertigem intoxicante que foi direto ao seu coração.

Então, Salem lembrou. Afastou-se um pouco, e Caz se endireitou.

— Você me chamou assim na praia na primeira noite — ela o acusou, sem maldade, mas cobrando tudo que ele escondera, que ainda escondia dela.

Caz assentiu.

— Eu sabia que você viria para Mortimer este ano.

Salem agarrou os braços dele, suplicando que lhe contasse tudo.

— Como?

Caz soltou um suspiro, a veia em seu pescoço saltando sob as tatuagens.

— Achei muito estranho, na época, uma garotinha mandando mensagens para um cara que não era seu namorado, mas, ainda assim, eram mensagens que ela não gostaria que ninguém visse — ele recordou, deixando-a novamente pasma por ser ele, aquele garoto alto e magro, rude e desequilibrado. — Eu invadi a festa com um amigo que foi pego tentando roubar algo, então, ele vazou, e eu estava correndo para o outro lado quando...

— Quando nos esbarramos — ela completou.

Caz afastou um cacho de seu rosto, os olhos dela ardendo.

— Reconheci seus olhos. São muito característicos dos Salazar, e havia visto seu pai com meu irmão algumas vezes. Soube imediatamente que você era parente dele.

Os dedos dela desceram dos braços de Caz para a cintura, segurando-o enquanto ele continuava brincando com seu cabelo, perdido em pensamentos.

— Senti que deveria proteger você, já que meu irmão fizera um acordo para proteger sua irmã. Então, peguei seu telefone e liguei para o meu irmão, contando tudo.

O irmão dele sabia daquilo?

Caz continuou:

— Laz me disse para descobrir o que estava acontecendo, se era algo de que você precisava ser protegida. Então foi o que fiz.

Salem prendeu a respiração, descendo os olhos ao peito dele, uma sensação quente de vergonha a inundando. Caz sabia o quanto ela estivera desesperada por um amigo, o quão baixo havia chegado apenas para ter a ilusão de algo remotamente parecido com isso.

Seus dedos tocaram o queixo dela, segurando-o, levantando seu rosto para que o encarasse. Salem não conseguia. Fechou os olhos, sem querer ver o que quer que estivesse no olhar dele.

— Olhe para mim — ele a ordenou, e, como sempre, o corpo obedeceu. Salem abriu os olhos, e ele a encarava, não como ela esperava, mas com intensidade, como sempre fazia, como se ela fosse o único foco de toda sua atenção.

— Você não fez nada de errado — disse ele, as palavras carregadas da mesma ferocidade.

Salem engoliu em seco.

— Eu fui burra.

— Você era uma criança — Caz a corrigiu. — Uma criança solitária. E ele era um predador, não um garoto de quinze anos como tinha dito.

Isso só piorava as coisas, confirmando o que sempre suspeitara.

Salem não queria mais falar daquilo, então mudou de assunto.

— O que aconteceu depois?

Caz ficou em silêncio por alguns instantes, o rosto deixando claro que sabia exatamente o que ela estava fazendo, mas, por sorte, continuou:

— Contei ao meu irmão. Sobre o grupo e sobre o que eu descobri.

Salem gesticulou para que continuasse.

— Laz entrou em contato com seu pai — Caz voltou a brincar com o cabelo dela. — O grupo se passava por uma organização estudantil para atrair universitários. Seu pai ficou furioso quando descobriu. Pediu que meu irmão reunisse provas, e o grupo se dissolveu.

Salem nunca ouvira falar daquilo, nem mesmo rumores.

— Mas ninguém ficou sabendo? Como?

Caz ficou tenso.

— Porque há outro grupo mais poderoso, e seu pai era membro. O meu também. Eles abafaram o caso.

Salem abriu a boca para fazer perguntas, o coração acelerando conforme rumores sobre sociedades secretas no campus se confirmavam. Mas, antes que pudesse questioná-lo, ele continuou, claramente querendo mudar de assunto.

— O cara com quem você conversava fugiu quando foram atrás dele voltou para a cidade. Meu irmão me pediu para vigiá-lo de longe e reportar.

Caz respirou fundo e se afastou, deixando-a desorientada enquanto o via caminhar até a janela, encarando o mar escuro lá fora.

— Eu segui o cara por alguns dias, reportando ao meu irmão para que ele informasse seu pai, até que o vi fazer... algo. — Seus dedos se apertaram no parapeito, as tatuagens se curvando como se estivessem vivas. — Minhas crises de raiva estavam à flor da pele, e eu perdi o controle. O cara foi direto para o necrotério. Mas eu era jovem. Então, em vez da prisão, me internaram em um centro socioeducativo.

Salem sentou-se novamente na cama, as pernas fracas.

— Quando você saiu?

— Dois anos depois — respondeu ele. — Quando atingi a maioridade. Meu irmão tinha feito... alguns contatos naquele meio tempo, e eles o ajudaram.

Salem olhou para o jovem diante dela, incapaz de acreditar em tudo que havia vivido, em quanta turbulência enfrentara. A força dele era impressionante, fazendo-a se sentir pequena, sua vida parecendo um passeio no parque comparada à dele.

— E então? — a voz dela saiu rouca.

Caz se apoiou na parede, ainda olhando para fora.

— Seu pai tinha criado um grande apreço pelo meu irmão ao longo dos anos. Pediu que ele considerasse um relacionamento mais permanente com Olivia.

— Como segurança?

Caz lançou um olhar significativo a ela.

— Como parceiro de vida.

Seu queixo caiu. Salem tentou se lembrar da época, alguns anos atrás, quando havia ficado seletivamente muda, passando pelos últimos anos do ensino médio e temendo tudo. Tentou recordar se o pai alguma vez mencionara um pretendente para Olivia, ou se a irmã falara sobre isso. Nada.

— Meu pai nunca disse nada — disse ela, incerta no que acreditar.

Caz encolheu os ombros.

— Laz e Olivia estavam juntos há algum tempo. Acho que seu pai sabia, mas, como gostava de Laz, e porque também pertencíamos a uma família tradicional, mesmo sendo pobres na época, ele não se importou. Talvez teria contado a vocês depois.

— Talvez — murmurou Salem, incerta. Sentia que não conhecera ninguém de verdade, sentindo-se ainda mais estranha para o pai, que nunca havia sido distante, mas, certamente, reservado com ela.

Então, teve um estalo.

— Você conhecia minha irmã?

Se Caz a conhecia, isso mudava tudo. Se soubesse a perfeição que era sua irmã, Salem nunca se compararia. Agarrou os lençóis, o coração acelerado enquanto encarava as costas do homem, implorando por uma resposta que aliviasse o nó em seu estômago.

Caz negou, e um suspiro lhe escapou, alívio inundando suas veias. Sabia que era egoísta, mas queria uma pessoa em sua vida que a conhecesse primeiro, a visse primeiro, a desejasse primeiro.

— Sabia pouco sobre ela — respondeu ele. — O que Laz me contava. Ele realmente se importava com ela, mas seu foco era nos tirar da pobreza e ganhar o suficiente para nunca faltar nada.

— E meu pai ofereceu isso a ele?

Caz assentiu.

— Não sei se Laz estava considerando aceitar, não até seu pai oferecer apagar meu histórico e enterrar Caz Vanguard. Ofereceu-lhe uma nova identidade, uma que não pudesse ser rastreada, e a opção de retomar o nome Vanguard no futuro, se quisesse.

Salem era capaz de ver o pai fazendo aquilo. Os Salazar eram uma linhagem poderosa, ainda mais liderados pelo pai astuto. Podia vê-lo oferecendo um futuro a um jovem, não por bondade, mas para assegurar o irmão mais velho como aliado para sua primogênita. Embora Caz achasse que o pai dela gostava de Laz, e talvez gostasse, Salem sabia que o fato de os Vanguard serem uma família tradicional importava. Laz era o herdeiro de um império, roubado cruelmente, mas com potencial para retomá-lo com a ajuda do pai.

Na verdade, não se surpreenderia se seu pai tivesse orquestrado o encontro com o garoto, vendo uma oportunidade e agindo de forma calculada, mas sutil para que parecesse mais natural e menos planejado.

Tudo se encaixava.

— Então você virou Caz van der Waal — ela deduziu, assentindo consigo quando tudo começou a fazer sentido. — Onde você esteve antes de Mortimer? Saiu do centro e... depois?

— Eu já era van der Waal. Meu irmão ainda era Vanguard, ainda estava em Mortimer com sua irmã — explicou. — Laz não queria que nos vissem aqui juntos e isso acabasse revelando nossa ligação. Arruinaria o disfarce.

Salem assentiu, embora Caz estivesse de costas e, portanto, não a viu.

— Então me mandou para uma faculdade de artes no exterior — continuou. — Fiquei lá, falando com ele todo dia, visitando nas férias, até sua...

Caz fez uma pausa.

Salem seguiu a linha de pensamento dele.

— Até minha irmã morrer — completou.

Finalmente, ele se virou, apoiando-se na janela, as mãos agarradas ao parapeito de forma semelhante a como Salem se agarrava aos lençóis.

— Sim — afirmou, com uma expressão sombria. — Isso abalou Laz, tanto por gostar dela quanto porque deveria protegê-la. Havia falhado, e Laz odiava falhar mais do que tudo.

Uma respiração profunda encheu os pulmões dele, o corpo retesando, e Salem se preparou.

— A última vez que falei com ele, alguns meses após a morte de Olivia, ele me disse que estava investigando a morte de sua irmã — contou Caz em voz baixa.

— A pedido do meu pai?

Caz balançou a cabeça.

— Por conta própria, porque as coisas não faziam sentido. Então, desapareceu depois disso.

Salem piscou, surpresa.

— Como assim "desapareceu"?

— Desapareceu, Salem — o maxilar oscilou. — Continuei ligando, o número estava fora de área. Liguei para seu pai, e ele estava... instável. Estava prestes a vir para cá quando recebi uma carta de Laz.

Salem mordeu o interior das bochechas, esperando.

— Era uma carta de "prevenção de danos", enviada caso ele não me contatasse por uma semana. Dizia que algo estava errado e que, se não tivesse entrado em contato, era porque não podia. Que as chances de estar morto eram altas. Mas deixava claro que não cometeria suicídio; se estivesse morto, era obra de alguém.

Salem sentiu os lábios se separarem.

— Então você não sabe se ele realmente morreu?

Tristeza profunda tomou o rosto de Caz.

— Agora sei — disse, olhando para o mural de investigação dela, que estava coberto. Salem olhou para o objeto, conhecendo cada detalhe, até que, de repente, compreendeu.

Homem não identificado.

O estudante de jornalismo fazendo perguntas.

A dor de Caz ao ver o mural pela primeira vez.

Laz Vanguard. O protetor da irmã. O irmão de seu amante e, pelo que parecia, um irmão incrível.

O olhar de Salem disparou para Caz, o peso da realidade se assentando — ela mesma havia confirmado o pior pesadelo dele. Seu corpo congelou, mas forçou-se a entrar em movimento, levantando-se e caminhando até ele. Estendeu-lhe a mão, tocando seu braço com cuidado, deixando a sinceridade transparecer.

— Sinto muito — sussurrou, sem saber o que mais dizer.

Caz tirou as mãos do parapeito e as colocou na cintura dela, puxando-a para entre as pernas, os rostos agora na mesma altura, ele encostado na janela.

— Me abrace — pediu ele suavemente, e Salem, na mesma hora, envolveu os braços no pescoço de Caz, aliviando o peso no peito dele, inspirando o cheiro do homem até preenchê-la, acalmá-la, enquanto ele fazia o mesmo, seus braços musculosos envolvendo-a completamente.

Salem pressionou beijos leves em seu ombro, murmurando "sinto muito" repetidamente, e Caz apenas a apertou com mais força, o rosto enterrado em seu pescoço. Após longos minutos daquele abraço, daquele conforto mútuo, ele se afastou um pouco.

Capturando o olhar dele, afastou uma mecha de cabelo daquele rosto marcante, deixando a mão em sua mandíbula, sentindo a aspereza da barba sob os dedos.

— Já terminamos com as histórias por hoje? — perguntou Caz, e, embora ela tivesse mais perguntas, muitas delas surgindo das novas informações que tinha agora, podia ver que revelar tudo aquilo cobrara seu preço dele. Suprimiu a curiosidade diante do cansaço de Caz e assentiu levemente.

Os ombros dele relaxaram.

Olhando para Caz e conhecendo a si mesma, sabia que ambos precisariam descansar antes de retomar a rotina no dia seguinte, embora suas rotinas tivessem virado de cabeça para baixo nos últimos dias. De algum modo, Salem estava surpreendentemente bem com isso, com a adaptação a uma nova rotina ao lado dele.

Ela se afastou e o levou em direção ao banheiro.

— Venha.

Tirando as roupas pelo caminho, jogou-as no cesto de roupa suja sem se virar para ver se Caz a seguia. Sabia que sim, não apenas pelo formigamento nas costas que o olhar dele causava, mas pelo calor do corpo que sentia se aproximar.

Ouviu o farfalhar de roupas sendo tiradas enquanto ajustava a água do chuveiro, desta vez morna, e entrou, molhando pele e cabelos, limpando-se.

Sentiu Caz entrar atrás dela, encurralando-os na pequena cabine de vidro que, de repente, parecia cem vezes menor com o corpo imponente ocupando cada centímetro de ar, preenchendo-o por completo.

Observou fascinada quando Caz inclinou a cabeça para trás, as tatuagens no pescoço ganhando destaque: flores e vinhas entrelaçadas com caveiras e cabeças de serpente que desciam pelo peito para unir-se às demais. A água batia em seus músculos, escorrendo em fios pelo torso largo, pelo abdômen definido, pela linha fina de pelos que levava à virilha, levando ao membro pesado que ela se lembrava de sentir dentro de si na noite anterior.

Só havia passado uma noite? Parecia uma eternidade.

— Se continuar me olhando assim — disse ele sem abrir os olhos, de alguma forma consciente do olhar —, amanhã não vai conseguir andar sem me sentir.

Seu ventre contraiu, mas ela o ignorou e aceitou o desafio.

— Ou talvez seja você quem fique com esse problema.

Com isso, ajoelhou-se, fazendo o que desejava desde que o tinha visto nu, e o envolveu com a boca.

O rosnado que Caz soltou foi a confirmação de que, pelo menos para eles, tudo estava certo no mundo.

Lidaria com o resto amanhã, lidaria com as mortes amanhã. Naquela noite, ele estava ali, ela estava ali, ele estava vivo, ela estava viva, e ambos iriam *viver*.

Quero que todos os amantes mortos ouçam nossas risadas e, com elas, se entristeçam. Quero que um sopro da nossa paixão torne consciente o seu pó, faça de suas cinzas sofrimento.

— Oscar Wilde, *O retrato de Dorian Gray*

CAPÍTULO 30

SALEM

Salem estava deitada na cama, com Caz encostado ao seu lado, olhando para ela, apoiando-se no cotovelo enquanto acariciava o cabelo dela.

Essa era sua parte favorita de estar com ele. O sexo era incrível, mas o que vinha depois a tocava profundamente, quando ele se aconchegava suavemente, a acariciava com cuidado e a segurava com firmeza. Na sequência, com as guardas baixas, a intimidade fluía entre eles.

— Você está bem? — perguntou ele, a voz grave, e ela percebeu que, por mais intenso que fosse, era aquele lado dele que a fazia se apaixonar ainda mais.

Salem assentiu. Estava dolorida, da melhor maneira possível, mas bem.

Passou os dedos pelo maxilar de Caz, maravilhada com a liberdade de tocar, sentir, simplesmente existir.

— Eu gosto disso — murmurou.

— Do meu rosto? — ele a provocou.

Salem soltou uma risada.

— Sim. Mas também disso. De nós. Assim.

Caz enrolou uma mecha de seu cabelo no dedo.

— Do que exatamente você gosta?

Salem interrompeu a carícia, refletindo sobre a pergunta.

— Gosto da sua delicadeza comigo depois de ser tão intenso. Gosto que você me dá o que preciso, tanto sexual quanto emocionalmente. Esses momentos tranquilos... eu gosto deles.

Caz cutucou seu nariz.

— Olha só você, caidinha por mim.

Salem lhe lançou um olhar bravo fingido, e ele riu, uma risada rica e luminosa que preencheu suas rachaduras internas, um bálsamo para a alma depois de tudo que acontecera.

Caz a puxou para perto, virando-se para aconchegá-la por trás, e pressionou um beijo em seu pescoço.

— Durma.

Salem sentiu as pálpebras pesarem e se acomodou.

Na manhã seguinte, o campus fervilhava.

Evidentemente, a notícia sobre o ocorrido com Lara na noite anterior se espalhara, com algumas testemunhas contando suas versões aos amigos, outras apenas repetindo boatos.

Salem parou em frente ao bloco administrativo, ao lado da antiga biblioteca, a parte mais antiga do castelo destinada à papelada burocrática. O fato de ficar ao lado do que havia sido uma prisão era levemente perturbador, especialmente ao se lembrar dos rumores que a policial lhe contara.

Estava a caminho de buscar o pacote que Anna enviara quando parou abruptamente. Os portões principais da universidade eram visíveis dali, e avistou uma van de imprensa estacionada, com a mesma repórter que cobrira a morte de Tanya. Agora, a mulher apontava para a universidade com o microfone, enquanto outra operava a câmera.

Curiosa, Salem desviou seu trajeto em direção ao portão, onde alguns estudantes se aglomeravam.

— Embora a Universidade Mortimer seja uma das instituições de ensino mais prestigiadas e exclusivas do mundo — ouviu a repórter dizer ao se aproximar —, há uma história perturbadora de mortes que permanece enterra atrás de seus muros. Como não obtivemos permissão para entrar, estamos aqui nos portões. O que realmente acontece nesta universidade? Esses estudantes, vindos das famílias mais elitistas, estão realmente seguros?

Salem ponderou as palavras no exato momento em que os olhos da repórter pousaram nela. Os olhos da mulher se arregalaram.

— Vire a câmera — ordenou a repórter à operadora antes de encarar Salem através dos portões. — Esta é a filha de Javier Salazar.

Droga. Seus olhos.

Salem já começava a se virar para ir embora quando a repórter teve a audácia de gritar:

— Você sabe por que seu pai matou a família Vanguard, Srta. Salazar? Sua família tinha uma rixa com eles? Ouvi dizer que ele tinha um caso com a Sra. Vanguard e foi descoberto.

As mãos de Salem se cerraram em punhos, mas ela manteve posição, consciente dos estudantes que agora a observavam. Não era nada que já não tivesse escutado antes, mas sempre evitava responder. Agora, sabendo o que sabia, tornando-se quem se tornara, ela não fugiu. Pelo contrário, virou-se para encarar a repórter diretamente, erguendo o queixo com a arrogância que aperfeiçoara, vestindo seu manto de gelo até sentir o frio emanando de si.

— Saia.

Poderia estar coberta de escândalos, mas era uma Salazar, e esse nome ainda tinha peso.

— Mas eu não estou na propriedade da universidade — retrucou a repórter, quase triunfante.

— Sim, está — Salem rebateu, derrubando-a do pedestal metafórico. — Os 40 km^2 ao redor dos muros ainda são propriedade da universidade. Tem uma placa no início da rua. Aprenda a ler.

O rosto da repórter enrubesceu.

— Você a ouviu — a voz desleixada de Baron ecoou ao lado. — Isso aqui é propriedade privada, e você a está invadindo.

Outros estudantes também se juntaram ao coro, até que a van da imprensa recuou. Salem acenou para Baron em agradecimento. Os outros ainda hesitavam, mas um olhar dele foi suficiente para dispersá-los.

Baron a observou, admirado.

— Você mudou.

Salem ergueu a sobrancelha.

— Você não me conhece bem o suficiente para dizer isso.

O homem riu.

— Pesquisei bastante sobre você para saber que nunca enfrentou a imprensa antes, nem mesmo quando perseguiram você e sua mãe depois de tudo. Isso foi... inesperado. Van der Waal parece estar influenciando você.

Salem ignorou o comentário e o calor que causou nela, a memória de Caz a preenchendo na noite passada, dele deslizando para dentro dela naquela manhã antes mesmo de estar totalmente acordada, a penetrando como uma fera insaciável antes de lhe dar o mais delicado dos beijos e partir, tudo isso a inundando.

Guardou os pensamentos para si e fez a pergunta que sempre quisera fazer:

— Por que pesquisou sobre mim?

Baron pareceu enrijecer levemente, os olhos desviando-se antes de se voltarem a ela.

— Bem, as Salazar e os Vanguard estão entre as famílias de herdeiros mais antigas. Foi um choque... para todos, o que seu pai fez. Não fazia sentido. Por isso investiguei sobre você quando soube que viria.

Salem notou sua hesitação.

— Você quer dizer que foi um choque para o grupo secreto do qual meu pai fazia parte? — perguntou, evitando mencionar Caz, já que a identidade dele não havia sido revelada.

Baron pareceu paralisar, olhando ao redor antes de levá-la para um local mais reservado.

— Como você sabe disso?

Salem encolheu os ombros.

— Sou herdeira de uma família tradicional, lembra? — Deixou que ele pensasse que sabia por causa da família.

Baron a estudou.

— Sim, mas é surpreendente, porque, por mais ultrapassado que seja, as mulheres das famílias tradicionais não sabem do grupo. Como você sabe?

Salem manteve o rosto impassível.

— Ouvi meu pai falando sobre isso no escritório quando era mais nova. Sei desde então.

Soava plausível, especialmente porque Baron já sabia que ela era bisbilhoteira.

— Hum — resmungou ele, não convencido, mas deixou para lá. — Tenho que ir para aula. Um conselho? Não conte a van der Waal que você sabe.

Salem apertou o celular em mãos.

— Por que diz isso?

— Digamos que — começou ele, andando para trás — ele não é quem parece ser. Uma carta fora do baralho. Estranhamente leal a eles.

Ou talvez fosse um disfarce.

— E você não é?

Baron deu um sorriso afiado.

— Sou leal apenas a mim mesmo.

E foi embora. Aditi tinha trabalho com ele. Afastando as palavras do homem, Salem voltou ao caminho original em direção ao bloco administrativo.

O dia estava sombrio, cinza, causando uma depressão sazonal em qualquer um que gostasse de sol. A névoa persistia ao redor dos joelhos, as pedras do caminho brilhando com a umidade, o ar pesado com gotículas invisíveis que deixavam seu cabelo armado mesmo com o coque. Apertou o casaco contra o corpo, afastando o frio enquanto seguia rapidamente para a entrada.

Um saguão com uma recepção à direita, escadas amplas levando a um espaço de escritórios à esquerda, paredes de pedra aparente e lustres em tetos altos, toda a arquitetura característica de Mortimer a recebeu ao entrar.

Um senhor mais velho estava atrás do balcão.

— Posso ajudá-la?

Salem dirigiu-se até ele.

— Sim, recebi um pacote.

— Carteirinha de estudante, por favor.

Salem entregou o documento, observando enquanto ele o escaneava e a devolvia. O homem virou-se e pegou uma caixa de papelão de uma prateleira atrás dele, colocando-a sobre o balcão.

— Aqui está, Srta. Salazar — estendeu um formulário junto com uma caneta. — Por favor, marque que o pacote não contém nenhum dos itens proibidos e assine aqui.

Rapidamente, marcou como seguro e assinou.

Ao pegar a caixa, seus músculos protestaram contra o peso, obrigando Salem a colocá-la de volta na mesa. Olhou para a embalagem, sabendo que carregá-la sozinha até o quarto, subindo a ladeira do campus, seria impossível.

Desbloqueou telefone e acessou as mensagens:

Salem: Tá ocupado?
Peste da Minha Vida: Diga.

Nem sim, nem não. A resposta dependia do que ela pedisse.

Fofo.

Foco.

Salem: Recebi um pacote importante. Está pesado. Posso deixar no seu estúdio na biblioteca?
Salem: Não quero carregar até o quarto.
Peste da Sua Vida: Indo.

Apenas uma palavra, e os músculos dela relaxaram.

Bloqueou o celular e esperou, caminhando até o mural de avisos, vendo diferentes anotações que falavam sobre as provas nas próximas semanas, um baile beneficente de fim de ano organizado pela reitoria e para o qual todos os estudantes estavam convidados, e que o recesso de fim de ano seria logo em seguida.

As próximas semanas seriam intensas.

Os pelos na nuca se eriçaram com aquela percepção familiar, a forma como as moléculas ao redor dele vibravam contra sua pele. Virou-se e viu Caz adentrar o saguão, seus olhos fixos nela.

Então sentiu, aquela forma intensa e feroz com que Caz a olhava, sentiu o ventre se contraindo. O peito pressionando as costelas. A boceta pulsando com as memórias dele. Mas, principalmente em seu pensamento, a intensidade quando trocavam olhares, disparando neurônios em seu cérebro, mudando seus receptores, realinhando-os para receber a sensação sobrecarregada. Sentiu a eletricidade que percorria sua espinha e se espalhava pelo corpo.

Estremeceu, daquela forma deliciosa, agora associada a ele. Seus olhos flamejaram, pois ele também a tinha visto.

— Oi — ele a cumprimentou com aquela voz de mar revolto e fumaça, uma voz que ela sabia talhar pecados em sua pele e fogo em sua carne. A resposta de Salem foi um "oi" ofegante.

Um pigarro do atendente a fez lembrar que não estavam sozinhos. Seu rosto ficou levemente vermelho.

— É isso? — perguntou Caz, indicando a caixa.

Salem assentiu, observando com admiração enquanto ele a levantava como se não pesasse nada. Os músculos marcados sob o casaco, da mesma forma que quando a erguia ou a imobilizava.

Uma onda de apreciação feminina a percorreu, afetando o ponto latejante entre as pernas. Isso havia se tornado um problema constante. Desde aquela noite na floresta, quando o sentiu, o poder, o peso dele dentro dela, seu corpo se preparava imediatamente para recebê-lo sempre que estavam próximos. Embora, para ser honesta, isso já acontecesse muito antes daquela noite.

Caz saiu pela porta e ela o seguiu, o vento frio batendo em seu rosto enquanto se enrolava mais no casaco, observando-o enquanto ele rapidamente se dirigia ao próximo prédio e entrava na biblioteca.

A bibliotecária acenou e voltou ao seu livro picante. Salem descobrira que ela tinha uma queda por aquele tipo de literatura, e, ao ver o homem musculoso na capa, cabelos longos e escuros, peitoral reluzente, abraçado a uma beleza curvilínea quase transbordando do vestido, não a julgava.

Seguiu Caz até o fundo da biblioteca, onde uma porta levava ao estúdio no subsolo, o mesmo lugar onde se lembrava de ter entrado em pânico, e de ele ter surgido atrás dela, na primeira vez que estiveram tão intimamente próximos.

Seu coração acelerou quando a porta se abriu, revelando novamente aquele espaço estreito e a escadaria apertada. As mãos começaram a tremer. Caz parou, virando-se para olhá-la, seus olhos calculando algo.

— Fique aqui — ele a instruiu, e ela estava mais do que feliz em obedecer, permanecendo do lado de fora da porta, segurando-a aberta com das mãos enquanto a outra apertava a bolsa.

Observou enquanto Caz descia as escadas com a caixa, desaparecendo de vista. Um baque ecoou lá embaixo quando a largou e, então, subiu novamente com passos largos.

Salem manteve os olhos nele enquanto se aproximava. Ele envolveu o braço em sua cintura e a puxou para dentro, fechando a porta atrás dela. O clique da fechadura ecoou, encurralando-a novamente entre as paredes de pedra e ele, impedindo sua respiração.

Antes que pudesse processar, estava suspensa no ar, as pernas sobre os ombros de Caz, seu rosto quase tocando a pedra enquanto se equilibrava com as mãos no teto, a sensação de estar presa amplificada pela forma como ele a imobilizara contra a parede.

— Mas o quê...?

As palavras morreram em sua garganta quando os dentes dele puxaram a calcinha para o lado, assim como puxara seu suéter anteriormente, o rosto enterrando-se sob a saia do uniforme, sua boca encontrando-a.

Salem sentiu o pânico se misturar ao prazer, a combinação eletrizante do clitóris até o cérebro, conectando-se tudo de forma inesperada enquanto ele a mantinha imóvel e começava a devorá-la.

— Ai, Deus — gritou ela, incerta sobre o que sentia, o corpo confuso entre os instintos de lutar, fugir ou ceder, suas palmas pressionando a pedra acima para se equilibrar.

A agressividade de sua boca deixava claro que não estava brincando, não estava saboreando nem prolongando. Caz a empurrava direto para o abismo, a língua traçando desejos devassos em seu clitóris, as mãos firmes em suas coxas mantendo-a estável naqueles ombros largos.

Salem enterrou uma das mãos em seu cabelo, contorcendo-se contra seu rosto, perseguindo o prazer que sabia que ele podia lhe dar, enquanto o rosto contra o teto trazia à tona a memória de estar presa, seu coração disparando enquanto começava a ofegar.

Não precisou implorar, ouvir sua voz nem fazer nada, ele a levou até o limite, movendo a boca habilidosa sobre os nervos como se fossem dele, enviando onda após onda de sensações por seu corpo.

Então ele a mergulhou.

Salem levou a mão do teto até a boca, abafando o grito que lhe escapou da garganta quando o orgasmo a atingia, seu corpo estremecendo, as coxas tremendo, os dedos dos pés se enrolando.

Durou apenas alguns segundos, ou talvez minutos — ela não sabia. Continuou amolecida, olhando para o teto de pedra, deixando o coração acelerado se acalmar enquanto Caz recuava, os dentes puxando a calcinha de volta ao lugar antes de deixá-la deslizar pela porta até sentir o chão sob os pés novamente.

Salem piscou para o roto dele, vendo sua boca e queixo brilhantes com seus fluidos, então, ele se inclinou para um beijo longo, fazendo-a sentir o próprio gosto de maneira tão indecente, tão decadente.

— Por que você fez isso? — Salem suspirou quando ele se afastou.

— Para substituir a memória ruim — seu nariz acariciou o pescoço dela enquanto falava contra sua pele. — Quero ser o único vilão que você enxerga. O único demônio que te arrasta para o Inferno.

As palavras deveriam assustá-la, mas, em vez disso, a excitaram. Saber que Caz podia dominar suas vulnerabilidades, devorá-las por completo e rir disso, lhe deu um vislumbre de poder.

— Você é louco — sussurrou. E ele era.

— Por você? — Colou um beijo no pescoço dela. — Completamente. — Outro *beijo*. — Absolutamente. — Mais *um*. — Sem vergonha nenhuma.

— Por quê? — Salem não entendia. Ninguém jamais a desejara com tanta intensidade. Nem mesmo com o passado que compartilhavam, não compreendia.

Caz se endireitou, enterrando os dedos no cabelo dela para forçá-la a encará-lo, sentindo-se completamente cercada por ele.

— Porque a vida com você vale mais que a morte. Porque você faz o artista em mim arder para criar, o homem em mim arder para tomar, o assassino em mim arder para proteger. Você me faz querer viver, Salem. Me dá um pingo de paz neste caos. Isso é motivo suficiente?

Salem apenas o encarou, emoções em um turbilhão, visão embaçada, nariz formigando, garganta apertada enquanto se agarrava a ele.

Apenas concordou, os lábios trêmulos procurando palavras que não encontrava, e Caz pressionou sua testa contra a dela, acalmando os tremores, as palavras gravando-se no cérebro de Salem, alterando sua química, seus componentes, seu ser.

Para uma garota nunca aceita, nunca desejada, nunca amada, que havia sido mais abandonada do que recebida, que aprendera a aceitar a solidão eterna, independentemente de quanto tempo seria, aquelas palavras...

Salem sentiu a chama acesa por elas queimar lentamente em seu coração de gelo, aquecendo-a por dentro, transformando-a em um nível molecular, mudando sua forma, refazendo tudo o que havia sido e transformando-a no que poderia ser. Apertou a chama contra o peito, guardando-a no íntimo, e deixou-se dissolver por ela.

Para ela, as palavras de Caz não eram "motivo suficiente".

Eram *tudo*.

Eles me viam, mas eu não era visto.
— Albert Camus, *O mal-entendido*

CAPÍTULO 31

SALEM

Depois de balançar o mundo dela, tanto física quanto emocionalmente, Caz a levou escada abaixo pela primeira vez, deixando-a em seu estúdio, já que precisava sair.

Ela olhou ao redor da sala, um espaço enorme que um dia fora uma masmorra, mas que, agora, era o estúdio dele, logo abaixo da biblioteca.

As paredes de pedra cinza eram irregulares e desniveladas naquele cômodo sem janelas, semelhante a uma sala, com arcos nas portas dividindo o espaço. Conseguia imaginar que, antigamente, havia gaiolas de ferro nos arcos, que mantinham pessoas trancadas ali, e que tinham sido removidas ao longo dos anos.

Um sofá-cama surpreendentemente confortável estava encostado em uma parede, enquanto uma fileira de prateleiras, semelhantes às da biblioteca acima, ocupava o outro lado, repletas de materiais de pintura, uma mochila de academia parecida com a que Caz deixara em seu quarto e um par de botas reserva. Uma lareira estava esculpida na parede logo ao lado, vazia, mas presente, e podia imaginar uma época em que a lenha devia ter queimado ali. Não era mais necessária agora, já que o aquecimento central da biblioteca acima e o isolamento do porão mantinham o ambiente aquecido.

Mas foram as telas, das quais conseguiu ver onze, todas de tamanho semelhante àquela que ele usara na floresta ao pintá-la, que chamaram sua atenção. Porque, ao contrário das que ele cobrira com um plástico opaco, estas estavam totalmente expostas.

E.

Eram.

Deslumbrantes.

Salem sentiu o ar ficar preso na garganta ao caminhar em direção àquela que chamara sua atenção: uma pintura grande, em tons de preto, cinza e azul, de uma mulher nua e sem rosto, deitada de costas, sendo arrastada pelas pernas por uma figura encapuzada. Era uma imagem perturbadora, que evocava desconforto nela, mas não podia negar o talento puro diante de seus olhos.

Virou-se para outra pintura, ainda mais perturbadora, feita em tons de preto e marrom — outro nu, desta vez, de um homem morto, com um rio de sangue escorrendo de sua boca, um crânio oco cobrindo o pênis de uma forma desconfortável.

Salem passou para a próxima tela. E para a próxima. E a próxima. Até ter visto todas as onze e entendido o que a anotação no arquivo dele, feita por seu supervisor, significava. A arte dele era não convencional, era perturbadora e provocativa. Feita para ser assim, e isso deu a ela um vislumbre de quem ele era por dentro — alguém que entendia a escuridão, entendia a morte, entendia a natureza perturbadora e delirante disso. Assim como ela.

E, embora não fosse nenhuma especialista na técnica, o uso do claro e do escuro em seu trabalho era notável. O fato de Caz conseguir criar algo assim em uma tela em branco, com ideias da própria cabeça, era verdadeiramente inspirador.

O fato de tê-la levado a seu covil secreto, uma masmorra de escuridão onde ninguém entrava e ninguém via suas criações, um lugar que era famoso por manter privado, fez algo dentro dela amolecer. Era como se aquilo ali fosse o mural de assassinatos dele.

Deixando a mente voltar ao motivo pelo qual estava ali, Salem se virou para a caixa em que guardava os diários da bisavó. Arrastou a caixa até o sofá, chutou as botas e se acomodou.

Então, abriu a caixa lacrada, olhando para a dúzia de cadernos de couro, todos com o ano inscrito ordenadamente na primeira página, naquela letra elegante da falecida senhora.

Salem tirou todos e os organizou por ano, empilhando-os ao lado, então, abriu o que correspondia ao ano em que a bisavó havia chegado a Mortimer.

Este diário pertence a Evelin Anderson
Ano: 1920

Salem folheou as páginas até encontrar o dia específico em que Evelin havia chegado a Mortimer.

21 de julho
O castelo é diferente de tudo que já vi. É tão vasto, tão bonito. Há floresta e mar no mesmo lugar, e, meu Deus, eu nunca os havia visto antes. Minha humilde casa fica em um lugar cheio de sol, e é estranho estar aqui, onde ele é tão raro.

As pessoas ainda não foram muito gentis. Pertencem a famílias com mais riqueza do que eu poderia sonhar...

Salem leu as páginas, absorvendo o relato da bisavó sobre a universidade e as pessoas ao redor. Era uma experiência muito estranha ler sobre o lugar onde ela estava, ver como ele era antes e o quanto havia, ou não, mudado, saber que sua própria história havia começado ali, com a mulher que escrevia aquilo.

Saber e ler eram duas coisas diferentes, as palavras tornavam a linhagem da qual ela vinha muito mais real.

Salem continuou a percorrer os parágrafos lentamente, até que o tom mudou.

19 de dezembro
Eu era cética. Não acreditava no folclore nem nas fofocas que as empregadas contavam sobre Mortimer, até ontem à noite. Tive uma noite agitada. Incapaz de dormir, saí do quarto para caminhar e gastar energia. Ninguém estava acordado naquela hora. Era noite de lua cheia, clara e intensa demais, como uma fruta madura em excesso, então decidi deixar a vela de lado e me envolvi no meu manto.

Salem virou a página.

Fui até o penhasco, caminhando pela trilha que levava à praia. Mas os degraus eram muito altos e minha camisola, muito longa. Era perigoso, então segui na direção oposta, em direção ao farol.

Salem inclinou-se para a frente, muito curiosa sobre o que a bisavó diria a respeito do maldito farol.

Dizem para nunca irmos lá, que é assombrado pelos espíritos dos antigos guardas que nunca foram encontrados. Dizem que é assombrado pelos espíritos de todos que estiveram lá, que o farol os engole por inteiro e nunca os deixa escapar.

Nunca acreditei nas fofocas, até ouvir os sons e ver a sombra se movendo na janela, iluminada pela luz da lua, uma figura encapuzada com o rosto dos mortos, que desapareceu em um piscar de olhos.

Mas que diabos...?

Salem releu as palavras, incapaz de acreditar no que estava vendo. O relato da experiência da própria bisavó, uma mulher que conhecera como prática e severa, não fantasiosa ou caprichosa.

Aquilo não coincidia com o que ela sabia da senhora.

Continuou lendo.

Corri de volta para o quarto e rezei. Não quero ser assombrada. Não quero morrer. Deveria tê-las escutado.

Deveria ter ficado longe daquele farol. Há mortos rastejando por estas terras, espíritos nas pedras, demônios na escuridão, e eu rezo para que não me encontrem.

Salem sentiu um calafrio percorrer seu corpo, de repente consciente de que estava sentada sozinha em uma sala que, um dia, abrigara prisioneiros que haviam morrido, seu sangue e lágrimas absorvidos pelas paredes.

Olhou ao redor e viu as pinturas que a cercavam, mais imagens de morte e escuridão, e não teve vergonha de admitir que estava assustada.

Salem era prática, como Evelin. Não caprichosa, não fantasiosa, mas racional e crente em evidências. E estavam ali, em suas mãos: provas. Era isso que a assustava ainda mais.

Fique no presente.

Foque nos fatos.

Afastando a sensação, voltou ao diário, com medo do que encontraria nas próximas páginas. Para sua surpresa, e felicidade, Evelin escrevera apenas sobre a universidade dali em diante: sobre conhecer o bisavô de Salem, sobre como ficara encantada por ele, sobre como ele a seduzira. As sobrancelhas de Salem se ergueram. Pelos relatos, o bisavô fora um sedutor que não se preocupava com a moralidade e o decoro da época, seduzindo descaradamente a moça de boa família até ela engravidar antes do casamento, e, então, se casar com ela para que concluíssem a graduação juntos, já com seu primeiro filho.

Aquela parte da história da família nunca era contada. Sempre lhe disseram que os dois se conheceram, se apaixonaram e se casaram. Nada de bebê fora do casamento — algo escandaloso para a época. Tiveram seis filhos depois e viveram uma longa vida juntos, e o bisavô faleceu poucos anos antes da esposa.

Chegava a ser romântico, na verdade.

Salem devorou os diários, um após o outro, o tempo voando, até saber tudo o que havia nas páginas. E, com exceção daquela única menção ao farol, não havia nada fora do comum neles.

Nada... exceto uma coisa.

Uma lacuna nas anotações. Não teria chamado atenção, se Salem não tivesse notado o padrão: Evelin fazia uma anotação por semana, todas as semanas, por anos e anos, sem falhas... exceto uma vez. Nenhum registro por duas semanas. Exatamente antes de conhecer o bisavô de Salem.

Não achava que Evelin poderia estar doente, porque, se estivesse, teria anotado. Mas não, ela simplesmente retomou de onde havia parado, como se aquelas duas semanas de silêncio não tivessem sido importantes.

Mas, para Salem, que estudava padrões, era uma falha gritante.

Ao fechar o último diário, um pequeno pedaço de papel caiu quando o colocou de lado. Ela o pegou, virando-o para ver alguns esboços rudimentares, nenhum deles claro o suficiente para que pudesse distinguir, com a tinta e o papel desbotados. Virou-o e, logo, viu algo escrito com tinta igualmente desvanecida.

Querida amiga,
Eu acredito em você. Os aldeões falam sobre tê-los visto perto
do farol. Eles usam capas nas noites de Lua Cheia
e algo ruim acontece perto do Ano-Novo
Escreverei quando souber mais.

Mais palavras apagadas.

Ano-Novo.

Seu cérebro focou nisso.

A irmã havia morrido pouco depois do Ano-Novo.

Salem se recostou e tentou entender as coisas.

Que existia algum tipo de sociedade secreta no campus, já sabia. Talvez várias. E, pelo pouco que percebia, atuavam havia décadas. As mortes que estava investigando agora poderiam estar conectadas a elas? Seria possível? Olivia e Laz teriam morrido pelas mãos de algo do tipo?

Salem abriu os e-mails no telefone, aqueles que Olivia havia enviado e que guardara, e os examinou detalhadamente, com novos olhos, tentando ver se havia alguma pista em um algum.

Lia devagar, tentando se manter distante da emoção que a ameaçava sempre que via as antigas palavras da irmã, analisando-as de forma clínica. Um parágrafo chamou sua atenção.

Salem, não sei se você verá isso, mas sei que é a única inteligente o suficiente para descobrir. As coisas saíram do meu controle. Fiz coisas que nunca deveria ter feito. Eles me obrigaram. Mas agora é tarde demais.

Eles me obrigaram.
Ano-Novo.
Figura encapuzada.
Farol.

Salem estava quase certa, depois de tudo aquilo, que havia ou um grupo que levara sua irmã à morte ou um assassino em série cujo alvo eram alunos inteligentes. Não sabia sobre os outros, talvez estivessem conectados, talvez não. Mas as palavras de Olivia ecoavam em seus ouvidos.

Eles me obrigaram.

Uma sensação de presságio se instalou em seu estômago, o nó nas entranhas se retorcendo. Salem soube, cercada por diários e e-mails escritos pela família morta, que estava perto das respostas.

E pretendia descobrir, de uma vez por todas, quais eram elas.

Sim, você sempre me estimará. Represento para você todos os pecados que nunca teve coragem de cometer.
— Oscar Wilde, *O retrato de Dorian Gray*

CAPÍTULO 32

SALEM

As semanas seguintes passaram num borrão de rotina nova.

Salem dormia noites inteiras, só ocasionalmente sonhando — na maior parte do tempo mergulhada num sono profundo e reparador, envolta de calor e por Caz, depois de ser fodida até não poder mais e, então, adorada e acariciada de um jeito que a deixava mole.

Acordava antes dele, saía para caminhar e voltava com um café para cada, um ritual que compartilhavam enquanto conversavam, aprendendo a se comunicar — habilidade que Caz, francamente, dominava melhor que ela. Poupavam água tomando banho juntos, e ele geralmente lavava o cabelo dela, arranjando qualquer desculpa para tocá-los e brincar com as madeixas. Caz saía antes, e, depois que ela se arrumava, Salem seguia para as aulas.

Amava seu currículo. Os professores estavam impressionados e lhe davam projetos mais avançados que o curso, e a garota adorava superar as expectativas, com sua paixão por forense se destacando. Embora o conteúdo fosse intenso, dominava tudo, sendo excelente tanto na prática quanto na teoria, ansiosa para arrasar nas provas da semana seguinte.

Em algum momento do dia, Caz a encontrava onde quer que ela estivesse no campus e a beijava por alguns minutos antes de sair correndo. Sabia que ele estava terminando as pinturas. Caz confessara uma noite, depois de terem gozado juntos e relaxado, que seu trabalho seria exibido pela primeira vez no baile beneficente, já que era seu último ano na universidade, e depois seria leiloado. Era isso que o mantinha ocupado, estava finalizando uma coleção, principalmente sua obra-prima, a qual se recusava a mostrar.

Depois das aulas, Salem passava um tempo com as amigas, parte essencial da nova rotina. Aditi e Melissa, descobrira, eram pessoas maravilhosas e ainda melhores amigas. Agora que vinha se abrindo lentamente, aceitando que talvez sua companhia tivesse algum valor, também tentava ser uma amiga melhor.

Aditi ainda vivia seu vai-e-volta com Baron, que nunca dava explicações por terminar o caso, mas sempre se infiltrava de volta em sua vida. Melissa também começara a sair com alguém — o cara que conhecera no bar na noite da morte de Lara.

Lara nunca foi encontrada depois que a maré baixou. A família foi contatada e recolheram os pertences dela. Salem lembrava de tê-los visto devastados ao partirem, completamente confusos. Compreendia aquela incompreensão.

Entre o Dr. Bayne e o homem que havia visto, Salem tentava decifrar o que estava acontecendo.

Sabia que existia uma espécie de sociedade secreta em Mortimer, uma para os herdeiros, da qual tanto o seu pai quanto o de Caz fizeram parte, e que agora incluía Caz e Baron. O que ela não entendia era como as mortes poderiam estar relacionadas a eles, especialmente se a sua irmã e o irmão de Caz, ambos herdeiros, haviam sido vítimas. Não compreendia a conexão entre Merlin e as mortes, embora ele claramente guardasse "lembrancinhas". E não sabia qual era o vínculo do Dr. Bayne e do homem em seu escritório com tudo aquilo.

Mas havia uma conexão.

Porque Olivia e Laz morreram, ambos herdeiros.

Merlin tinha pertences de Olivia e de outras vítimas.

Dr. Bayne e o homem estiveram com Lara, que também morrera.

Estava tudo conectado, podia sentir, sabia que estava perto de decifrar, mas algo faltava, a peça final do quebra-cabeça — que Caz certamente sabia qual era, mas escondia dela. Salem não sabia se era por ainda não confiar totalmente nela ou por outro motivo. Talvez quisesse contar, mas não pudesse. Talvez fosse contra as regras de seu clube "só para meninos". Talvez a estivesse protegendo.

Havia muitas conjecturas e poucas conclusões.

Permaneceu no penhasco sob a luz do amanhecer, enquanto a escuridão se dissipava lentamente, o frio e a névoa envolvendo-a como tentáculos, mantendo-a refém ali.

O vento rugia, assim como as ondas quebrando na costa. As flores silvestres que, antes, dançavam ao vento à beira do penhasco, agora, murchavam com o frio, aguardando a mudança da estação e a aparição de novos brotos.

Olhar para as flores a lembrava da conversa bizarra que ouvira no escritório do Dr. Bayne, sobre buquês, flores e jardineiros. Poderia ser literal sobre flores ou algum código, mas não sabia qual.

Frustrada, sacudiu a cabeça e olhou para o farol ao longe, imaginando onde sua bisavó estivera, talvez exatamente onde ela estava agora. Pensava muito naquele registro do diário — algo que também mantinha para si, sem intenção de contar a Caz até que ele revelasse o segredo que ainda escondia.

O celular vibrou, interrompendo seus pensamentos. Olhou para a tela e viu o nome da mãe, ligando pela manhã, como sempre.

Atendeu.

— Bom dia, mãe.

— Você pediu que lhe enviassem os diários de Evelin? — sua mãe iniciou, indo direto ao ponto, com a voz firme. Salem se surpreendeu por ela ter demorado tanto para descobrir. Provavelmente, estivera distraída demais para notar, ou simplesmente não se importava. Pela experiência passada, Salem tendia a acreditar na segunda opção.

— Sim — confirmou, observando o mar e perguntando-se por que os diários eram tão importantes para a mãe. Evelin não era avó dela mas do marido falecido. Só a conhecera depois de casada, então não poderia haver memórias afetivas ligadas aos diários, não como as que Salem poderia reivindicar.

A mãe ficou em silêncio por um longo momento. O vento assobiava ao redor de Salem, agitando seu casaco; o cheiro do mar, da floresta e do inverno enchendo suas narinas.

— Você precisa deixar isso para trás, Salem — disse a mãe com determinação. Salem conhecia bem aquele tom. Ela o escutara a vida toda quando a mãe a obrigava a fazer coisas que não queria, comparecer a eventos que detestava, ser educada com pessoas que preferia evitar.

Mas foram as palavras, mais que o tom, que fizeram a garota parar.

— Deixar o quê para trás, mãe?

— Essa necessidade de revirar túmulos.

Salem franziu levemente a testa.

— O que você quer dizer com isso?

Ouviu a mãe suspirar.

— Você sempre foi assim, Salem. Essa necessidade de descobrir a verdade combinada com sua teimosia está em você desde o dia em que nasceu. Sempre olhou para tudo com curiosidade, querendo saber como algo aconteceu, como algo funcionava. Chegamos a pensar que você cresceria e se tornaria engenheira ou algo do tipo — a mãe riu brevemente, antes de ficar séria novamente.

Salem enfiou a mão livre no bolso, tentando entender o que a mulher estava dizendo. Permaneceu em silêncio, esperando que continuasse.

— Seus interesses ficaram mais sombrios — refletiu a mãe. — No começo, ficamos preocupados com você. Era compreensível. Mas você só queria desenterrar corpos, descobrir as verdades. Havia algum conforto nisso, suponho, em vez do que temíamos que você se tornasse.

— Uma assassina, você quer dizer? — perguntou diretamente, ciente, por suas pesquisas, de que demonstrava o que um estranho poderia interpretar como sinais de comportamento criminoso, embora nunca tivesse tido tal impulso.

— Sim — respondeu a mãe, com a mesma franqueza. — Mas você não se tornou... E eu sei que não fui a melhor mãe para você. — O reconhecimento pairou entre elas, fazendo Salem apertar o telefone. — Mas eu sempre te amei, Salem. Você é, e sempre será, minha filha. É por isso que preciso que você deixe isso para lá agora. Encontre paz.

O nariz de Salem formigou com as palavras da mãe. Era a primeira vez que conversavam por tanto tempo, a primeira vez que a mãe soava genuína com ela, a primeira vez que Salem se lembrava de ouvir que era amada de verdade, e não em uma frase vaga e distraída.

Ou talvez a mãe sempre tivesse dito aquilo, mas Salem nunca tivesse ouvido.

Ela tentou ver a própria infância por outra perspectiva, tentou remover sua emoção da situação e analisar pelo ponto de vista da mãe. Uma mulher que não era má de forma alguma, cujo mundo girava ao redor de duas filhas: uma que era como o dia, e outra, como a noite, uma excepcional e a outra excêntrica. Talvez Salem tivesse se fechado tanto emocionalmente que nunca acreditava quando a mãe estendia a mão, nunca via os gestos como genuínos, só porque ela era diferente com ela do que era com a irmã.

E, apesar de tudo, a mãe ligava para ela todas as manhãs para saber como estava. Talvez o que Salem interpretava como controle fosse algo mais complexo. Talvez tudo fosse mais complexo.

O mundo não era preto e branco como ela pensava. Era como as pinturas de Caz: um espectro de tons de preto, cinza e branco, de pontos escuros e de luz. E Salem já não sabia se estava certa ou errada, com tudo dentro dela confuso e cinza, como o ambiente ao redor.

— Sabe — começou a mãe quando ela não respondeu —, eu dei a você e a sua irmã nomes que significam paz. Queria que fossem meninas plenas e pacíficas, que espalhassem alegria e paz por onde passassem.

Bem, com ela, o nome tinha falhado espetacularmente nesse aspecto.

Você me dá um pingo de paz em um mundo de caos.

As palavras dele, gravadas em sua alma, voltaram à mente. Talvez o nome não tivesse falhado completamente com ela. E talvez ela não tivesse falhado completamente com o nome. Talvez houvesse espaço para variantes na vida.

Salem engoliu em seco.

— Sei que também não fui a melhor filha para você — admitiu. — Sei que ela foi. Sei que você a amou de um jeito que nunca vai me amar.

— Salem...

— Eu já aceitei isso — interrompeu-a Salem.

— Me desculpe — sussurrou a mãe.

Não era culpa dela. Salem nunca acreditara que merecia ser amada. No fundo, ainda não acreditava, mas, agora, pelo menos sabia que era desejada. Por seus amigos. Por seu amante. Por si mesma.

— Podemos começar de novo? — perguntou a mãe, suavemente. — Você é minha única filha agora. E, neste último ano, eu te vi, Salem. Sua tenacidade, sua ternura, sua força. Não entendia quando você era criança, mas essas são suas qualidades. Você me fez me sentir mais forte pela forma como seguiu em frente.

Aquilo significou muito para ela. Sabia que também era difícil para a mãe mudar e se adaptar a um novo mundo, admitir seus erros e pedir desculpas. Salem valorizava isso.

— Tudo bem, mãe — disse. — Podemos tentar.

A mãe soltou um suspiro.

— Então você precisa parar com essa busca por respostas que não existem. Acredite, Salem, eu também tentei e sempre dei de cara com paredes. Esqueça isso, por favor. Não quero te perder também.

Salem não podia prometer isso. Não depois de tanto tempo investido, não quando sentia na alma que estava *tão* perto. Precisava das respostas, e, de repente, percebeu que a mãe podia saber algo.

Ignorando o pedido, fez outra pergunta:

— Mãe, você já ouviu o pai falar sobre os Vanguards?

A ligação ficou pesada. Pôde sentir pelo silêncio que se seguiu depois da pergunta. A mãe odiava aquele nome e nunca quisera ouvir falar dele desde a tragédia do pai.

Salem imaginou o que ela pensaria ao saber que a filha estava dormindo com o "inimigo", a morbidez da ideia, de se envolver não só com um Vanguard de sangue, mas com o irmão mais novo do garoto que protegera Olivia porque tinha sido pago pela família. Era escandaloso.

Se a sociedade descobrisse seu envolvimento com um Vanguard, o escândalo seria monumental— o fato de terem se unido, apesar do rio de sangue entre as famílias.

Só de imaginar suas expressões, deu vontade de rir, algo surpreendente por si só, já que Salem *nunca* ria.

— Por que a pergunta? — a mãe questionou secamente.

Salem a ignorou.

— Eles também eram uma família de herdeiros, não eram?

A mãe suspirou alto, como se tentando ter paciência.

— Sim, Salem. Também eram herdeiros. Cinco gerações, se me lembro bem. Éramos amigos, nossos filhos tinham idades próximas. Até o acidente que destruiu aquela família.

A história batia com o que ela sabia.

— E os meninos?

— Mortos, provavelmente. — A mãe hesitou. — Não, espere. Um deles sobreviveu, creio. Pelo que soube, passaram por dificuldades depois de serem deserdados. Um virou criminoso.

Caz. Salem já sabia de tudo, então confirmava a veracidade das informações.

— O meu pai comentava sobre eles?

Percebeu que a mãe tentava se lembrar.

— Talvez os tenha mencionado. Nada relevante. Por quê?

Então o pai não havia contado à mãe sobre contratar Laz Vanguard, sobre considerá-lo como genro, nem sobre enterrar os registros de um jovem Caz. O pai não havia contado à mãe sobre o clube e seu fim, nem sobre o fato de que Caz observara e matara o homem que vazara as fotos de Salem.

— Nada — Salem respondeu. — Só curiosidade mesmo.

Um sino soou ao fundo, no outro lado da ligação.

— Preciso ir — disse a mulher. — Falei sério sobre tudo, Salem.

— Eu sei, mãe.

— Quero começar de novo — ela disse, séria.— Mas, se você não parar de cavar túmulos antigos, não vai perceber quando o próximo for o seu. Pare agora, antes que seja tarde.

E, com essas palavras ameaçadoras, a ligação se encerrou.

Olho para o céu [...] e minha mente continua a se envenenar inutilmente.
— Sylvia Plath, *Diários de Sylvia Plath: 1950-1962*

CAPÍTULO 33

SALEM

— Acabou, vadias! — Melissa gritou, jogando as mãos para o ar dramaticamente, como sempre fazia, enquanto Aditi ria e Salem balançava a cabeça. Alguns alunos que passavam também comemoravam, o clima no campus era leve.

Elas tinham acabado de terminar a prova final do semestre, o sol brilhava após duas semanas sem aparecer e o frio era só uma lembrança sob o calor. As aulas tinham acabado, e todas participariam do baile beneficente na semana seguinte, antes das férias de inverno, retornando apenas no próximo semestre.

Salem temia a partida. Apesar dos segredos, mistérios e do clima horrível, em Mortimer se sentia mais em casa do que em qualquer lar que já estivera. Salem havia se encontrado ali, fizera amizades que, esperava, durariam muito tempo e criara uma conexão tão profunda que nem sabia como defini-la. Começara a dormir em paz, sem remédios ou exaustão, a fazer longas caminhadas pelo campus e a estudar o que amava sem ser julgada. Não queria sair daquela bolha, voltar ao mundo exterior onde nunca se encaixara e sentir-se deslocada de novo.

Mais que tudo, não queria deixar Caz. Sabia que era bobo, mas a ideia da distância a deixava ansiosa. Dúvidas ressurgindo, perguntas invadindo sua mente.

E, se com a distância, ele percebesse que não a queria?

E, se com a distância, ela acabasse levantando demais suas barreiras?

E se ele não quisesse derrubá-las de novo?

Ou o pior: e se ele se esquecesse dela?

Não queria ser esquecida, não por ele. Não queria ser irrelevante. Porque Caz importava para Salem. Do jeito que agia com ela, sem ligar para público ou privado, do jeito que a deixava ver sua loucura e seus cantos aconchegantes, do jeito que a forçava a se abrir.

Estar com ele todos os dias, em sua vida, em seu quarto, em sua cama, a tornara uma viciada. Caz era sua droga preferida, e ela estava delirante por ele.

E, por algum motivo, a ideia de partir dava-lhe nós em seu estômago.

— Terra chamando Salem! — Melissa balançou a mão na frente do rosto de Salem, tirando-a de seus devaneios. — Para onde você foi?

— Voltou para a cama com o gostosão dela. — Aditi revirou os olhos.

Salem sentiu o rosto corar.

As duas amigas riram.

— Meu Deus, vocês dois são insaciáveis! — Melissa riu. — Como pode ele te deixar exausta todas as noites e *ainda* olhar para você como se quisesse te devorar? É tão intenso que até eu derreto só de estar perto!

Aditi concordou.

— Olha, estou feliz por você, muito feliz mesmo. Você precisava de uma boa transa — elas riram de novo. — E, pelo que parece, ele está mandando muito bem. Mas, tipo, o cara está completamente viciado, e não é só na sua boceta, viu?

Melissa deu uma gargalhada com o jeito que Aditi falou, e Salem sentiu os lábios levantarem também.

Balançou a cabeça, virando-se para Melissa, que se curvava de tanto rir.

— E aí, como tá indo com o Cara do Bar?

Melissa se endireitou, o rosto ainda corado de tanto rir, e mexeu as sobrancelhas.

— Você está mudando de assunto, mas tudo bem. Não tenho problema nenhum em falar da minha vida sexual.

Começaram a caminhar em direção ao portão principal, indo para o lugar habitual, enquanto Melissa contava a respeito do homem que conhecera no bar, o cara gato que só lhe falou o primeiro nome antes de levá-la para seu apartamento.

Aditi e Salem trocaram um olhar enquanto Melissa continuava se derretendo. Ambas estavam pensando a mesma coisa.

Não trocar nomes, pegá-la num bar e levá-la para um apartamento alugado mal mobiliado, sumir na cidade durante a semana enquanto "trabalhava"e só aparecer nos fins de semana para vê-la? Suspeito para caramba. Por mais triste que fosse, o cara era casado ou um espião.

Mas Melissa não era ingênua. Era inteligente, e, se estava confiando no cara, elas também confiariam. Então ambas mantiveram a boca fechada e ouviram.

Salem olhou ao redor do campus ao saírem. O movimento era o maior que via em semanas: alunos saindo das provas, veteranos ajudando nos preparativos para o baile, organizadores correndo para deixar tudo pronto.

O Baile Anual de Arrecadação de Mortimer acontecia todo ano na mesma época. Era um evento superexclusivo só para convidados, com um leilão de obras da Faculdade de Artes, e toda a renda ia para várias instituições de caridade internacionais. Por mais altruísta que parecesse, Salem sabia que a maioria só queria o desconto no imposto de renda. Mas, pelo menos o dinheiro acabava indo para uma boa causa.

O evento acontecia no prédio da Faculdade de Artes, numa galeria enorme que ocupava uma ala inteira do castelo: pinturas no primeiro andar, esculturas no segundo e outros itens no terceiro.

O burburinho naquele ano estava maior que o normal, porque Caz van der Waal iria expor uma coleção inteira. Salem sabia que já tinham reservado a frente da galeria para suas obras. Os alunos e suas famílias estavam curiosos, tanto pelo trabalho misterioso quanto pelo fato de ele ser tão reservado. Salem também estava ansiosa para ver as duas últimas peças que ele não a deixara ver, uma delas pintada na primeira noite em que fizeram amor.

Porque era isso que ele fazia, não era? Mesmo quando a pegava pelo cabelo e a jogava na cama, mesmo quando mordia seu pescoço e dava tapas em seus seios, mesmo quando ficava tão selvagem que se transformava numa fera e a fazia chorar e gemer... Caz fazia amor com ela. Porque não importava o quão rude, controlador, obsceno ou sujo ele fosse, o depois era sempre o mesmo — cheio de beijos suaves e carícias gentis, de afagos e abraços, tratando-a como algo precioso, quebrando-a e remontando-a, apagando-a e pintando-a de novo. Salem amava a ferocidade, a aspereza, o domínio... porque sempre vinham seguidos de reverência, ternura e adoração.

Salem viu o homem em questão caminhando em direção à floresta, com Baron e outro cara, aquele que tinha visto com Caz quando o seguira.

Salem franziu levemente a testa, perguntando-se para onde estavam indo. Uma reunião? Do clube deles?

— Gente. — Ela fez as amigas pararem, os olhos fixos na floresta. — Encontro vocês daqui a pouco.

Aditi franziu a testa.

— O que está acontecendo?

Salem inclinou a cabeça em direção à mata.

— Só preciso ver uma coisa.

— Uh. — Melissa esfregou as mãos, animada. — Vamos espiar? Adoro!

Aditi balançou a cabeça e começou a caminhar em direção às árvores.

— Vamos. Vamos ver o que você quer ver.

Salem observou as duas com surpresa, depois, se recompôs. Adentraram a floresta. Graças à luz do sol, o caminho estava iluminado, os raios chegando por entre as árvores e dando-lhes uma visão clara dos três homens altos à distância. Eles viraram à direita, seguindo para a clareira onde a fogueira acontecera meses atrás.

Salem se agachou, e as outras duas a imitaram. Rastejaram até alguns arbustos que davam para a clareira, e Salem assistiu, surpresa, aos dois outros rapazes que não conhecia se juntarem ao grupo.

— O que está rolando? — perguntou um dos novatos, as mãos nos bolsos.

Baron olhou para cada um deles.

— A seleção foi feita.

Um dos mais novos sorriu, mas Caz, não. Na verdade, ficou imóvel, encarando Baron com uma intensidade quase mortal, os braços cruzados. O loiro ao lado dele lançou-lhe o que parecia ser um olhar nervoso.

Baron continuou:

— É isso. Vocês serão acompanhados quando chegar a hora.

Os novatos agradeceram e saíram correndo. O loiro trocou um último olhar com Caz antes de sair também, deixando apenas Caz e Baron na clareira.

Salem trocou um olhar com as amigas, todas mantendo um silêncio prudente. Voltaram a atenção para os homens.

— Então, vamos fazer algo a respeito? — Baron perguntou a Caz, as mãos enfiadas nos bolsos do casaco.

— E as... famílias? — questionou Caz.

— Você sabe que vão cuidar disso — respondeu Baron. — Preciso que você me diga agora se não for conseguir. Eu entendo. Mas preciso me preparar.

Caz cerrou a mandíbula.

— Não vou recuar.

— Teimoso do caralho — Baron bufou. — Não entendo seu motivo.

— Não é para você entender.

Baron assentiu.

— Honestamente, não me importo. Desde que você não me foda, está tudo bem. — E estendeu a mão para Caz.

Ele a apertou.

— Qual é o plano?

— Me encontre na academia no Ano-Novo. Te explico tudo.

Caz concordou.

— Fechado.

Os homens trocaram mais algumas palavras e seguiram caminhos opostos, esvaziando a clareira, até que tudo o que Salem ouvia era a própria respiração e a das amigas ao lado.

— Que porra foi essa? — perguntou Aditi, a confusão na voz ecoando o que Salem sentia. Suspeitava que tivesse a ver com o clube dos herdeiros, já que sabia que ambos faziam parte. Os dois não se suportavam, mas, se estavam trabalhando juntos, só podia ser pelo clube, certo?

— Isso foi muito estranho — sussurrou Melissa, mesmo estando sozinhas na clareira. — O que vocês acham que era?

Salem encolheu os ombros, sem saber por onde começar ou o que dizer, quando ela mesma não tinha certeza de nada.

— Sabe... — Aditi refletiu em voz alta, os olhos ainda na clareira. — Baron vive recebendo mensagens e ligações nos horários mais estranhos. No começo, achei que ele estivesse ficando com outra pessoa. Mas não era isso. Ele faz parte de um grupo de observação de pássaros, de tudo. Hobby esquisito? Sim. Mas, pelo menos, explica os encontros em horários aleatórios. Então talvez seja sobre isso?

Observação de pássaros.

Pássaro.

Abutres.

Salem ficou paralisada, encarando a amiga enquanto o cérebro processava tudo. Era uma fachada inteligente da parte de Baron, usar um clube de observação de pássaros para justificar os horários suspeitos. Mas o fato de Lara ter murmurado "pássaro" antes de morrer, mais os abutres que insistiam em aparecer nos sonhos de Salem como se o subconsciente dela gritasse algo que sua mente consciente não captava... tudo começava a se encaixar. A imagem completa ainda não estava clara, mas talvez em breve estivesse.

Seja lá o que fosse aquilo, os homens iriam falar a respeito do assunto no Ano-Novo, ao lado da academia.

Salem precisava estar lá. Era a única forma de descobrir que diabos estava acontecendo.

— Vamos — falou ela pela primeira vez, erguendo-se. — Vamos sair daqui.

Lentamente, em silêncio, as três deixaram a floresta, cada uma carregando o peso da conversa que tinham acabado de testemunhar.

Para celebrar o fim das provas e um semestre bem-sucedido, decidiram aventurar-se fora da cidade e ir até Aston, uma outra cidade muito maior localizada a uma hora de Mortimer, logo após o fim da floresta. O principal atrativo por lá era uma boate, a única num raio de 160 km, popular entre os alunos de Mortimer.

Parece que não foram os únicos com essa ideia. Vários alunos dividiram carros e reservaram táxis, indo em grupos para celebrar.

Salem ajustou o vestido curto ao sair do táxi, seguida por suas amigas, que estavam arrasando com os saltos altos e vestidos curtos com alças. Aditi estava de azul fosforescente, que destacava sua pele mais escura, e o vestido de Melissa era coberto de lantejoulas douradas.

O de Salem era parecido, já que todos os vestidos tinham vindo do armário de Melissa, mas o dela precisava ser elástico para acomodar o corpo mais curvilíneo. Também era curto e com alças, só que preto. Deixou o cabelo solto, e Aditi a maquiou com olhos esfumados que destacavam o tom dourado.

— Você parece uma deusa gótica — Melissa a elogiou, e Salem desejou que Caz pudesse vê-la. Como o plano foi de última hora, e todas se arrumaram no quarto de Melissa, Salem só avisou que iriam para Aston e que voltaria mais tarde.

Para ser sincera, estava um pouco irritada com ele por esconder dela qualquer segredo que fosse, mesmo após ela ter perguntado, e, ainda por cima fazer planos escondido. Isso a deixou furiosa, tanto que, quando Melissa sugeriu Aston, algo completamente fora da rotina, ela aceitou.

Aston era muito mais movimentada que Mortimer, e a fila na entrada da boate estava enorme. No entanto, conseguiu ver alguns alunos de Mortimer entrando sem precisar ficar na fila.

Bem, ela também tinha um nome relevante.

Ignorando a fila, pediu que as amigas a seguissem e foi direto ao segurança, perguntando-se por um breve momento se Laz Vanguard já teria trabalhado naquela mesma função, só para garantir que ele e o irmão sobrevivessem.

Afastando o pensamento, ela mostrou sua identidade.

— Mesa para três, por favor. Para Salazar.

O segurança falou em seu comunicador antes de assentir.

— Por aqui, Srta. Salazar.

Guardando o documento enquanto as amigas gritavam animadas, adentraram o espaço escuro, iluminado apenas por luzes neon que, francamente, machucavam seus olhos, e por uma música alta que martelava em seus ouvidos. Aquilo definitivamente não era a sua praia. Quase se arrependeu de ter concordado em ir, mas as amigas seguiram felizes para o bar, e ela as acompanhou, resignando-se a ter uma noite de sobrecarga sensorial.

As amigas pediram drinques, e ela negou quando perguntaram se queria algo. Embriaguez era a última coisa que desejava naquele ambiente novo, do qual não confiava nem um pouco. Seria ela cautelosa demais? Talvez. Mas passara a vida estudando casos de pessoas que ainda estariam vivas se tivessem sido um pouco mais cuidadosas.

— Vamos! Dance com a gente!

Melissa agarrou a mão dela, puxando-a para a pista de dança enquanto segurava Aditi com a outra, as três formando uma fileira, serpenteando pela multidão até alcançarem o centro da pista.

A música pulsava em seus ouvidos, percorrendo o corpo, e, ao ver a forma despreocupada com como as amigas e todos ao redor se moviam, também começou a dançar, permitindo-se sentir-se livre, fazendo algo por si mesma.

Conseguiu reconhecer alguns rostos familiares do campus espalhados pela boate, todos se soltando e se divertindo como os jovens aventureiros que eram. Mesmo tentando se entregar completamente, uma parte dela permanecia alerta ao entorno, registrando cada vez que alguém se aproximava demais dela ou das amigas, se movendo conforme necessário.

Até que algumas pessoas dançando a separou das amigas, perdendo uma delas de vista completamente, e, então, sentiu mãos em sua cintura.

Não conhecia aquelas mãos.

Eram muito comuns, muito limpas, muito... inofensivas.

Tentou se afastar, mas as mãos permaneceram nela, apertando-a com força. Tentou se virar, mas a mantiveram no lugar. Tentou levantar os calcanhares, mas os movimentos do desconhecido a desequilibraram. Quem quer que fosse, era forte.

Salem sentiu a fúria invadi-la. Agarrou as mãos e cravou as unhas na carne, arranhando até que o aperto afrouxasse levemente, o suficiente para que se virasse e visse quem era.

Ele usava uma máscara de caveira de algum tipo. Sem dizer palavra alguma, colocou um pedaço de papel na mão dela e deixou-a sozinha no meio da pista.

Salem franziu a testa, controlando a respiração, e abriu o papel.

VOCÊ É A PRÓXIMA, GAROTADEOURO01.

Mas que merda?

Alguns nascem para o doce deleite, outros nascem para a Noite Eterna.

— William Blake, *Auguries of Innocence*

CAPÍTULO 34

SALEM

Salem amassou o bilhete, depois, rasgou-o para garantir, deixando os pedaços caírem no chão.

Outro par de mãos agarrou sua cintura, mais um aperto limpo, mais um que não conhecia, puxando-a para trás, contra um corpo em movimento. Já estava cansada de homens estranhos acharem que podiam tocá-la daquela maneira.

Salem se soltou no mesmo instante em que alguém gritou atrás dela. Ao se virar, viu o homem que a segurara de joelhos no meio da pista de dança, com uma figura furiosa e feroz pairando sobre ele.

As pessoas formaram um círculo amplo ao redor deles, e a música parou.

Seu olhar percorreu as mãos tatuadas que ela conhecia tão bem quanto as próprias, agora segurando as do outro homem. Subiu os olhos pelos braços expostos pelas mangas arregaçadas da camisa que ele vestia, passou pelo pescoço forte e pelo rosto marcado, até parar em seus olhos voláteis e furiosos.

Olhos que estavam fixos nela.

Estaria bravo com ela? Por quê?

Caz puxou a mão para trás e desferiu um soco direto no nariz do homem, fazendo escorrer um fio de sangue no impacto. O cara gritou, e as pessoas arquejaram.

Então Caz pegou o lápis que sempre carregava e o pressionou contra a jugular do homem.

— Chegue a menos de três metros dela, e eu te enterro. Entendeu?

Violência. Fúria. Havia tanto disso em sua voz que, sabendo o que sabia sobre ele, sabia que ele era capaz.

— Tudo bem bem, cara — o homem gaguejou. — Porra.

Caz o soltou, e ele desabou no chão. Então, o homem que conhecia se virou e foi direto até ela, um senhor da vingança, um deus da morte, uma fera brutal.

Salem manteve a postura e ergueu o rosto. Caz parou bem na frente dela, os olhos percorrendo seu corpo, antes de se abaixar e apoiar um dos ombros no estômago dela, jogando-a por cima deles.

Salem soltou um grito enquanto se agarrava às costas da camisa de Caz para se equilibrar, embora ele estivesse com a mão espalmada em sua bunda para evitar que o vestido subisse e a impedindo de se mexer.

— Você está louco? — ela gritou, enquanto Caz caminhava em direção à saída.

— Por você — ele deu um tapa na bunda dela. — Mil por cento. Caz parou por um segundo. — Vocês querem carona?

O rosto de Salem queimou ao perceber que as amigas estavam testemunhando aquilo, o movimento bárbaro e primitivo que o desgraçado tinha feito com ela, sem que ela tivesse culpa alguma.

— Hum... — Ouviu Aditi hesitar, mas Melissa aceitou:

— Sim, por favor. Obrigada.

— Peguem seus casacos e me sigam — disse ele, continuando a carregá-la para fora. O ar frio da noite a fez estremecer, e Caz esfregou distraidamente a parte superior de suas coxas enquanto esperava que as amigas se juntassem a eles. Quando finalmente o fizeram, ele começou a ir até onde o carro estava, ela supôs.

Naquele tempo todo, Salem fervia de raiva.

Primeiro: como diabos ele a havia encontrado? E segundo: como ele se atrevia?

Depois de alguns minutos caminhando, Caz a colocou de pé, o sangue na cabeça voltando para o resto do corpo, deixando-a instável enquanto cambaleava, segurando-se nele para se equilibrar. O homem abriu a porta do carro do passageiro em silêncio, e ela entrou, ciente das amigas embarcando no banco de trás.

Caz assumiu o volante, e voltaram, em silêncio. Salem olhou pela janela, observando a paisagem, enquanto Aditi quebrava o silêncio e puxava conversa com Caz, Melissa se juntando enquanto falavam sobre arte e coisas aleatórias. Salem ouviu, mas manteve a cabeça virada para o lado durante todo o caminho, até chegarem a Mortimer, à cidade, e, depois, ao estacionamento da universidade, onde todos saíram.

As meninas abraçaram Salem, desejaram-na boa noite, agradeceram a Caz e os deixaram sozinhos.

Salem começou a caminhar para fora do estacionamento, atravessando a rua e passando pelos portões sem dizer uma palavra, completamente ciente de que Caz a seguia. Não queria estar perto dele, não naquele momento, então se virou e seguiu em direção ao penhasco, esperando, contra todas as expectativas que ele a deixasse em paz.

É claro que não o fez.

— Me deixe em paz — ela rosnou, movendo-se o mais rápido que podia nos saltos até a beira do penhasco.

Caz não a ouviu, pelo menos, não até que Salem se virou e enfiou um dedo no peitoral dele, o músculo duro dobrando seu dedo.

— Você não tinha o direito.

A própria raiva dele, muito mais palpável que a dela, explodiu quando disse:

— Eu tenho todo o direito. Preciso lembrá-la de quem está dentro de você todas as noites? De que nome você grita quando estrangula meu pau? De quem são as mãos que tocam cada centímetro da sua pele?

Salem respirou fundo, tentando se acalmar.

— Parece que é você quem precisa de uma lembrança: eu estou com *você*, seu idiota. Então, que diabos foi aquilo?

Caz deu um passo à frente, agarrando-a pela cintura, exatamente onde as mãos daquele cara haviam estado.

— Aquilo foi eu ficando furioso, Salem — disse ele, sério. — Você me pergunta se eu sou louco, e eu sou. Eu sou louco com você e louco por você. Te ver tão perto de outro cara...? Você tem sorte de eu não ter te fodido ali mesmo no sangue dele.

Salem respirava com dificuldade quando ele terminou de falar, a imagem que ele havia pintado em sua mente, de algum modo, a excitando, suas emoções intensas apenas ajudando a situação. Ela o encarou por um instante, depois, por outro, enquanto Caz a encarava de volta.

E, então, como se estivessem sincronizados, eles se aproximaram, puxando um ao outro para perto ao mesmo tempo em que os lábios se chocaram, dentes batendo, línguas lutando contra a raiva. As mãos de Caz mergulharam sob o decote do vestido e beliscaram os mamilos com força, e ela envolveu o pau dele em retaliação, mordendo o lábio de Caz até que a pele abrisse.

O homem se afastou, um sorriso perturbado no rosto enquanto se inclinava e esfregava a gota de sangue nos lábios dela, uma das mãos explorando sob seu vestido, enfiando dois dedos nela.

— Minha — ele rosnou contra sua boca, e o som ecoou do peito dele para o dela, esfregando seus mamilos doloridos e seios sensíveis, incendiando-a como sempre fazia.

Salem balançou a cabeça, mesmo em seu transe.

— Não sou sua. Não até você parar de guardar segredos.

Os dedos dele se moveram dentro dela, como se em punição.

— Nem mesmo se eu estiver fazendo isso por você?

Salem já havia pensado naquela possibilidade.

— Não é você quem decide isso. Senão não serei sua.

Os olhos de Caz escureceram. Então, a empurrou no chão, deixando-a tão perto da beira do penhasco que o pescoço da garota sentia a inclinação. Ergueu as pernas de Salem, afastando a calcinha encharcada, e entrou nela com força, segurando-a com força para que não caísse.

Salem adorava a sensação de Caz deslizando para dentro dela, era como se voltasse para casa, reconfigurando, reescrevendo, reformulando as lembranças daquele penhasco em suas memórias, seu conhecimento, seus sonhos.

A exposição ao perigo a excitava ainda mais, a proximidade do limite, tanto dentro quanto fora, fazia-a se agarrar a ele enquanto a fodia, a raiva dos dois se fundindo e explodindo no momento em que Salem percebeu que Caz estava lhe dando algo visceral em um lugar mortal. Uma lágrima escorreu pela face dela, uma estranha catarse acontecendo por dentro, algo que Salem não conseguia explicar, seu núcleo emocional se transformando, movendo-se e se agarrando ao dele.

— Você — Caz a penetrou com força — sempre será minha. Não importa que segredos você guarde, não importa que segredos eu guarde. Nunca haverá outro para você nem para mim.

Salem sacudiu a cabeça, gemendo de prazer, quase cedendo ao argumento antes de se conter.

— Eu me recuso... a aceitar segredos. Quero tudo ou nada. Nada de meio-termo. Não mais.

Caz saiu dela, virando-a de bruços, o vestido arruinado e o cabelo despenteado, a vista à frente tirando seu fôlego enquanto se apoiava no chão para não cair, sentindo-o penetrá-la novamente, apenas as mãos em seus quadris a impedindo de voar para fora, apenas a força dele a mantendo viva.

Logo em seguida, os dedos de Caz encontraram seu clitóris, e Salem sentiu o orgasmo chegar, ofegante enquanto ele gozava dentro dela, nenhum dos dois tinham durado mais que alguns minutos.

Salem ouviu o vento, o mar e o sangue pulsando nos ouvidos, a respiração dele pesada as suas costas, enquanto saía dela e a puxava para longe do precipício, caindo no chão.

Sentou-se, ajustando o vestido e envolvendo-se no casaco que havia caído, e olhou a paisagem. Caz se apoiou nos cotovelos, olhando para o céu. Ambos recuperaram o fôlego e acalmaram os corações, a "rapidinha" havia cumprido seu propósito de dissipar a raiva e o estresse o suficiente para que pudessem ter uma conversa inevitável.

— Eu sei que você e Baron estão tramando algo — Salem começou, após alguns minutos de silêncio, mantendo os olhos no mar escuro.

— Às vezes, eu queria que você não fosse tão perspicaz. É difícil esconder coisas de você.

Salem considerou as palavras como o elogio que eram e esperou. Já havia deixado sua posição clara e dado a ele uma abertura. Se não aproveitasse e não confiasse nela, não poderia evitar a decepção.

— Eu não devia te contar nada disso — começou ele. — Pacto de confiança?

Salem assentiu.

— Você sabe que não vou espalhar.

— Eu sei. Vou te contar algumas coisas, mas não tudo... ainda não. Você vai ter que confiar em mim.

Salem olhou de relance para Caz, que ainda olhava para o céu. Será que poderia? Engoliu em seco, sabendo, no fundo do coração, que já confiava.

— Tudo bem.

Caz relaxou levemente.

— Você sabe o grupo de herdeiros do qual eu e Baron fazemos parte, né?

Salem concordou, sabendo que ele a via pela visão periférica.

— A sociedade foi criada séculos atrás, quando a primeira geração de alunos herdeiros veio para Mortimer — disse ele, a voz baixa. — A ideia era fazer conexões, tornar o grupo exclusivo ainda mais poderoso, serem os arquitetos do mundo.

Salem fez um gesto para que ele continuasse.

— No início, o grupo era pequeno, mas uma estrutura foi estabelecida dentro do círculo — contou ele. — Três facções: o conselho central, os membros restantes e os novos recrutas. Propostas eram apresentadas ao conselho e votadas. Favores eram trocados. Havia discussões civilizadas com jantares. Você sabe como funciona. Havia muitos... rituais questionáveis no começo, mas aquela era uma época diferente e, felizmente, eles foram abandonados.

Salem encostou os joelhos no peito e os abraçou, virando-se um pouco para ver Caz melhor enquanto falava.

— Tudo estava indo bem...

— Até que? — perguntou ela.

— Até que alguns dos recrutas, cerca de vinte anos atrás, tiveram ideias mais... radicais.

Salem sentiu o coração palpitar.

— Como assim?

Caz virou o pescoço para encará-la com um olhar indecifrável.

— Alguns recrutas achavam que os rituais de iniciação eram muito básicos, não tão significativos a ponto de inspirar um sentimento de lealdade ao grupo. Sentiram que o poder não era incentivo suficiente, precisavam de uma forma de intimidação.

Salem franziu a testa, lembrando-se de algo de uma de suas aulas.

— Queriam a identidade do grupo mais do que a individual.

Caz soltou um riso sarcástico.

— Isso.

Uma coisa não fazia sentido...

— Mas por quê? Por que, depois de tantos anos de existência pacífica?

— Boa pergunta — ele a elogiou. — Um dos membros ameaçou tornar a sociedade pública se o conselho negasse o pedido dele por algo.

— E eles negaram?

— Sim.

Ah, droga.

— O que ele fez?

Caz sentou-se, copiando a postura de Salem, os braços em volta dos joelhos.

— Ele preparou um dossiê. Estava prestes a tornar tudo público quando a sociedade… o conteve.

O conteve?

— Como?

Caz apenas lhe lançou um olhar, e ela entendeu. Eles o mataram. Droga.

— E meu pai fazia parte dessa sociedade? — perguntou ela, só para confirmar.

Uma concordância breve.

Salem inspirou, assimilando a nova informação, retomando o foco.

— Certo, então os radicais queriam adicionar uma forma de intimidação?

— Alguns dos rituais antigos e ultrapassados que faziam parte da sociedade no início.

— Para a iniciação?

Caz assentiu, mas permaneceu em silêncio. Salem ponderou suas palavras. Quais seriam aqueles rituais? Ele sabia?

— Você já foi iniciado? — perguntou, querendo saber qual era o dissuasor.

Caz negou.

— Ainda não. Tanto Baron quanto eu seremos iniciados mais tarde. Eles testam os novos recrutas por um ano antes da iniciação. É um processo muito sigiloso.

Certo, então tudo isso fazia sentido.

— E as mortes? — perguntou, tocando no ponto que a inquietava. — Elas fazem parte desses... rituais?

Caz balançou a cabeça.

— Não que eu saiba. Nossa sociedade gosta de permanecer secreta, então não faria sentido eles saírem cometendo assassinatos, faria?

Caz também raciocinava. Era tudo tão confuso.

Salem olhou para o mar novamente, perguntando-se pela centésima vez o que diabos estava acontecendo naquele lugar, quando, de repente, lembrou-se de algo que havia escapado à sua mente no turbilhão de emoções.

— Existe outra sociedade envolvida nisso? — Salem sabia que ele reconheceria o nome.

Caz virou o pescoço para encará-la.

— Por que você pergunta?

— Apenas me diga. — Ela precisava ter certeza.

— Não posso afirmar com certeza. Por quê? — Seus olhos, de repente, se fixaram nela, alertas. — O que está acontecendo?

Salem respirou fundo e contou a ele sobre o homem mascarado e o bilhete, e sobre o fato de que, nele, estivera escrito seu nome de usuário. Disse que Baron conhecia o usuário, mas que o homem na boate era mais baixo, então tinha certeza de que não era ele. Quando terminou, Caz estava tenso, o corpo rígido como uma estátua.

— Vou matar aquele filho da puta — ele cuspiu, a fera territorial e bárbara de antes ainda presente. Salem não achava que aquilo iria embora tão cedo. Talvez ela tivesse que lidar com esse lado dele.

Colocou uma das mãos em seu braço, acariciando-o suavemente, e disse a única coisa que sabia que o faria sair daquele estado:

— Estou cansada. Vamos para a cama.

Caz assentiu e levantou-se rapidamente.

Salem olhou para cima enquanto ele se abaixava e a pegava no colo novamente, casaco, salto alto e tudo, desta vez com uma mão sob seus joelhos e a outra sob os ombros, dando-lhe mais estabilidade enquanto começava a caminhar em silêncio em direção às residências e ao quarto deles.

Salem encostou-se nele, deixando que a levasse para casa, confiando que ele a manteria segura.

Uma paixão solene cresce em meu coração; ela se inclina para ti, te leva ao meu centro e fonte de vida, te envolve com minha existência — e, ardendo em uma chama pura e poderosa, nos funde em um só.

— Charlotte Brontë, *Jane Eyre*

CAPÍTULO 35

SALEM

A Faculdade de Artes brilhava como um farol. A bela fonte na entrada jorrava água em uma cascata, rodeada por luzes cintilantes que mudavam de cor conforme os jatos eram expelidos pelas estátuas. Um tapete vermelho estendia-se do prédio até os portões, coberto por uma lona ornamentada e impermeável para protegê-lo em caso de chuva.

Filas e mais filas de carros de luxo formavam-se na rua, manobristas os estacionando à medida que os convidados da elite desembarcavam, adornados com joias e trajes que valiam fortunas. Cumprimentos ecoavam entre apertos de mão e beijos no ar, enquanto fotógrafos oficiais registravam cada momento, preparando o material para a imprensa. A segurança estava reforçada, com agentes patrulhando o local e outros em alerta nos portões.

Salem aguardava ao lado, à espera da mãe, sabendo que tinha sido convidada pela diretoria. Os pais de Aditi já haviam chegado e cumprimentaram-na com a mesma cordialidade da primeira vez — agora incluindo Melissa — visivelmente felizes por ver a filha cercada de novas amizades. O irmão de Melissa e sua família também compareceram, e a amiga apresentou Salem como "a garota do namorado gato e ciumento", graças ao beijo público que Caz lhe dera tempos atrás.

Salem sorriu educadamente, sentindo um frio na barriga ao ouvir Caz ser chamado assim. Nunca conversaram sobre rótulos. Salem simplesmente sabia que pertencia a Caz, como ele gostava de lembrá-la, e Caz lhe pertencia, como ela também reforçava a ele. Mas sabia que todos os viam dessa forma. Namorado e namorada.

O som de seu nome a fez voltar à realidade. Ao olhar, viu a mãe caminhando pelo tapete vermelho. Salem a observou com novos olhos: a postura altiva, mesmo sob os sussurros de alguns, comparecendo a um evento público, apenas para apoiar a filha. Vestida impecavelmente em um vestido de mangas longas e cravejado em joias de família, que eram — o sonho de todos os colecionadores.

Selina Salazar era pura classe.

Talvez Salem tivesse mais em comum com a mãe do que imaginava.

Quando Selina a alcançou, envolveu-a em um abraço mais apertado que o habitual. Salem retribuiu, deixando o perfume floral, tão característico da *mãe*, envolver seus sentidos.

— Você está deslumbrante, minha querida. — A mulher mais velha se afastou, segurando-lhe as mãos, percorrendo com aqueles olhos escuros cada detalhe da filha. Salem olhou para baixo, os lábios tremendo ao lembrar de como obrigara Caz a assisti-la vestir aquele longo vestido negro e brilhante, que moldava suas curvas com perfeição. Uma fenda cavada expunha a perna direita, enquanto o corpete sem alças destacava seu pescoço e braços. O cabelo, semipreso, caía solto sobre as costas. Olhos delineados, lábios vermelhos, seu relógio e os brincos de diamante completavam o visual.

— Obrigada, mãe — Salem inclinou a cabeça. — Você também está. — E era verdade.

As duas entraram no evento, e Salem acenou para as amigas, chamando-as para apresentá-las. Percebeu o visível espanto da mãe ao descobrir que não tinha apenas uma, mas duas amigas, e que ambas eram gentis e normais, em contraste com sua personalidade fechada e sombria.

Selina cumprimentou as duas com a mesma cordialidade que Salem já a vira dedicar às amigas de Olivia, convidando-as até mesmo para passar as férias em casa, junto com suas famílias.

— Qualquer amiga de Salem será sempre bem-vinda — declarou sua mãe, com um sorriso largo que iluminava seu rosto clássico e belo, aquele que Olivia herdara. Porém, pela primeira vez, Salem enxergou traços de si mesma ali.

— Espero que seja verdade.

A voz ao fundo a fez perder o fôlego. Caz adentrou o círculo, em um terno preto de tirar o fôlego, sem gravata, o cabelo preso em um coque baixo que a lembrava de uma combinação sensual de pirata selvagem e mestre perverso do universo. Seu braço envolveu a cintura de Salem, e viu os olhos da mãe se arregalando, primeiro diante da beleza do homem, depois, ao perceber que a filha não só tinha amigas como também um amante.

— Mãe. — Salem o apresentou, a educação falando mais alto: — Este é Cazimir van der Waal. Caz, minha mãe.

Selina estendeu a mão.

— Me chame de Selina, por favor. É um prazer conhecê-lo, Cazimir.

— Caz, por favor — ele a corrigiu, apertando sua mão. — O prazer é todo meu. Já ouvi muito sobre você.

E ouvira. Salem lhe contara coisas pequenas e grandes, tarde da noite, entre seus braços.

A mãe observou os dois.

— Você é amigo da minha filha, Caz?

Caz esboçou um sorriso afiado.

— Namorado.

E estava oficializado. Salem soltou o ar que segurava enquanto Aditi ria.

— Eles são os pombinhos mais apaixonados do campus.

O choque visível da mãe foi quase cômico. Provavelmente, achava que Salem morreria sozinha. E Salem não a culpava, pois ela mesma pensava isso.

— Não sabia que ela estava se relacionando com alguém. — Selina sorriu. — Você já ganhou pontos comigo se conseguiu fazer minha filha se apaixonar, Caz. Ela é um pouco...

— Difícil de se conquistar? — Caz riu, a mão apertando-a com posse. — Sorte que sou tão teimoso quanto ela.

Salem olhou para ele, sentindo a energia constante entre os dois.

As palavras da mãe a fizeram voltar à realidade:

— Já deveria esperar por isso, para ser honesta. Os Salazar sempre encontram seus parceiros para a vida em Mortimer, geração após geração.

Salem hesitou. Parceiro para a vida? Ela conseguia, sim, se imaginar envelhecendo ao lado dele, mas e ele?

Caz não corrigiu Selina, apenas conversou com ela, desviando de todas as perguntas sobre a própria família, até que o anúncio do leilão ecoou pelo salão.

O grupo se dirigiu em sincronia até a galeria, mas Caz se afastou.

— Vejo vocês lá dentro — disse, antes de puxar Salem pela cintura e beijar sua boca ali mesmo, no meio do corredor. Ao se afastar, lhe lançou uma piscadela e partiu.

Salem voltou a si e percebeu que a mãe a observava. Corou, e a mãe apertou sua mão, sorrindo.

— Gosto dele — disse Selina, enquanto caminhavam. — Ele é bom para você. Faz tempo que não te vejo tão... viva. Ele te faz feliz. Posso sentir.

Salem assentiu.

— Ele faz. Ele... me aceita. Me entende e não quer que eu seja ninguém além de quem eu sou. Me sinto livre com ele.

Os olhos da mãe se encheram de lágrimas.

— Ah, Salem. Que alegria ouvir isso. Você merece ser feliz.

Se alguém tivesse dito a ela, no início do semestre, que estaria de mãos dadas com a mãe tendo aquela conversa, Salem jamais teria acreditado. Aquilo demonstrava o quanto havia mudado, evoluído, amadurecido em poucos meses, como se reencontrara com a ajuda dos amigos, dos estudos e, principalmente, de Caz. Um homem que nunca desistira dela, observando-a, perseguindo-a, quebrando suas barreiras, pouco a pouco, até que se abriu para ele... e para si mesma. Descobriu grande parte de quem era por meio da capacidade emocional que Caz despertou nela, das emoções que ele extraíra de seu interior. E era graças àquele trabalho interno que, agora, conseguia falar com a mãe com mais empatia e menos rancor.

Enquanto entravam na galeria, Salem estava impressionada consigo mesma e com a própria transformação. Era extraordinário.

Uma multidão adentrava o amplo espaço. Salem observou as obras expostas nas paredes, uma a uma, de estilos e artistas diversos. Os convidados comentavam e planejavam seus lances. Ela e a mãe passeavam entre as peças. Selina, apreciadora das artes, admirava algumas. Garçons circulavam com bandejas, e pessoas agarravam taças de champanhe quando passavam.

Cerca de trinta minutos depois, um gongo soou, captando a atenção de todos. Um homem idoso parou diante de uma cortina de veludo que ia do teto ao chão, o microfone em mãos.

Salem prendeu a respiração. Sabia o que aconteceria.

O homem começou:

— Senhoras e senhores, agradeço a presença de todos esta noite. Em nome do Conselho de Mortimer, expresso minha profunda gratidão.

Ele fez uma pausa dramática.

— Como sabem, na Universidade Mortimer, nutrimos e incentivamos as artes. Temos uma longa tradição de formar alguns dos artistas mais importantes,e é com orgulho que apresento um desses nomes hoje. Não vejo talento assim há muitos, muitos anos. Sua arte é brutal, corajosa e evocativa; sua técnica, pura beleza. Ele é uma lenda em construção: Cazimir van der Waal.

Caz surgiu entre aplausos.

Salem apertou a mão da mãe, o peito inflado de orgulho. Aquele era ele. *Seu* homem.

O apresentador continuou:

— Hoje, leiloaremos uma coleção inédita. Lembrem-se: estas peças são exclusivas e colecionáveis. Algumas palavras, Caz?

Caz se aproximou, agradeceu e pegou o microfone. Seus olhos percorreram a sala, detendo-se em Salem por um instante, antes de vasculhar a plateia novamente.

Ao levar o microfone à boca, algumas mulheres suspiraram ao ouvir sua voz. Então não era só com ela.

— Todas as peças estão disponíveis para leilão — começou ele —, exceto duas.

Uma pausa. Murmúrios surgiram na plateia.

— Estas peças — explicou, os olhos fixos nela —, esta coleção é minha obra-prima. Eu estava bloqueado, e ela veio a mim depois que encontrei minha musa... minha pequena áspide.

As pessoas viraram-se para olhá-la, mas Salem conseguia apenas encará-lo, perguntando-se o que diabos ele estava fazendo.

— Ela entrou na minha cabeça como uma droga — continuou Caz, sem desviar o olhar. — Diz que sou louco, mas me deixa ainda mais louco. Por isso, chamo esta coleção de *Delirium*.

Com a palavra, a cortina caiu, e suspiros ecoaram pela sala.

— Meu Deus! — A mãe exclamou. Salem ficou com os lábios entreabertos, maravilhada diante da exposição.

As onze pinturas que havia visto no porão estavam penduradas nas paredes laterais, mas as duas peças no centro fizeram seu coração acelerar.

Na primeira, uma figura feminina flutuava na tela, serpentes saindo de seus cabelos — longos e enrolados na parte de cima da pintura, negros, mas brilhantes de alguma forma, lembrando a pele de uma serpente. A mulher estava curvada sobre si, um crânio cobrindo-lhe os seios e a virilha, o resto dela estava de perfil, parecendo congelada; cinza e branco cobriam a tela, exceto pelos olhos do crânio, que ardiam em chamas vermelhas.

Na segunda, logo ao lado, a mesma mulher com cabelo de serpentes que pareciam estar vivas, deitada sobre um altar, olhando para a lua. Uma figura encapuzada segurava as serpentes, metade dentro da tela, metade fora, sua sombra cobrindo artisticamente a nudez da figura.

O contraste entre as pinturas, as imagens e as emoções que evocavam era visceral. Salem sabia que ele a pintaria, sabia que ele o fazia, desde que Caz pedira isso insistentemente desde o início.

Mas, antes, quando vazaram fotos suas sem consentimento, não sentia nada além de trauma e ódio de si mesma. Agora, ali, vendo-se retratada naquela arte que ela conhecia, mas que ainda a surpreendia, com as pessoas sussurrando ao redor... sentiu algo diferente. Sentiu-se bela. Poderosa. Adorada.

E percebeu que era o olhar.

As fotos tinham sido uma violação. As pinturas eram desejo.

E as palavras das pessoas? Admiração. Todos sabiam que era ela nas telas, nas duas obras que Caz não leiloaria, mantendo-as para si. Era a forma dele de dizer ao mundo que Salem lhe pertencia, imortalizando-a para o futuro, muito depois que ambos se fossem.

Essa ideia fez os olhos da garota arderem.

Futuras gerações veriam aquela arte e saberiam que ela fora sua musa, sua amante, sua.

Em toda vida, Salem nunca se sentira tão desejada, cobiçada e venerada como naquele momento.

— Ele te ama — a mãe declarou ao lado dela.

Salem olhou para Selina. A mãe observava as pinturas com os olhos úmidos, e Salem entendeu que ela também comparava aquilo às fotos vazadas. Ouvir aquelas palavras, naquele contexto, significava muito.

Tinha certeza.

Caz a amava.

Salem sentia isso nos ossos.

Não haveria declaração mais alta e óbvia do que se ele se ajoelhasse com um anel. Mas aquilo, ali, era melhor. Era imortal. Transcendia a morte, quebrava ciclos.

Então, pela primeira vez, Salem permitiu-se ser corajosa.

Soltou a mão da mãe e começou a caminhar em direção a ele. Cada passo fazia seu coração bater mais forte, enquanto os olhos da plateia se voltavam para ela, mas os únicos que importavam estavam fixos nela, mercuriais, ardentes, intensos. Caminhou até ele como naquela noite da fogueira, sentindo que outro ciclo se completava. O mundo girava em harmonia quando ficou na ponta dos pés, agarrou seus ombros e o beijou.

Não foi um beijo rápido como o da fogueira. Foi intenso, possessivo, uma declaração de que ele era dela, diante de todos, sob as pinturas que os imortalizariam. Os braços de Caz a envolveram como chamas, consumindo-a, e naquele, momento, o último vestígio de gelo em seu coração derreteu.

Beijaram-se sem se importar com o mundo, com nada, só um com o outro, até que Caz se afastou, fitando-a com uma intensidade que dizia tudo o que palavras não conseguiriam. Encostou a testa na dele, respondendo em silêncio.

Salem sempre acreditara que nada venceria a morte, que nada era imortal. Estava errada.

O amor, profundo, verdadeiro, era imortal.

Por que deverias amar aquele a quem o mundo tanto odeia?
Porque ele me ama mais que todo o mundo.
— Christopher Marlowe, *Edward II*

CAPÍTULO 36

SALEM

A semana seguinte à gala foi um alvoroço.

Caz arrecadou impressionantes cem milhões por toda sua coleção, exceto as duas peças que guardou. Doou tudo para instituições de caridade e aceitou o convite de sua mãe para passarem o fim de ano juntos.

Era estranho tê-lo na casa onde crescera, mas esse sentimento era ofuscado pela alegria de vê-lo cercado de amor após tanto tempo. Ambos haviam sido tão solitários que, agora juntos, a vida parecia mais leve. A certeza em seu coração de que Caz a amava ainda era recente, mas sólida, inabalável, assim como sua própria convicção de que também o amava.

Sua mãe o adorara, mesmo sendo um conhecido recente. Selina Salazar o acolhera sob sua asa, e Salem se perguntava como ela reagiria se descobrisse quem ele realmente era. Talvez fosse melhor não saber.

Passaram a semana juntos e, depois do Ano-Novo, voltaram ao campus. Sabia que era para encontrar Baron e lidar com "aquilo" que precisava fazer. Não gostava, mas Caz não tinha escolha. Preferia ao menos estar lá quando ele voltasse.

Os alojamentos estavam quase vazios, a maioria dos estudantes já em casa com as famílias. A solidão no prédio era inquietante, quase assustadora depois que Caz partiu para encontrar Baron, fazendo-a prometer que não o seguiria, dizendo que era perigoso para ela.

Não o seguiria, mas tinha sua própria investigação para fazer. Caz podia guardar segredos, mas ela também os tinha. Era noite de lua cheia após o Ano-Novo, e iria ao farol para buscar respostas.

Salem saiu furtivamente do dormitório, vestida em seu traje preto, cuidando para que a porta não rangesse.

A neve amortecia seus passos, desejando que houvesse maneira de apagar seus rastros, para que ninguém a seguisse. Sob o luar intenso, enquanto atravessava o campus em direção à rua principal, o caminho que levava até o farol, encolheu-se no casaco. Não era apenas o vento cortante. Era o fato de que a essa hora da noite, cercada de escuridão e coberta de neve, tudo parecia uma cidade fantasma, congelada no tempo por séculos.

Se fosse supersticiosa, se sentiria ameaçada.

Sombras pareciam mover-se, e ela permaneceu alerta. Sua respiração formava nuvens brancas no ar, e os passos na neve ecoavam na noite silenciosa. Salem desejava poder abafar o som, mas não tinha habilidade, nem condições, para isso.

Quando o farol surgiu à sua frente, seu coração acelerou. Virou a esquina e desceu a encosta em direção à face rochosa, aliviada por saber que o farol estava desativado. Ali, a única luz que precisava temer era a da lua, um luar quase alaranjado, exatamente como sua bisavó descrevera.

Seu corpo tremia. De frio? De medo? De incerteza? Não sabia. Apenas avançou, trêmula, até parar diante da entrada da imponente estrutura que se erguia sinistra das rochas cortantes.

De dentro do farol, vinham sons graves, ecoando das profundezas.

Curiosa mas cautelosa, Salem empurrou a porta com a mão enluvada, e surpreendeu-se ao sentir que ela cedeu, abrindo-se um pouco.

Um ranger alto cortou o ar, e ela congelou, esperando por uma reação.

Seu coração martelava contra as costelas enquanto permanecia imóvel, pronta para fugir. Segundos pesados se passaram. Nada aconteceu. Os sons internos não cessaram.

Salem abriu ligeiramente a porta e esgueirou-se para dentro, sem ousar fechá-la para evitar outro ruído, e seus olhos percorreram o ambiente.

Era exatamente o que se espera de um farol abandonado, nada de espetacular. Espaço amplo e vazio, móveis quebrados empilhados num canto e uma escada de metal que levava ao topo em uma espiral. Mas o que mais a intrigou foi outra escada, esta, descendo. Para onde?

Seguiu com os olhos os degraus que desapareciam num buraco escuro, degraus estreitos e aparentemente cavados nas rochas. Era óbvio que a escada passava por debaixo das pedras e levava até o mar. Seria uma espécie de caverna ou um túnel? Só havia uma maneira de descobrir.

Feliz por ter deixado um bilhete antes de sair, caso algo desse errado, Salem expulsou da mente os rumores sobre assombrações e começou a descer.

O espaço era tão apertado que mal conseguia levantar os braços para se equilibrar no corrimão, de alguma forma, aos poucos, conseguiu descer os degraus sem quebrar o pescoço. A luz da lua sumiu conforme avançava, e os sons que ouvira tornaram-se mais altos. Uma canção?

Finalmente em solo plano e macio, Salem se equilibrou e olhou em volta, tentando se orientar. Parecia ser um tipo de túnel, o ar mais gelado e denso que lá em cima. Tinha seu celular e poderia usar a lanterna, mas não queria alertar ninguém sem necessidade.

Uma luz no fim do túnel — clichê, mas real — era seu único guia. O som parecia vir dali também, junto ao barulho de água e uma brisa suave. Respirou fundo, o frio invadindo seus pulmões. Salem avançou silenciosamente até o final, com cuidado, evitando tropeços.

Os sons de água, vento e vozes ficaram mais próximos, até que o túnel se abriu em uma caverna imensa.

Agachada na entrada, escondida atrás de uma rocha, Salem observou tudo. A caverna tinha um teto tão alto que possuía uma abertura por onde a luz da lua entrava, exatamente onde ela se escondia, e outra do lado oposto, levando ao que parecia ser outro túnel. Os raios de luar iluminavam o centro, onde havia um altar de pedra semelhante ao da floresta onde estivera. Tochas cravadas no chão ao redor completavam a iluminação.

Cinco homens vestindo capas negras, que lhes cobriam totalmente os corpos, e máscaras de caveira, como as de filmes de terror, cercavam o altar. A cena era perturbadoramente estereotipada, arcaica. O único elemento moderno era um tripé com uma câmera apontada para o altar.

E o pior, a parte mais chocante era a jovem deitada nele.

Melissa. Sua amiga. *Inconsciente*. Aquela que deveria estar em casa com a família.

Que diabos estava acontecendo?

— Bem-vindos, Mortemianos — uma voz familiar ecoou. Salem observou, levemente surpresa, enquanto o Dr. Bayne removia sua máscara. Os outros mantinham as deles.

O que mais a chocou foi o nome. Mortemianos. Pensava que o grupo estava extinto.

O Dr. Bayne virou-se para os outros.

— Enquanto nesta noite nossos antigos irmãos iniciam novos recrutas em seus métodos covardes, nós iniciamos um novo membro, escolhido entre muitos para se juntar a nós. Vamos recebê-lo com um presente, um ritual digno de um Mortemiano. Vamos iniciá-lo como um verdadeiro homem.

E apontou para uma figura alta ao lado, chamando-a para frente.

Salem estava tão absorta na cena que se esqueceu de ficar alerta. De repente, uma mão agarrou seu braço, arrastando-a para fora do esconderijo atrás da rocha.

— Temos uma intrusa, professor.

Salem não reconheceu a voz do estranho, mas, ao tentar se soltar, seu braço escapou por um instante, o suficiente para que tentasse correr. O homem a pegou pelos cabelos desta vez, puxando-a em direção ao altar enquanto gritava e se debatia. A dor no couro cabeludo lhe dizia que parte de seus fios havia sido arrancada.

Jogada no altar ao lado de Melissa, ainda inconsciente, Salem se sentou e encarou o rosto mascarado do homem antes de voltar seu olhar furioso para o Dr. Bayne.

— Eu deveria ter desconfiado de você quando vi Lara em seu escritório naquela manhã — cuspiu ela.

Bayne balançou a cabeça, quase com afeto.

— Você é inteligente, Salem, mas curiosa demais para seu próprio bem. O fato de Lara estar no meu escritório foi apenas uma coincidência.

Salem olhou para o grupo.

— E quanto à morte dela?

Dr. Bayne encolheu os ombros.

— Algumas pessoas simplesmente são fracas.

Salem sentiu a fúria queimar dentro dela.

— Minha irmã não era fraca.

Uma voz interrompeu.

— Não, ela não era.

Merlin.

Sabia que aquele idiota estava envolvido.

Sem conseguir se mexer, Salem assistiu enquanto Merlin tirava a máscara e se aproximava dela. Seu rosto contorceu-se num sorriso cruel enquanto a olhava de cima a baixo.

— Foi exatamente por isso que foi tão divertido quebrá-la.

Salem cerrou os maxilares, os dentes rangendo de raiva, forçando-se a não atacar seu rosto.

O Dr. Bayne interveio.

— Precisamos prosseguir.

— Deixe-me pelo menos contar à vadia o que fizemos com a irmã dela. Ela merece, depois de como agiu comigo o semestre todo. — Merlin resmungou, com um tom mais infantil do que viril, revelando a dinâmica do grupo. — Ela não vai escapar de qualquer maneira.

Salem escaparia. De algum jeito. E levaria Melissa em segurança também.

— Assim — Merlin apontou para Melissa —, é exatamente como sua irmã ficou. Na primeira vez, pelo menos — ele disse, provocando uma onda de ódio em Salem, que imaginou o desespero de Olivia naquela situação.

— Nós a pegamos para uma iniciação como esta, entende? — Merlin circulou o altar, e Salem manteve os olhos fixos nele. — É tudo sobre psicologia de grupo, lembra? Todos fazemos algo, juntos, para criar o vínculo. Ela ficou inconsciente na maior parte. Coitada, estava tão desorientada quando acordou — ele parou ao lado de Melissa, afastando seus cabelos para expor seu rosto ao luar.

— O que vocês deram a ela? — Salem perguntou, reprimindo o nojo, referindo-se tanto à amiga quanto à irmã. Precisava de informações.

— Uma droga caseira — Merlin riu em seu rosto. — Nosso gênio residente, Dr. Bayne, cultiva ele mesmo. Um tipo de flor de datura, muito potente. Doses altas causam alucinações, doses maiores podem matar. E já mataram.

Datura. Figueira-do-inferno. Erva-do-diabo. Salem conhecia a flor, a escopolamina afetava o sistema nervoso. Só não sabia que podia induzir ao comportamento que ele descrevia. Mas, se Bayne a modificara, provavelmente adicionou algum outro componente e o adaptou a suas necessidades.

— Por quê? — exigiu, a pergunta crucial. — Minha irmã era inocente. Uma boa pessoa. Por que ela?

Merlin a encarou, a maldade agora exposta. Os outros apenas observavam.

— Exatamente por isso, Salem — respondeu, com olhos ardentes de prazer. — A iniciação foi só o começo. Depois, a chantageei com os vídeos, vi como se despedaçava lentamente. Foi lindo. Quando ela decidiu ser corajosa, sugeri que terminasse tudo. A mente humana é tão maleável, não é? É uma maravilha para manipular.

Ele era doente. Sádico.

Precisava fugir dali com Melissa.

Como?

Manteve o olhar fixo em Merlin, como se tivesse escolha. Ele sorriu.

— Você não pode arruinar o que construí aqui. Acha que é especial, chegando e exigindo respostas? Que fará os prêmios voltarem? Nós cancelamos, garotinha. Todo ano escolhíamos a melhor candidata e as usávamos nas iniciações. Elas morriam, até que os antigos membros não tiveram escolha senão acabar com os prêmios.

Salem quase perguntou o que ele ganhava com isso. O complexo de inferioridade que emanava dele já respondia uma parte, mas ela se perguntava se esse grupo, claramente formado pelos radicais das sociedades secretas, tinha outro propósito além replicar o caos.

— Chega — Dr. Bayne interrompeu. — Vamos começar.

Salem procurou freneticamente por uma arma, uma pedra, qualquer coisa. Só havia as tochas, e estavam distantes demais.

— Dr. Bayne — Salem apelou, esperando que ainda existisse um fragmento de humanidade nele. — Você teve uma filha. Não desejaria isso para ela.

Merlin e alguns outros começaram a rir. Olhou em volta, tentando descobrir o que disse que foi tão engraçado.

Um membro mascarado à sua direita falou.

— A filha dele foi nossa primeira iniciação, menina.

Horror a atravessou enquanto encarava outro tipo de monstro, o que se escondia atrás de sorrisos paternais.

— Todos temos nossos prazeres, Salem — Bayne disse, ainda com aquele sorriso gentil que agora a enojava. — Vamos prosseguir.

O novo recruta, indicado por Bayne, a agarrou. Salem lutou, tentando arrancar sua máscara, chutando, tentando alcança-lo, mas ele a imobilizou com um braço e a deitou quase com cuidado na outra ponta do altar.

Com o coração batendo forte, olhou para a abertura na caverna, o corpo rígido, e se perguntou como sobreviveria ao que estava prestes a acontecer. Como sua irmã sobrevivera, se é que realmente esquecera ou lembrava. Perguntou-se se Olivia se matara naquela noite, impulsionada pela forma como sua mente e seu corpo foram quebrados, ou se fora assassinato puro.

Lembrou-se das palavras: "Eles estão me obrigando a fazer isso."

Sua irmã *lembrava*. O suficiente para escrever a Salem.

Ela piscou, incapaz até de fechar os olhos enquanto um terror como nunca antes conhecido a envolvia. Lágrimas escorriam para sua têmpora.

Então um corpo cobriu o dela, seu coração se contraiu. O pavor a paralisava, fazendo-a se odiar enquanto o recruta mascarado mantinha seus braços imobilizados acima da cabeça e se inclinava sobre ela... até que seu nariz pressionou o lado de seu pescoço.

Salem ficou rígida.

O toque, o lugar, o peso, tudo era familiar.

Agora, concentrada, conseguiu captar um fragrância ínfima sob o manto:

Tinta e terra molhada.

Caz.

Seu coração contraído voltou a bater. Seus músculos, pouco a pouco, relaxaram, o medo se dissipando.

Que *porra* ele estava fazendo ali?

Não sabia, mas tinha certeza de que estava tramando algo. Devia estar com Baron. Deviam estar planejando algo. Era isso? Infiltrar-se no que restava desse grupo e destruí-los? Era parte da iniciação da sociedade secreta dele?

Tinha mil perguntas, e nenhuma forma de fazê-las.

— Não planejávamos sua presença aqui hoje — Merlin disse, à sua esquerda —, mas isso é melhor do que esperávamos. Reconhece ele? Deveria, considerando quantas vezes ele esteve sobre você.

Risadas ecoaram no grupo. Salem cerrou os dentes, os olhos fixos neles enquanto Caz permanecia sobre ela, em silêncio.

— Seduzi-la era parte da tarefa — Merlin confessou, expondo tudo. — Ele me ajudava a ingressar em nossa sociedade, e eu vi como você o olhava na aula. Que melhor forma de destruí-la do que seduzi-la e depois quebrá-la? Adoro ver pessoas quebrarem.

Há semanas, ela teria acreditado. Mas a Salem de agora — a que amava e confiava nesse homem, que sabia que havia sido preso por vingar uma injustiça que este mesmo grupo lhe causara, que buscava vingar o irmão que talvez eles tivessem matado, não acreditou em uma palavra.

Ah, acreditava que Merlin tentara recrutá-lo. Acreditava que Caz fingira cooperar. Mas não acreditava que ela fosse um jogo para ele. Caz a amava. E o fato de que a primeira coisa que fez foi cheirar seu pescoço, um gesto que Salem conhecia até a medula, tão frequente entre eles, só para tranquilizá-la, confirmou sua crença.

Caz continuou a beijar seu pescoço, fingindo não ouvir Merlin, mas a tensão em seu corpo o traiu para ela, que o conhecia por dentro e por fora. Estava ouvindo. Não... esperando. Pelo quê?

De repente, um grito ecoou na caverna. Caz saltou do altar. Num movimento rápido, agarrou Merlin pelo pescoço e estraçalhou sua cabeça contra a rocha, deixando-o inconsciente.

O caos explodiu ao redor. Salem permaneceu imóvel, até que ele voltou para ela.

— Corra, Salem — ordenou, e os músculos tensos do seu pescoço gritaram de alívio. Ergueu-se de um salto e olhou em volta na caverna, vendo os homens de capa no chão, nocauteados. Havia outros homens no local, liderados por Baron, vestidos com ternos e máscaras que lembravam rostos de pássaros, com bicos curvados sobre o nariz, protegendo suas identidades. Os homens de terno arrastavam os homens de capa para fora, enquanto um deles carregava Melissa. O estranho virou-se para Salem, e disse:

— Vou levá-la para receber cuidados médicos.

— Não! — ela protestou, avançando para proteger a amiga, mas Baron a impediu.

— Confia em mim. Ela estará segura.

Salem olhou para ele, depois para Caz, que confirmou com um aceno. Seus ombros relaxaram levemente.

Um dos homens de terno, aparentemente o líder, acenou para quem carregava Melissa:

— Obrigado. Assegure-se de que ela fique em segurança.

Quando o homem saiu com Melissa, o líder observou Baron e Caz, que agora cercavam Salem.

— Bem-vindos à sociedade, Sr. Whitmore e Sr. van der Waal. Cumpriram suas iniciações com êxito. Podem se retirar enquanto lidamos com este... inconveniente.

Caz a pegou no colo novamente.

— E a droga?

— Será eliminada do seu sistema nas próximas 24h — o homem fitou Salem. — Peço desculpas, Srta. Salazar. Conhecíamos bem o seu pai e estimávamos sua família. Cuide-se.

Com um aceno final aos rapazes, Caz a carregou para fora do túnel, seguido por Baron, que os ajudou a subir as escadas até ao exterior.

— Mais um pouco e você teria estragado tudo, cara — rosnou Caz, apertando Salem contra si enquanto caminhavam.

Baron encolheu os ombros.

— Cheguei a tempo, não cheguei? De nada, caralho.

Era óbvio que os dois nunca seriam amigos, mesmo sendo aliados agora.

— Você está bem? — Caz perguntou, mas ela apenas o encarou, incapaz de articular tudo o que sentia. Fisicamente, estava intacta, mas sua mente parecia um turbilhão.

— Pode falar, Salazar — Baron ordenou, como se a voz de comando quebrasse seu silêncio.

Caz a beijou na testa.

— Está tudo bem. Ela está bem. Só precisa dormir e ficará bem.

Parecia dizer isso mais para convencer a si mesmo do que a ela.

Salem se deixou levar enquanto retornavam ao campus sob a lua cheia, guardando as perguntas para o dia seguinte.

O coração do homem é muito parecido com o mar: tem suas tempestades,
suas marés e suas profundezas, e tem também suas pérolas.
— Vincent van Gogh, *The letters of Vincent van Gogh*

CAPÍTULO 37

SALEM

Estava se sentindo um caco.

Salem virou na cama, com a sensação de que tinha sido atropelada por um caminhão: o corpo doía, as articulações latejavam, os pés ardiam, o rosto estava inchado. Tentou lembrar o que havia causado aquilo, e aos poucos lembrou de tudo.

A noite.

O farol.

A caverna.

Caz.

Ele estava ali, próximo de seus pés, tirando as meias que não havia notado, examinando seus ferimentos antes de olhar para ela.

— Ei — Caz sentou ao seu lado, afastando uma mecha do seu rosto. — Como está se sentindo?

— Como um zumbi — Salem respondeu com voz rouca, feliz por finalmente recuperar a fala. Nunca mais ia subestimar essa merda.

Caz pegou um copo d'água na cabeceira e o levou à sua boca. Salem bebeu com sede, quase esvaziando o copo. Cansada até de beber, deixou-se cair de volta na cama com um gemido e olhou para a janela.

Estava escuro.

— Quanto... tempo? — Suas palavras saíram arrastadas, as pálpebras pesadas.

— Só algumas horas — ele respondeu. — Volte a dormir.

— Uhum... — murmurou, já apagando.

Na manhã seguinte, Salem arrastou o corpo para fora de uma cama vazia, acordada pela luz do sol que entrava pela janela colorida. Não sabia onde Caz estava, mas a silhueta dele ainda estava marcada na cama, e o travesseiro estava quente. Respirando fundo para absorver o cheiro dele, conseguiu — de algum jeito — sair da cama, com os membros um pouco mais firmes que na noite anterior, e cambaleou até o banheiro. Depois de fazer o que precisava, parou em frente ao espelho e fez uma careta ao ver seu reflexo.

Parecia que tinha sido atropelada por um caminhão. Tinha hematomas e marcas de travesseiro no rosto, os olhos inchados e vermelhos, o cabelo despenteado e o rosto inchado. Salem se sentiu um desastre ambulante, e não em um sentido legal.

Respirou fundo, decidiu escovar os dentes e lavar o rosto. Depois disso se sentiu menos pior e resolveu checar como Melissa estava antes de descansar de novo.

Vestindo um moletom do Caz por cima das *leggings*, imersa no cheiro dele, desceu até o quarto de Melissa, agradecida por não encontrar ninguém pelos corredores. Assim, ninguém precisava vê-la naquele estado.

A manhã estava irritantemente clara, e ao estalar a mandíbula em um bocejo alto, bateu na porta da amiga. Depois de alguns minutos, a porta se abriu um pouco, e ela encarou com os olhos vermelhos.

— Tudo bem? — Melissa murmurou, abrindo a porta para Salem entrar.

— Sim — Salem entrou no quarto enorme e iluminado, com um estilo parecido com o seu. — Como você está se sentindo?

— Uma merda — Melissa resmungou, voltando para a cama. — Bebi demais ontem à noite. Nunca mais.

Salem hesitou antes de sentar na cama, percebendo que a amiga não fazia ideia do que havia acontecido, ou quase aconteceu, na noite anterior.

— Achei que você estivesse em casa — Salem começou, sem saber muito bem como, ou se deveria contar. Melissa era alegre, animada e feliz, e até mesmo falar sobre o que aconteceu poderia traumatizá-la. Mas poderia ser desonesta? Como isso funcionava? Precisava de Aditi para orientá-la nisso.

— Recebi uma ligação do Cara do Bar — Melissa revirou os olhos. — Ele disse que era uma emergência, então eu apareci, mas ele não estava lá.

O cara provavelmente era um daqueles do grupo. Mas Melissa estava saindo com ele há semanas, o que significava que ela era o alvo havia semanas. Isso fez um calafrio percorrer a espinha de Salem.

— Então... você bebeu sozinha? — perguntou, curiosa sobre o que havia acontecido.

Melissa franziu a testa.

— Na verdade... não lembro. Eu estava no bar e depois acordei aqui. — Pânico começou a tomar conta do rosto da amiga. — Meu Deus, foi como aquela noite em que me drogaram na fogueira. Vocês me trouxeram, mas eu não lembrava. Alguém me drogou? Alguém...? Meu Deus.

Salem agarrou as mãos de Melissa com firmeza, apertando-as com força, e encarou os olhos da amiga profundamente.

— Nada aconteceu, Melissa. Confia em mim.

Viu Melissa respirar fundo, ofegante, os olhos úmidos.

— Você sabe o que aconteceu, Salem? Me conta. Preciso saber.

Bem, agora ela não tinha mais escolha. Aos poucos, contou a Melissa como tinha saído para caminhar e esbarrado na caverna, como ambas foram resgatadas por Caz, Baron e o grupo deles. Deixou de fora detalhes sobre o outro clube, não queria sobrecarregá-la, e explicou o que pôde.

Quando terminou, Melissa já estava soluçando, envolvendo Salem em um abraço apertado.

— Obrigada! Eu te amo tanto! Obrigada! Fico feliz que estamos bem.

Salem a abraçou de volta, muito mais acostumada com demonstrações de afeto do que antes, acariciando as costas da amiga em movimentos suaves, como Caz fazia com ela.

— Eu também.

Depois que se separaram, conversaram mais um pouco, até Melissa dizer que voltaria para casa naquela tarde, até o começo do semestre. Salem concordou, pensando nos próprios planos para quando as aulas recomeçassem.

Após alguns minutos se certificando de que a amiga estava bem, Salem saiu e voltou para o quarto, os corredores vazios ecoando seus passos.

Digitou o código e abriu a porta, só para encontrar Caz deitado de lado, sem camisa, observando-a.

Era todo o convite que ela precisava. Merecia um dia de preguiça. Os dois mereciam.

Em silêncio, puxou o moletom dele por cima da cabeça e jogou no chão, tirando as *leggings* e deixando-as no mesmo monte. Foi para o seu lado da cama e se aconchegou perto de Caz, adorando como ele imediatamente a puxou para perto, deixando o coração dele sob seu ouvido acalmá-la com uma sensação de segurança. Depois de longos momentos de silêncio, sua mente voltou a trabalhar.

— Caz? — verificou se ele tinha adormecido.

— Hum?

— Onde você foi?

— Reunião com a Ordem — respondeu, honestamente. — Como está a Melissa?

— Bem. Ela vai embora daqui a algumas horas.

Houve um silêncio antes de Salem fazer a pergunta que não saía da sua cabeça:

— O que você estava fazendo lá?

O peito dele se expandiu em uma respiração profunda, movendo a cabeça dela junto, enquanto esperava pela explicação.

— Fui enviado para me infiltrar no clube deles com o Baron, uma missão da Ordem — ele disse, referindo-se ao grupo rival. Era a primeira vez que o ouvia chamá-los assim, mas provavelmente porque agora ele podia. — Eles não gostaram que esse grupo não só atacasse alunos premiados, mas também os matasse ou os levasse ao suicídio. Sua irmã foi uma. Meu irmão, outro, embora ele tenha sido alvo por chegar perto de expô-los.

Algo confundiu Salem.

— Mas, se a Ordem sabia desse grupo e queria acabar com eles, por que não agiram antes?

Caz passou a mão pela nuca dela, distraído, olhando para o teto.

— Depois que seu pai dissolveu o grupo, depois do que fizeram com você, eles se dispersaram. A Ordem nunca soube ao certo quem estava envolvido, embora houvessem suspeitas. Por isso me mandaram ajudar o Merlin. Era minha primeira missão: me aproximar dele.

Agora fazia sentido por que ele tinha sido assistente de um professor de psicologia.

— Isso me lembra… — Caz se virou para a mesa de cabeceira, seu corpo iluminado pelas cores que entravam pelos vitrais. Quando se voltou para ela, colocou algo em sua mão. Salem abriu a mão e olhou.

O pingente de Olivia, brilhando sob a luz.

Suas narinas começaram a arder.

Havia roubado o pingente. Para ela.

Salem o apertou contra o peito e olhou para Caz, dizendo tudo o que não conseguia colocar em palavras naquele momento. Ele respondeu com um sorriso suave, afastando seus cabelos do rosto antes de unir seus lábios em um beijo breve.

Ainda segurando o pingente, retomou a conversa.

— E Merlin achou que você estava o seguindo porque queria entrar no grupo dele?

— Sim — confirmou Caz. — O homem era um narcisista. Não foi difícil convencê-lo disso.

Salem assentiu. Ela mesma já havia percebido isso em Merlin.

— Foi por isso que você se afastou de mim no começo?

— Por um lado, sim — ele admitiu. — Não queria que Merlin focasse em você, mas você mesma resolveu chamar atenção. — Seu tom foi irônico, lembrando-a das vezes em que havia provocado discussões com Caz na aula.

— A outra razão era sua irmã — continuou ele. — A Ordem criou uma regra depois que as mortes começaram no campus. Familiares das vítimas, independentemente de quem fossem, ficariam totalmente fora de qualquer jogo ou política. Eu ia ser iniciado em alguns meses e não queria arriscar.

Fazia sentido. Mas depois ele arriscou, e de forma bem pública.

— Por que você fez isso então?

Caz soltou uma risada.

— Porque te vi sorrindo para outro cara e achei que voltar para a prisão não seria tão ruim assim.

— Você é louco — ela disse, balançando a cabeça.

— Por você? Completamente.

Salem sorriu contra o peito dele, apertando-o com força. Tinha sido uma montanha-russa, tantos altos e baixos, mas estava feliz por estar ali, por estar viva ao seu lado.

— Ah, e mais uma coisa — ele disse. — Descobri por que seu pai fez o que fez.

Salem se afastou e olhou para ele, ficando séria com o tom de sua voz.

— Como assim?

Caz a encarou.

— Seu pai estava investigando a morte de sua irmã há algum tempo. Quando Laz morreu, conseguiu que a Ordem o ajudasse a descobrir a verdade. Foi quando percebeu que o Mortemia ainda estava ativo. E que meu tio havia sido o responsável por reativá-la com o nome Vanguard, depois de ser rejeitado pela Ordem.

Puta merda. Salem entendeu o que ele não estava dizendo.

— A Ordem não o aceitou depois do que aconteceu com seus pais e vocês, os irmãos.

Caz assentiu.

— A Ordem tem alguns códigos. Não atacar um membro e não tocar nos familiares. Meu tio violou ambos e ainda quis ser aceito. Não conseguiu nem colocar o pé na porta. Provavelmente foi quando meus parentes babacas começaram a cavar e reviveram o grupo de amadores.

Salem refletiu sobre isso, e outra pergunta surgiu em sua mente.

— Espera, o que acontece com a propriedade dos Vanguard agora?

Caz deu de ombros.

— Provavelmente vou poder recuperá-la se revelar quem eu sou. Minha tia ainda está viva, mas não tem filhos. E agora tenho os contatos necessários para recuperá-la.

Salem se inclinou sobre ele.

— Você quer recuperá-la?

Caz considerou a pergunta, afastando seus cachos do rosto.

— Estou considerando a proposta de seu pai.

Ela piscou.

— O quê?

— Ele queria uma aliança entre a linhagem Salazar e a Vanguard — Caz lembrou, com divertimento no rosto. — Já somos muito bons em unir nossas forças. O que você acha, Senhorita Salazar? Quer fazer uma fusão comigo?

Salem percebeu o tom divertido dele, mas ficou um pouco confusa com o que exatamente estava perguntando.

— Só para deixar claro, você quer que nós...?

— Sobre casar — afirmou, simplesmente. — Não agora, mas um dia. Quero meu anel no seu dedo e o seu no meu. Quero que o mundo saiba e quero que você sempre, sempre saiba a quem pertence. A mim.

Salem baixou os olhos para o peito dele, sentindo-os arder.

Nunca tinha imaginado, nem em seus sonhos mais loucos, que algo assim pudesse acontecer com ela. Sempre fora a garota inatingível, distante, a quem chamavam de fria e insensível. Estivera sozinha e aceitara que sempre estaria. Até que ele entrara em sua vida como um furacão, arrasando tudo ao redor, deixando suas crenças em cacos, forçando-a a construir novas.

— Salem?

— Hum?

— Pare de pensar.

E isso foi o suficiente para convencê-la. Não havia ninguém mais no mundo capaz de silenciar sua mente.

Salem assentiu, soltando um gritinho quando Caz a atacou de repente, derrubando-a consigo, cobrindo sua boca de beijos, lhe dando o afeto que tanto queria, que agora esperava, e que sabia que sempre receberia dele.

Não sabia como seria seu futuro. Caz agora era membro de uma sociedade secreta ancestral, seu nome manchado pelo sangue entre suas famílias. Tudo mudara, ela mudara, mas a incerteza do futuro ainda pairava sobre ela. Sempre pairaria, supôs.

No entanto, Salem se sentia livre. Livre de correntes, de questionamentos, de demônios.

Deitada em seus braços, nas terras de Mortimer, terras que testemunharam tanto sangue e morte, mais do que poderia imaginar, ela sentia paz.

E, embora o futuro fosse incerto, pela primeira vez, parecia vivo.

Cuidado; pois sou destemido e, portanto, poderoso.
— Mary Shelley, *Frankenstein*

EPÍLOGO

5 ANOS DEPOIS

Caz

— Querido, você precisa se acalmar — ela disse, e porra aquele "querido" o deixava louco toda vez. Salem tinha começado a chamá-lo assim na cama, do nada, numa certa noite, e ele tinha adorado, tanto que a obrigou a repetir até que saísse naturalmente. Agora, ela já nem pensava antes de dizer.

Estavam em um casamento, não no deles, e Caz não resistiu: a puxou para um canto isolado. Com os passar dos anos, aceitando o amor que permitia a si mesma, entendendo que sua visão de mundo fora distorcida pelos traumas, deixando-se curar e crescer, recebendo afeto dos amigos, da mãe e, principalmente, dele, Salem começou a brilhar cada vez mais. Uma deusa sombria tão radiante que poderia cegar um mortal, e cegava.

Salem não fazia ideia de quantos homens havia intimidado só por ousarem olhá-la por muito tempo, quantas ameaças fizera ao longo dos anos, ou quantas vidas quase arruinara por cobiçarem o que era dele. Podiam olhar, desejar, invejar à vontade, mas era Caz quem ela olhava, desejava, e isso acalmava um pouco a fera dentro dele.

Mesmo depois de tanto tempo juntos, Salem ainda não entendia, devido às suas próprias inseguranças, o quanto era desejada. Mesmo agora, depois de anos juntos, acreditava que ele era a exceção, o rebelde que a escolhera contra as expectativas, como se fosse apenas um capricho da personalidade dele.

No começo, pode até ter sido a rebeldia que o atraíra, mas ficar com ela nunca fora sobre isso. Porra, estar com ela era fácil. Era como seguir a correnteza, deixar o rio da vida levá-los juntos e aproveitar a paisagem pelo caminho.

Caz a olhou de cima, não tanto quanto de costume, já que Salem usava um salto altíssimo e estava mais perto de seu rosto, mas ainda menor que ele. Admirava profundamente as mulheres que usavam aquelas armadilhas mortais. Não fazia ideia de como conseguiam andar, dançar e existir naquilo, como se os pés não doessem. Sabia que doíam, sim. Pois, depois que chegassem em casa, ela os tiraria, colocaria no armário com cuidado e colocaria os pés no colo dele para uma massagem. Na primeira vez que fez isso por instinto, ganhou o melhor boquete da vida. Não era por isso que massageava seus pés, claro... mas era um bônus e tanto. Só adorava colocar suas mãos nela, adorava vê-la feliz.

— Não podemos fazer isso aqui — ela o repreendeu, ou tentou, inclinando o pescoço para dar acesso ao seu lugar favorito. Mesmo depois de todos esses anos, Caz não sabia explicar o que havia naquele pescoço que o deixava tão selvagem. Talvez fossem os feromônios, talvez a delicadeza daquela curva... mas algo ali o enlouquecia por completo.

Caz soltou um som quase como um rosnado contra sua pele, sabendo muito bem o efeito que sua voz e seus ruídos tinham nela, o cérebro dela entrava em combustão com as vibrações daquele som. Como esperado, um arrepio percorreu o corpo de Salem e ela se apertou contra Caz, agarrando as lapelas de seu smoking e soltando um suspiro ofegante que o fez esquecer todo e qualquer decoro.

Nunca tinha sido fã disso, de qualquer forma.

Mas, ao longo dos anos, tivera que se adaptar para se encaixar minimamente na sociedade depois de reivindicar seu nome. Isso criara outro escândalo, e bem grande. Com seu retorno dos "mortos", o nome Vanguard voltou aos holofotes, as especulações sobre a morte de seus pais, de seu tio e o exílio de sua tia para um asilo virando combustível para fofocas. Tudo piorou ainda mais com seu relacionamento extremamente público com Salem, ela sendo uma Salazar, e com tudo que seu pai havia feito.

Caz não dava a mínima para o que os outros pensavam, mas se importava com Selina e sua perspectiva, considerando como ela e Salem estavam reconstruindo seu relacionamento e o quanto ele gostava daquela mulher. Sem surpresa, Selina levou um tempo para processar tudo, depois que ambos foram sinceros e contaram sobre seu irmão e o pai de Salem, sua conexão e relação com Olivia. É claro que não mencionaram nada sobre a Ordem, mas, depois de refletir, Selina surpreendeu ao ser aberta e compreensiva.

— Vamos deixar isso como está — ela dissera a Salem e a Caz durante o jantar naquela noite. — Eu tenho minha filha e agora tenho um filho. Não me importo com mais nada.

— E o escândalo? — Salem perguntara. Caz sabia o quanto essa única *palavra os afligia, e com razão, considerando suas histórias na última década.*

Selina encolheu os ombros.

— O mundo não acabou com o último. Não vai acabar com esse também.

Salem ficara paralisada, olhando para a mãe com uma expressão atônita em seu belo rosto e, pelo que sabia, aquele era um desfecho muito diferente do que esperavam. Parecia que sua mãe também havia evoluído.

— Salem!

Alguém a chamou, e Caz a puxou mais para as sombras, querendo mantê-la ali só para seus olhos.

Salem empurrou levemente seu peito.

— Vamos. Você pode esperar até chegarmos em casa.

Caz ergueu uma sobrancelha, olhando para o vestido cor champanhe que ela usava, não com o que chegara ao local para ajudar a amiga a se arrumar, mas um que trocara no andar de cima, surpreendendo-o. A surpresa foi tão intensa que a atacou como um animal selvagem assim que a viu descer as escadas que levavam aos jardins, arrastando-a pelo corredor aberto até um recanto escondido.

O vestido não era muito decotado. Na verdade, tinha um decote discreto, apenas um leve traço de sensualidade, uma fenda lateral que subia até a metade da coxa e as costas profundamente cavadas, escondidas por seus cabelos soltos. Era o tecido que o enlouquecia. Não sabia do que era feito, mas colava em cada curva, delineando cada parte que ela havia preenchido ao longo dos anos, agarrando-se aos seios como se estivessem prestes a escapar, as alças resistindo por pouco. Para os outros, podia parecer elegante. Para ele, era uma provocação.

— Você sabia muito bem o que estava fazendo com esse vestido. Queria que eu te arrastasse para cá — a acusou, e Salem apenas sorriu, um sorriso cheio de intenções travessas, algo que ele jamais imaginaria ver no rosto dela quando começaram.

Cinco anos atrás, Salem era inteligente, mas insegura de si mesma, de seu lugar no mundo, acreditando que não pertencia a lugar nenhum, que não importava a ninguém. Vivia em uma concha autoimposta, fechada, assustada, perdida, sem sequer saber que era tudo isso.

A Salem de hoje ainda era a mesma, mas um pouco mais confiante, menos perdida, mais esperançosa. Sabia seu lugar no mundo, que importava, que pertencia a ele e vice-versa. Tinha uma rede de apoio sólida formada por amigos, a mãe, a terapeuta e sua carreira como pesquisadora forense. Aos poucos, saíra da concha, trocara de pele e se tornara algo novo.

Assistir a essa transformação, vê-la florescer, fora uma das melhores experiências de sua vida, saber que a garota que fora e a mulher que estava se tornando eram dele, assim como ele era dela.

— Salem, estamos atrasadas!

A voz se aproximou, e reconheceu Aditi. Um incômodo ocasional, mas principalmente uma amiga incrível para sua namorada.

Aditi esbarrou em seu esconderijo e parou, revirando os olhos.

— Eu sabia! Tinha que ser ele.

Salem se endireitou e o empurrou para trás, e Caz permitiu. Por mais ousada que fosse em suas fantasias, a maioria das quais adorava realizar, na realidade, ainda era a moça recatada e educada que a mãe criara. Um contraste enorme, mas que amava. Gostava de saber que só ele via o lado dela que ninguém mais conhecia, o lado que corava, que adorava brincar com o perigo, mas não tinha coragem de ir além. O lado que o deixava assumir o controle, que se entregava quando ele a arrastava, a empurrava, a tomava como queria, porque ela queria. O lado que o incitava a fazer coisas para que ela pudesse simplesmente fluir, sem se preocupar com a culpa.

Exatamente como ela estava fazendo agora.

— Eu já estava descendo... — Salem começou a explicar para Aditi, mas a amiga suspirou.

— Eu sei, eu sei. No momento em que você escolheu esse vestido, sabia que ele ficaria louco.

Salem mordeu o lábio inferior para conter o sorriso, os olhos piscando rapidamente para ele por trás dos óculos dourados combinantes antes de voltar-se para a amiga.

— A Melissa está pronta?

— Não. — Aditi estalou a língua. — Ela está em pânico. Por isso vim te buscar. Sua lógica racional sempre a acalma.

Era fascinante ver Salem mudar para o "modo amiga tranquila". O trio — Salem, Aditi e Melissa — era unido. Faziam chamadas em grupo dia sim, dia não, mesmo morando em cidades diferentes, com Aditi trabalhando no Grupo Blackthorne e Melissa como aprendiz do leiloeiro-chefe de uma galeria de arte na cidade de Tenebrae. Apesar da rotina agitada, algumas vezes por semana faziam chamadas que duravam pelo menos duas horas — sim, ele contava.

De certa forma, aquela amizade o fascinava.

Era bem diferente do vínculo que tinha com os caras que considerava amigos. Baron, que ainda namorava Aditi, e Jacob, o mesmo que resgatara Melissa da caverna naquele dia e que agora era seu noivo. Ambos eram da Ordem e ambos namoravam amigas de Salem. A amizade entre os três homens era mais circunstancial, adotados pelo grupo das garotas e descobrindo que tinham interesses em comum a proteger — suas mulheres — mais do que qualquer laço emocional profundo.

Mas, se precisasse de aliados, aqueles dois eram ótimos. Baron continuava um babaca que sabia de tudo graças ao seu negócio de *hacker* ético recém-começado. Jacob era advogado criminalista, feroz no tribunal, mas tranquilo fora dele. E Caz... bem, era pintor em tempo integral, trabalhando em sua próxima coleção no estúdio. Todos os três eram herdeiros da sociedade secreta à qual pertenciam.

Agora, como membro oficial, Caz entendia o verdadeiro poder e alcance da Ordem, como influenciava o mundo e as dinâmicas em todos os níveis. Contar com aliados sólidos em seu cantinho sempre era bom.

A sociedade secreta, cujo nome era tão sigiloso que nem podiam pensá-lo, era uma máquina bem lubrificada do tipo que ninguém imaginaria, com raízes nas profundezas do submundo e ramos alcançando os mais altos escalões.

O toque das mãos delicadas de Salem ajustando as lapelas de seu paletó o trouxe de volta ao presente.

— Vejo você lá fora, ok?

Caz assentiu, dando-lhe um beijo rápido antes de se afastar e voltar para os jardins do local. Era uma mansão pertencente a um amigo de Jacob perto do Monte Verenmore, com paredes de pedra antigas e quartos suficientes para hospedar os convidados que desejassem ficar. Mas o verdadeiro destaque eram os jardins, com uma vista deslumbrante das montanhas verdejantes, cinzentas sob as nuvens, mas, felizmente, sem frio. Dramáticas e impressionantes, admitia.

O noivo esperava no início do corredor improvisado, decorado com flores sob um arco. Baron estava ao seu lado, parecendo entediado enquanto mexia no telefone.

Quando Caz se aproximou, os dois olharam para cima quase simultaneamente... e então surgiram sorrisos idênticos em seus rostos.

— O quê? — Caz franziu as sobrancelhas ao ver as reações idênticas dos dois.

— Tem batom no seu pescoço, cara — Jacob riu.

Caz revirou os olhos, mas não fez nenhum movimento para limpá-lo. Gostava de exibir a marca dos lábios dela em sua pele, deixando o mundo ver que estava comprometido, pelo menos até ela estar pronta para usar seu anel. Embora quisesse perguntar novamente, sabia que não estava preparada. Precisava de mais tempo para consolidar sua carreira e encontrar seu equilíbrio antes de dizer sim.

— Quero ser a melhor versão de mim mesma quando nos casarmos — lhe dissera numa noite, após voltarem de uma festa, quando Caz a prendera contra a porta. Fascinava-o como podiam ser brutais e ternos ao mesmo tempo, como um não anulava o outro, como ela sabia estimulá-lo e acalmá-lo na mesma proporção.

Na cama, ela traçava padrões com o dedo em seu peito nu, aconchegada a seu lado.

— Já somos casados, sabia? — *ele murmurou, passando os lábios pelo ombro de Salem.* — Só falta oficializar.

Ela sorriu.

— Ainda quero fazer direito. Eu... — Hesitou. — Nunca sonhei que encontraria amor, muito menos pensei que me casaria com alguém. Sei que são questões minhas, mas agora que tenho você, que temos nós, quero ser melhor. Quero entrar nisso sabendo que você terá o meu melhor. Você... topa esperar, não é?

Caz beijou de leve seus lábios entreabertos, alisando a ruga entre suas sobrancelhas.

— Esperaria para sempre se você quisesse.

E falara sério.

Por ela, esperaria uma eternidade. Inferno. Seria feliz apenas vivendo como estavam até ficarem velhos e grisalhos. Alguns poderiam achar que um casamento alheio o faria desejar próprio, mas não. Já a havia reivindicado num altar particular anos atrás, em um ritual não convencional que marcara sua primeira noite. Em seu coração, já eram casados, e sabia que ela sentia o mesmo.

Então sim, ele podia esperar perfeitamente até ela se sentir a melhor versão de si mesma. Embora, se alguém lhe perguntasse, ela já era. Caz não conseguia sonhar, nem imaginar uma versão melhor dela.

Os convidados se acomodaram. Caz reconheceu Nathan, irmão de Melissa, e sim, ainda não gostava dele por aquele incidente anos atrás, por ter se sentado muito perto de Salem. Era possessivo, sim, mas ela não se importava e não era da conta de ninguém.

Aditi desceu as escadas, seguida por sua garota, e Caz ficou sem ar novamente ao ver como estava deslumbrante. Aquele cabelo selvagem e serpentino que imortalizara em telas pela casa, aquele corpinho esguio que ganhara curvas ao longo dos anos, preenchendo-se de formas que o deixavam louco, e aqueles olhos. Aqueles olhos líquidos e dourados que o preenchiam até a borda com cada olhar.

Melissa apareceu atrás delas, mas Caz não conseguia desviar o olhar de Salem, mal notando qualquer outra pessoa ou coisa, apenas ela, caminhando graciosamente naqueles saltos metálicos perigosos, parando do outro lado do corredor. Seus olhos pousaram brevemente em seu pescoço, onde presumia estar a marca de batom, e um sorriso discreto floresceu em seu rosto.

Por mais que Salem evitasse demonstrações públicas de afeto, ela adorava, e ele sabia. O fato de Caz não se importar e exibir sua marca a excitava, podia sentir.

A cerimônia começou e continuou a olhar para Salem, como era seu passatempo favorito, observando-a enquanto ela observava a amiga, vendo o leve brilho em seus olhos enquanto os votos eram trocados. Percebia o noivo e a noiva se beijando em sua visão periférica, mas sua visão permanecia fixa nela, observando as reações em seu lindo rosto.

Nos minutos seguintes, tudo terminou. Os convidados se levantaram para cumprimentar e parabenizar o casal, gritando, aplaudindo e tirando fotos.

Salem e Aditi abraçaram Melissa com força, antes que Baron afastasse sua namorada, parabenizando a noiva. Caz fez o mesmo, colocando o braço em volta de Salem e puxando-a para seu lado enquanto cumprimentava o casal.

Todos começaram a circular, deixando os quatro parados juntos.

— Cara, eu estava ficando excitada só de ver o jeito que você olhava para ela — Aditi disse, abanando-se, olhando para ele antes de virar-se para Salem. — O que ele come, afinal?

Salem corou, e teve certeza que estava lembrando de seu rosto entre suas pernas naquela manhã, acordando-a do sono.

— Algo delicioso — Caz interveio suavemente.

Baron revirou os olhos e Aditi fez uma careta.

— Eca. Muita informação. Não quero saber.

Por alguns minutos, Caz deixou a conversa fluir, antes de perceber que Salem estava quieta ao seu lado. Não de forma incomum, já que ela sempre fora quieta, mas mais como se estivesse profundamente pensativa.

— Um tostão pelos seus pensamentos? — perguntou em um tom baixo para que ninguém mais ouvisse.

— Você não precisa de um tostão — ela riu. — Você tem zilhões.

Caz ficou em silêncio, deixando-a considerar e tomar seu tempo. Uma das coisas que achava tão atraente nela era seu cérebro, a inteligência aguda com que examinava o mundo, o foco singular de sua mente quando analisava algo. Seus padrões de pensamento eram tão diferentes dos dele, mais lógicos, mais racionais do que suas linhas criativas e emocionais, que nunca cansava de tentar imaginar o que se passava em sua cabeça.

Salem respirou fundo, como se estivesse preparando para algo, antes de olhar para cima e sustentar seu olhar, os dela cheios de algo profundo, embora não pudesse discernir exatamente o quê, o dourado quase brilhando ao redor de suas pupilas dilatadas na luz do sol poente.

— Vamos fazer isso.

Caz piscou, levemente confuso sobre o que ela queria fazer. Salem deve ter percebido a confusão em seu rosto, porque se aproximou dele, ficando na ponta dos pés e apoiando seu peso no corpo dele, as mãos planas sobre seu peito, o rosto erguido, suplicante e incrivelmente lindo.

Caz a segurou firme.

— Pacto de confiança para a vida? Vamos oficializar.

Ela estava pronta.

Caralho.

Leitor, eu casei com ele.
— Charlotte Brontë, *Jane Eyre*

EPÍLOGO

5 ANOS DEPOIS

Salem

Salem curvou-se sobre a cova no chão, examinando os esqueletos que foram encontrados. Recebera o telefonema na noite anterior, arrancando-a do sono. Normalmente, o protocolo era diferente, seu trabalho começava de manhã e terminava à noite.

Mas este caso era único e exigia urgência imediata, então saíra da cama, para o descontentamento do marido. Porque uma coisa era certa sobre ele: se precisasse sair no meio da noite sozinha, Caz a levaria.

Houve um incidente no ano passado, quando quase foi sequestrada ao voltar de uma cena de crime, e isso a assustara. Desde então, contava com um guarda-costas durante o dia, para levá-la aos seus compromissos. E, ocasionalmente, se precisasse sair à noite, seu marido abandonava a cama e a acompanhava pessoalmente.

Embora fossem ricos e ainda muito ativos em sua classe social, suas vidas eram diferentes. Viviam em uma bela mansão histórica de três quartos que havia sido o lar de um poeta renomado e da mulher casada com quem ele fugira, ambos vivendo sob novos nomes e novas histórias. Parecera adequado, e os dois se apaixonaram imediatamente pelo lugar, embora Caz o tivesse reformado completamente, tornando-o uma combinação perfeita de rústico e moderno. Ficava a apenas uma hora da nova casa de sua mãe.

Sua mãe, que se apaixonara por um viúvo distinto e se casara com ele. Salem gostava dele por quem ele era e por como influenciava sua mãe: a tornava mais aberta, mais acolhedora e mais alegre do que vira em muito tempo. Embora ele tivesse os próprios filhos, de quem Salem não era próxima, ainda era uma coisa boa.

E Caz... ele era mais como um filho para sua mãe do que Salem era uma filha. Selina Salazar praticamente adotara Caz, dando-lhe o amor e afeto maternal que Salem sabia que ele perdera a vida toda. Sabia que eles tinham um vínculo independentemente dela, e isso a alegrava, a forma como ambos curaram partes um do outro: sua mãe finalmente tendo um filho para amar, e seu marido finalmente tendo uma mãe para amar.

E, caramba, Caz tinha tanto amor para dar, mesmo que fosse incrivelmente seletivo sobre para quem o dava. Mas, para ela, se entregava por completo. Sabia disso porque havia evidências espalhadas pela última década de sua vida para examinar. No entanto, mais do que isso, ela sabia porque sentia na forma como a olhava com a mesma intensidade, a tomava com a mesma selvageria, a tocava com a mesma possessividade. Sentia isso na forma em que ele ajustava sua agenda para se acomodar na dela, como sacrificava o sono para garantir sua segurança, como montava guarda apesar de todos os policiais ao redor, para que nada e ninguém pudesse perturbá-la.

E, no mês passado, a surpreendera no seu aniversário com um presente que a fez chorar copiosamente — uma pequena criatura de pelagem dourada com uma plaquinha no pescoço que dizia "Junie". Em memória de sua única amiga e âncora durante a infância. Levou um tempo para a enxurrada de emoções passar, suas memórias inundando-a enquanto o filhote lambia suas lágrimas e lhe dava beijos.

Era raro Salem ficar tão emocionada, mais uma prova de quão vulnerável se permitia estar em seu lar. E durante tudo isso, Caz ficara ali, gravando sua reação como uma recordação íntima dos dois, sorrindo e olhando para ela de um jeito que a fez agradecer a tudo no universo por tê-lo colocado em sua vida.

Salem não poderia ter sonhado com alguém melhor.

O barulho de algo caindo no chão a trouxe de volta à realidade.

Como consultora forense especializada em casos arquivados, seu tempo fora da família e amigos era gasto principalmente com cadáveres ou autoridades, além de alguns seminários acadêmicos, já que possuía um currículo impressionante. Além de ser uma herdeira de Mortimer, o que por si só era relevante no mundo, tinha um histórico de consultoria em mais de cinquenta casos arquivados ao longo dos anos, contribuindo com evidências que ajudaram a resolver mais da metade deles, dando paz a inúmeras famílias. Sua reputação como a fria e analítica especialista forense a mantinha em alta demanda.

Foi algo que teve que aprender a equilibrar entre seu trabalho e casamento. Ela e Caz se casaram em uma cerimônia íntima quatro anos atrás, com apenas nove convidados entre família e amigos próximos. Desde então, Caz se tornou um artista mais exclusivo e mais envolvido no grupo que compartilhava com

Baron e Jacob. Tinham reuniões mensais e encontros, planejando quem sabe o quê. Embora compartilhasse muito sobre o grupo com Salem, sabia que ele mantinha alguns segredos, e provavelmente sempre manteria, para sua própria segurança e para protegê-la de se tornar um alvo.

Olhou para trás, onde ele estava encostado no carro estacionado logo após a fita amarela que demarcava a área próxima ao rio fechada para civis, embora duvidasse que alguém aparecesse por ali.

Caz estava com um moletom casual e jeans que vestira às pressas, seu cabelo mais curto nas laterais e mais longo no topo, seu rosto sério enquanto observava as pessoas trabalhando para coletar evidências tão tarde da noite.

— Você acha que isso está relacionado, Salem?

Reed, o detetive chefe da divisão de casos arquivados e seu principal contato, trouxe seu foco de volta aos esqueletos. Este caso era único, um caso arquivado que repentinamente se tornou urgente devido a assassinatos similares ocorrendo após três décadas. Não podiam afirmar se era o mesmo perpetrador ou um imitador, mas as mortes recentes o tornaram prioridade máxima.

— É difícil dizer agora — ela afirmou, usando a lanterna em sua mão enluvada para examinar a marca no crânio, os ossos quebrados, a descoloração. — Precisarei dos relatórios do laboratório para confirmar.

Reed passou a mão pelo rosto.

— Mas?

— Mas, à primeira vista, diria que o padrão das contusões é similar.

Um suspiro cansado escapou do homem. Pneus cantaram e faróis iluminaram a área por um instante. Salem olhou para trás e viu uma equipe de câmeras desembarcando. A imprensa, como abutres, havia chegado.

— Merda. Isso só piora.

Salem concordou.

— Vou mandar tudo para você — disse Reed, levantando-se da posição agachada, e Salem o seguiu. — Por favor, Salem, me dê algo.

Ela assentiu solenemente.

— Farei o meu melhor.

E faria mesmo. Era o que ela fazia. Não era apenas paixão que a movia agora, mas também a necessidade de um fechamento. Como alguém que entendia o poder das respostas após uma perda repentina, sabia o quanto era importante trazer paz a famílias que esperaram anos e anos por respostas. Isso, mais do que qualquer outra coisa, a impulsionava agora, investigar e buscar a verdade com todas as suas habilidades.

— Vá para casa — Reed lhe disse, caminhando em direção à mídia reunida. — Passo no laboratório amanhã.

Salem assentiu e se virou, tirando as luvas e jogando-as em uma lixeira improvisada ao lado, assinando seu nome na lista que um técnico lhe apresentou.

— É aquele Vanguard? Meu Deus, vira a câmera!

Malditos repórteres.

Estavam acostumados a vê-la graças à sua profissão, e seu comportamento frio e reservado fazia com que geralmente a deixassem em paz. Mas seu marido — seu marido absurdamente atraente e extraordinariamente talentoso, que raramente aparecia para a imprensa devido ao assédio que sofrera quando reivindicou seu nome, sempre os deixava babando.

Uma foto de Cazimir Vanguard valia muito. Uma foto espontânea, mais ainda. Uma foto espontânea dele com sua esposa reservada? Nem se fale.

Salem se dirigiu para onde seu marido esperava, completamente indiferente ao bando de hienas olhando para ele. Ele sempre fora assim — imperturbável, inabalável, sem se importar com o que os outros pensavam dele. A parte dela que ainda era a garota recatada e educada achava isso extremamente excitante, estar com um homem que não se importava com nada além dela.

E ele era dela, somente dela.

Seu marido.

Ainda era tão estranho para ela usar essa frase, mesmo em seus próprios pensamentos. Seu anel era um peso seguro em seu dedo, seu olhar um peso seguro em seu corpo, e, ainda assim, alguns dias não conseguia acreditar que era casada com ele. Não quando alguém a chamava de Dra. Salazar-Vanguard, não quando espiava o anel combinando dele, não quando tocava as tatuagens que ambos tinham nas laterais do pescoço.

— Oi — ele a cumprimentou, e sua voz ainda tinha o mesmo efeito nela que tivera na primeira vez, uma década atrás.

Salem passou por baixo da fita e foi até ele, e ele abriu os braços, permitindo que ela entrasse no calor de seu corpo e aspirasse seu cheiro.

— É o mesmo? — ele perguntou, e ela não se importou. Às vezes, gostava de discutir teorias com ele, falar sobre os casos em que trabalhava como se fossem enigmas, e muitas vezes ele fazia observações, especialmente sobre a psicologia do perpetrador, que a faziam reavaliar as coisas. Essa era uma das vantagens de ter um parceiro que não era apenas inteligente, mas que entendia a escuridão com que ela lidava, a escuridão dentro dela, melhor do que ninguém. Caz a via, e a apoiava.

Por isso, não se importou em compartilhar seu palpite com ele.

— Sim. Preciso de evidências para confirmar, obviamente, mas é o mesmo perpetrador. Não um imitador.

Os sons ao redor a fizeram se virar e observar a atividade — os policiais, a equipe forense, a mídia. Recostou-se nele e Caz a envolveu em seus braços, apoiando o queixo em sua cabeça, observando junto com ela.

— Mas por que parar por tanto tempo? — Salem ponderou. — Estava ferido ou preso?

— Possivelmente — disse ele com a voz acima dela. — Ou talvez nunca tenha parado, apenas mudou de localização e ninguém percebeu.

Salem ficou imóvel, uma lâmpada se acendendo em sua mente com seu comentário casual, e se virou subitamente em seus braços para olhá-lo.

— Você está certo. Meu Deus, vou precisar cruzar os dados e...

Seu sorriso a fez parar.

— O quê?

— Nada — ele sorriu, não esboçou aquele sorriso maroto que ainda fazia às vezes para irritá-la, felizmente. — Você só é muito fofa.

Salem levantou uma sobrancelha.

— Quando falo sobre assassinato?

Caz se inclinou, dando um beijo rápido em seu nariz.

— Quando você ganha vida.

Salem segurou seus bíceps, piscando diante de suas palavras, uma epifania surgindo nela.

Antes, pensava que a morte era inevitável, mas nunca deu crédito a vida.

A morte ainda era inevitável, mas a vida era de alguma forma mais bela por causa disso. Os momentos que tinha, os momentos que vivia, os momentos que respirava, todos estavam se tornando memórias para cada outra vida que tocava, ecoando através do tecido do tempo.

Olhou para a tatuagem no lado de seu pescoço, aquela que fizera com ele, sua única tatuagem, e as palavras: *memento vivere*.

Lembre-se de viver.

Salem ficou na ponta dos pés, beijando-o enquanto ele retribuía o beijo, alegrando-se pelo fato de que estava viva, que ele estava vivo, e que, juntos, estavam vivendo.

Agradecimentos

Enigma é uma história muito íntima. É uma história sobre solidão, perda e cura. Este foi o primeiro livro que escrevi após a morte da minha mãe e a primeira coisa minha que alguém leu depois de mais de dois anos. Este livro surgiu em um momento em que eu estava perdida e duvidando de mim mesma. Os caminhos de Mortimer fizeram morada na minha mente, a solidão de Caz e Salem refletia a minha. Há partes da história e cenários inspirados em experiências reais e casos reais que li, meu amor por *dark academia* e psicologia se misturando à minha aceitação e compreensão da morte.

Quero agradecer a algumas pessoas por tornarem *Enigma* realidade.

Em primeiro lugar, aos meus pais. Minha mãe já não está mais aqui, mas sinto sua presença e espero que ela se sinta orgulhosa. E ao meu pai, por me mostrar amor incondicional e me deixar voar desde o momento em que pude andar. O mundo poderia acabar, mas seu amor por mim permaneceu inabalável. Obrigada por me fazer entender a profundidade e o poder do amor.

Em segundo lugar, à minha maravilhosa agente, Kimberly, e à incrível equipe da Brower. Vocês foram meu alicerce. Sua paixão pelas minhas histórias e crença em mim como escritora foram incrivelmente inspiradoras. Obrigada por tudo.

À Monique e à equipe da Bramble, obrigada pelo amor, apoio e por cuidarem tão bem dos meus bebês fictícios. Sua paixão genuína aquece meu coração. Não poderia ter pedido uma equipe melhor. Obrigada!

Em terceiro lugar, aos meus amigos, que vivem longe, mas permanecem no meu coração, que conhecem minhas esquisitices e mesmo assim me amam, especialmente quando desapareço por dias sem dar notícias. Obrigada por serem meus amigos há anos, aqueles que posso chamar no meio da noite para falar das coisas mais aleatórias, como se nunca tivéssemos parado. Obrigada por aceitarem meus lados ruins junto com os bons. Vocês sabem quem são.

Em quarto lugar, à linda comunidade literária, sem a qual eu não estaria aqui. Vocês me animaram em mais dias do que imaginam. Seu amor e incentivo tornaram essa jornada muito mais bonita do que eu jamais poderia imaginar. Obrigada por cada mensagem carinhosa, por cada recomendação, por tudo. Obrigada por embarcarem nessa viagem comigo. Sou imensamente grata a vocês.

E por último, mas não menos importante, aos meus leitores. Vocês são a razão pela qual me dou um tapa toda vez que me sinto uma impostora, a razão pela qual não queimo meu notebook quando acho que tudo que escrevi é um lixo, a razão pela qual encontro coragem para compartilhar as histórias na minha cabeça. Sua aceitação, seu amor e seu apoio são o motivo de eu estar onde estou hoje, vivendo meu sonho, fazendo o que amo e encontrando forças para dividi-lo.

Então, obrigada. Do fundo do meu coração, obrigada por escolherem meus livros.

Espero que tenham gostado desta jornada.